"十四五"时期国家重点出版物出版专项规划项目

★ 转型时代的中国财经战略论丛 ◢

高密诗派研究

Research on the Gaomi Poem School

王皓潼　著

中国财经出版传媒集团

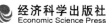

经济科学出版社
Economic Science Press

图书在版编目（CIP）数据

高密诗派研究/王皓潼著．－－北京：经济科学出
版社，2022.12
（转型时代的中国财经战略论丛）
ISBN 978－7－5218－4450－4

Ⅰ.①高…　Ⅱ.①王…　Ⅲ.①古典诗歌－文学流派研
究－中国－清代　Ⅳ.①I207.209

中国国家版本馆 CIP 数据核字（2023）第 012332 号

责任编辑：于　源　郑诗南
责任校对：王肖楠
责任印制：范　艳

高密诗派研究

王皓潼　著

经济科学出版社出版、发行　新华书店经销

社址：北京市海淀区阜成路甲 28 号　邮编：100142

总编部电话：010－88191217　发行部电话：010－88191522

网址：www. esp. com. cn

电子邮箱：esp@ esp. com. cn

天猫网店：经济科学出版社旗舰店

网址：http：//jjkxcbs. tmall. com

北京季蜂印刷有限公司印装

710×1000　16 开　14.25 印张　227000 字

2022 年 12 月第 1 版　2022 年 12 月第 1 次印刷

ISBN 978－7－5218－4450－4　定价：62.00 元

总　序

"转型时代的中国财经战略论丛"是山东财经大学与经济科学出版社在"十三五"系列学术著作的基础上，在"十四五"期间继续合作推出的系列学术著作，属于"'十四五'时期国家重点出版物出版专项规划项目"。

自 2016 年起，山东财经大学就开始资助该系列学术著作的出版，至今已走过 6 个春秋，期间共资助出版了 122 部学术著作。这些著作的选题绝大部分隶属于经济学和管理学范畴，同时也涉及法学、艺术学、文学、教育学和理学等领域，有力地推动了我校经济学、管理学和其他学科门类的发展，促进了我校科学研究事业的进一步繁荣发展。

山东财经大学是财政部、教育部和山东省人民政府共同建设的高校，2011 年由原山东经济学院和原山东财政学院合并筹建，2012 年正式揭牌成立。学校现有专任教师 1690 人，其中教授 261 人、副教授 625 人。专任教师中具有博士学位的 982 人，其中入选青年长江学者 3 人、国家"万人计划"等国家级人才 11 人、全国五一劳动奖章获得者 1 人、"泰山学者"工程等省级人才 28 人，入选教育部教学指导委员会委员 8 人、全国优秀教师 16 人、省级教学名师 20 人。近年来，学校紧紧围绕建设全国一流财经特色名校的战略目标，以稳规模、优结构、提质量、强特色为主线，不断深化改革创新，整体学科实力跻身全国财经高校前列，经管类学科竞争力居省属高校首位。学校现拥有一级学科博士点 4 个，一级学科硕士点 11 个，硕士专业学位类别 20 个，博士后科研流动站 1 个。在全国第四轮学科评估中，应用经济学、工商管理获 B＋，管理科学与工程、公共管理获 B－，B＋以上学科数位居省属高校前三甲，学科实力进入全国财经高校前十。2016 年以来，学校聚焦内涵式发展，全面实施了科研强校战略，取得了可喜成绩。获批国家级课题项目241项，教育部及其他省部级课题项目390项，承担各级各类横向课题445项；教师共发表高水平学术论文3700余篇，出版著作323部。同时，新增了山东省重点实验室、山东省重点新型智库、山东省社科理论重点研究基地、山东省协同创新中心、山东省工程技术研究中心、山东省两化融合促进中心等科研平台。学校的发展为教师从事科学研究提供了广阔的平台，创造了更加良好的学术生态。

"十四五"时期是我国由全面建成小康社会向基本实现社会主义现代化迈进的关键时期，也是我校合校以来第二个十年的跃升发展期。今年党的二十大的胜利召开为学校高质量发展指明了新的方向，建校70周年暨合并建校10周年校庆也为学校内涵式发展注入了新的活力。作为"十四五"时期国家重点出版物出版专项规划项目，"转型时代的中国财经战略论丛"将继续坚持以马克思列宁主义、毛泽东思想、邓小平理论、"三个代表"重要思想、科学发展观、习近平新时代中国特色社会主义思想为指导，结合《中共中央关于制定国民经济和社会发展第十四个五年规划和二〇三五年远景目标的建议》以及党的二十大精神，将国家"十四五"期间重大财经战略作为重点选题，积极开展基础研究和应用研究。

"十四五"时期的"转型时代的中国财经战略论丛"将进一步体现鲜明的时代特征、问题导向和创新意识，着力推出反映我校学术前沿水平、体现相关领域高水准的创新性成果，更好地服务我校一流学科和高水平大学建设，展现我校财经特色名校工程建设成效。通过向广大教师提供进一步的出版资助，鼓励我校广大教师潜心治学，扎实研究，在基础研究上密切跟踪国内外学术发展和学科建设的前沿与动态，着力推进学科体系、学术体系和话语体系建设与创新；在应用研究上立足党和国家事业发展需要，聚焦经济社会发展中的全局性、战略性和前瞻性的重大理论与实践问题，力求提出一些具有现实性、针对性和较强参考价值的思路和对策。

山东财经大学校长

2022 年 10 月 28 日

目　录

绪　论

1　研究动机与目的

高密诗派是清代中期具有浓郁传统精神与鲜明地域特色的诗歌流派。其在当时影响颇大，声名远在齐鲁之外，影响持续近二百年。然而，对高密诗派的研究明显不足。20 世纪 60 年代，有专文对其进行论述，90 年代以来才渐渐引起学界重视。这一时期对"高密诗派"的论述或以章节出现在清代诗歌史或地方文学史中，或作为单篇论文出现。研究者对其中的某些问题进行了论述，总体仍停留在对汪辟疆①《论高密诗派》的祖述上，整体研究不够系统全面，深入开掘不够。

高密诗派研究存在几个不能不予以正视的问题。

第一，缺乏对高密诗派的专门研究。目前学界大多因对《随园诗话》中袁枚与李宪乔的交往有所注目，进而触及高密诗派研究，或是出于对中晚唐诗歌的关注，谈及高密诗派，其总是作为一个附属问题被看待。一般学者认为高密诗派在当时未像神韵派、格调派、肌理派那样产生巨大影响，且对高密派诗作的评价仍停留在"窘"与"狭小"的成见上，认为其艺术水平不高，因此对高密诗派重视不够。然而，需要注意的是，有些诗歌派别或许在文学史中评价不高，但在中国古代诗学脉

---

① 汪辟疆（1887～1967），现代目录学家、文学史家。名国垣，字笠云、辟疆，晚号方湖，江西彭泽人。性耽吟咏，致力于诗文，喜生造，不喜圆熟，深得江西诗派之风味。一生从事中国古典文献学研究，专经学、文学、目录学、晚清诗歌，著有《光宣诗坛点将录》《近代诗人述评》，为近代诗学重要著作。今有《汪辟疆文集》行世。

络中却担任了重要的角色，它们往往以诗写心，勇于发声，试图接续或者批驳前代诗学，进而对后代诗学产生深刻影响，成为古典诗学链条上不可或缺的一环，高密诗派即是如此。因此，研究者进行研究时不应照搬一般诗派的研究方法，而应注意到高密诗派的特殊性，考量其特有的地域文化、思想传统、家族精神传承以及宗法对象，并将其置于乾嘉诗坛中去观照，发掘其崛起与诸派之间的关系，以及所持诗论之特色。通过对高密诗人在诗风上的内在一致性进行深入考察，对于其因何被彪炳为一个诗派进行思考。

第二，对高密诗派相关文献材料掌握不足。在当代，高密诗人的诗集未像李白、杜甫诗集那样流行开来，它们多半被收藏于山东省博物馆、山东省图书馆古籍部中，且鲜有析注，这增加了掌握文献的难度。所幸的是，近年来，已有学者关注到这一问题，山东大学文史哲研究院选择了一批包括高密诗人诗集、诗话等著述在内的，学术价值较高而又流传不广的山东先贤著述，辑成《山东文献集成》，基于此，开始有诸如《高密诗抄析注》（李丹平著）的著作出现，也有几位广西大学硕士生围绕高密诗派作了一些笺注工作，作成硕士学位论文。有赵志方《李秉礼〈韦庐诗集〉校注》（广西大学，2001）、赵黎明《〈少鹤先生诗钞〉校注》（广西大学，2002），以及赵宝靖《〈石桐先生诗钞〉〈叔白先生诗钞〉》（广西大学，2013）。虽然其中不乏注解谬误，但他们对版本的整理是有贡献的。然而，对高密派文献进行关注的研究者往往还存在将所依据的文献局限在少数几部的问题中，对其他诸如《主客图》《偶论四名家诗》等重要文献甚少关注，也缺乏对地方性文献的深入研究。

第三，多数研究仍在延续汪辟疆《论高密诗派》的观点。

第四，个案研究对象仍局限在"二李"（李怀民、李宪乔）身上。对高密派其他重要诗人（如高密诗群，如刘大观、李秉礼等）尚未进行深入研究，基于此，对高密诗派进行系统、全面、深入的研究是本书的期待。

本书试图以高密诗派成员的创作为研究重心，通过细微的文本分析探究包括"高密三李"以及刘大观等人的异同，梳理其各自在高密诗派兴起、传播过程中所发挥的作用，发掘高密诗派成员诗歌的主题以及艺术手法的独特性，在个性比较中探索其共性，从而揭示出这个诗派的特性与价值。

2　研　究　现　状

学界对高密诗派的研究大体可以分作三个阶段：

清末至 20 世纪 50 年代为第一个阶段。这一时期对高密诗派的研究十分简略，几家诗话偶有提及高密诗派及其代表成员"二李"（李怀民、李宪乔）。法式善①《梧门诗话》中有一则专论高密诗人，是此时期对高密诗派最详细的评论：

"山左近日有专工五言者，王考功宁烸、刘大令大观为最。二人又盛推其乡人李石桐、子乔昆季为最。石桐《送赵玉文东归》云：'云中侯燕飞，白发望荆扉。落叶满山径，秋风孤雁归。何时到乡里，前路授寒衣。知是无人问，空洲理钓矶。'《海南寺感旧》：'昔日海南寺，松杉荫绿苔。西堂曾乞住，荒径独寻来。僧没鹤犹在，客稀花自开。临风伫遥念，欲去重徘徊。'子乔《和王介甫昼寝》云：'百年萧散迹，强半此中居。淡意云能学，迟情日不如。画收四壁静，琴在七弦虚。自觉清凉甚，非关潦倒余。'《咏蝉》云：'应是不能休，非惟无所求。吟长欲竟日，思冷直先秋。过雨山村路，将昏水驿楼。年年为客听，知白几人头？'石桐学右丞，其旨微；子乔学浪仙，其体洁，各臻妙境，宜考功、明府低首也。石桐句如'蒙病觉寒早，独眠知夜长''夕阳晴照雪，归乌暮沉烟'；子乔句如'月生栖鹤树，云湿挂泉峰''峭风当去马，远雪滞行人''高星秋树静，孤独夜堂虚'，皆可传。又记石桐句'四民中有愧，五字外无能'，子乔句'能除众有句，独得古无贫'，则二人之旨趣可知矣。石桐初名宪噩，以字行，遂名怀民。种梧桐十株，额其居曰十桐草堂，人多以石桐称之。子乔名宪乔，自号少鹤，由明经召试出宰粤江。崧岚刻二李诗，题曰《二客

---

① 法式善（1752～1813），清文学家、藏书家，蒙古族。原名运昌，字开文，号时帆，一号梧门。乾隆四十五年进士，官祭酒。曾参与编纂武英殿分校《四库全书》，善诗文，喜奖掖后进，王昙、孙原湘、舒位"三君"之名，即为其首称。著《存素堂诗集》《梧门诗话》《陶庐杂录》《清秘述闻》等。

吟》，颇称简当。其全集王熙甫刻之。要其七言究不及五言也。"①

符葆森《国朝正雅集》有对高密诗派师法对象、成员情况的介绍："三李诗受学于单先生宗元，卓然自成一家，石桐（李怀民）尝选订唐诗主客图，分张水部、贾长江两派为主，自朱可久、李才江以下皆客之，因名己与少鹤（李宪乔）之诗为二客吟。密之旁邑数百里间言诗者，咸宗焉"。②

此时各家对李宪乔评价较高，认为其师古又能变古。单绍为《国朝山左诗钞》作序时称其"诗出入唐宋诸大家，而能空所依傍，盖有真意以运之也"。③《雪桥诗话》认为其"汇冶诸家，独师怀抱，才雄而气峭"④。另外，李怀民之五言律诗的写作及其诗学论著《主客图》已然引起时人注意，张维屏以"其五言朴而腴，淡而永，苦思而不见痕迹，用力而归于自然。五字中含不尽之意，五字外有不尽之音"⑤ 评价李怀民诗作，对其五言诗表示肯定。

第二阶段是 20 世纪 60 年代至 80 年代。此时高密诗派进入当代研究者视野，其标志为汪辟疆先生《论高密诗派》一文的问世。文中论述了高密诗派产生背景及贡献："清初诗学，以虞山渔洋为主盟，天下承风，百年未替。然末流之弊，宗虞山者，则入于饾饤肤廓；宗渔洋者，则流于婉弱空洞。李怀民生于乾隆国势隆盛之时，亲见举世皆阿谀取容，庸音日广，慨然有忧之。乃与少鹤精研中晚唐人格律，而救以寒瘦清真，一洗百年以来藻暟甜熟之习，……则石桐摧陷廓清之功，要亦不可磨灭者也。"⑥ 分地域（齐鲁之间、其他地域）介绍了高密诗派主要成员，明确其各自在诗派中所居的地位："高密诗派之起，奖掖提携则同里单书田、单青俟、单绍伯开其先；诗派成立则石桐少鹤决其奥，羽翼酬唱，则以王氏五子为专功；昭述光大，以后四灵为独至。刘崧岚则有流布宣扬之功，孙顾崖则有识曲听真之赏，此其可征

---

① 张寅彭、强迪艺编：《梧门诗话合校》，凤凰出版社，2005 年版，第 324 页。

② 符葆森：《国朝正雅集》，清刻本。

③ 单绍：《国朝山左诗钞序》，引自《国朝山左续钞》，嘉庆十八年四照楼刻本。

④ 杨钟义：《雪桥诗话》三集卷八，刘氏求恕斋刻本，1914 年版。

⑤ 张维屏：《国朝诗人征略初编》卷四十一，引自周骏富（辑）：《清代传记辑刊》（学林类），明文书局，1985 年版。

⑥ 汪辟疆：《论高密诗派》，引自《中华文史论丛》（第二辑），中华书局，1962 年版，第 137 页。

者也。"① 其中尤其强调"三单"创作特点及对高密诗派的倡导之功："而其诗亦必力排当时浮靡空洞之体，戛戛独造，不肯作犹人语者，故称之曰高情，曰孤峭，曰清苦，曰坚强，宜其沉瀣也。二李集于此三单先生投赠哀挽之章，皆称为先生，或丈，或翁者，知其为二李先辈。即二李诗派之兴，而此三单先生者，实有奖掖倡导之功焉。"② 此外，汪辟疆还对石桐、少鹤的学诗过程进行论述，"统此数诗观之"③，兼以《中晚唐诗主客图》为依据，指出其宗法对象"是二李固直追张贾"④。引出二李以张贾为宗法对象的结果："戒熟戒俗与不作一平直语。"⑤ 除指出李氏兄弟创作上的共同之处，汪辟疆也看到石桐"五律用意最深，他体亦自老澹，不敢放笔以骋其才思"，⑥ 而少鹤却能"转益多师，规模较阔，又能运以己意"⑦ 的差异。在涉及对诗派的评价上，汪辟疆提到了以"窘"讥讽高密诗派的翁方纲，并解释了翁氏作此评价的原因：认为其作为清代肌理派巨子，向来宗法山谷、昌黎、东坡等大家，因而以俯视姿态面对张贾寒瘦一派。⑧ 汪辟疆对高密诗派的成因、发展、流布、影响、评价等作了全面论述，成为后来诸多学者论述此题的母本。但应看到作者还有许多材料未曾掌握，对高密诗派的分析仅居于宏观层面。

　　20 世纪 90 年代至今为第三个阶段。有文学史、诗史著作列专章对高密诗派进行论述，对高密诗派的研究呈现出逐渐成熟的深入之势。严迪昌《清诗史》（人民文学出版社，2002）对高密派进行论述时，论述角度与整个论著思路一致（即对诗派整体情况、主要成员创作情况、诗学主张等进行粗略概述），其研究与汪辟疆相比并未有新突破，也未提及新资料。相对于严迪昌《清诗史》以"'盛世'中愤世嫉俗者的心态外化表现"⑨ 作为对高密诗派实质的阐述，李伯齐主编《山东分体文学史》（诗歌卷）（齐鲁书社，2003）进一步指出高密诗派诗歌观念恰体

5

---

①② 汪辟疆：《论高密诗派》，引自《中华文史论丛》（第二辑），中华书局，1962 年版，第 139 页。

③④⑤ 汪辟疆：《论高密诗派》，引自《中华文史论丛》（第二辑），中华书局，1962 年版，第 141 页。

⑥⑦ 汪辟疆：《论高密诗派》，引自《中华文史论丛》（第二辑），中华书局，1962 年版，第 143 页。

⑧ 后来的严迪昌《清诗史》将翁氏对高密诗派的批评理解为乾嘉之际朝野之间诗派的又一次冲突。

⑨ 严迪昌：《清诗史》（下），人民文学出版社，2011 年，第 817 页。

现出清中期诗人意欲挣脱主流束缚的独立意识日益外显。《清诗史》已关注到刘大观在高密诗派中所居的重要地位，将其单列一节。《山东分体文学史》论及刘大观时，将其与二李贫士诗作进行对比，于同中见异，另对《清诗史》提到的刘大观深受赵执信影响一说进行了更详尽的论述。此外，《山东分体文学史》已然注意到三李诗歌中的"冷意"之于时代、社会的影响，认为三李同黄景仁一样，同为乾嘉之际诗坛"哀音""变调"风气之前驱。值得一提的是，作者在章节末尾处揭示了隐藏在乾隆中期寒士诗兴起现象背后的真正意义："是人心对王权更大程度的游离，是诗心对文化一统更大程度的挣脱。这种挣脱，与乾嘉之际诗坛的大走势若合符契，这已然不单单是对一诗派的孤立论述，而是将其置于特定时代背景下综合考察的结果。"① 刘世南《清诗流派史》（人民文学出版社，2004）大致不出汪辟疆的论述。石玲、王小舒《清诗与传统——以山左与江南个案为例》（齐鲁书社，2008）以高密派的诗歌理论与创作为个案研究对象，置于特定的地域（多出"圣人"、严格尊奉儒学规范的山左地区）背景下进行考察，内容翔实。该著作者对现藏于山东省博物馆、山东省图书馆、山东大学图书馆的关于"三李"的珍贵文献材料（如《高密三李诗话底稿》《紫荆书屋诗话》《中晚唐诗主客图》《重订中晚唐主客图说》《偶论四名家诗》）的版本情况也有提及，对深入研究高密诗派大有裨益。李丹平主编的《高密诗派研究》（山东画报出版社，2011）将历年来研究高密诗派的主要论文进行了汇总，以志、传、谱和文史资料为辅助，大概勾勒了诗派成员规模、家族、传承、影响情况。但其只是资料的汇编，缺乏深入探讨。另其有《〈三李诗抄〉析注》（线装书局，2013），对"三李"诗作版本进行整理并作有笺注，但有些注解值得商榷。宫泉久《清代高密派诗学研究》（人民出版社，2012）从高密派诗学理论的价值厘定、诗歌主体的伦理道德本质、崇尚性情的诗歌本体阐释以及对诗歌兴寄传统的继承和发展、韵致与情趣的审美趋同和"人格求新"的诗歌法度几方面进行分析。

石玲《袁枚与高密诗派：乾隆时期诗学流派的交融与分野》（《文艺评论》，2004 年第 6 期）以袁枚《随园诗话》以及随园书信中的有关资料为依据，辅以李宪乔的相关著作为参照，展现了袁枚与高密诗派的

---

① 李伯齐主编：《山东分体文学史》（诗歌卷），齐鲁书社，2005 年版，第 206 页。

交往过程。笔者对袁枚与高密派诗学主张的异同进行分析，将地域文化传统的差异视为形成二者诗学主张差异的重要因素。2015 年初，蒋寅有《高密诗学的传播途径与影响》（《铜仁学院学报》，2015 年第 3 期）一文，将袁枚与刘大观（尤其是前者）视作对高密诗派光大、传播有不可磨灭作用的重要人物。同石玲一样，蒋寅也由对袁枚与高密诗派异同的分析切入，最终落脚在企图从高密诗派观念发展与传播过程中获得一些更具体的认识。文章通过对《随园诗话》《小仓山房诗文集》《紫荆书屋诗话》的细致考述，以其他多家诗话为辅证，勾勒了高密诗派南北传播的过程及影响，尤其是李宪乔与袁枚晚年的诗学交流。该文所依据的文献大抵仍是《随园诗话》以及随园书信中的有关资料，没有新材料。石玲《清中叶山左诗人与性灵说》《山东师范大学学报》（人文社会科学版），2005 第 2 期）以山东省博物馆和图书馆、山东师范大学图书馆藏本如《声诗微旨》《高密三李诗话底稿》《偶论四名家诗》《柱山诗话》等为文献依据，对山左地区诗歌发展进行纵向梳理，对清初康熙时期以来山左诗人的诗学活动进行了回顾。因为高密诗派许多主张是针对王士禛及其追随者而发的，与其前的诗坛有着无法割裂的关系，所以，这种回顾是有益于了解高密诗派的兴起背景的。石玲在《袁枚与高密诗派：乾隆时期诗学流派的交融与分野》与《清中叶山左诗人与性灵说》基础上形成《高密派诗人的文化品格》［《山东师范大学学报》（人文社会科学版），2005 第 5 期］一文，认为高密诗派产生于传统文化重镇，其成员强调诗人人格的傲岸，在价值观念和人格追求上皆体现了以儒家思想为基础的传统文化，同时也被打上了地域文化的烙印。

除此之外，还有一些研究高密诗派的文章。解旬灵《高密李怀民论袁枚及其诗作》（《文艺评论》，2011 年第 4 期）以李怀民《紫荆书屋诗话》为文献依据，列举李怀民对袁枚诗歌点评诸例，可见李怀民对袁枚其人其诗的认识，但缺乏对李怀民诗学思想的进一步论述。包云志《袁枚、刘墉、周永年、吴大激未刊信札四通考释》（《中国典籍与文化》，2005 年第 6 期）中，袁枚致李宪乔的书札（袁枚致李宪乔四通信件里除去《答李少鹤书》《再答李少鹤》《钱塘袁枚答李宪乔书》之外的未刊函）为二人交往提供了新材料，同时也为《随园诗话》最早版本的刊刻时间提供了有力佐证。周永年致李宪暠的信《历下同学周永年顿首奉书》为高密诗派交游情况的研究提供了帮助。赵红卫《清代地

域性文学社群与高密诗派的形成及传衍》（《齐鲁学刊》，2020 年第 3
期）以高密诗派为代表的地域性文学社群作为考察清诗创作的某一维
度，在考察高密派传衍动因及该派受文学社群基层写作形态影响状况的
同时，增进对清诗发生、发展机制的认识。

对李宪乔诗歌创作的研究，主要有赵黎明、朱晓梅《李宪乔（少
鹤）诗歌的意象分析》[《广西大学学报》（哲学社会科学版），2002 年
第 12 期]、赵黎明、朱晓梅《李宪乔与"高密诗派"的衍变》以及赵
黎明、漆福刚《李宪乔（少鹤）的诗学思想评析》（《襄樊职业技术学
院学报》，2003 年第 3 期）和漆福刚《李宪乔（少鹤）的诗学思想评
析》（《临沂师范学院学报》，2005 年第 4 期）等。还有学者对《韩诗
臆说》的作者表示关注并进行研究：郭隽杰《〈韩诗臆说〉的真正作者
为李宪乔》（《首都师范大学学报》，1995 年第 3 期）、丁俊丽《再论
〈韩诗臆说〉作者问题》（《文艺评论》，2011 年第 6 期），皆认为《韩
诗臆说》真正作者是李宪乔。赵荣蔚《重订中晚唐诗主客图》论、李
建昆《试论李怀民〈重订中晚唐诗主客图〉》，以《重订中晚唐诗主客
图》为文献依据，对李怀民评点情况、诗学主张、所坚持的理想人格等
进行分析。王腊梅《从李怀民看"中晚唐诗以张籍贾岛两派为主"说
的始末》（《图书馆杂志》，2009 年第 2 期）一文考查了"张、贾两诗
派"说的建立始末，并对李怀民之说的主要内容加以介绍评析。宗瑞冰
《评点视野下的张籍五律诗歌艺术——以李怀民评点为例》[《苏州大学
学报》（哲学社会科学版），2009 年第 2 期]，主要关注李怀民对张籍五
律诗的评点，认为李怀民之评点多能发前人之未发，对今人研究张籍五
律诗有重要意义。王蕊《明清高密单氏文化述论》（《潍坊学院学报》，
2007 年第 9 期）、《高密单氏与高密诗派》（《菏泽学院学报》，2008 年
第 3 期）对高密单氏与高密诗派的关系进行研究，注意到作为山东著名
的科举世家高密单氏在"高密诗派"的形成与传续中起着重要作用。
其不仅是高密诗派的主要创作群体，而且是清代方苞桐城文派在山东传
播发展的重要基地。此外，许多学者对高密诗派在广西的情况进行关注
研究。刘汉忠《"高密诗派"传衍广西考述》（《广西地方志》，2003 年
第 4 期）对李宪乔在广西任职期间参与的几次重要的文学活动进行论
述，赵宝靖、朱梦琦《高密诗派"三李"兄弟出入广西路线考》（《广
西职业技术学院学报》，2012 年第 5 期）以"三李"诗作所透露的信息

为线索，考察其出入广西的路线。这些文章使得学界此前较少关注到的粤西一带高密诗派的活动逐渐明晰起来。另有周永忠《"粤西诗冠"朱依真简论》[《广西大学学报》（哲学社会科学版）2003 年第 6 期]、郭丽娟《柳州地方古文献〈越雪集〉的寻访及其文献价值——略谈地方古籍的征集工作》（《图书馆界》，2006 年第 3 期）和戎霞、梁扬《论汪为霖与广西高密诗派的关系》（《阅读与写作》，2011）以高密诗派在粤西的诗人或交往者为主要研究对象，丰富了粤西高密诗派诗人的个案研究。

近年来，几位广西大学硕士生围绕高密诗派做了一些工作，著成硕士学位论文。这样的学位论文有两类：一类是笺注，有赵志方《李秉礼〈韦庐诗集〉校注》（广西大学，2001）、赵黎明《〈少鹤先生诗钞〉校注》（广西大学，2002），以及赵宝靖《〈石桐先生诗钞〉〈叔白先生诗钞〉》（广西大学，2013）（后于 2020 年 5 月整理出版《三李诗钞　三李诗话》，齐鲁书社）。这些研究对版本的整理是有贡献的，但其中不乏注解谬误。另一类是对高密诗派个体诗人的研究，有欧丽丽《李怀民诗歌研究》（广西大学，2011）和陆增翰《刘大观及其诗歌研究》（广西大学，2011），然其分析还有待深入。

总体而言，目前学界对高密诗派的研究只集中在"高密二李"（李宪乔、李怀民）身上，且多为概括性质的笼统介绍，对涉及其中某人的个性问题鲜有论及，而对除去"高密二李"之外的其他高密派诗人，更是少有关注。针对这样的研究现状，本书在章节设置和问题的论述上有所注意，第一章介绍了高密诗派的兴起，第二章概述了高密诗派的诗学思想，而第三章至第九章则有意识地凸显了诗人的相关特色。后人评李宪乔诗具有"汇冶百家"的特点，本书第三章便着重围绕"李宪乔师法渊源"这一问题进行考量与探究；针对有人认为高密诗风限于"窘""狭"弊端的看法，第四章和第五章则通过分别论述李宪乔诗歌的现实主义精神和李怀民诗歌"诗中有人"特色的问题，得出以"二李"为代表的高密诗风继承发扬了《诗经》、杜诗以来的现实主义精神，无论二人描绘的是怎样的画面，皆是扎根于现实进行创作的结果的结论——有力地驳斥了对高密诗风一贯的定见；第六章对此前被研究者所忽视的"高密三李"之李宪暠其人其诗进行分析，分析主要围绕其因致力于经世之学而对诗歌创作产生的崇真务实影响展开；第七、八章则围绕与"高密二李"交往甚密，对高密诗学传播起到重大作用，但此前鲜为研究者关注的两位诗人李秉礼、刘大观展开，二人在高密诗派诸诗人中，身份特殊，相对其他寒士诗人而言，二人家境殷实，地位较高，诗作也呈现出区别于诗派内其他成员的清雅之气，其中，第七章主要围绕李宪乔评价李秉礼诗作具有"根柢于陶，涵濡于韦"的鲜明特点展开论述，揭示了李诗与陶韦诗歌的联系；第八章则针对刘大观身份与心态悖反的现象进行思考与分析。本书第九章主要介绍了常为人所忽略的开高密派之先的"高密三单"以及接续高密派其后的"后四灵"和王新亭，利用文献优势，搜集到其诗集，并分别从"后四灵"对高密诗学的绝对强化与王新亭清超新妙的诗风入手，阐释二者绍述高密诗派的独特性。

3 重要问题的厘清

首先，关于"高密二李"在高密诗派的崛起与传播中扮演的角色问题，汪辟疆称："以故二百年中，言高密诗派者，必首二李，鲜及叔白。"[①] 李怀民和李宪乔作为高密诗派领袖是毋庸置疑的，但对二人在诗派中扮演的角色应该有所区分。"李怀民生于乾隆国势隆盛之时，亲见举世皆阿谀取容，庸音日广，慨然有忧"[②] 于是"与少鹤精研中晚唐五律，而救以寒瘦清真，一洗百年以来藻脍甜熟之习"，[③] 其作《重订中晚唐诗主客图说》，正是出于这个需要，对中晚唐五律详加评点，并将其诗学观点渗透其中，企图救诗坛之弊。因此《重订中晚唐诗主客图说》堪称高密诗学最具代表性的教科书之一，李怀民也是高密诗派名副其实的开创者。而高密诗派的传播与宣扬，则基本由其弟李宪乔完成，宪乔交游颇广，注重奖掖后进，他曾远官粤西，高密诗学也随其一路被传播至边地，而袁枚对宪乔的赞许更令高密诗派于乾嘉时期备受诗坛关注。

其次，关于以何作为标准判定是否为高密诗派成员的问题。提及高密派诗人，人们一般以"寒士"概括之，然而，需要注意的是，以"寒士"为主体成员的高密诗派并非皆为寒士，高密派诗人中，也有如同刘大观、李秉礼这样的物质条件相对殷实者。可以说，"寒士"更多

①②③ 汪辟疆：《论高密诗派》，引自《中华文史论丛》（第二辑），中华书局，1962 年版，第 138 页。

地指一种心态，而非身份，寒士心态于此时不仅限于寒士群体，更渗透到其他阶层的士人群体并呈扩大之势。对寒士诗歌的推重，既源于其对寒士诗歌的深刻理解，更源自其对寒士抑郁不平心态的感同身受，正是这种理解，使刘大观、李秉礼这类诗人虽未完全同化于布衣寒士，但也甘愿成为他们的追随者。

再次，关于李宪乔的诗学渊源、诗歌评价以及如何成名的问题。李宪乔在诗论与诗歌创作两方面皆有深厚的师承渊源，但学者们论及李宪乔的师承时都将两者混为一谈，认为李宪乔之诗师法杜、韩、白、孟郊、贾岛以及苏、黄等，实际上李宪乔的诗论与诗作两方面的师承渊源并不同一。从诗学主张看，李宪乔宗法韩孟诗学，发扬了《诗经》杜诗以来的现实主义精神；从诗歌创作上看，对前代优秀诗人如杜、白、韩、孟、李贺、苏、黄等人均有取法，其近体尤得贾岛清寒之味，古体则深受韩诗影响，呈现出雄奇恣肆的风格。

有学者在评价李宪乔的诗歌时，在肯定其艺术成就之余，也认为其诗境界单一、狭小，这是未全面细读、把握宪乔诗作，对其诗风进行以偏概全评价的结果。宪乔诗作中不乏描绘中华壮丽山川的雄奇恣肆之作，其中亦可见诗人壮怀激烈之豪情；也有对乾隆时期重大历史事件之记述，透露出其对人生、历史及现实的深沉思索，将一个身处"人人皆称为盛世"中的下层文人对生命价值、仕与隐、进与退方面的复杂情绪以及生命的困惑与挣扎展现出来，由此可窥见乱世底层文人的生存心态与生活状态。

现今的李宪乔研究中，李宪乔诗歌的成名过程基本被忽略。李宪乔青年时代在家乡已然因身出名门、少时中举而颇有名气，后又因诗闻名乡里，但其诗歌在小范围外无甚名气，直至其远官粤西，结识袁枚、刘大观、李秉礼等人，才渐渐因诸人（尤其是袁枚）的推重为诗坛所知。本书对其中过程进行了论述，基本厘清了李宪乔诗歌成名的经过。

最后，关于高密派所发出的盛世悲音，堪称清代"哀音""变调"之先声的问题。一般认为，清中期衰音由黄景仁诗作首先表现出来，然而，阅读高密派诸人诗作，亦可以明显感受到其于盛世之中对衰败气氛的敏锐预知与感受。

第1章 高密诗派的兴起

乾嘉诗坛诗风极盛。神韵派余韵未消，格调派、性灵派轮番登场，三者皆称颂盛世太平景象。生于齐鲁，远行粤西的"高密三李"，却对当时诗学、诗风进行深入的反思，试图通过再度唤起山左诗坛的沉实之风的方式，使乾嘉诗风复归冷静、平实。这种反思，丰富了乾嘉诗学。

1.1 乾嘉诗坛概况

高密派诗人主要活跃在乾隆中期以后至嘉庆初年，此时诗坛不仅神韵派余音未消，还存在着两股主要势力，其一是以沈德潜为代表的格调派，其二是以袁枚为代表的性灵派。然以"高密二李"为代表的高密诗派对此三者均有不满，希望以高密诗学主张匡正其流弊。

王士禛（1634～1711年），字子真，一字贻上，号阮亭，别号渔洋山人，乾隆改士祯，山东济南府新城（今桓台县）人，生于明崇祯七年（1634年），卒于康熙五十年（1711年）。顺治十五年进士，官至刑部尚书。未出仕时因《秋柳》诗，崭露头角，后在扬州为官，诗名大起。康熙十八年被任命为国子监祭酒，位渐隆尊，主盟诗坛数十年。王士禛倡神韵说，论诗标举神韵，独崇"清远"，谋求一种风神摇曳，情韵清秀的审美品位。作为诗坛盟主，王士禛在清代初期乃至中期有不可撼动的影响力，"国朝诸家选本，惟王士禛书最为学者所传。"①

康熙后期，王士禛位尊望隆，执诗坛牛耳，"公之及门半天下，凡

---

① 引自《四库全书总目》卷一九，总集类五《御选唐宋诗醇》提要，中华书局，1965年影印本，第1728页。

在朝以诗名者，莫非天下士。"① 渔洋本人职任日重，诗歌创作逐渐减少，"倒是他的门人如查慎行、汤右曾、惠周惕、宫鸿历、王式丹辈都崭露头角，成为京师风雅的主流。到雍正、乾隆初年，主当朝文柄或著闻一时的诗人，不是渔洋门人就是再传弟子，门人如查慎行、黄叔琳、何世璂、蒋廷锡，再传弟子如翁方纲（师从黄叔琳）、商盘（师从何世璂）、厉鹗（见赏于汤右曾）"②。直到乾隆中期，王士禛仍为许多诗家所宗法，见于记载的，有赵文哲、张熙纯等。

与此同时，王士禛的诗歌理论也为他人所传承、发挥。如田同之《西圃诗说》便是在乾隆年间承传并扩大渔洋神韵诗学影响的一种诗话。田同之对王士禛推崇备至，称："前人论诗所主不一，有主格者，主气者，主声调者，唯王阮亭主神韵。神韵二字可谓放出三昧，直辟千古。"③ 另有其他诗论家，如杭世骏，《四库全书总目》认为"其诗论以王士禛为宗，故如冯舒、冯班、赵执信、庞垲、何焯诸人不附士禛者，皆深致不满。于同时诸人，无不极意标榜，欲以仿士禛杂著"④，类似的情形不胜枚举。

王士禛喜奖掖后劲，门人学生遍布天下，许多清中期诗人受其影响颇深，也包括主盟乾隆诗坛的沈德潜。

沈德潜（1673 ~ 1769），字确士，号归愚，长洲（今江苏苏州）人。康熙三十三年（1694）补县学生，二十六岁从叶燮学诗，十六度应乡试不售。至乾隆四年（1739）进士及第，年已六十七岁。后官至内阁学士兼礼部侍郎，于乾隆十四年（1749）告老还乡，后加礼部尚书衔。优游林下二十年，以九十七岁高龄去世，是清代名诗人中享寿最高的一位。

王士禛在青年沈德潜的学诗经历中留下了深刻的烙印，他曾称道"横山门下尚有诗人"⑤，沈德潜闻之感奋自立。由于对王渔洋的感激和敬慕，促使沈德潜决然以扶轮大雅为己任。除了继承老师叶燮之说，沈

13

---

① 宋荦：《王公墓志铭》，引自《王士禛年谱》附录，中华书局，1992 年版，第 110 页。
② 蒋寅：《"神韵"与"性灵"的消长——康、乾之际诗学观念嬗变之迹》，载于《北京大学学报》2012 年第 3 期。
③ 李根：《西圃诗说诗学思想探要》，载于《湖州师范学院学报》2017 年第 1 期。
④ 引自《四库全书总目》卷一九七，《榕城诗话》提要。
⑤ 周振甫、冀勤编著：《钱钟书〈谈艺录〉读本》，中央编译出版社，2013 年版，第 211 页。

德潜在诗学上主要取法王渔洋，因此给人留下"先生最尊阮亭"①的印象。"他所有的工作其实都是沿着王渔洋开辟的道路，继续完成前者未能实现的目标，包括重新确立雅正的艺术观念，重新确立唐诗的典范地位。"②沈德潜的诗学主张主要见于诗学论著《说诗晬语》以及各诗选的序言、凡例及诗歌评点中。在《说诗晬语》中，沈德潜提出了他的"格调说"。《说诗晬语》开篇即云："今虽不能竞越三唐之格，然必优柔渐渍，仰溯风雅，诗道始尊。"③正是主张以三唐为诗之正格，强调诗歌的风雅传统与诗道。沈德潜对王渔洋诗学持一种理性的吸收、改造并举的态度，立足于格调诗学的立场将神韵诗学吸收进来，正如台湾学者张健所指出的："最高明的格调派是主张神韵不在格调外的，沈氏亦足以当之"④，即注意到沈德潜与王渔洋的诗学渊源。

因此尽管渔洋诗学在康雍乾产生巨大且深远的影响，诗坛中不乏其推重者与接续者，但也应看到，渔洋诗学同时也遭到激烈批评。考察当时诗家的批评，渔洋诗学之所以遭厌弃，主要是肤廓不及真性情。应该注意的是，王渔洋论诗本主仁兴而发，出以感兴，主观上欲使诗得性情之真，而在创作上却走上了相反的方向——这也许与《香祖笔记》卷一所载一段话有关："释氏言羚羊挂角，无迹可求。古言云：羚羊无些子气味，虎豹再寻他不着，九渊潜龙，千仞翔凤乎？于是前言注脚，不独喻诗，亦可为士君子居身涉世之法。"⑤此无异于破译渔洋诗心、诗风的密钥，作诗之法与处事之道其实是相通的，诗是创作主体的一种独特的外部表现形态。王士禛心雄于"千仞翔凤"，栖身在权力中枢，选择"羚羊挂角"式的神韵说及其诗歌风貌也是最为稳妥、安全的。然而在乾隆年间包括袁枚的批评家看来，这种所谓的"无迹可寻"实际可与缺乏真情画上等号。

袁枚，字子才，号简斋、仓山居士、随园老人，钱塘人，虽比沈德潜小四十三岁，却与沈德潜是同科举人、同科进士、同选为翰林院庶吉士。但两人在散馆后命运截然不同，沈德潜自此平步青云，成为皇帝身

① 王英志：《袁枚全集》，江苏古籍出版社，1993 年版，第 285 页。
② 蒋寅：《沈德潜诗学的渊源、发展及命名》，载于《苏州大学学报》2016 年第 3 期。
③ 郭绍虞：《中国历代文论选》（下册），中华书局（上海）1963 年版，第 126 页。
④ 张健：《中国文学批评》，五南图书出版公司，1992 年版，第 313 页。
⑤ 王士禛（著）、湛之点校：《香祖笔记》，上海古籍出版社，1982 年，第 20 页。

边的宠臣，持格调说主盟诗坛；而袁枚在散馆时因满文不合格而被分配到江南做官，历任溧水、江浦、沭阳、江宁等地知县，不到四十岁就辞官归田，在随园里诗酒风流，广交友朋，优游度日，快意生活四十年，直至八十二岁谢世。

　　袁枚论诗主"性灵"，其《钱屿沙先生诗序》云："尝谓千古文章，传真不传伪。故曰：'诗言志。'又曰：'修辞立其诚。'然而传巧不传拙，故曰：'情欲信，词欲巧。'又曰：'神也者，妙万物而为言。'古之名家，鲜不由此。今人浮慕诗名而强为之，既离性情，又乏灵机，转不若野氓之击辕相杵，犹应《风》《雅》焉。"① 认为诗人应该以性情与灵机为根底来进行创作。这里的性情偏重人的自然本性，即人欲，如男女之情，美食之欲。袁枚不回避对男女情感的描写，且认为男女之情乃人情之首，诗歌既然要抒发主体情感，就要顺从内心，书写真情实感，如其《答蕺园论诗书》云："且夫诗者由情生者也。有必不可解之情，而后有必不可朽之诗。情所最先，莫如男女。"②

　　因此，袁枚对"不及真性情"的王渔洋很有看法，他批评王士禛"不主性情"，认为他于"气魄、性情，俱有所短"③ "或问：'明七子摹仿唐人，王阮亭亦摹仿唐人，何以人爱阮亭者多，爱七子者少？'④余告之曰：'七子击鼓鸣钲，专唱官商大调，易生人厌。阮亭善为角徵之声，吹竹弹丝，易入人耳。然七子如李崆峒，虽无性情，尚有气魄。阮亭于气魄、性情，俱有所短：此其所以能取悦中人，而不能牢笼上智也。'"⑤ 袁枚将渔洋"不及真性情"的原因归于其一味修容饰貌，称："阮亭主修饰，不主性情，观其到一处必有诗，诗中必用典，可以想见其喜怒哀乐之不真矣"⑥。如果说沈德潜诗学观是对王士禛神韵说进行理性化吸取而形成，那么袁枚诗学却更多地与神韵诗风的流弊直接联系，其矛头直指神韵派末流的肤廓不切之风。王、沈二人的贵族诗学旨在确立某种典范，袁枚提出"性灵说"的目的，即是反拨这种所谓的"确立典范"之举，"性灵"在乾隆年间被用以命名诗歌流派，并不在

15

---

　　① 袁枚：《钱屿沙先生诗序》，引自《四部备要·集部》《小仓山房续文集》卷二十八，中华书局，1936 年版，第 527 页。

　　② 袁枚：《答蕺园论诗书》，引自《四部备要·集部》《小仓山房诗文集》卷三十，中华书局，1936 年版，第 445 页。

　　③④⑤ 袁枚（著）、雷芳注：《随园诗话》，崇文书局，2012 年版，第 50 页。

　　⑥ 袁枚（著）、吕树坤译评：《随园诗话》，吉林文史出版社，2004 年版，第 55 页。

于它标榜这一概念，而是在于主张一种自抒感触、无所依傍的诗歌观念。性灵诗学由于强调对人生体验的表达，因此反对一切既定的规范与技法。

此外，袁枚论诗重"才"，认为诗作之好坏取决于诗人先天才性的高低，其《何南园诗序》云："诗不成于人，而成于其人之天，其人之天有诗，脱口能吟；其人之天无诗，虽吟而不如其无吟"[①]，他多次强调才之于诗的重要性，其《蒋心余藏园诗序》云："作诗如作史也，才、学、识三者宜兼，而才为尤先。造化无才，不能造万物，古圣无才，不能制器尚象；诗人无才，不能役典籍，运心灵，才之不可已也，如是夫！"[②] 作为诗人，应当才学识三者兼备，但才最为重要，诗人有才，才能将古籍典故信手拈来，书写心灵。然而，过犹不及，由于袁枚过于强调表达自我之情感，加之他人在接受诗论观点时只取其重才、重性灵的部分，其后也使性灵派走向过于重情而流于浮艳的歧途。

王士禛所代表的中和敦厚的神韵诗风，在康熙一朝被尊为圭臬。正因如此，神韵诗学已然自觉转变为自上而下为盛世文治服务的推助力。至乾隆年间，沈德潜更将这种"自觉"发挥到极致，他曾表示，当今圣上乃"尧舜"，何须"老杜之悲壮沉郁"式的变风变雅之声？不然，岂非无病呻吟于太平之盛世了——王士禛与沈德潜俱属诗坛盟主，诗论中必然附加着上层统治者意志，诗作基本歌颂盛世春温的太平景象。而生活富足的袁枚亦在江湖之中放浪形骸，恣意炫才，也是俨然一幅盛世文人的风貌。高密诗派诸人久于社会底层生活，对社会人生有着更加冷静、痛彻的理解，他们勇于自树一帜，对神韵、性灵、格调诗学提出不同的看法。

身为高密诗派领袖之一的李怀民，在其《批众家诗话》中曾专门批评过王士禛，认为其过于追求诗歌韵味，耽于营造缥缈淡远之境，一定程度上，走上蹈空无着的创作歧途（详见本书 2.1 节）。

而对于与高密诗派另一领袖李宪乔交往甚密的袁枚，高密诗派诸人对其所主性灵说亦颇有看法。以李怀民对袁枚的意见最大，其《紫荆书屋诗话·论袁子才诗》写道："今袁子才亦同诋渔洋。所恶渔洋者，为其涂饰柔腻也。若子才之诗，品格未必高于渔洋，而粗鄙村率，不值渔

---

①② 于民主：《论才、学、识》，引自于民主编：《中国美学史资料选编》，复旦大学出版社，2008 年版，第 523 页。

洋一笑云。"① 若以袁、王二人相比，李怀民认为袁枚"粗鄙村率"更令人无法接受，从这个意义上讲，渔洋诗品远远高过袁枚。另其《北归日记摘录》云："诸人仰袁简老如太山北斗。予每览其诗文，颇芜杂率易，不足惊喜。吾子乔亦未免以其誉己而许之"②，则更加显豁地表露出对袁枚诗作的反感，以致对宪乔褒奖袁枚的举动颇有微词。需要注意的是，即便是与袁枚交往甚密并对其有过正面褒奖的李宪乔对袁枚亦并非完全认可，此由李怀民《北归日记摘录》所载"子才赠少鹤诗，少鹤删改几半，尚未免余憾"③ 的细节可见一斑。此外，李宪乔还以"恣乎缘情纵欲之言，而不足以垂教者"作为对袁枚及性灵派的评价。力主风雅的高密诗派无法认同其因"缘情纵欲"而脱离风雅的作法，因此从韩孟诗学中吸取了崇古的做法，以之作为恢复风雅的有效途径，其中以《诗经》为范本，取法杜甫等俱是其维护风雅、矫正性灵派弊端的体现。

　　对比李宪乔曾以"恣乎缘情纵欲之言，而不足以垂教④ 评价袁枚，其对沈德潜的评价则是"袭乎仁义忠孝之言，而不足以动人"⑤。与袁诗相比，沈诗倒是显得格外重视垂教，以至于使其诗作流于说教，淡化了情感抒发。袁枚《答李少鹤书》称："来札忧近诗教，有以温柔敦厚四字训人者，遂致流为卑靡庸琐，属老人起而共挽之"⑥，表明李宪乔曾鼓动袁枚，希望袁枚能与自己一道，在诗学上声讨"以温柔敦厚四字训人""遂致流为卑靡庸琐"的沈德潜。在李宪乔看来，沈氏干瘪卑靡的说教甚至比袁枚缘情纵欲之言更可怕，因为沈氏连诗歌抒情以动人的基本功能都丢失了。李宪乔以"此二者，楚固失之，齐亦未为得也"⑦作为对沈、袁及其所代表两派的评价，并对其"失之故"进行分析，认为"正不能将正法眼与狡狯神通合并耳"⑧。基于此，高密派认为应以动人的方式去垂教，在维护风雅的前提下，蓄真情于诗，将诗歌抒情、垂教之两大功能加以最大限度地发挥。

　　纵览清中期诗坛，王士禛神韵诗学对其产生巨大深远的影响，清中后期诗学均与神韵派有着千丝万缕之关系。沈德潜经对神韵诗学的理性

17

---

　　① 李怀民：《论袁子才诗》，引自韩寓群主编：《山东文献集成》（第三辑，第 47 册），山东大学出版社，2007 年版，第 104 页。

　　②③ 李怀民撰：《李石桐先生赴岑溪日记》不分卷，山东省博物馆藏稿本。

　　④⑤⑦⑧ 李宪乔：《与李秉礼论诗札》，参见浙江浙商拍卖有限公司 2011 年春季拍卖会拍品简介。

　　⑥ 袁枚：《再答李少鹤》，引自《袁枚文选》，作家出版社，1997 年版，第 177 页。

吸收形成了格调诗学，袁枚则看到神韵派之流弊，在对其批判中建立起性灵诗论。然而，从王士禛到沈德潜，无不在以高官显贵的优越口吻称颂盛世春温之太平景象，力主"性灵"的袁枚生活富足，衣食无忧，亦以调弄才华的方式展示着盛世文人的风貌，乾嘉诗坛已然为一种看似四海升平的春温气氛所笼罩。作为沉寂在士人阶级的底层的寒士诗人之代表，高密诗派对社会人生有着区别于达官显贵、富商巨贾的冷静理解，对社会盛极而衰的转变提前有着超乎常人的敏锐预感，他们发言为秋肃之声，自立于"盛世"诗学之外，在乾嘉诗坛中，发出另一种声音。

1.2　山左诗学传统

1.2.1　纵向考察：沉实之风与清远之风的消长

山东不仅是儒家文化的发源地，也是经学和文学的大邦。历史上，山东是著名文人辈出的地方：宋代词人"二安"（李清照、辛弃疾），元代曲家张养浩，明代诗人边贡、李攀龙、谢榛，曲家李开先、冯惟敏等，皆出于此。山东文运自古隆盛，至清代，更是略无消歇。

山东青州诗人赵执信，是清代康熙朝"国朝六大家"之一，曾在他的诗论著作《谈龙录》中说："本朝诗人，山左为盛。"[1] 卢见曾在《国朝山左诗钞序》也颇为夸耀地说："国初诗学只盛，莫盛于山左。渔洋以实大声宏之学，为海内执骚坛牛耳，垂五十余年。同时若宋荔裳、赵清止、高念东、田山姜、渔洋之兄西樵、清止之从孙秋谷，咸各先登树帜，衣被海内，故山左之诗甲于天下。"[2] 显而易见，清初名诗人中，山东籍者，确实占据了相当比例。

"山东之所以在清初成为诗学的重镇，不仅在于有整齐的诗人队伍，还在于背后依托着一个强有力的明代诗学传统。"[3] 山东的诗歌风气和

---

① 引自赵执信《谈龙录》第二十七条。
② 卢见曾：《国朝山左诗钞》卷首，乾隆间雅雨堂刊本。
③ 蒋寅：《清代诗学史》第一卷（下），中国社会科学出版社，2012 年版，第 608 页。

重要影响都形成于明代，名高天下的诗坛英雄李攀龙便受到同乡后辈的景仰，如归允肃《张历友诗序》所说："济南多名公巨卿，往昔沧溟先生以古文辞振兴山左，吾吴则有弇州先生起而应之，才名角立，操觚家望之如泰山北斗，风流宏长，衣被者百有余年，至于今未艾。"① 尽管山左诗家奉李攀龙为精神偶像，但其创作并未简单地步其后尘。事实上自晚明以来，山东诗学主要是以杜诗为宗，在家国意识颇深的山左诗坛，杜甫的影响十分深远。至清，仍有诸多诗家崇奉杜诗，包括高密诗派，虽在创作上取法张籍、贾岛，在诗学上却极推服杜甫，与清代前期山左诗家宗奉杜诗的传统一脉相承。

　　清初卢世㴶即为杜甫推重者，卢世㴶（1589~1653），字德水，一字紫房，山东德州人，明亡后降清，起复原官，但称病坚辞。明末清初，几经战乱，风云变幻，在动荡的社会更替中，杜甫诗作引发了卢世㴶的强烈共鸣。在他看来，"杜诗乃天壤精气结成，即子美亦不知何系至此，岂复容他人着语！然经昔贤评唱而光焰愈长"②，对杜甫诗格与人格的肯定，在其对杜甫的宣扬中展开。他推许杜甫无论身处怎样的境地都能密切关注现实的精神："子美一生恋主忧民，血忱耿炯与日月齐光，有口者皆能言之，而忍穷负气东柯西枝兼食柏餐霞，棱棱如铁一饭不忘。"③ 对杜甫在自身生活困苦的条件下仍不忘忧国忧民之举十分钦佩。相应的，其诗也颇得杜诗风神，邓之诚先生认为，"世㴶悲感凄怆，无一字非杜也。"④

　　继卢世㴶之后，在山左诗坛，田雯是杜甫的又一崇拜者。田雯（1635—1704），字纶霞，又字紫纶、子纶，号山姜子，蒙斋，济南府德州（今山东德州）人，其诗论主要见于《古欢堂集杂著》。与其台阁大臣身份不相应，其论诗甚少雍容台阁之气，反有冷峻之感，理性意味浓厚，与杜甫性情颇有相似之处，此应与其身处官场的遭际有关，田雯曾于《蒙斋生志》中言："自官舍人以至忧归，凡二十五年，历景似适，

19

---

① 　归允肃：《归宫詹集》卷二，光绪十三年刊本。
② 　卢世㴶：《尊水园集略》卷之六《读杜私言》，引自《续修四库全书》1392 卷，上海古籍出版社，第 423 页。
③ 　卢世㴶：《尊水园集略》卷之六《读杜私言》，引自《续修四库全书》1392 卷，上海古籍出版社，第 425 页。
④ 　邓之诚：《清诗纪事初编》卷六，上海古籍出版社，1965 年版，第 697 页。

而其中遭际坎壈，侘傺抑塞之状，又足以悲也"①，在其官职升迁、"历景似适"的表象下深藏着一种"足以悲"的心境。纵观其《古欢堂集杂著》，可见其对杜、韩的高度认可，"（七言古诗）少陵、昌黎，空前绝后。宋则欧、王、黄、陆诸君子，根柢于杜、韩，而变化出之。"②

与田雯同时的另一位赫赫有名的诗人则是清初诗坛盟主王士禛。与宗奉杜甫、诗风悲感冷峻的卢世㴐、田雯不同，渔洋追慕王、孟、韦、柳，推举"清远"的诗学境界，他明确以"诗以达性，然须清远为尚"③来概括自己的诗歌理论，其将清初诗学沉实冷静之风变为清远冲淡，渐成诗坛主流风气。"以理论名称命名诗派"是清代诗派命名的特色，它意味着对某一理论的极端强调，神韵派即是其中典型："崇尚清远，强调神韵，本来无可厚非，但只是极力强调诗歌审美形式上的某一方面，对'某一种'特定的诗歌境界极尽推崇，忽略对诗歌内容的表达，便与中国诗歌传统所包含的意境的多样化、丰富性，与传统诗学所强调的关注社会人生的忧患意识和使命感、责任感都出现了偏差。"④"中国诗学体系本身具有一种纠偏机制"⑤，传统诗学走向毕竟在很大程度上受儒家诗学理念约束，一旦对诗歌形式的偏重走向极端，诗坛便会出现以风雅相标举，重提传统诗学的力量。在王士禛身后，有许多山左诗人纷纷对神韵说提出异议，其中有温和修正者张谦宜，也有言辞激烈的非难者赵执信，在他们身上，均能看到杜诗的影子，其诗学观点对高密派诗学主张的形成产生直接影响。

张谦宜（1649~1716），字稚松，号山农，胶州人。康熙四十五年中进士，不曾入仕，其诗论见于《絸斋诗谈》，论诗观点不离儒家温柔敦厚和风雅传统。张谦宜论诗表现出与渔洋相同的审美取向，他也推许王、孟，认为王维"古秀天然"⑥，以"真味性灵在字句外，古诗正派"⑦褒扬孟浩然；追求一种"不学而能"的冲淡："所谓冲淡，此性情心术上事，不洗自净，不学而能，若勉强作冲淡语，似亦是伪，何况

---

① 引自《田氏丛书》，清康熙至乾隆年间刻本。
② 引自田雯《古欢堂集杂著》卷二。
③ 王士禛著、文益人校点：《池北偶谈》卷十八，齐鲁书社，2007 年版，第 351 页。
④⑤ 石玲：《清代初中期山左诗学思想述略》，载于《文学遗产》2007 年第 3 期。
⑥ 王维（著）：《王维集校注》卷二，中华书局，1997 年版，第 192 页。
⑦ 孟浩然（著）、李景白（校注）：《孟浩然诗集校注》，巴蜀书社，1988 年版，第 4 页。

不似。"①

　　然而，张谦宜与渔洋持论有不同之处，与渔洋片面强调诗歌审美形式一端而忽视诗歌情感表达不同，张谦宜强调诗歌要表现真实的感情："造意是诗骨，故居第一。"② 其旗帜鲜明地推崇杜诗，认为："诗可传世者，必从杜来。"③ 张谦宜强调诗人后天修养，对创作主体提出明确要求，其一，强调作诗的"气骨"："后生学诗，急宜讲者，气骨耳。"④ 认为气骨是作诗的紧要之处。其二，重视诗人学养，其云："胸中无书，胸底无力，不得借口清奇，自掩其短。"⑤ 认为学养是诗人进行创作的必要条件。其三，强调诗人人格修养与心境高洁，"所读古人诗，要词雅而意正，气厚而力大，使肠胃先无尘滓，然后造语工妙。"⑥ 对诗人的首要要求是人格修养、志气识力，在此基础上才能谈遣词造句的技巧。以上观点与后来高密诗派主张非常一致。

　　如果说张谦宜利用杜甫诗学对渔洋诗论进行温和的补充，赵执信则表现得尤其激烈。赵执信（1662～1744）字伸符，号秋谷，晚号饴山老人，益都颜神镇（今淄博市博山）人，康熙十八年（1679）进士，授编修，官至右春坊右赞善。因在佟皇后丧期观演《长生殿》被革职。其后遍游江南名胜，流连诗酒，困顿终生。他是王士禛的从甥婿，曾问诗法于渔洋，也是第一个系统地对渔洋诗论进行非难和批驳的人。

　　赵执信注意到渔洋诗学对"真"的忽视，其对神韵诗风回避现实、着意拉开与现实生活距离的问题体会尤其深刻，为此他抓住病灶，猛下狠药，由对"真"的追究重新提出诸如诗中要有"人"等命题，其云："夫必使后世因其诗以知其人，而兼可以论世，是又与于礼义之大者也。若言与心违，而又与其时其地不相蒙也，将安所得知之而论之"⑦，赵执信以孟子"知人论世"的观点来论证"诗中须有人在"，并将之上升到"礼义之大者也"的高度，从儒家诗教的原则上阐述表现真情实感的重要性。赵氏诗作直面现实疾苦，情感强烈，语言愤激，诗风直露，与渔洋之清远冲淡大异其趣，其在渔洋"方以诗震动天下，天下士莫不

---

　　① 门立功：《历代诗话撷英》，中州古籍出版社，1992 年版，第 343 页。
　　② 王英志：《清人诗论研究》，江苏古籍出版社，1986 年版，第 87 页。
　　③ 郭绍虞：《清诗话续编》，上海古籍出版社，1983 年版，第 747 页。
　　④⑤⑥　转引自霍松林：《中国诗话史》（下册），黄山书社，2007 年版，第 1043 页。
　　⑦　李伯齐（编）：《山东分体文学史丛书》（诗歌卷），齐鲁书社，2005 年版，第 498 页。

趋风"①之时对其提出批评，是颇有勇气的举动，亦为高密派之崇真尚实开启了风气。

与张、赵等人一样，高密诗派也意识到神韵派之流弊，积极寻求着解决方案，高密派领袖李怀民诗学基本围绕神韵诗学的"失实"问题展开，他主张诗应书写真情，以朴实的五律代替浮夸的七律，对加强诗人后天学养、人格、气骨等均有详细论述，应该说，其诗论几乎是在前期神韵派反对者诗学的基础上进行总结并加以延伸阐释的成果。而更向前的源流则是杜甫诗学，他们极力推崇杜甫现实主义精神，希望以此扭转王渔洋及其追随者"蹈空无着""涂饰柔腻"的诗风，从而回归风雅传统。

传统诗学走向毕竟在很大程度上受儒家诗学理念约束，这一现象在山左诗坛表现得尤其明显，高密派选择循规蹈矩地遵照中国传统诗学的"纠偏机制"去匡正神韵派的过失，在面对诗歌形式偏重走向极端时，重提传统诗学的力量，从传统诗学中寻求答案，利用古人已有的诗论对诗坛流弊进行补救。清代山左诗风由清初风云动荡下的冷峻沉实变为渔洋强调的清远冲淡，而渔洋所忽视的对创作主体的道德要求、情感表达等则被高密派一一批评、修补，高密派的崛起意味着山左诗风的又一次转向，即渐由清远重回沉实冷静。山左诗风的变化喻示着创作主体及其对所处时代感受的变化，清初在风云动荡的背景下，士人心中不乏对旧朝之追思，及对个人出处的迷茫；康乾时期，国势鼎盛，政局稳定，最高统治者严密把控文网，此时歌颂太平春温之气象，吟咏风月，成为诗人最安全的选择；乾隆后期，皇帝老迈，社会弊端渐次显露，文网亦日趋松动，创作主体由台阁趋向布衣寒士，开始有包括高密派诗人在内的沉寂在士人阶级底层的寒士勇于发声，表现一己之哀情。

清初名诗人辈出于山左，到清中期，山左诗实际走向衰落，因为再也没有再提出如神韵说这样以一个理论命名的新见，包括高密诗派在内的山左诗人企图从传统诗学中寻找解决问题的方案。与此同时，江南地域诗学崛起，以袁枚为中心的性灵诗学选择了一个迥异于传统诗学的方案，在矫正神韵诗学末流之弊的同时，发出了为当时诗坛一振的新声音。

---

① 蒋寅：《王渔洋与康熙诗坛》，凤凰出版社，2013年版，第176页。

1.2.2　横向考察：与江南性灵诗学进行对比

与山左高密派同时，江南的袁枚却选择另一种方案去纠正神韵诗风流弊，他标举个性，张扬自我，倡为性灵派。而当性灵诗学传至齐鲁大地时，却已近消歇，在深受儒家文化影响的齐鲁大地并未产生很大影响。李宪乔在远官粤西时与袁枚有过交往，二人也曾在来往信件中交流诗学，但李宪乔对名噪一时的性灵诗学始终保持敬而远之的态度，其兄怀民对性灵诗学更是有所抵触。诗学观念的差异实际是诗人价值观念差异的外化。石玲认为，二者价值观念的差异根植于地域文化的不同，即齐鲁传统儒家文化与江南于商品经济背景下兴起的个性意识的差异①。这一观点基本符合事实。

与高密诗派领袖一样，性灵诗学倡导者袁枚对由王士禛倡导的神韵诗学也颇有微词，袁枚认为"羚羊挂角，香象渡河，有神韵可味，无迹象可寻"②，只是"诗中一格"③，"不必首首如是"④，对神韵派过于强调单一的清远境界提出异议。相应地，其诗学思想便体现为较大包容性与自由性的特点。高密诗派虽是为纠神韵说的弊端而崛起，却认为王渔洋诗格远高于袁枚，如上文提到的李怀民曾称："吾乡渔洋先生诗驰名海内，特兴风韵一派，然其流弊遂成涂饰柔腻，故身后声名日减。南人沈确士力矫渔洋气习。今袁子才亦痛诋渔洋，所恶于渔洋者，为其涂饰柔腻也，若子才之诗，品格未必高于渔洋，而粗鄙村率不值渔洋一笑云。"⑤ 另其关于王氏与袁氏二人"好名"也是区别看待，认为渔洋对谒者作品是比较认真的，点评也是中肯的："渔洋好名，多为人延誉，遇寒贱士汲引推奖，不遗余力。故南北人奉之若神明，然其延誉也，必于谒者著述择取佳妙，逢人说项。是以俗士苟有吟哦，经渔洋点定，不失雅洁"⑥"（渔洋）在扬州及官京师，案头堆积朋友诗集如山，手披口诵，日不暇给。盖非独好名，实心此道者也。"⑦ 而袁枚却忙于应酬，

① 石玲：《高密诗人的文化品格》，载于《山东师范大学学报》2005 年第 5 期。
②③④ 袁枚（著）、吕树坤译评：《随园诗话》，吉林文史出版社，2004 年版，第 175 页。
⑤⑥ 李怀民：《论袁子才诗》，引自韩寓群主编：《山东文献集成》（第三辑，第 47 册），山东大学出版社，2007 年版，第 104 页。
⑦ 李怀民：《论袁子才诗》，引自韩寓群主编：《山东文献集成》（第三辑，第 47 册），山东大学出版社，2007 年版，第 104 ~ 105 页。

顾不上仔细审阅所投诗稿，甚至令女弟子随便圈点，"今子才所至，拜往酬应兆扰已极。士有闻名投呈诗稿者，率不暇细检，使其丽人随意滥加圈点，以悦作者。"① 李怀民对袁枚讲究排场，好名爱财，老而好色深表不满："子才游历江山所至，投谒大吏，以名猎取财贿、衣冠、饮食，穷奢极靡，耄而好色。"② 由以上可见，无论对袁枚诗格还是"好名"的批评，均带有一种道德评判的色彩。就诗格而言，如果说"涂饰柔腻"只是一种对诗歌形式、风格的批评，那么"粗鄙村率"则透露出批评者对创作主体因疏于德行修养而造成言辞粗陋的鄙夷，更严重的是与高密派所标举的风雅背道而驰。就"好名"而言，王士禛基本能做到"名实相符"，在行动上认真对待他人所投诗稿，这些诗稿经其点定也确有提高；袁枚之审阅则完全出于"以悦作者"的敷衍，有些不负责任。在高密派看来，虽然王士禛神韵诗学存在着涂饰柔腻的流弊，但其本意还是提倡风雅的，且其在行为上并未像袁枚一样狂悖放纵，故而对袁枚的看法远多于渔洋。

此外，李怀民对袁枚治学与创作态度也提出严峻批评，认为袁枚恃才傲物，过于依仗才华，缺乏读书人应有的刻苦与沉静，少"静气"："其于诗文赏鉴，矜才傲物，都乏静气，非真正读书人本色，心窃疑之。及读其文集，盖少年时才华自喜者也。"③ 与袁枚仰仗先天才华，无所顾忌地发抒真我性情不同，高密派十分重视后天的功夫，提倡贾岛式的苦吟，在遣词造句上苦心孤诣。

从两派论诗来往的信件中，可看到双方诗论分歧主要集中于两个方面，其一，是否需要确立师法对象的问题。上文提到，高密派向古代已有的诗学中寻找解决诗学流弊的方案，因此，他们确立了明确的师学对象，"用力于杜、韩两家"④，对此，袁枚很不以为然，认为："足下用力于杜、韩二家，以为取法乎上，仅得其中，此外可一切决舍。此是学究常谈，不可奉为定论。……今夫山，泰岳居五岳之首，一登可以小天

① 李怀民：《论袁子才诗》，引自韩寓群主编：《山东文献集成》（第三辑，第47册），山东大学出版社，2007年版，第104页。

② 李怀民：《论袁子才诗》，引自韩寓群主编：《山东文献集成》（第三辑，第47册），山东大学出版社，2007年版，第103页。

③ 李怀民：《论袁子才诗》，引自韩寓群主编：《山东文献集成》（第三辑，第47册），山东大学出版社，2007年版，第103~104页。

④ 袁枚：《再答李少鹤》，引自《袁枚文选》，作家出版社，1997年版，第176页。

下矣。然有人焉，终其身结茅蓬于泰山之顶，而其余武夷山之幽深，罗浮之奥妙，至死不知，其得谓之善游山乎？仆道取法者，师之之意也。《尚书》云：'德无常师，主善为师'"①，从而否定了高密派对师法杜甫、韩愈的偏执，这无疑是对高密派指导思想的否定。如果说，高密派意图在确立某位师法对象的前提下，通过取法其诗学及创作建构其本诗派理论的话，袁枚则主张不拘泥某人某派，而是从自我出发，因情生诗，他认为："从古诗家，原无一定体格。"② 也正因如此，其诗学是颇具包容性的。其二，均主张诗写真情，但对"真情"的理解与诠释不同。袁枚称："诗者，人之性情也"③，而这种性情是先天真性情，是性情的本然状态，不受道德、理性、责任等伦理观念约束的，因此，这种真情从对自我的极端强调出发，与传统道德要求多有抵牾之处。高密派所主张的"真情"与此截然不同，他们更多服膺中国传统儒学的教义，强调个人在社会群体中的责任，着眼于士人在社会体系中的作用。他们是道德规范的忠实守护者，以"独善其身"作为个人行为要求，即便沉沦下僚，生活困苦，也坚决捍卫正统，承担起属于自己的神圣的社会责任。在他们头脑深处，有一种屈己为社会的意识。因此，当面对"大雅久衰歇，顽艳日袭盗"（李宪乔《再赠书田翁》）的局面，便欲奋力纠之，义不容辞。此外，与袁枚注重个人生活质量、耽于享乐不同，高密派诗人表现出一种人穷志不短的决心，如"一夕不饿死，气与衡华高"（李宪乔《贫士咏》），仿佛已经超越了对物质生活的追求，直达精神彼岸。

高密派对性灵诗学的抵触，缘于其个体须服从群体的认识，而这种观念根植于齐鲁传统文化。齐鲁大地号称孔孟之乡，是儒家文化发源地，山左文人自古以来深受儒家文化熏染，家国意识颇深，具有强烈的服从意识。相应地，山左文人也思慕古贤，以孔孟之言自勉，对自身要求十分严苛。由于这里强调传统，崇尚正统，因此山左诗人在诗学上，多表现出正统意识，注重从古代已有的成功案例中学习，少有奇异之思的特点。此外，经学大家郑玄出身于此，齐鲁是经学文化之腹地，严谨的治学精神于此产生深远影响，山左诗人在诗歌创作上，往往"获一奇

25

---

① 袁枚：《再答李少鹤》，引自《袁枚文选》，作家出版社，1997 年版，第 176～177 页。
② 袁枚：《再答李少鹤》，引自《袁枚文选》，作家出版社，1997 年版，第 177 页。
③ 袁枚：《诗近取诸身》，引自《随园诗话》补遗卷一，崇文书局，2012 年版，第 201 页。

字辄咨询，考一纪元必分剖"（袁枚《岑溪令李君义堂猥蒙佳赠兼索和章，舟中却寄》），严守格律，措意遥深，创作态度十分严谨。

1.3 寒士生存状况与"高密三李"

高密诗派中有许多成员是身处"盛世"之中的寒士，核心人物"高密三李"也不例外。在特殊的时代背景下，有着相似经历、社会地位、物质条件的士子们因共通的志趣、情感及思想，自发地聚合到"高密三李"身边，发抒着或喜或悲的人生感受。

1.3.1 "盛世"之中寒士的生存状况

高密诗派诗人绝大部分是科名不显的寒士，他们身负才学，本期望学为世用，无奈时运不济，壮志难酬。然而观高密诗人诸作，却鲜见其对社会和统治阶层的牢骚不满，他们或专意于诗，转移苦闷；抑或身在草野，独善其身，抱定不与世俗妥协，廉顽立懦的决心。他们是"盛世"中最不得志的群体，却也是始终对所处时代、社会怀有责任意识的群体。

古代士子寒窗苦读多为谋取功名，学以致用，高密派代表诗人李怀民便明确表达过读书期致用的价值观："读书期致用，无取虚文章"（《送子乔再官粤西兼寄岑溪诸文士》），"尚务储世资，勿效风露言"（《族子诒经访予芸涧，置酒示诸生》）。作为士子，心中最大的恐慌莫过于年事蹉跎却身无功名，正如李怀民于中年时感受的沉重的心理压力："壮岁不自立，日月忽已更"（《秋日杂兴五首抄一》）。科举之苦已然成为家常便饭，甚至有人在折磨中含恨死去，"死归生，舍生拼死来求名。炎天日午烁冈阪，里门未出何曾经？况兼徒步少车马，中干外强烦郁并。竟死道旁鲜弟兄，中野暴骸行人惊。"（《死归生》），侥幸坚持下来的人，其精神却因一次又一次落第的打击，变得失意万分，尽失早年雄心与锐气。当人生理想与现实拉开巨大差距时，他们顿觉迷茫，既不甘困偃，也不愿追逐时好，有失路之感，正如李怀民《学韩秋怀诗九首之三》所言："我生已渺微，我志殊澔汗。偃偃既不能，逐逐诚非愿。"然而，这些深受科举制度摧残的寒士，却并未对时代、社会、统治阶层产生过多激烈的抱怨，而是"岂有郁在臆，聊欲自舒散"（李怀民《学韩秋怀诗九首》之三），选择默默地承受命运的安排，将这种失意自觉消化。既然无法兼济天下，就要独善其身。他们不肯向世俗低头，趋奉俗流，多在功名心彻底被残酷现实浇灭时，选择返回故乡，以山水诗书为伴，过上清贫闲散的生活。

　　高密诗派另一代表诗人李宪乔，有许多诗作在描述包括自己在内的许多寒士的贫穷艰苦生活，如："镜雾朝偏暗，炉灰午不温。败篱饥犬伏，邻圃野禽喧。寂寞谁相叩？林间薜荔门。"（《冬暮村居杂咏同石桐作五首》之三）冬日居住在不见光的屋子，至一日中本应最暖和的正午，炉子依然没有烧热，更不用说寒冷的深夜了；邻居园中喧闹的野禽，与自己院中因饥饿而伏地的犬形成鲜明的对比，字句间皆透露出一股贫寒气。另如："一室翛然清净贫"（《一室》），诗人以多个表达贫穷意思的同义定语作"一室"的修饰成分，渲染友人生活之清贫。后来宪乔已经出仕为官，贫苦的境遇仍未得以改善，竟要像中唐时得益于韩愈所赠冬衣才免受冻馁的贾岛，依靠友人李秉礼馈赠的衣物度日，其《敬之寄赠衣物十二事》便记述了这一遭遇。

　　生活在这种贫苦中，幸而寒士们都具有一种萧散闲适的志趣，虽然清苦，但在积极精神的支撑下，有时还能体味到难得的乐趣。如李宪乔《与故人张朴话旧》："溪扉烟色寒，相访此林间。野鸟入春噪，空庭当昼闲。酒因贫后减，发自壮年斑。独有机中妇，时同看远山"，贫穷让友人将一切可以省去的开支都省去了，包括其所最爱的酒，即使如此，友人身处林间烟色中，与老妇一同携手相伴共看远山，也体会到一种身处烦扰的世俗中人难以体味的闲适。另有："池上几年住，故山闲薜萝。全家数鹤在，生计苦吟多。"（《寄曲江翁时主保定莲池书院》），友人即使在生计困难的条件下，还是保存了养鹤的习惯，这意味着，在其看来，即便生活艰苦，但人的生存需求也不是生活的全部，生活必须有些游离于生存之外的精神志趣，"养鹤"行为即是这种观念的反映。

　　虽然在世俗生活中并不得志，但寒士们并未趋奉时俗，随波逐流，相反，傲岸的秉性，令其坚决不与世俗合作，如李宪乔《冬暮村居杂咏同石桐作五首》之四云："性僻耽严苦，谁能避世憎。旧衾嘘气湿，新壁冻痕凝"，《叙吟示正一》："世味苦不入，古情反觉新"，他们均表现

27

出追慕古情，与世俗格格不入的特点，而这一特点在某些人身上表现得尤为激烈，如李宪乔有一首《寄周松干》，周氏作为充满理想主义色彩的寒士，其耿直傲岸的姿态和愤世嫉俗的风骨令人钦服，也正因如此，令其难为世俗所容。在高密派诗人的诗作中，常流露出难容于世的感叹，如"独自笑来独自慨，无限时人都不解"（《江楼戏拟"独自行来独自坐"诗示叶生》），"激俗每愤惋，尚论欲发狂"（《镇安寓舍赠农生大年日丰并示童正一即以留别》），诗人们也常哀叹自己热衷的事业无人理解，钟爱的审美趣味不被时俗见赏："嗟我业枯槁，难得知音知"［《秦侍读（瀛）筵上追悼许君集夔因呈诸公兼寄潘逸人》］，"只此寻常味，茫茫喻者谁"（《斋居即事成咏》）等。寒士们屡次哀叹知音者少，即便自己身在人群之中，却仍感到孤独。在这种情况下，志趣相同的寒士便自发围绕诗派领袖（即下文提到的"高密三李"）形成一个小圈子，有时谈及对人生的思考，对诗歌的看法，有时则是互相倾诉烦恼，嬉笑怒骂，谈笑风生。而诗歌，则成为这个小团体最热衷讨论的主题。

读书、作诗伴随寒士们的一生，其所充当的角色伴随主体境遇、观念的变化也在悄然发生变化。初出茅庐时，青年士子以之作为学以致用、兼济天下的前提，而当他们苦求功名无望时，便以诗书排解心中苦闷，作为独善其身的方式。漫长的清贫生活中，诗歌成为寄托寒士失意情感与精神的唯一载体。如李宪乔："驿路荒多草，平生苦为吟"（《龙山驿逢赵玉文》），"山因晴瞩远，瘴为苦吟开"（《将至镇安郡先寄汪太守》），作诗已然成为寒士们宣泄、发抒乃至排解其心中苦寒之气的途径。不仅如此，在世俗中遭遇求取功名的挫折后，寒士们便转而以作诗作为余生最重要的事业，正如李宪乔所言："向来诸兴减，不废是诗篇"（《冬暮村居杂咏同石桐作五首》之一），他们并非将作诗看作是生活的附丽，或者一种"余事"，而是一项须以严肃态度对待的事业，需要具有辛苦琢磨的创作态度："每自笑支离，丛中枯树枝。一官全仗友，百务不离诗。食肉已为馋，升阶岂所宜！酬知有底物？未断数茎髭"（李宪乔《即事戏寄敬之》）。在李宪乔身边，围绕着一批与之有着相同志趣，耽于作诗的寒士，如"孤兴转幽寄，翛然一轴诗。……独宿月照榻，冻吟霜满髭。不曾喧处见，那得世人知"（李宪乔《赠单襄棻》），刻画出单氏以诗为命的寒士形象；另如"闲宵此寄宿，清苦话兼吟。古屋连霜气，寒潭尽日心"（李宪乔《洙上访赵玉文同宿》），则将赵玉文的苦吟气质与其居所与周边环境氛围描述得极为契合；而"未改苦吟呻，荒居少近邻。雪晴原上寺，书寄岭南人。移石偶当径，下帘宁避尘。心知同所尚，湘水几冬春"（李宪乔《寄朱小岑》），则赞颂了朱小岑苦吟情怀不改，穷且益坚，矢志不移的坚定志向。

"穷则独善其身，达则兼济天下"，是寒士们始终崇奉的人生哲学。即便身在草野，境遇艰苦，也鲜有怨怼之意，反而选择力守清高耿直之胸襟，并希望以此去影响、改变身边极有限的社会风气。不管他们身处何种境遇，都选择领受命运，并为国家、社会尽一己绵薄之力。因此，他们是"盛世"中最不得志的群体，却也是始终对所处时代、社会怀有责任意识的群体。

1.3.2　高密诗派核心人物："高密三李"

高密诗派兴起于山东高密，是具有鲜明地域特色的诗歌流派。其核心人物是三位原籍高密的李氏兄弟，又称"高密三李"。"高密三李"之父李元直是雍正年间直臣，《清史稿》卷三百六、列传九十三有其传：

> "元直，字象山（又号象先，字愚村），康熙五十二年（1713）进士，改庶吉士，散馆授编修……世宗尝曰：'元直可保其不爱钱，但虑任事过急。'又尝谕诸大臣曰：'甚矣，才之难得！元直岂非真任事人？乃刚气逼人太甚。'元直晚年言及知遇，辄泣下。初在翰林，与孙嘉淦、谢济世、陈法交，以古义相勖，时称四君子。及嘉淦总督湖广，治济世狱，徇巡抚许容意，为时论所不直，元直遂与疏焉。①"

由此可见，李元直虽非显宦重臣，但却因其耿直傲岸、不畏权贵的品性而著名，正如其同僚陈宏谋在他去世九年后为他写的墓表中所言："公在翰林，於予为前辈。嗣乃同为谏官，以道义真诚相期许，无世俗夸誉娇婴之态。而直言敢谏，有胆有识，名彻殿陛，声振台垣，予自愧

---

① 中国文史出版社（编）：《列传七十三》，《清史稿》（下）卷三百六，引自《二十五史》卷15，中国文史出版社，2003年版，第1665页。

不如也"①，元直在以严厉著称的雍正帝面前毫无惧色，同僚也皆佩服其胆识。"高密三李"作为李元直之子，自然深受其父为官信念、做人品格之影响，亦在胸怀报国之志的同时，兼具雄直傲岸之品性。

"高密三李"即李宪噩、李宪暠、李宪乔，三人均为李元直辞官后所娶宋夫人所生。

李怀民（即李宪噩）（1738—1793），清诗人、学者、书画家。名宪噩，一名宪噚，以字行，号石桐，又号十桐、敬仲。乾隆间诸生。后屡试不售，遂返乡，居家奉亲教弟，专意于诗，诗作多五律。张维屏《国朝诗人征略初编·听松庐诗话》云："石桐先生于渔洋、秋谷之后，而能自辟町畦，独标宗旨，可谓岸然自异不随人步趋者。其五言朴而腴，淡而永，苦思而不见痕迹，用力而归于自然。五字中含不尽之意，五字外有不尽之音。"②《晚清簃诗汇》则云："其诗体格谨严，词词旨清朗，时时有独到语，不堕当时风气，遂谓与渔洋、秋谷鼎立，则推崇过当矣。"③ 他在"高密三李"中最为年长，为高密诗派的开派者。

李怀民与其弟宪乔所作《重订中晚唐诗主客图》，搜集唐元和以后诸家五律，辨其体格，奉张籍、贾岛为主，朱庆馀、李洞以下为客，是高密诗派理论基础的重要组成部分。宪乔官广西时，曾奉母居岑溪等地达五年，与当地诗人和宦游诗人多有接触，并与宪暠、宪乔同所交诗人结成诗社，传布以《重订中晚唐诗主客图》为主的高密派的诗学理论，推动了当地诗歌发展。写有《李石桐先生赴岑溪日记》、与李宪乔合作《二客吟》。著有《石桐诗钞》《十桐草堂集》。

李宪暠（1739～1782），清诗人、学者、书画家。字叔白，号莲塘。诸生。乾隆四十五年（1780），宪乔以例授任广西岑溪知县，宪暠随居住其治，未及返乡，便去世。工诗，与兄怀民、弟宪乔称为"高密三李"。其在兄弟中去世较早，诗作不多。李宪暠著有《定性斋集》（一名《叔白诗钞》）、《莲塘遗集》。对于各地形胜、典章制度也有研究。著有《古文》四卷，《考辨古今文物制度论解》若干卷、《李叔白日记》等。生平事迹见《清人诗集叙录》卷三九、《晚晴簃诗汇》卷三九、

---

① 转引自李丹平主编：《高密诗派研究》，山东画报出版社，2011年版，第29页。
② 张维屏：《国朝诗人征略初编》卷四十一，引自周骏富（辑）：《清代传记辑刊》（学林类），明文书局，1985年。
③ 钱仲联：《清诗纪事》，江苏古籍出版社，1989年版，第7366页。

《清史列传》等。

　　李宪乔（1746～1799），清诗人、学者、书画家。字子乔，号少鹤。乾隆三十年（1765）拔贡，时年十九岁，议叙当授为县令，皇帝以其年幼而未让出任。时大学士陈宏谋安慰说："君名臣子，终当以科第起家，一令不足以辱君也。"① 四十一年（1776）召试举人，四十五年（1780）官广西岑溪知县、归顺知州，卒于西隆军务中。少年丧父，学诗于兄怀民，五言近体近贾为多，"正与石桐骖靳，故有张、贾门下二客之称。"② 宦游后，诗作兼采李白、韩愈、苏轼等唐宋诸大家。李宪乔性情清高狷介，不肯随俗俯仰，居官洁身自好，不同流俗。著有《少鹤内集》《鹤再南飞集》《龙城集》《宾山续集》《拗法谱》及《李少鹤日记（不分卷)》等，与怀民、宪暠同编有《晋唐六家五言诗选》（六家分别是：陶、王、孟、韦、储、柳）。另有李宪乔译选、董文涣增订，同治七年（1868）刻本《高密李氏译选孟诗》一卷和补遗一卷。并与人合作评点《韩昌黎诗集编年笺注》。李宪乔是"高密三李"中年纪最轻者，但其在"三李"乃至高密诗派中，诗学与诗作成就当属最高，对扩大高密诗派影响起到巨大作用。

31

---

　　① 凤凰出版社（编撰）：《民国高密县志》，《民国潍县志稿》（二），《山东府县志辑》41，引自《中国地方志集成》，2004 年版，第 585 页。

　　② 汪辟疆：《论高密诗派》，引自《中华文史论丛》（第二辑），中华书局，1962 年版，第 137 页。

第2章 高密诗派的诗学思想
——以"高密二李"为中心

上一章提到，"高密二李"（李怀民、李宪乔）是高密诗派的主要领袖，他们不仅是创作上的主力，更是高密诗学的首创者。二人倾心诗学，有《偶论四名家诗》《凝寒阁诗话》《重订中晚唐诗主客图说》等诗学著作。面对令人失望的社会风气，他们尤其注重对诗人主体情性、气骨的修炼，强调创作主体应具备不合于众，不容于俗的独立品格——选择化"崇古避俗"的诗学观点为手中之剑，与时俗抗争。

2.1 尊崇古意，发为真声

高密诗人主要活跃在乾隆中期以后至嘉庆初年，此时神韵派余韵未消，却已显末流之弊。正如汪辟疆所言："宗渔洋者，流于婉弱空洞。"[①] 为追求"羚羊挂角，无迹可寻"之韵味，神韵派末流批风抹月，堆叠辞藻。面对这种诗坛现象，"高密二李"开始积极反思，并愈加清晰地意识到神韵派末流的弊端。

2.1.1 反对"诗中无人"，注重发抒情感

李怀民在《批众家诗话》中曾专门批评过王士禛，认为其过于追求诗歌韵味，耽于营造缥缈淡远之境，却忽视情感表达，走上蹈空无着的创作歧途。如（王士禛）曰："表圣论诗，有二十四品，予最喜'不

---

① 汪辟疆：《论高密诗派》，引自《中华文史论丛》（第二辑），中华书局，1962年版，第137页。

著一字,尽得风流'八字。又云'采采流水,蓬蓬远春',二语形容诗境亦绝妙。正与戴容州'蓝田日暖,良玉生烟'八字同旨。"[①] 怀民则评之曰:"总是蹈空无着,浮论自误,误人。"[②] 又如王士禛曰:"余尝观荆浩论山水,而悟诗家三昧,曰远人无目,远水无波,远山无皴。又王懋《野客丛书》,太史公如郭忠恕画,天外数峰,略有笔墨,意在笔墨之外也。"[③] 对此,怀民亦毫不留情地批评道:"引入空虚无际,全是神龙见首不见尾,故见误人不浅。远人无目非近人亦无目?"[④] 怀民对神韵派的反感绝非仅因个人喜好的不同,更重要的,其为神韵派大肆倡导片面追求诗歌意境,而使"诗中无人",造成"误人"的后果深表忧心。

李怀民认为,诗歌是表现诗人情感的载体,称:"物生皆不隐,情动即教看。"(《订〈中晚唐诗人主客图〉既成怅然有感,题卷末二首》之一),进而提出:"情高者,诗高;情鄙者,诗鄙。"与以营造悠远淡美意境为要的神韵派相区别,李怀民认为诗歌之雅俗直接取决于诗人情性高下,诗人情性堪称诗作之魂。由此可见,诗中是否"有我",即于诗作中是否可见诗人平生志趣,是以李怀民为代表的高密诗派与以王士禛为代表的神韵派诗学的主要分歧,也是高密诗派判断诗歌优劣的重要标准。而这无疑是高密诗学承继孟子"知人论世"观点的结果,正如李宪乔所云:"古人诗写景必有情在,故即其诗可以想见其生平,想见其时世。孟子曰:'是以论其世也'。"[⑤]

2.1.2 倡导养气立志,修炼主体气骨情性

基于需在诗作中反映诗人平生志趣这样一个前提,"高密二李"皆批判历来学诗者模仿古人字句的作法,认为那是本末倒置之举,正确的作法是从创作主体出发,追慕古人品性,提高自身气质。以李宪乔对学苏诗之法的看法为例,宪乔认为学诗者应先求其至大至刚之气,而不应

---

①② 李怀民:《批众家诗话》,引自韩寓群主编:《山东文献集成》(第三辑,第 47 册),山东大学出版社,2007 年版,第 61 页。

③④ 李怀民:《批众家诗话》,引自韩寓群主编:《山东文献集成》(第三辑,第 47 册),山东大学出版社,2007 年版,第 62 页。

⑤ 李宪乔:《与众家论诗》,引自韩寓群主编:《山东文献集成》(第三辑,第 47 册),山东大学出版社,2007 年版,第 259 页。

耽于对字句的模仿，其《论苏长公诗评》云："公以至大至刚之气，发为海阔天空之文，掠风绘水之妙，金玉琳琅之音，谓非李太白后一人不可也。然欲学其文，须先求其气，得其气一分，便有一分殊绝。俗子不识，只摭其三杯软饱，一枕黑甜：'三杯软饱后，一枕黑甜余'，及《真一酒》《元修菜》之类，一切游戏琐细之作，自诩为得苏派，何翅蚁视六鳌耶？"① 针对类似问题，李怀民云："李杜韩苏，其人品原自可贵，故自其言不朽。后之人无其情性，袭其皮肤，弥近而大乱矣。"② 由此可见，"二李"皆十分强调诗人主体情性与品格的修养。因此，针对创作主体，他们或提出明确要求或做出深入思考。

在提及诗作品位与创作主体情性之关系时，李怀民有诗云："高言不宜俗，闲情始有托。不高定不闲，有吟皆强作。试观古吟者，缥缃满东阁。掩卷论其人，桀桀尽雕鹗。陆子勉气骨，斯言真石药。与君溯风骚，勿使昔人作。"（《尝爱放翁〈示友〉诗，近日闲云先生读〈剑南集〉即其意广之示闲云》）他分别从"艺术品位""学养识力"及"世俗人格"三方面必要的创作品格，对创作主体提出明确要求：其一，诗人要有区别于市侩之心的高雅闲适之性，因为诗作能真实反映出诗人品性之高下，如其云："诗文书画，虽属技艺之流，亦可以见定人品高下"③；其二，应注重学古，博览群书，从古贤处汲取智慧，即其言："识见者，先识得古人如何居心，如何行径"④，而"识得古人居心"的主要作法即博览古籍，"须于学诗之外，究览史传，熟读经书，方能益其识，而祛其陋"⑤；其三，铁骨铮铮，坚守自我，不受世俗拘囿，亦如其《高士裘》所描述的："耻向泽中钓时誉，独揽登高吟晓寒。幸语高士卫尔冰霜骨，慎莫负薪傲炎月。"正因怀民深感诗歌吟咏创作主体之情感，所以极力倡导诗人应加强自身品性、气骨之修炼，主体情性端正，诗歌自然醇正。

　　① 李宪乔：《论苏长公诗评》，引自韩寓群主编：《山东文献集成》（第三辑，第47册），山东大学出版社，2007年版，第123页。
　　② 李怀民：《与某论诗》，引自韩寓群主编：《山东文献集成》（第三辑，第47册），山东大学出版社，2007年版，第80页。
　　③⑤ 李怀民：《杂记》，引自韩寓群主编：《山东文献集成》（第三辑，第47册），山东大学出版社，2007年版，第96页。
　　④ 李怀民：《书单子受诗后》，引自韩寓群主编：《山东文献集成》（第三辑，第47册），山东大学出版社，2007年版．第78页。

对比向创作主体直接提出要求的李怀民，李宪乔并未像其兄长一样，急于抛出观点，而是向古意中寻求答案，更为详细地剖析这一问题。李宪乔认识到"知人论世"以传统诗学"诗言志"的观点为前提，并对"何为志"做了详细阐释："必将有生平心力之所注，至真至确，不肯以庸靡自待者，宣写流露于吟咏之间，乃所谓'志'也"①"志者，平生心意之所向，而力必求以赴。"② 宪乔认为，"志"带有鲜明的主观色彩："人之志，亦有不同"，为了令人能够深刻体会到其所提倡的"志"，李宪乔胪列出古今诸多名人之志，进行说明："若陈伯玉（陈子昂）之志在复古，太白之志在删述，少陵之志比稷契，陆放翁之志存恢复中原，元遗山之志不忘故国，即足下之穷研山水志，谢监（谢灵运）怡适性情志陶令，皆是也"③，揭示出众人熟知的古代诗人之志；而"彀人（吴锡麒）当转御士史，力辞。或问其故，曰：某今具官，后世不过目为不通之翰林而已。若在言路，而碌碌随众，使后人指出为某朝某年间，某为御史，真愧死矣。仆在柳州时，或传太守上制府书，力抉广西之蠹弊。民生之困苦，皆由于上之作不顺，而施不恕也。其言峻切，犯时怒，而不顾，皆可谓今之有志者"④ 则以当世文人吴锡麒为例阐释了何为"志"。

细究《凝寒阁诗话》，可发现宪乔笔下另一个与"志"基本同义的概念，即"安身立命处"，细读宪乔所举何为"安身立命处"诸例，可见与其对"志"的列举基本重合。如"又问：'诗中何以为安身立命处？'曰：'夫杜之嗟叹卑老，似与竹垞无异，乃官为拾遗，贵矣，而《曲江》诸作，郁郁不得志，以不能行其道也，许身社稷，救天下之饥溺，虽不能至，志则有然，此少陵安身立命处'"⑤，"人人能道者也。妙在总提开国之模、荡平之业，便将平日北定中原一腔义愤郁郁勃勃激发起来，与老杜每诗皆关君民，元遗山开口便悲故国一也。此便是他

---

① 李宪乔：《书韦庐续集后》，引自韩寓群主编：《山东文献集成》（第三辑，第47册），山东大学出版社，2007年版，第150页。

② 李宪乔：《又一书》，引自韩寓群主编：《山东文献集成》（第三辑，第47册），山东大学出版社，2007年版，第183页。

③ 李宪乔：《又一书》，引自韩寓群主编：《山东文献集成》（第三辑，第47册），山东大学出版社，2007年版，第183～184页。

④ 李宪乔：《又一书》，引自韩寓群主编：《山东文献集成》（第三辑，第47册），山东大学出版社，2007年版，第184页。

⑤ 李宪乔：《书韦庐续集后》，引自韩寓群主编：《山东文献集成》（第三辑，第47册），山东大学出版社，2007年版，第151页。

（陆游）安身立命处。读放翁于此着眼，方免为寻花问柳求田舍伎俩。"① 由以上可见，许身社稷，恢复中原，既是杜甫、陆游的安身立命处，也是其"志"所在。除此之外，宪乔对李白、韩愈、苏轼"安身立命处"亦进行了举例说明：

> "李之激昂不遇，亦似与竹垞无异，乃受明皇厚知隆礼，为朝士倾仰，而密疏奸邪如杨李之辈，睍睨璧？如贵妃、力士之类，以致终身坎憾，不得一官，卒以流离佯狂，傲然而不悔，风云屠钓，大人阢陧（不安），此太白安身立命处；若韩《悲二鸟赋》《三上时相书》啼饥号寒，大声疾呼，竹垞似犹未至于此，乃甫为近侍，即激切谏诤，患难死生，不为移变及后还朝，而峨冠玉带佩反以为引为愧，然后知昔人之皇皇无君，今之凿枘不？② 皆与孟子同揆，即能志孟子之志者也，此昌黎之安身立命处；若苏则进身最早，得遇甚隆，是与三子不同，故初无抑郁忧幽之感，然当召入为翰林学士时，两宫述先帝之旨，呜咽缠绵，叹为奇才，许以宰相，使他人当之不知若何庆慰，以祈保全，而至大至刚之气，不以少屈嬉笑怒骂之态，不以少敛，万死投荒，甘之若饴，乃与韩子同揆，即能志韩子之志者也，此东坡之安身立命处。"③

李宪乔分别结合古代诗人不同人生境遇，对其"安身立命处"亦即其"志"作出说明，同时也举出朱彝尊和王士禛作为反例进行辨析，"试问竹垞之志，何志乎？自《村居》《感遇》而下，八九卷皆类疾贫伤困之作，甫一通籍，但有颂谢，中情快足，略无表见之处，报称之志。官既去，则又疾贫伤困如故。夫晚以荐征入翰林，事非稀奇，而竹垞之志量已尔尔"④ "又问：'前如阮亭尚书，今若归愚侍郎其安身立命处安在？'先生笑而不答"⑤，认为朱彝尊之"志"过于狭隘，仅仅限于

---

① 李宪乔：《选陆放翁诗评》，引自韩寓群主编：《山东文献集成》（第三辑，第47册），山东大学出版社，2007年版，第128页。

② 原文此字有污迹，模糊不清，此处以问号代为标识。

③ 李宪乔：《书韦庐续集后》，引自韩寓群主编：《山东文献集成》（第三辑，第47册），山东大学出版社，2007年版，第151～152页。

④ 李宪乔：《书韦庐续集后》，引自韩寓群主编：《山东文献集成》（第三辑，第47册），山东大学出版社，2007年版，第150页。

⑤ 李宪乔：《书韦庐续集后》，引自韩寓群主编：《山东文献集成》（第三辑，第47册），山东大学出版社，2007年版，第153页。

关心自己的富贵荣华，不值一提，而对渔洋有意淡化诗歌功能，言之无物，只是极度强调审美韵味的诗论早有不满。

因此，虽然"志"因人而异，各有不同，但综合以上诸例，可见宪乔倡导之"志"包含以下几点要求：其一，对民族、社会、人民保持持续的强烈关注，具有一种深沉的社会责任感；其二，具有独立之精神品格，不随波逐流，也不媚于统治者，并因此具备一种觉醒与批评意识；其三，有一以贯之的恒心与坚韧的品格。对社会意识、独立精神以及持之以恒的强调，贯穿于李宪乔"志"概念之中，寻求一个虽离于政权之外，却对社会保持关注的位置，是宪乔毕生的追求，也是其本身的"安身立命处"。他为恢复诗歌之功能性奔走呼号，强调文人不应只关注一己之升迁荣辱，更应肩负起社会责任。无论官职大小，在朝在野，都应保持一份对民众、社会的关怀，甚至在当统治者政策发生偏差时，不去献媚阿谀，亦步亦趋，而是应首先觉醒，提出批评敦促其改正。李宪乔承继"诗言志"的诗学传统，主张诗歌功能性，认为诗歌应反映诗人对社会的关注、民众的关怀、政权的反思。由此也能突破一般诗家对高密派诗学"隘"的成见，毕竟，以李宪乔为代表的高密派诸人对社会、人生、历史还是极为有意识地去观照的。

既然"志"对于创作主体如此重要，则李宪乔对如何树立"志"也做了阐释。李宪乔认为，培养诗人"雄直之气"，锤炼气骨，是立志的充分条件，而这种认识亦是从韩愈诗论中得到启发，更近的源头是孟子之"养气说"，如其云："文昌之赞公曰：'独以雄直气，发为古文章。盖所重者，雄直之气，即孟子所养者也。有此气则有此言矣。若仅学为方正严厉之正言，将内多欲而外嗜仁义者，皆得以伪为矣。故苟得其气，则正言之可也。'"[①] 李宪乔进一步认为，诗人之"气"是诗作之魂，也是决定其优劣的根本因素，在他看来，王士禛、沈德潜诗作之弊正在于不得"气"，因此肤廓客气。"苟不得其气，则所言者皆浮阔也，虚憍也，陈言也，客气也，何足算哉？阮翁尚书所师奉之人，其学韩杜处，正坐此病。近来又有以风雅自任者，开口便言三百篇，温柔敦厚之旨及观所作不异土苴（暗讽沈德潜）。无其气，而强为言者也。若使遇

---

① 李宪乔：《选韩昌黎诗评》，引自韩寓群主编：《山东文献集成》（第三辑，第 47 册），山东大学出版社，2007 年版，第 119 页。

有弥明其人者，岂仅如刘侯之丑态耶？"① ——于此，诗人再次重申了创作主体志趣、气骨对作品层次高低产生直接影响的观点。

李宪乔这种以养气立志作为创作根本的看法，直接影响了其对取法对象的认识。明清诗坛，关于宗唐还是宗宋的争论甚嚣尘上，诸派各执一词，难决高下。李宪乔却跳出这一窠臼，认为宗法对象的选择不应武断地以朝代作为标准去划分，而应视诗人是否具备志向气骨而决定，其云："仆所谓以古为法，法古人之气骨，非必侈言汉魏盛唐也。"② 他对世人有不重视立志，只求从汉魏盛唐入门学诗的现象，进行严峻批评，"时下人作诗，志先卑靡，识已瞀炫，虽言入门，何有于正。"③ 认为世人本末倒置，将立志与入门的顺序搞反了。李宪乔进一步对古代诗人以朝代作为评价诗歌优劣标准的观点进行反驳，如其言："梅圣俞自谓：'诗追二雅，其楚骚、十九首，皆不足法欤'，李太白谓：'自从建安来，绮丽不足珍'，而其诗多拟鲍照、阴铿、庾信，非自功其盾欤？韩退之言：'逶迤逮晋宋，气象日凋耗'，岂陶渊明亦在凋耗中耶？④"指出各时期均有杰出诗人，决定取法谁家的标准不是诗人所处的时代，而是诗人主体志向之高低，气骨之强弱。

因此，面对门人提到的"诗学何家"的问题，宪乔认为并没有加以朝代拘限的特定标准，认为只是依照个人秉性选择性之所近的诗人即可。宪乔友人秦希文曾在与其往来书信中发问："度某之才，量某之力，当以何者为楷模？"⑤ 秦氏也存在与时人一样，有过度在意师法何家的执念，基于此，宪乔回应说："昔人云：'未知古人心，且求性索悦'。足下亦即素所玩者，深思而抚拟之，其有不能至，或未尽释然，然后就师友讲求讨论之，此所以学也"⑥，对于秦氏提出的诗法何人这一问题，宪乔认为应该从自身兴趣出发，在身负气骨志向的诗人中间选择与自己有相近性情、志趣的诗人作为师法对象。并进一步提及学习方法：要深

① 李宪乔：《选韩昌黎诗评》，引自韩寓群主编：《山东文献集成》（第三辑，第47册），山东大学出版社，2007年版，第119~120页。

② 李宪乔：《与秦希文书》，引自韩寓群主编：《山东文献集成》（第三辑，第47册），山东大学出版社，2007年版，第144页。

③④ 李宪乔：《再答秦希文书》，引自韩寓群主编：《山东文献集成》（第三辑，第47册），山东大学出版社，2007年版，第146页。

⑤⑥ 李宪乔：《再答秦希文书》，引自韩寓群主编：《山东文献集成》（第三辑，第47册），山东大学出版社，2007年版，第147页。

入地去学习、琢磨，有不明之处通过与他人的讨论解开疑惑，在这一过程中增益自己的诗学知识。由此可见，在诗学何家这个问题上，李宪乔的态度是比较开放的，没有刻板的一定之规，只要诗人身具气骨，无论朝代、际遇、名望，均为其所赏识，但是这种"开放"是在儒家传统精神的要求之下的，要求诗人胸中具有一定的时空丘壑，怀揣时代、家国，因此与描写纯粹个人享受题材的诗作格格不入。

2.1.3　治学需静缓，学诗从中晚唐五律入

基于"高密二李"对创作主体应具备的品性与情性提出的要求，及所做出的思考，二人又分别从诗歌创作之主体与客体两方面延伸下去，谈及创作主体的读书、治学之法以及对诗歌类型的要求。

针对"加强诗人自身精神修养、品性气骨的修炼"这一对诗人内在精神提出的宏观要求，李宪乔在论诗时，还详细介绍了达到这一要求的方法，即读诗、作诗甚至治学之法。

诗人立志，从广义的人生层面上讲是要具有志向抱负，而推及到作诗，李宪乔认为同样"立志须高"，其云"为学以志为主，志之所至，必赴焉。"[①] 作诗不是临时起意，不是随波逐流，而是一种坚定的意志，即如："每见世上有种高兴，人见人作诗，也随作诗，见人作字，也随作字，亦不无可观。无奈才辨得路径，便已淡兴，或见无人提掇，辄便丢弃，此即属无志之辈，不能贤于醉生梦死者也。"[②] 一旦确立了坚定的志向，便与盲目跟风者有了"真卓"与"游移"之区别，从而具备一种立志超出时俗的独立意识，"曰：或问游移与真卓之辨，曰：譬如贾儿开铺，真卓须是自己本钱，自己开张，立意要发大财，不论旁人；游移，须似替人看管，若在铺人多，一时高兴，帮手，假使本主不在，便各自回家去睡觉，到底做不成买卖。"[③] 凡立志作诗者，心中便有坚韧的信念，便不会随人作活，目论耳食。

① 李宪乔：《与众家论诗》，引自韩寓群主编：《山东文献集成》（第三辑，第 47 册），山东大学出版社，2007 年版，第 246 页。
② 李宪乔：《与众家论诗》，引自韩寓群主编：《山东文献集成》（第三辑，第 47 册），山东大学出版社，2007 年版，第 241 页。
③ 李宪乔：《与众家论诗》，引自韩寓群主编：《山东文献集成》（第三辑，第 47 册），山东大学出版社，2007 年版，第 255 页。

确立坚定的作诗志向之后，李宪乔主张通过阅读古人诗作，汲取其中精华的方式，为作诗提供准备。李宪乔对当时囫囵吞枣似的读书习气深恶痛绝："近见人往往不肯细心咀嚼，只辨一揽丹黄，急捉判语。若如此而遂得其妙处，则其为诗可知矣"，① 他认为读诗如品尝味道，应当平心定神，从容咀嚼，如其言："读诗譬之食味，平心定神，从容咀嚼，曰：此咸也，酸也；或曰，此咸多于酸，酸多于咸也。此虽咸与酸，而未为极致也，此咸酸之极致也，然后辨其品，为姜桂，为樱草，为驼峰，象白。久之，则能知此为某庖之作法，此为某庖之变法，此学某庖而未至，此虽学某庖而或过之，尝之津津，辨之历历。其乐真有符节之合，埙篪之应。"② 由此可见，宪乔认为，读书不在数量上的多少，而在于是否能得其中真味，这在其老年回忆少时读书场景时感受尤其明显："仆老矣，不能更读书，每有暇辄温习旧书，比小时所读，益亲切有味，始悟向时鲁莽涉猎之无用，即学字亦然。临渊羡鱼，不如退而结网，同一义也。"③ 因此李宪乔以"蒸地黄"为喻，拟读书之法："曰：仆尝谓读古人诗，当如蒸地黄，然须用上等好酒，蒸极透，暴向日中，晒极干，如此曝一次，比及九次，自然坚实力充味足。若初次蒸不透，晒不干，到底不免离生，仆读苏黄诗亦然，仆教单菱浦亦然。万勿瞥见古人幽光古色，自已不了亮处，便思一步跳上去也"④，企图以此喻警告后生们读古诗要有绝对踏实的态度，一步一个脚印去领悟，切不能投机取巧。而宪乔极力主张踏实读书的目的在于在这种静缓的阅读之中，与古贤们进行精神交流，使其精神意味常在胸次，最终得其风骨气脉，如其所言："凡为学，宜若登山。然所谓游者，非克至之谓也。藏焉，修焉，息焉，游焉，不持之以急，而持之以缓；不应之以躁，而应之以静，使其精神气脉，与吾相亲浃，欲去而不能，斯所谓游矣"⑤ "每游过一山，如读熟一卷书，其意味长在胸次，历久而不能忘也，此则得山

①②③ 李宪乔：《与众家论诗》，引自韩寯群主编：《山东文献集成》（第三辑，第47册），山东大学出版社，2007年版，第242页。

④ 李宪乔：《与众家论诗》，引自韩寯群主编：《山东文献集成》（第三辑，第47册），山东大学出版社，2007年版，第249页。

⑤ 李宪乔：《听汪太守述衡山之游》，引自韩寯群主编：《山东文献集成》（第三辑，第47册），山东大学出版社，2007年版，第134页。

之真精神，真气脉，而不仅一至之为谈柄耳"①，读书不是为了向周围人夸才炫技，而是为得古贤之精神气脉——此与其强调诗人之品性气骨的主张桴鼓相应。

因此，读少鹤诗话，能发现其在阅读古人诗篇时，往往能够透过字句观察到诗人不同流俗的品性骨力，有突破固有认识的新见，这便是其对前人诗作细读涵咏领悟前人精神气脉的结果。如宪乔能透过韦应物之闲适冲永，觉察到其坚卫感伤的情绪："苏州淡于世情，故其诗止有冲永，即言愁怅，实无愁怅也。若柳州则抑郁悲侘之所成，看似闲适，乃多感伤"②"韦郎少为倜傥不羁人，后乃折节向学，故所得最坚卫卓荦，若第以清远闲旷目之，尚貌取耳"③；其对李白也有不同于"谪仙"的新认识，不同于一般论诗者喜其浪漫狂恣，李宪乔爱赏李白扶抡风雅之精神，傲岸清介之品性，"李阳冰序白集云：'不读非义之书，耻为郑卫之作'，东坡诗云：'开之有道为少留，縻之不可矧肯求''平生不识高将军，手得吾足乃敢嗔'，似此真气骨、真肝胆，何尝是如世俗所传之谪仙耶？"④；不同于世人皆爱陆游之浅易，李宪乔却对剑南"坎崎之骨，轮囷之胸"有所观照，"学剑南者，多乐其浅易，遂忌其为坎崎之骨，轮囷之胸也，卑卑常琐，所在皆然"⑤；"读《文昌集》，似为平和恬静，不露圭角人（张籍）。而东野称以志士壮怀，正与退之'脑脂遮眼卧壮士'语相应。意文昌为人，必极伉直冷峭，观与退之二书，亦可见矣"⑥，而对高密派主要取法对象的张籍，宪乔亦是看到了东野对其"志士壮怀"的评论，因其"伉直冷峭"的风骨而对其颇为推重，非因世俗所认为的"平和恬静"。

---

① 李宪乔：《听汪太守述衡山之游》，引自韩寓群主编：《山东文献集成》（第三辑，第47册），山东大学出版社，2007年版，第135页。

② 李宪乔：《与众论诗》，引自韩寓群主编：《山东文献集成》（第三辑，第47册），山东大学出版社，2007年版，第230页。

③ 李宪乔：《与众家论诗》，引自韩寓群主编：《山东文献集成》（第三辑，第47册），山东大学出版社，2007年版，第247～248页。

④ 李宪乔：《与众家论诗》，引自韩寓群主编：《山东文献集成》（第三辑，第47册），山东大学出版社，2007年版，第248页。

⑤ 李宪乔：《与众家论诗》，引自韩寓群主编：《山东文献集成》（第三辑，第47册），山东大学出版社，2007年版，第252页。

⑥ 李宪乔：《与众家论诗》，引自韩寓群主编：《山东文献集成》（第三辑，第47册），山东大学出版社，2007年版，第253页。

李宪乔认为细读细参古人之诗，是作好诗的基础，在细读细参古诗，透视诗人志趣骨力的基础上，遇到与自己产生精神共鸣者，便会自然而然地进行抚拟创作，"然亦必时刻诵读古人之诗，又细解、细参、细思、细讲，遇有会悟感动处，自不能不抚拟，或即同其题，或另用一题，其一拟一也。若平时不去讲读，猝然捉住，要强抚拟，也不能有入处。"①

李宪乔在阅读古人诗作与古书的过程中，颇有心得，在一些问题上进行了研究考证，在表露其诗学态度的同时，颇能体现其作为齐鲁儒士的严谨学风。其考证问题主要分为以下几个类型：其一，考证诗作字句，辨析不同版本之优劣，如"曰：《与颖叔论琵琶》引'间关莺语花底滑，幽咽泉流水下滩'，滩一作难，难字是滩字与上幽咽不应，又不对也，又水下或作冰下，亦较强矣。若……至'别有幽愁暗恨生，此时无声胜有声'真天妙知音语，接下'银瓶乍破''铁骑突出'极得神理，近见沈归愚选本，妄言古本作'无声复有声'，此一'复'字，可谓点金成铁，执三家村塾师训诂时文之法，以论诗，难矣"②，从中反映出其对以时文之法论诗的反感；其二，考证诗人之间交游往来，纠正定见，"世言韩白同时，而有相轻之意，前人已多辨之。适读《乐天酬张籍访宿》诗中云：'我受狷介性，立为顽拙身。平生虽寡合，合即无缁磷。况君秉高义，富贵视如云。五侯三相家，眼冷不见君。问其所与游，独言韩舍人。其次即及我，我愧非其伦。胡为谬相爱，岁晚逾勤勤。'则其（白居易）倾折于韩张者至矣"③，对传统观点认为的"韩白相轻"提出质疑，以白诗做证，可见白居易对韩愈、张籍极度倾慕、推崇；其三，联系诗作所处背景，揣摩诗作影射人物、事件，如"王右丞《李陵咏》乃自明其陷禄山事，所谓既失大军援，虽婴穿窬耻，深中欲有报，投躯未能死，语意甚明，末语'引领望子卿，非君谁相理'，此知素相知者，或即指杜子美也。《西施咏》不知所指，若此诗出同时，即指肃宗新朝新进用事者"④，宪乔评诗，尤其是当评咏古怀人之作时，

① 李宪乔：《与众家论诗》，引自韩寓群主编：《山东文献集成》（第三辑，第47册），山东大学出版社，2007年版，第266页。

②③ 李宪乔：《与众家论诗》，引自韩寓群主编：《山东文献集成》（第三辑，第47册），山东大学出版社，2007年版，第228页。

④ 李宪乔：《与众家论诗》，引自韩寓群主编：《山东文献集成》（第三辑，第47册），山东大学出版社，2007年版，第227页。

总是试图去探寻诗人当时写作背景、心态与所咏之事的相通之处，此与宪乔所秉持的"知人论世"观点密不可分；其四，注意考辨、揣摩诗句之取法源流，如"李白'粲然启玉齿'，全用郭璞句；孟浩然'旷野莽茫茫'全用阮籍句，当时吟讽口熟，不自觉也。若老杜'思君令人瘦'，襄阳'饥鹰捉寒兔'，乃是有意翻出"①"李义山诗'永忆江湖归白发，欲回天地入扁舟'正学老杜'路经滟滪双蓬鬓，天入沧浪一钓舟'语，尤加警快矣，然不可昧其来处"②。只有辨明源头，了解其中继承和变化成分，明确诗歌发展之脉络，使"崇古"之线索更加清晰。

无论是对诗歌创作主体提出要求、作出思考，还是详细论述创作主体的治学、论诗之法，均围绕诗歌创作主体展开。李怀民则在诗歌创作类型（即诗体）的选择上提出明确的认识，使高密诗学更加完善。

李怀民对诗体的选择有明确的认识，主张学诗应从中晚唐五律入手，对明代以来诗坛"好学盛唐"的浮夸风气进行严厉批评。"自故明以来，学者非盛唐不言诗，于是乎袭为浑沦宏阔之貌，饰为高华典册之辞，至前后七子，而其风益盛矣。余读其诗，貌为高华，内实鄙陋。其体不外七言律，其题半属馆阁应酬"③。李怀民认为前后七子、王士禛等人所作七律华而不实，"貌为高华，内实鄙陋"，其诗作徒有华丽壮大的形式，却因诗人情感的缺席，没有了灵魂。反之，李怀民认为中晚唐诗却深得盛唐诗之精髓，云："盖以初唐之与六朝，永贞、元和之与开宝，北宋之与五代，时近人相接，其心法相授，屡降而不离其本。特气运递迁，高者渐低，深者或浅，幽隐者或显露，浑沦者乃说破矣。"④怀民认为中晚唐诗人与盛唐诗人"心法相授"，即认为二者内在精神相通，所不同的有两点，其一，表现手法，中晚唐变幽隐为显露，将浑沦者说破；其二，时代风貌，而此全因气运变迁使然，非人力可及，如此二者在强调表现诗人精神、意志的李怀民看来，是完全可以忽略不计的。除去得盛唐诗精髓，"情真"是李怀民钟情中晚唐五律的又一重要原因。李怀民生于乾隆国势强盛之时，"亲见举世皆阿谀取容，庸音日

① 李宪乔：《与众家论诗》，引自韩寓群主编：《山东文献集成》（第三辑，第 47 册），山东大学出版社，2007 年版，第 226 页。

② 李宪乔：《与众家论诗》，引自韩寓群主编：《山东文献集成》（第三辑，第 47 册），山东大学出版社，2007 年版，第 230 页。

③④ 李怀民：《主客图诗论》，引自韩寓群主编：《山东文献集成》（第三辑，第 47 册），山东大学出版社，2007 年版，第 42 页。

43

广，慨然有忧"①，于是"精研中晚唐人格律，而救以寒瘦清真，一洗百年以来藻缋甜熟之习"②，试图以"寒瘦"对抗"柔腻"，以"清真"对抗"空洞"，以寒士真声撼动诗坛虚无缥缈涂饰柔腻之风。推而广之，李怀民以诗论为手中之剑，希冀借此廉顽立懦，进而扭转世风，即"举凡世俗，逢迎谀佞，悭吝鄙啬龌龊种种之见，一洗而空之，然后博为风诗，以变浇风，而振颓俗，或亦盛世之一助云"③。

无论是出于扭转诗风、世风的需要还是因中晚唐诗得盛唐之神，俱属李怀民及其身后的高密诗派选择中晚唐五律的客观原因，一个诗人，尤其是以诗歌作为情感载体的诗人，选择一种诗歌类型，必然因之与其有着深刻的情感共鸣。李怀民及高密派诗人钟爱中晚唐五律，实际与其个人境遇以及对时代气候的感受密不可分。他们身负才学品行，却一生科名不显。李怀民曾将《石桐先生诗钞》第一卷题为"秋籁集"，暗含秋扇见捐之意，可见诗人心中凄恻失意，而此恰暗合中晚唐五律衰飒冷僻之味。此外，李怀民及身后的高密诗派出现在盛极而衰的乾隆时期，封建王朝暂时的繁荣已然是衰败前夕的回光返照，诸种弊端渐次显现，投射出王朝末路的影子，生活在士人阶级底层的李怀民应更能感受到这种"初衰"气氛的来临，由此与中晚唐寒士诗人产生一种深刻的情感共鸣。综合以上，中晚唐五律堪称最适合李怀民及高密派诗人吟咏性情，表达情感的诗体。

综上所述，"高密二李"围绕诗歌创作主体的修炼与客体的选择，互为补充地建立起一套为高密诗学所专有的，相对清晰、完善的标准，这种标准此后几乎成为高密诗派最为核心的诗学观。需要注意的是，这种标准是二人结合当时诗坛遇到的问题，向古意中寻求答案得来的结果。

2.2　摒弃常熟，规避时俗

坚定的"崇古"信念，使"高密二李"主张追随古意，养气立志，从而发抒深情真声。正因如此，也令他们具备一定超越时俗的审美品

---

①②③　汪辟疆：《论高密诗派》，引自《中华文史论丛》（第二辑），中华书局，1962年版，第137页。

位，甚至以其诗被时俗推崇为耻，如汪辟疆先生在谈及"高密二李"学诗过程时，曾言："然誉其诗者日多，心中之慊愈甚。以为能悦于人者，必无得于己"①，体现出其誓与时俗决裂的决心。

2.2.1　俗关性情，非关语句

李宪乔论诗时，曾明确举出几则"俗"例，有令后人引以为戒之意，其云："皮陆律诗，皆不免擘绩饤饤，沾带俗谛，即如《奉和鲁望看压新醅》：'秦吴只恐篘来近，刘项真能酿得平。酒德有神多客颂，醉乡无货没人争'，是谓'伧俗'，《和鲁望病中有寄》云：'蝶欲试飞犹护粉，莺初学啭尚羞簧'，是谓'嫩俗'，《谢竹夹膝》云：'大胜书客裁成束，颇赛溪翁截作筒'，是谓'浅俗'，似此之类，并当取之以为戒。"②

需要注意的是，与"高密二李"论诗注重创作主体的品性气质遥相呼应，二人所厌恶的"俗"，并非仅针对语言字句的风格，而是涉及对诗人识界、胸次雅俗高下的考量。如李宪乔云："若白香山自写天真，识界高而胸次高清，虽用俚俗语，无害也。苟无其识界、胸次，而但能同其俚俗，则亦俚俗之人，俚俗之诗耳，何足传哉。"③ 李宪乔认为，如果识界高、胸次清的话，即便语言俚俗，也无可厚非。而李怀民更进一步将这一观点加以概括，称："俗在骨，不在貌。俗关性情，不关语句。"④ 是否"俗"取决于诗作所透露出的诗人的气骨性情，而非语句等外在形式。李怀民《评众家诗话》曾称："（王士禛）又曰：'为诗且勿计工拙，先辨雅俗。品之雅者，譬如女子，靓装明服固雅，粗服乱头亦雅。其俗者，纵使用尽妆点，满面脂粉，总是俗物。'怀民曰：'通论。'"⑤ 显然，在对这个问题的认识上，李怀民与王士禛达成了一

45

---

① 汪辟疆：《论高密诗派》，引自《中华文史论丛》（第二辑），中华书局，1962 年版，第 142 页。

② 李宪乔：《与众家论诗》，引自韩寓群主编：《山东文献集成》（第三辑，第 47 册），山东大学出版社，2007 年版，第 231 页。

③ 李宪乔：《与众家论诗》，引自韩寓群主编：《山东文献集成》（第三辑，第 47 册），山东大学出版社，2007 年版，第 229 页。

④ 李怀民：《主客图诗论》，引自韩寓群主编：《山东文献集成》（第三辑，第 47 册），山东大学出版社，2007 年版，第 46 页。

⑤ 李怀民：《批众家诗话》，引自韩寓群主编：《山东文献集成》（第三辑，第 47 册），山东大学出版社，2007 年版，第 59 页。

致——正如其言："良谓诗之忌俗，犹诗之贵清，所系在神骨而不在皮肤。果其不俗，虽乱头粗服，无碍其为美女。而苟俗也，即荷衣蕙带，终不谓得之仙人。"① 不仅如此，李怀民还以白居易、陶渊明、王维等虽不重视语句雕琢却深受后人推崇的大家为例，做出进一步解释："世人之论者，不及见此，而误以为'元轻白俗'之'俗'为俗。乐天为诗，八十老妪亦解，彼固好以俗情入诗者，而曰：'十首秦吟近正声，是则大不俗矣'，陶元亮曰：'相见无难言，但道桑麻长'，王摩诘曰：'五帝与三王，古来称天子'。宛肖不读书人口吻，是俱谓之俗乎？俗在骨，不在貌。"② 认为古之大家的部分诗句，虽然语言通俗，却并不妨碍其诗的艺术水准，因为通俗之中有高情。基于此，李怀民进一步为元白郊岛等广受他人诟病者张目："后人乃谓之鸿鹄之腹毳，直目论耳纪事，称贾岛变格入僻，以矫艳于元白，元白诚无可矫，遂启后人忌訾。乃谓元白郊岛，总病一俗字。元白譬若袒裼裸裎，郊岛等之囚首垢面，无论所譬不当，即如其言，亦非俗也，吾故云今人认错俗字"③，李怀民于此纠正了今人对"俗"字的错误认识，以及对元白郊岛诗歌的成见。除去认为诗歌语句俚俗无伤大雅，李怀民还主张应以"俗事"入诗，鼓励后人解放题材选择观念，去写作那些人人俱有深刻体验，却写不出或忽略不写的琐碎真情，正如其言："凡俗情入诗，为最妙，解唐人所以不可及也。然必情真而理确，人人俱有，人人写不出方妙。"④

2.2.2　推崇狂狷，突破成法

以"俗关性情非关语句"的认识为前提，李怀民进一步谈及对狂狷之人的推重，而李宪乔则进一步提出了突破成法的诗学主张。

李怀民认为，要摒弃"俗"，还是要回到本章第一节提到的锤炼气骨、修养情性的本原问题上来。基于这种避俗的需要，他对古来狂狷者

---

① 李怀民：《主客图诗论》，引自韩寓群主编：《山东文献集成》（第三辑，第47册），山东大学出版社，2007年版，第45页。

②③ 李怀民：《主客图诗论》，引自韩寓群主编：《山东文献集成》（第三辑，第47册），山东大学出版社，2007年版，第46页。

④ 李怀民：《杂记》，引自韩寓群主编：《山东文献集成》（第三辑，第47册），山东大学出版社，2007年版，第97页。

甚是推崇，因为狂狷之人具有不屈从世俗的傲岸秉性，如其云："所贵何种性情？答曰：不合于众者，狂狷。诗人性情，只是不合于众，不容于俗耳，略似古狂狷一流。人狂者，如嵇康、阮籍；狷者如梁鸿、范丹，唐之卢仝、马异、孟郊、贾岛，宋之石曼卿、梅圣俞、黄山谷、陈师道等皆是也。"① 怀民希望以其棱棱气骨"以变浇风，而振颓俗，或亦盛世之一助云"②，这也是其编著《重订中晚唐诗主客图说》的最重要目的。

李怀民认为，狂狷不同流俗，因为其具备超于时俗的志趣："曰：斫轮之工，弄儿之技，未尝足以名世而传后也，终身恃之，顾盼且自豪焉。学者读书励志，将期为千载人。"③ 他们内心笃定，目光长远，可以算是一个时代的先知先觉者，正因这种先知先觉，令他们以时俗之称赞为耻。其云："若时人个个道好，断无佳境，此非矫与时人作对。时人胸中除势利、名誉、衣服、田产外，寔无诗耳。故必刮除净尽，然后格高，格高然后可以风世。而传后不然，求田舍之见，贪常嗜琐之情：粗鄙以为雄直，媟亵以为香艳，填砌以为藻丽，枝蔓以为曲折，空疏以为清旷，无耻以为哀婉，与时益近而去古益遥。"④ 李怀民于此揭示了"古"与"俗"的矛盾：古是高于世俗的，与时俗同步扩张的人性欲望相悖的，上古之风臻于一种道德完美的境界，而时俗风气则与之大相径庭，过多迎合时代的人，便难有主体之精神，只能人云亦云，诗歌便无特点，便生"俗"气。

围绕力避时俗的诗学观，李宪乔进一步提出突破成法，自树一帜的诗学观点，大概有两点：其一，突破时人以汉魏盛唐为尚的桎梏，勇于为中晚唐诗张目。李宪乔通过批评李翱讥讽韩愈"叹老嗟卑"，向时人对中晚唐诗存在"叹老嗟卑"的成见提出反驳，认为叹老嗟卑并非自中晚唐诗人笔下才开始有的习气，而是自《十九首》便早已有之："李

47

---

① 李怀民：《与某论诗》，引自韩寓群主编：《山东文献集成》（第三辑，第 47 册），山东大学出版社，2007 年版，第 80 页。

② 李怀民：《主客图诗论》，引自韩寓群主编：《山东文献集成》（第三辑，第 47 册），山东大学出版社，2007 年版，第 48 页。

③ 李怀民：《杂记》，引自韩寓群主编：《山东文献集成》（第三辑，第 47 册），山东大学出版社，2007 年版，第 95 页。

④ 李怀民：《与某论诗》，引自韩寓群主编：《山东文献集成》（第三辑，第 47 册），山东大学出版社，2007 年版，第 81 页。

习之讥昌黎叹老嗟卑，后人总不免以老卑谓嗟叹。不知自《十九首》已开之矣。其云：'所云无故物，焉得不速老'。又云：'人生非金石，岂能长寿考'。"① 李宪乔进而认为，"嗟叹"本无可厚非，重要的是所嗟叹的是什么，如果嗟叹的内容超越一己之荣辱，上升到对社会人生、时代做出贡献、留下痕迹，那还是值得崇尚的："但所嗟叹者，期有为于当世，立名于万世，故可尚也。若仅庸庸无志，则贫与贱以至衰老正其宜耳，可胜嗟叹哉？孔子曰：'疾没世而名不称'，与楚辞所谓'恐修名之不立'正是一样意志。此'名'即德业之不朽，非世俗之浮名也。"② 由此可见，只要所嗟叹的"名"与世俗之浮名区分开来，便值得认可。宪乔由此破除了以李翱为代表的对中晚唐诗的诋辱："李习之讥，昌黎后人亦多袭其说，以诋中晚唐诗人，大概以老卑自伤，不知所感，实有如此，亦正不必自讳，而作吉祥怡愉语也"③。其二，悉心考证唐代声律，对拗法进行深入研究，主张打破应制诗只用"正律"的要求。李宪乔曾公开表现出自己对世人所厌之"涩"的强烈偏爱，"涩者，世人之所嫌病者也。而公乃以不能为恨，则其度越时人不已远哉。袁子才深恶黄山谷诗，而子乔最好之，时以一编自随或问端的有何好处，曰：吾只爱其涩。"④ 在声律上，表现"涩"的重要方式便是运用拗法，李宪乔对古代声律多有考证，并作有《拗法谱》。李宪乔认为，唐律之精、之变俱在拗法，其并对唐人拗法予以详细考证和列举：

> "唐律之变，变以拗；唐律之精，亦精以拗。故有单拗者，如明皇之'鸣銮下蒲坂'，老杜之'君王自神武'是已；有双拗者，如老杜之'斫却月中桂，清光应更多'，李白之'此地一为别，孤蓬千里征'⑤ 是已；有上句全仄者，如高适之'渐与骨肉远，转于僮仆亲'⑥，李商隐之'高阁客竟去，小园花乱飞'是已，此渔洋秋谷已略言之，亦人所易知也；尚有所谓大拗者，若孟浩然'挂席几千里'，李白'我来竟何事'之类；又有平起而下三字可全仄者，若王维'楼开万井上，辇过百花中'，李商隐'池光不受月，

---

①②③　李宪乔：《选韩昌黎诗评》，引自韩寓群主编：《山东文献集成》（第三辑，第47册），山东大学出版社，2007年版，第115页。

④　李宪乔：《摘汪春田句寄随园韦庐》，引自韩寓群主编：《山东文献集成》（第三辑，第47册），山东大学出版社，2007年版，第139页。

⑤　此处应为"孤蓬万里征"。

⑥　实际出自唐代诗人崔涂，此言出自高适，应为谬误。

野气欲沉山'之类；又有上句不拗而下句中字自用平者，若常建
'曲径通幽处，禅房花木深'，许浑'晒药竹斋暖，捣茶松院深'
之类；又有首句拗而此句不以中平字应之者，若孟浩然'户外一峰
秀，阶前众壑深'，王建'避雨拾黄叶，遮风下黑帘'之类；又有
平起一三四五皆仄，只第二字是平，而不为单平者，若宋之问'汉
王未息战，萧相乃营宫'，贾岛'鸟从井口出，人自洛阳过'之
类；又有仄起只中一平字，一二四五皆仄，此谓拗中拗，亦只用下
句中一平字救之者，若李白'八月枚乘笔，三吴张翰杯'，张籍
'夜静江水白，路回山月斜'之类；又有首句同此拗中拗，而下句
并不用一平字救之者，若贾岛'身爱无一事，心期往四明'，张籍
'失意还独语，多愁只自知'之类，凡此数者，并是唐人拗法，而
音节出其中，宋元人皆因之。"①

因此，他力主破除当时应制诗只用正律的拘囿，希望能将所考证的
结论应用于诗歌创作之中，"若但作今时应制诗，只用正律，无事拗也。
然诸生既讽诵唐宋人诗，似亦不可不知，且即正调中亦不必如前荒陋者
之拘也。"②

综上所述，从"高密二李"摒弃常熟，力避时俗的诗学观点中，
可以看出，身处乾嘉"盛世"之中的二人所具有的鲜明的反思意识与
改革意识。而他们的这种意识，仍是以师古尊古为前提的。

2.3 李宪乔：与袁论诗，痛斥"格调"

"崇古避俗"是"高密二李"共同秉持的诗学观念，也是高密诗学
最核心的构成部分。然而，因"高密二李"经历、兴趣、所学及交往
对象的不同，二人也各自形成了对所关注问题的独立认识。其中，李宪
乔一度与袁枚交往密切，二人切磋诗学，围绕部分问题展开争论；李怀
民则因对平淡深厚诗歌趣味的欣赏，对张籍诗十分推崇，其《重订中晚

---

① 李宪乔：《与桂未谷书》，引自韩寓群主编：《山东文献集成》（第三辑，第47册），
山东大学出版社，2007年版，第140～141页。

② 李宪乔：《与桂未谷书》，引自韩寓群主编：《山东文献集成》（第三辑，第47册），
山东大学出版社，2007年版，第142页。

唐诗主客图说》包含对张籍诗作极为详细的评点，从中可以窥见其审美趣味与诗学观念。

李宪乔与袁枚论诗，同中有异，貌合神离。其中之"异"，就现象看，表现在二人对当时诗坛矛盾的认识上。然而，究其本质，则缘于袁枚与以李宪乔为代表的高密诗派处世哲学上的差异。

2.3.1 对诗坛矛盾的认识分歧

许是受到当时炙手可热的性灵诗学影响，李宪乔论诗时也表露出重"性情"的倾向，其称："我向来作诗，多不去安排，止意之所动，直直写出，便罢。正如世俗人，所谓我自有性情。"① 然而，宪乔所标举的"性情"与袁枚之"性情"却不尽相同：与袁枚恣意抒发个人情感欲望不同，李宪乔笔下的性情则经过了传统道德观念的筛检。可以说，李宪乔所谓"书写性情"与其"诗言志"的观点大致相似，即主张诗人应在诗作中表达志向情感。其所谓表达情感，已然突破对一己私欲的表现，颇能经得起伦理道德之考验。因此，虽然李宪乔看似与袁枚使用同一"性情"概念，但却是貌合神离，双方曾通过来往书信进行过一次诗学论辩，将分歧表现得淋漓尽致。李宪乔在其中大费唇舌地去申明自己的诗学立场，企图通过与名噪一时的性灵主将的讨论，光大高密诗学（然而事实上，无论是通过袁枚对其诗作的评点推重，还是通过其间接与袁论诗的方式，在这一过程中，李宪乔确也达到了借助袁枚声誉，光大高密诗学的目的）。因此，通过剖析双方分歧，可以从中清晰地窥见、把握李宪乔诗学观点。

双方分歧主要集中在对诗坛矛盾的认识上：二人同处乾隆中后期，彼时沈德潜之格调说深受最高统治者推重，格调诗学几乎沦为受朝廷意志驱使的工具，而以翁方纲为代表的主张以考据入诗的肌理派，也逐渐崭露锋芒，蓄势待发。在李宪乔看来，沈德潜极力鼓吹的"温柔敦厚"已然因为倡导者的谄媚陷入庸琐卑靡的泥潭，完全丧失了其一贯要求的士人应当具备的"气骨"，与其倡导的理想人格完全背道而驰："归愚讥张水部《节妇吟》与王仲初《当窗织》以为有碍贞节，固哉！高叟

① 李宪乔：《与众家论诗》，引自韩寓群主编：《山东文献集成》（第三辑，第47册），山东大学出版社，2007年版，第263页。

何以读《野有死麕》诗？何以读《南有乔木》诗？何以读《离骚》？归愚所疑不贞若此，则凡所作之贞女节妇诗，概可知矣。此等语，迩来沿街匝巷，竟成通套，可厌！贞节岂非美德？然使冬烘传之，反掩而不彰，何关风雅？何足兴观？吾所恶以温柔敦厚自命，而流为卑靡，致坏诗教者，正此类也。"[①] 李宪乔看到许多士子深受其害，颇为痛心，自觉对沈氏的批判与匡正迫在眉睫："而两粤士子，为诗者，大半为此老所误，不得不呕为正之"[②]，然而其自知诗坛号召力有限，便寄信袁枚，希望借助袁枚影响，对沈进行诗学讨伐。对此袁枚却不甚认同，他回复道：

"今蒙明教，方知为归愚（沈德潜）一翁，则尤不必矣。当归愚尚书极盛时，宗之者止吴门七子耳，不过一时，借以成名而随后旋即叛去。此外南方风气柔弱，偶有依草附木之人，称说二人多鄙之，刻下如雪后寒蝉，声响俱寂矣，何劳足下以摩天巨刃斩此枯木朽株哉？老人（袁枚自称）与归愚乡会同年、鸿博同年，最为交好。然平时论诗，向彼嘿无一语。知其迂拘自是，而不可与言也。然深知其居心忠厚，行己端方。未发之前，《竹啸轩集》中，颇有佳篇，亦未可一齐抹杀。况此时墓木已拱，家无负床之孙，往浇一盂麦饭者。言之伤心，足下何忍射死虎而虑其咆哮，斫奄人而禁其生育哉？亦可谓私忧过计，而用心于无益之地矣。[③]"

对此，蒋寅认为，袁枚苦心劝解李宪乔不必对沈氏进行如此激烈的口诛笔伐，其中一个很重要的原因，是他已经认识到，"学人诗"才是关系诗坛兴替的关键所在[④]，事实的确如此。袁枚称："近今诗教之坏，莫甚于以注疏夸高，以填砌矜博，捃摭琐碎，死气满纸，一句七字必小注十余行，令人舌举口吐，而不敢下于性情二字，几乎丧尽天良。此则二千年来所未有之诗教也，足下何不起而共挽之？"[⑤] 袁枚晚年亲历了乾隆诗坛由格调诗风趋于学人诗风的转变，他急切要力挽的是"几乎丧尽

---

①②　李宪乔：《与众家论诗》，引自韩寓群主编：《山东文献集成》（第三辑，第 47 册），山东大学出版社，2007 年版，第 230 页。

③　袁枚：《简斋复书》，引自韩寓群主编：《山东文献集成》（第三辑，第 47 册），山东大学出版社，2007 年版，第 186 页。

④　蒋寅：《高密诗学的传播途径与影响》，载于《铜仁学院学报》，2015 年第 2 期。

⑤　袁枚：《答李少鹤书》，引自韩寓群主编：《山东文献集成》（第三辑，第 47 册），山东大学出版社，2007 年版，第 179 页。

天良"的"近今诗教之坏。"因此，此时的沈德潜在他看来早已是雪后寒蝉——并且诗学史已然向我们证明袁枚的预测与担忧在后来成为现实。

而对于翁方纲，李宪乔与袁枚一样对其诗论持反对态度，"若以考据为诗，以疏注夸高，以填砌矜博，诚如明训，无关于性灵，无当于风雅。虽日著万言，不值一吹呋也"[1]，因为翁氏也违背了"诗言志"的基本前提，于诗作中规避主体情感表达。在李宪乔看来，学养固然重要，但较之情性的触发则要退居其次，"可以知学诗全在性灵，渠等胸中各有数千卷书，而难一句合者，不得窍也。"[2] 其认识到，毕竟，诗歌之抒情性不容忽视。然而相对于翁方纲的反感，李宪乔对沈德潜的反对更为激烈，此与其持论有关。

2.3.2 双方处世哲学的差异

就诗学现象看，主性情之袁枚反对抛弃性情以考据入诗的翁方纲，而重气骨的李宪乔与自失气骨流于卑靡的格调诗风分庭抗礼，皆因其持论不同所致。然而，究其本质，则缘于袁枚与以李宪乔为代表的高密诗派处在世哲学上的差异。

上文提到，李宪乔有鉴于当时有人以温柔敦厚的儒家诗教训人，结果反流为卑靡庸琐之习，希望袁枚与他一道共挽狂澜，矫正时风。袁枚对温柔与卑靡这对似是而非的概念进行辨析之后，重新强调温柔之美："来札忧近今诗教，有以温柔敦厚四字训人者，遂致流为卑靡庸琐属，老人起而共勉之，此言误矣！夫温柔敦厚，圣人之言也，非持教者之言也。学圣人之言，而至庸琐卑靡，是学者之过，非圣人之过也。足下必欲反此四字以立教，将教之以北鄙杀伐之音乎？"[3] 看似是对一种以"温柔敦厚"为特点的诗学主张或诗歌风格的推崇，其实映射出袁枚"以柔为贵"能屈能伸的处世哲学。袁枚一生尽管我行我素，但在狂放中保留着谨慎的态度，也正因如此，使其虽身处文网甚密的乾隆时代却

---

[1] 李宪乔：《再与袁翁子才书》，引自韩寓群主编：《山东文献集成》（第三辑，第47册），山东大学出版社，2007年版，第182页。

[2] 李宪乔：《与众家论诗》，引自韩寓群主编：《山东文献集成》（第三辑，第47册），山东大学出版社，2007年版，第264页。

[3] 袁枚：《简斋来书》，引自韩寓群主编：《山东文献集成》（第三辑，第47册），山东大学出版社，2007年版，第177页。

能保得一生太平富贵。正如严迪昌所言："（袁枚）该让利时他让利，该转移时转移，该软化时他嬉皮笑脸；时空条件有利时又大步进占，其最终仍坚持着自己的观念和利益"①，袁枚深谙明哲保身的哲学，因此在高压社会中能够长袖善舞游刃有余。袁枚曾多次提及以"柔"作为处世哲学的好处："论天下物一切贵柔，岂特黍稷稻粱、绫罗绸缎、羽毛皆柔者价贵，硬者价贱哉。人活便柔，人死便硬，此尤明效大验也？"② 在袁枚身上体现了人类主体意识之觉醒，以"柔"处世之终极目的是为了保障自己利益，这与李宪乔为代表的寒士或固执或耿介的态度全然不同，当然也立即遭到李宪乔的反驳："强词夺理。不思人小时骨柔既壮乃硬，初死时硬移时即滥亦柔矣。安有硬之常存耶？"③ 李宪乔以气骨坚韧傲岸为作为理想人格，这在其推崇的一系列诸如韩愈、孟郊、贾岛等狂狷诗人，以及对"负气使性"的陶渊明大加赞赏上可见一斑。即使人微言轻，但作为士子也要身具铮铮铁骨，不畏权贵，勇于发声，即便这声音听起来不那么和谐。

除去对诗坛矛盾认识的分歧，袁枚还对李宪乔重要论诗观点进行了解构，比如对"诗言志"中"志"的解构以及相对于后天气骨的修炼，天赋的才情对诗人更重要，且对宪乔专宗杜韩提出异议，提倡容纳异量之美等，企图在这场诗学交锋中自根本上撼动李宪乔之诗论，李宪乔也不甘示弱，指出袁枚之说已然陷于诡辩的泥淖："子才博衍而诡辩，易于震动庸妄"④ "其前后论说不但以矛攻盾，兼有猥琐龌龊之语"⑤，并对其一一做出回应，再次义正词严地对自己诗学观点进行声明或以实际行动对其进行反驳。比如袁枚称："诗人有终身之志，有一日之志；有一日之志，有诗外之志、事外之志。有偶然兴到，流连光景，即事成诗之志"⑥ 面对袁枚对志的解构，所称志有多种的看法，李宪乔再次申述

---

　　① 严迪昌：《清诗史》（下），北京：人民文学出版社，2011 年，第 768 页。

　　② 袁枚：《简斋复书》，引自韩寓群主编：《山东文献集成》（第三辑，第 47 册），山东大学出版社，2007 年版，第 192 页。

　　③ 李宪乔对袁枚《简斋复书》的批注，引自韩寓群主编：《山东文献集成》（第三辑，第 47 册），山东大学出版社，2007 年版，第 192 页。

　　④⑤ 李宪乔：《李松甫书》，引自韩寓群主编：《山东文献集成》（第三辑，第 47 册），山东大学出版社，2007 年版，第 148 页。

　　⑥ 袁枚：《简斋复书》，引自韩寓群主编：《山东文献集成》（第三辑，第 47 册），山东大学出版社，2007 年版，第 188～189 页。

"终身之志"在诸种志向中的统领地位："须知即一日之志，偶然之志，亦必与终身之志相符合也。若有不合，即亦不得谓之志矣"①，仍然强调人须有恒志；另袁枚言："足下（指李宪乔）论诗，讲气体二字固佳，仆意神韵二字，尤为紧要。盖气体是空架子，可学而能；神韵是真性情，不可强而至。"② 认为气骨是依仗后天学习人人皆可得的，性情则是可遇不可求的。面对这一驳难，李宪乔回应说："'神韵'二字，又取阮亭语，何耶？其为气也，至大至刚，以直养而无害，亦空架子乎？"③ 再次强调对"气"的修养；而针对袁枚所称"一题到手，如选将出兵，方能制胜。遇应制，则遣沈宋；夸力量，则遣杜韩；入山林，则遣王孟；叙情事，则遣元白；作绮语，则遣温、李、冬郎；斗险怪，则遣卢仝、长吉，此其大概也"④ ——这种对李宪乔以杜韩为宗提出质疑，开导宪乔应容纳异量之美的看法，李宪乔则回应："说得自快，但恐杜韩王孟不受调遣何"⑤，由此可见杜韩王孟在其心中具有区别其他诗人的不可撼动的诗学地位。观宪乔诗论与诗歌创作，终其一生，都在坚持着对杜甫韩孟一派的吸收与学习，作为对袁枚之驳难最有力的回击。

2.4 从《重订中晚唐诗主客图说》
看李怀民对张籍的评价

《重订中晚唐诗主客图说》是李怀民最重要的诗论著作，是李怀民"裒录贞元以后诸家五言律诗，仿张为例"⑥ 而作。"余读贞元以后近体

---

① 李宪乔对袁枚《简斋复书》的批注，引自韩寓群主编：《山东文献集成》（第三辑，第47册），山东大学出版社，2007年版，第188～189页。

② 袁枚：《简斋复书》，引自韩寓群主编：《山东文献集成》（第三辑，第47册），山东大学出版社，2007年版，第188页。

③ 李宪乔对袁枚《简斋复书》的批注，引自韩寓群主编：《山东文献集成》（第三辑，第47册），山东大学出版社，2007年版，第188页。

④ 袁枚：《简斋复书》，引自韩寓群主编：《山东文献集成》（第三辑，第47册），山东大学出版社，2007年版，第192页。

⑤ 李宪乔对袁枚《简斋复书》的批注，引自韩寓群主编：《山东文献集成》（第三辑，第47册），山东大学出版社，2007年版，第192页。

⑥ 刘大观：《重订中晚唐诗主客图说序》，引自（清）李怀民：《重订中晚唐诗主客图说》卷一，清咸丰四年刻本。

诗，称量其体格，窃得两派焉。一派张水部，天然明丽，不事雕镂，而气味近道，学之可以除躁妄、祛矫饰，出入风雅；一派贾长江，力求险奥，不吝心思而气骨凌霄，学之可以屏浮靡却熟俗，振兴顽懦。二君之诗，各有广大奥逸、宏拔美丽之妙，而自成一家，一绪所延，在当时或亲承其旨，在后日则私淑其风，昭昭可考，非余一人私见。"① 因此，李怀民以张籍为清真雅正主，贾岛为清奇僻苦主，下分承二十八客，分为上下两卷，仿张为原图体例，以主、上入室、入室、升堂、及门五等列为二图。或许是因其性之所近，故而其论诗观点与诗歌风貌，都与张籍如出一辙，即如刘大观在《重订中晚唐诗主客图》序言中所称："以石桐为张客"②，因此相对被李怀民列为清真僻苦主的贾岛，他对以清真雅正为特色的张籍诗歌的把握更为精到，体现在《重订主客图》的编撰中即上卷首起张籍，共选评张籍五言律四十二首，所选张诗数目位居该书之首，且书中对张籍诗作评点尤为详尽、系统。从李怀民对张籍诗作的评语来看，李怀民主要从艺术风格、表达方式以及语言修辞等方面肯定了张籍诗作的艺术造诣，从中可以窥见李怀民的审美趣味及诗学思想。

2.4.1　诗歌意味：平淡深厚，语浅意深

　　李怀民对张籍诗作的评语多着眼于其平淡深厚的艺术风格，这也是怀民乃至高密诗派所推重的。对应上文所言，李怀民鼓励拓展诗歌题材范围，以琐碎俗事、俗情入诗，因此这一主张在对张籍诗歌的评点中，有深刻体现。具体表现在李怀民赞赏张籍，常以极平常细微且常被人忽略的题材入诗，如其评张籍"过岭万余里，旅游经此稀。相逢去家远，共说几时归"（《岭外逢故人》），时言："只道人人意中事，却非人人集中有。"③ 并认为张籍虽以寻常俗事入诗，却能翻出新意，不涉旧体，如其评张籍"知君汉阳住，烟树远重重。归使雨中发，寄书灯下封"（《寄汉阳故人》）云："极寻常事，却有新意，极无味语却有深情。张自所谓字清意远，不涉旧体，天下莫能窥其奥者，正当于极寻常、极无

---

　　①② 刘大观：《重订中晚唐诗主客图说序》，引自（清）李怀民：《重订中晚唐诗主客图说》卷一，清咸丰四年刻本。

　　③ 李怀民：《张籍》，引自（清）李怀民：《重订中晚唐诗主客图说》卷一，清咸丰四年刻本。

味处求之"①，对张籍翻新见奇的本事很是欣赏，认为张籍诗语虽平常，却有不寻常的意味。如其认为张籍《送边使》"塞路依山远，戍城逢笛秋"，以及《送南客》"天涯人去远，岭北水空流"皆是"似常却不常"②的典型。李怀民还认为这些寻常琐事在诗作中充当着重要角色，并非无关紧要，如对张诗《寄友人》中"送客沙头宿，招僧竹里棋"这一友人之间琐事细节的记载，怀民认为"全看此等无可忆处，却必及之"③，而对照李怀民本人乃至高密派诗人同类题材诗作，发现其均会以追思回忆曾经与友人相处的细节片段入诗，应该是受此影响。除去欣赏张籍能将寻常琐事翻出新意，李怀民认为张籍能将平常琐事入诗并升华出高情至味的本事更令人称许。其评张籍《送远客》时云："难处只是平常，而有至味"④；评《和陆司业习静寄所知》时云："尽出高情，止是寻常事"⑤；认为《蓟北春怀》更是"真情远味只在寻常情事中，若入后人手，便易鄙琐"⑥。而这并非取决于诗人的文字功底，更与其主体品性、趣味有直接关系。李怀民常感读张籍诗能于平常之处见闲情，如其评"菊地才通履，茶房不垒阶。凭医看蜀药，寄信觅吴鞋"（《和左司员郎中秋居十首》之八）云："妙在'凭医寄信'，字极寻常，事极闲心"⑦，诗人主体情致会经语句字词透露出来，将闲适之情传递给读诗之人。

然而，李怀民所真正称道的并非张诗由琐事中流露的闲情，而是其中"淡"处。正如李怀民所言："闲处不难学，淡处难学"⑧。从评点来看，他对张诗中的淡笔的作法进行过仔细揣摩，总结起来便是：涉略成趣，点到为止，如其评"旌旆过湘潭，幽奇得遍探。莎城百越北，行路九疑南"（张籍《送严大夫之桂州》）云："略涉成趣"⑨，评"晴明犹有蝶，凉冷渐无蝉"（张籍《和左司员郎中秋居十首》之十）云："写秋意微妙，亦不多及"⑩。然而李怀民也注意到，张籍这种淡笔并非只适用于刻画景物，张籍在叙述人事甚至重大历史题材时，也能将淡笔运用得得心应手，如评张籍《和童仆射移官言志》"功成归圣主，位重委群司"云："须知只此平常十个字，而裴令公相业已无可复加，即作史赞亦高笔也"⑪，"如此极重极大题目，而只平平提过，如此正可见眼界胸次高处"⑫，评《和裴司空即事通简旧僚》言："此等只平平写去，更

---

①②③④⑤⑥⑦⑧⑨⑩⑪⑫ 李怀民：《张籍》，引自（清）李怀民：《重订中晚唐诗主客图说》卷一，清咸丰四年刻本。

不加意矜持张皇，即作者之识量高阔处"①，评《和李仆射秋日病中作》云："此烈烈破蔡州第一功之李小太尉也，乃只用寻常病后闲话和之，更不作意，不独见自己胸次，亦使仆射身分愈高，且所言不过病中，又何须分外张皇"②，指出这种得心应手缘于诗人眼界胸次识量之高。

对张籍诗平淡高妙的艺术特质，李怀民认为这与张诗在语浅意深、留不尽之意于言外的特点密切相关，正是这一特点，令张籍诗在平淡的同时具有深厚之味。李怀民评张籍"晓色荒城下，相看秋草时。独游无定计，不欲道来期"（《襄国别友》）云："真情只在眼前而含蕴甚深"③，评《秋闺》："秋风窗下起，旅雁向南飞。日日出门望，家家行客归。无因见边使，空待寄寒衣。独倚青楼暮，烟深鸟雀稀"，云："此等与其乐府相出入，语浅意深，最不宜忽"④，均揭示出张籍诗歌语浅意深的艺术特点。而李宪乔认为张诗善于在结尾处留不尽之意，含蕴无穷的特点也是可圈可点，如其评"欲祭疑君在，天涯哭此时"（张籍《没蕃故人》），云："只就丧师事一气叙下，至哭故人处，但用尾末一点，无限悲怆。水部极沉着，诗便不让少陵"⑤，而对《宿临江驿》之结句"离家久无信，又听捣寒衣"更为赞赏，认为"梅都官所谓留不尽之意尤当向水部领取"⑥。而像《宿邯郸馆寄马磁州》尾句"明朝行更远，回望隔山陂"，怀民评云："不尽"⑦，对张籍《送宫人入道》尾句"中官看入洞，空驾玉轮归"。李怀民则言："余意作结，令人邈然，此真不尽也"⑧，对张籍这种善以景物句作结，给读者留下意犹未尽的品读空间的作法表示肯定，而读怀民及高密诗派诸人诗作，也多有以此处理结句者，应当是受到张籍影响的结果。

李怀民注意到张籍诗作之所以给人以深厚之感，与其诗饱含真情，并能将这种真情高度凝练于寥寥数字的语句概括能力有关，如李怀民评张籍"官闲人事少，年长道情多"（《春日李舍人宅见两省诸公唱和因书情即事》）云："语能该括，自然味长"⑨ 正是如此。在怀民对张诗的评价中，屡屡看到怀民对张籍诗作含蓄凝练的赞叹，认为张籍"只几字却能诉尽万千情事。"⑩ 如其评"五湖归去远，百事病来疏"（张籍《寒食夜寄姚侍郎》）云："多少心中语，十字括尽"⑪，评"从此一筵别，独为千里行。迟迟恋恩德，役役限公程"（张籍《使回留别襄阳李司

57

---

①②③④⑤⑥⑦⑧⑨⑩⑪　李怀民：《张籍》，引自（清）李怀民：《重订中晚唐诗主客图说》卷一，清咸丰四年刻本。

空》）云："此中有多少话说，止总括之，所以为超"①，评"共醉移芳席，留欢闭暮城"（张籍《同锦州胡郎中清明日对雨西亭宴》）云："五字中括情事多少"②，评"薄游空感惠，失计自怜贫"（张籍《舟行寄李湖州》）云："中括多少情事"③，寥寥五字，却包蕴千言万语，这正是诗人将一腔真情反复涵咏、锤炼、打磨的结果。

基于此，李怀民认识到，"诗人必深情"是使诗作具有平淡深厚意味的充分条件。其评张籍《思江南旧游》"江皋三月时，花发石楠枝"，云："只提一事，而万感俱集"④，紧接评后句评"归客应无数，春山自不知"云："诗人必深情，情不深者，不可与言诗"⑤，他读懂了张籍隐藏于平淡语句之下的深情，在寻常语句中体味到人生百味。

有时，张籍也会一反平淡含蓄之风，去作"尽情语"，将对人生的感性直直写出，直白显豁，如李怀民评"知君住应老，须记别乡年"（张籍《送流人》）云："直可作尽情语，无可奈何语"⑥，评"青山无限路，白首不归人"（张籍《岭南迁客》）云："只作尽情语，此真谛异于世谛，或言此二句似盛唐人语"⑦ 等。除去对诗人对人生哲思的感发，怀民对张诗中融入日常人情、俗情之作也加以评点，如其评"家贫常畏客，身老转怜儿"（张籍《晚秋闲居》）云："说俗情须是，说到家人，人可按无古无今"⑧，感叹俗情乃人之常情，以此入诗更加亲切可感。人生哲思、人之常情均可入诗，唤起他人情感共鸣，而对李怀民而言，由张籍诗作中流露出来的闲情高致则是他与张籍产生情感共鸣的根柢。李怀民对张诗中闲情高致处尤其注目，屡屡加以评点，如其评"紫掖发章句，青闱更咏歌"（《春日李舍人宅见两省诸公唱和，因书情即事》），云："和意只此二语，叙得闲适高致"⑨，认为"独坐看书卷，闲行著褐衣"（《酬孙洛阳》），具有"高致"⑩，评"更恐登清要，难成自在身"（《和左司员郎中秋居十首》之三）云："高情自然"⑪ 等，对张诗于不经意时自然流露出的闲情颇为赞赏，而李怀民正因对此闲情逸兴的崇慕，使其在人生遇到困境时能够及时解脱出来，并将这种闲情高致也带入诗歌创作中，其诗因此也具有自然闲适之风。

正因张籍以情感入诗，故其诗有写真情，言之有物不肤廓的特点，颇为李怀民所赞赏。李怀民认为，在张籍诗作中，即便是一些应酬类体

---

①②③④⑤⑥⑦⑧⑨⑩⑪ 李怀民：《张籍》，引自（清）李怀民：《重订中晚唐诗主客图说》卷一，清咸丰四年刻本。

例诗作如寄赠酬答以及送行诗作，也不同于一般客套应酬之作，反而能见诗人性情，触发读者感受。正如其评《酬百二十二舍人早春曲江见招》时言："此等应酬体越见性情，不同后人一味周旋世故，故读唐诗者，先须读其应酬诗。乐天推重水部至矣，而水部却不混作赞语，止和其诗景而人自见。"① 对于送行诗，李怀民看到张籍往往能够突破固有写法，不作赞孝赞悌至仁至性肤阔语，而是专意于对沿途景物或友人所去之地之远苦的想象和描写，并通过景物传达出对友人的惦念与不舍之情，与后人于此类诗作中大述吉祥祷颂之词截然不同，如其评张籍《送流人》云："凡送流人迁客大概止述其境地之远苦，而不肯多为吉祥祷颂之词，此一定体例，而后人不知也"②，评《送郑秀才归》云："故凡唐人送归，觐妇宁之作不过或起或结或中间，一点便是，而其余则仍言到家载途之景物，其体例应如是也，在后人则有许多赞孝赞悌至仁至性肤语，不知反成阔。"③

2.4.2　表现手法：深入浅出，臻于自然

　　李怀民还重视诗歌的表现形式与描写艺术，肯定张籍景物描写特色以及五律语言的锤炼，但同时最为欣赏张诗在表现手法上能够深入浅出，达到自然甚至了无痕迹的艺术境界。

　　首先，李怀民对张诗中的景物描写很是赞赏，在对张诗的评点中，对许多景物句都提出赞赏，并以"妙"字作为评价。如其认为张籍《送边使》："扬旌过陇头，陇水向西流"以及《夜宿黑灶溪》"夜到碧溪里，无人秋月明"等"著此句妙"④，又认为张诗"色连山远静，气与竹偏寒"（《和互补令狐尚书喜裴司空见招看雪》）一句"写雪高简入妙"⑤。细究此数句，共同的感觉是情景之中有意味传达出来，流露出一种情感，比如"扬旌过陇头，陇水向西流"出现在送别题材中，边使即将远行，陇水的流逝便显得十分应景；而"夜到碧溪里，无人秋月明"，则借一轮安静的碧溪秋月，诉说出诗人独宿异乡的孤独与静僻；"色连山远静，气与竹偏寒"则是由对因雪带来的对山、竹气色之远静之偏寒的渲染，表达诗人内心对雪的感受，映射出其内心宁静孤僻的情

①②③④⑤　李怀民：《张籍》，引自（清）李怀民：《重订中晚唐诗主客图说》卷一，清咸丰四年刻本。

59

绪。因此，李怀民所言张诗景物描写之妙，应在于景物可以无声地言说诗人主体情感，正如其在评价张籍《襄国别友》时所言："情以景出，以此为妙。"① 正因如此，李怀民发觉张籍常以景物代替对他人情性的书写，既含蓄却又形象，其评价张籍《过贾岛野居》"蛙声篱落下，草色户庭间"时云："看他于岛师，更不着一赞语，但平平叙一野居，而其品之高已可想也"②，不去直接描述贾岛其人，而只对其山野居所进行描摹，从中可见主人之兴味。

李怀民也关注到张籍景物描写的顺序及大处点染却不乏形象生动的特点。怀民看到张籍在描写景物时，总是由大处着笔点染，或者在诗歌一开头出以描述周边整体环境语句，通过这种大情景为诗歌笼罩一种气氛，如其评"独向长城北，黄云暗塞天"（《送流人》）云："先总写一句愁绝"③，以黄云漫天渲染一种浓得化不开的离愁别绪。即便在短短十字之中，张籍也能纳入对山河日月的描绘，如"露沾湖草晚，日照海山秋"（《送李评事游越》），对自然景物进行高度概括，意象极具跳跃性。而在对景物高度概括描写的同时，却不肤廓，反而给人以形象具体的印象，此为李怀民对张籍景物描写又一欣赏之处。其评"江连恶谿路，山绕夜郎城"（张籍《送蛮客》）云："一指便如见"④；评"战马雪中宿，探人冰上行"（张籍《征西将》）云："一读便如亲到其地，其情事、气味皆是也"⑤；评"海国战骑象，蛮州市用银"（张籍《送南迁客》）云："只就二事指点，而风土如见"⑥，之所以能有这种"一指如见"的效果，应缘于诗人对一地典型景物、场景或风俗的高度概括，正如李怀民所意识到的"写闽风只消一指"⑦，此一指便是张籍"谿寺黄橙熟，沙田紫芋肥"，写了黄橙、沙田、紫芋等闽地特有风物；也如同"野茭到时熟，江鸥泊处飞"（张籍《送郑秀才归》），怀民所言："一路只此一指便可概括"⑧，在诸多可能发生的场景中选取初到家看到的野茭，停泊出飞翔的江鸥作为对友人归宁到家的景象的想象概括，既典型又形象。

李怀民还注意到张籍许多景物句具有画意，从现实视角中升华出一种艺术的、凝固的美感。如其评价"独爱南关里，山晴竹杪风"（张籍

---

①②③④⑤⑥⑦⑧ 李怀民：《张籍》，引自（清）李怀民：《重订中晚唐诗主客图说》卷一，清咸丰四年刻本。

《和裴仆射朝回寄韩吏部》）便是"先画一幅景"①；评"寒林远路驿"（张籍《留别江陵王少尹》）以及"停灯待贾客，卖酒与渔家"（张籍《宿江店》）云："画"②。所写之景有一种文人画的趣味与雅兴，不单单是对日常所见之景的描摹，而上升到一种文学审美中的意境的营造。

其次，李怀民在评点中对张籍字词语句的锤炼之工予以揭示。一方面，肯定张诗的字词能够匠物入神，对张籍于物态的描摹之功予以肯定。如《古树》诗"露根堪系马，空腹定藏人"下批曰"匠物入神，水部亦有此警笔也。"③ 再如评《寄灵一上人初归云门寺》"仿佛遥看处，秋风是会稽"云："秋风可看乎妙"④，以上诸例揭示出张籍具备体物贴切，能够抓住事物典型情态去叙写的特点。另一方面，对张籍的炼字之功很是赞赏。如《登咸阳北寺楼》"渭水西来直，秦山南向深"下批曰："'直'字'深'字炼"⑤，《答姚合少府》"诗成添旧卷，酒尽卧空瓶"下批曰："添字卧字，自然得妙"⑥，《宿江店》"夜静江水白，路回山月斜"下批曰："匠出静字、回字"⑦ 对张籍于字句的琢磨、锤炼很是钦佩。

然而，即便张籍在创作过程中深思熟虑，反复考量，其诗作却不见锤炼之迹，反而自具一番自然、不作意的风格，此尤为怀民崇拜。李怀民看到张诗中具有于偶然之中见自然的特点，如《闲居》："药看辰日合，茶过卯时煎"下批曰："偶取支干字，对正见闲处，亦天然恰好，若专借此见长，则辑而陋矣"⑧，《使至蓝溪驿寄太常王丞》"云中迷象鼻，雨里下筝头"下批曰："此只可偶一及之，若专以此见长，则俗矣"⑨，于偶然中流露出自然闲情，正见自然。《和裴仆射朝回寄韩吏部》"从容朝早退，萧洒客常通"及《和周赞善闻子规》"况是街西夜，偏当雨里闻"下批曰："只是不作意"⑩，而他对张籍这种貌似"不作意"，而实际上确实产生自然之趣的功力深表钦服。

最后，张籍在诗歌艺术风格、表达方式以及语言修辞等方面的造诣在李怀民的点评之下，充分显现出来。李怀民之评语是高密派诗学的重要组成部分，其对于将张籍奉为师法对象的高密派诸人甚至后人体认张籍诗歌艺术具有启发和借鉴意义。阅读李怀民及高密诸人诗作，从中皆可或隐或显地觉察到张籍诗作对其深刻的影响。

----

①②③④⑤⑥⑦⑧⑨⑩　李怀民：《张籍》，引自（清）李怀民：《重订中晚唐诗主客图说》卷一，清咸丰四年刻本。

第3章 身负高才的诗人
——"高密三李"之李宪乔（上）

李宪乔，字子乔，号少鹤，山东高密人，生于乾隆十一年（1746），卒于嘉庆四年（1799），曾于十九岁时选贡高第，惜因其年幼被罢归，后于乾隆四十一年（1776）以召试举人官广西岑溪知县。他是清代中期高密诗派的领袖之一，曾将高密诗学远播至各地，在江西、广西甚至东北等地均有"高密派"衍流，直至清末仍有人承其诗法之传。

3.1　清高自守的性情和仕隐两难的处境

3.1.1　性情

李宪乔之性情从其自名"少鹤"便可见一斑，鹤的特点之一即是清高不群，李宪乔即是如此。他时刻以君子的道德标准要求自己，在世俗之中能够保有一种清介自守的品质。李宪乔《和乐天〈代鹤〉》表明了其坚决排斥与鸡鹜为伍，不为锦衣玉食而循俗屈己的立场，更以"使脱鸡鹜群，饥死心亦厌"的极端口吻表明自己宁死不循俗的决心。清代商品经济发展，人们争相逐利，李宪乔面对这一现象，表现出异常清醒冷静的态度，他深知钱财富贵不过是过眼云烟："喧喧车马会，沸沸丝竹宴。相看如聚沙，转眼已风散"（《不朽》），坚定地表明了重义轻利的观点，在其诗作中多次流露出充满象征意味的"贬金钱褒玉石"的看法，李宪乔对"黄金价日增，白璧不计缗。入市征贱货，士子贱无伦"这种重利轻义的时俗观念提出相反意见，认为对比黄金，一人之气骨更显难得。他对"世人结交以黄金，陈子结交以白石"（《归顺陈刺史章爱予甚笃，以白石留别因酬数语》）表示赞赏，因为"以金易石石不易。金能使人贪，石能使人廉。金易熔，石不变。既不变，更相结，大胜屡盟屡歃血"，认为白石之交比金钱之交更为稳定、纯洁。对精神上绝对纯净的要求，远高于对世俗物质的追求。在其诗作中，常常有以菜羹招待友人的描写，其中却不见怨愤，只有诗人自内而外表露出的满足与自适，其《连日郡市断屠，时共黄生饭，但啜菜羹而已，相与嬉笑为诗》即是体现。李宪乔对冬夜披絮，晓冻双股不以为然，拮据的生存状况并不影响其谈古论今，嬉笑怒骂，他的精神无比充盈、满足，令其对物质的贫乏竟然毫不介怀。

于世俗之中淡泊自守，缘于李宪乔与生俱来的萧闲情性，正是这种情性让李宪乔常能超越出世俗生活，在心灵上远遁尘世。宪乔在诗作中曾乐此不疲地去描述自己秉性中的萧闲意趣，如"径去无定适，野性本疏散。翛然二三子，行吟共舒缓"（《夕游石溪示诸生》），"宁知行兀兀，得共此萧闲。时坐竹间阁，近看蕉外山。"（《穿山驿题潘巡检山阁》）。此外，"翛然"一词在《少鹤诗钞》中也屡屡出现，它既是一种主体不受拘束的状态的表现，也是对其所居之处萧条冷落的表述。如《县居》之三："虽看出地近，已觉得山多。稳放弹琴石，低垂宿鸟柯。翛然长此惯，不必有人过"，表明身具萧闲之性的李宪乔对常人不愿甚至不屑光顾的冷僻荒废之处甚为留恋，耽于一种闲幽冷僻的环境中。李宪乔自称性幽冷，"性僻耽闲冷，经时还往疏"（《寄归顺陈刺史章》），"拙身谬从仕，性本耽闲冷"（《招诸文士》），与常人之爱好热闹截然不同。因此他觉得自己与"雪"颇有相通之处，因为皆具一种"冷"味："苦吟春不入，冷味雪相谐"（《春夜东亭宴集分韵得"佳"字》），其笔下也多有对常人极为恐惧的凛冽冬日的描写："日中所见山，皆生清泠光。晓风起断峡，为送万里凉。耽此数刻惺，涤尽委靡肠。欲语恨无友，讽之矢不忘。"（《鸡鸣》）其中却不见厌恶，反觉这种冷意如一股清流，能够让身处盛世中的人脑筋清醒，萎靡尽去。在日常生活中，诗人总显得与寻常人有那么一点不一样，比如"民方勤赤日，吾自阅青山"，这种冷与炎的对比，仿佛在无声地表露自己的雅趣；而从其对寒冷事物的描写之中，愈加能见一种由"冷"而生出的清趣，如"带雪收枫叶，敲冰汲石泉"（《题傅叟林居》），"当禅杉雪落，早汲井星寒"
（《题僧院》）。

因为耽于幽冷之境，厌与俗人为伍，久而久之，养成李宪乔"喜
静"的性格特点。即便身处满目宾客、莺歌燕舞中，诗人也能在内心保
留一份属于自己的清静，正如《别后寄田都尉王象州》所云："宾客满
堂谁目成，玉箫金管沸春城。宁知一叶寒江泊，独听篷窗溅雪声。"对
静的钟爱，让其觉得与世俗周旋几乎是在浪费时间，如其言："转怜好
时日，多向众中消"（《返舍倦甚将赴敬之吟会不及漫题却寄》），其真
正向往的仍是"江雨秋冥晦，僧窗暮寂寥"（同上）。对"静"的偏爱
使李宪乔酷爱独处，于静坐之中修养身心，闹中取静，《少鹤诗钞》中
屡有其对静坐的描写，如"久此无言坐，端知己息机"（《与诸生寻北
村兰若》），"何如此静坐，高几傥可凭"（《对雨言怀》）。更有专写
"瞑坐"并以之为题者，如在李宪乔《瞑坐》中，诗人以"瞑坐"方
式，表达其创作后得舒泰心情，充分体现了他"向来诸兴减，不废是诗
篇"的特点。

久居僻静之处，不与世俗合作，性情当中自然会有一种"僻性"，
具体表现在自感难容于世，有知音难觅的悲凉。李宪乔曾悲叹在熙熙攘
攘的俗世中竟无人理解其所坚持、主张的事业，好不容易有一二知己，
却是秀木中折，已然离世，对此李宪乔深感痛惜，云："嗟我业枯槁，
难得知音知。当酒不尽觞，独归终夜悲。行当共潘子，放歌哭江湄"
（《秦侍读（瀛）筵上追悼许君集夔因呈诸公兼寄潘逸人》）。从少鹤诗作
来看，就李宪乔本性而言，他常将自己置于尘外之地，与世俗生活划分
出鲜明的界限。他常于冷僻幽静处冷眼观望着世俗社会，自感这种冷僻
的趣味难以为常人所认同，虽身在热闹嘈杂的人群中，却依然感到孤
独，"独自笑来独自慨，无限时人都不解。孤云遥起暮山头，危栏凭处
如相待"（《江楼戏拟"独自行来独自坐"诗示叶生》）。而《镇郡感怀
二首之一》："昏林无殊色，浊水无殊味。孑然怅孤怀，奈此久留滞。
有得谁可喻，有好谁共嗜。强语向众人，茫如对昏醉。坐此心郁怫，但
取隐几睡。咄咄知如何，白云渺天际"更是诉尽了诗人对其任命的失
望、对官场气氛的绝望，不容于世俗的痛苦，与屈原《渔父》颇为相
近，顿生"举世混浊我独清"之悲叹。有时，即便是欲寻一二有雅兴
的同游者都显得困难："只此寻常味，茫茫喻者谁"（《斋居即事成

64

咏》)。而每当偶遇一位精神上的契合者，李宪乔总显得欣喜若狂，如获至宝，"高人频此过，为爱雪消迟。静语僧眠后，闲行月上时"(《冬夜兰公〈潘庭筠〉见过寺居》)。彻夜交谈，亦不觉疲累。原因即在于"未能谐众好，难得是真知"(同上)。观宪乔与友人的来往，可以发现他们彼此殊少物质往来，更多的是一种情怀上的交流，如其《香赠约言》云："试著一两片，寂然虚室中。何须入鼻后，始觉此心空？暂得岂足贵，永怀知不同。可能将此味，淡泊共衰翁"，即言情谊与这香一样，虽不名贵奢侈，却能淡泊永恒，这正是交往双方精神相通的可贵之处。

虽然有萧散的情怀，淡泊的品性，超脱尘外的意趣，但李宪乔也并非活在真空中，身处现实中，能够看到李宪乔天性中还有孝顺、友爱的一面。宪乔生性纯孝，其父去世早，故其出门在外尤其放不下对家中母亲的惦念。李宪乔以读书奋发、建功立业作为对父母的报答，如《和〈游子吟〉》："家食父母尤，旅食父母愁。小年不努力，及壮方百忧。安得长闾里，咳唾取封侯。"但是追求功名的过程太漫长了，以至于"忠孝难全"，《齐女怨》云："生服礼仪俗，死惭父母恩"，诗人借齐女之怨发抒己怀，为自己因求功名未尽孝养之责而深感惭愧。后其远宦边地，终究放心不下母亲安危，不远万里遣人将母亲接来粤西，如《送归使》则描述了在母亲即将到来的时候，诗人翘首企盼，并暗暗揣测其行程的情景，其对母亲的孝养之情着实令人感念。

而李宪乔对兄弟亦抱有深挚的情感，笃于人伦之爱。李宪乔后半生均在远宦漂泊中度过，身处异乡的李宪乔对兄长无比想念，而化解这种想念的方式便是以书信、诗歌与兄长呼应唱和。李宪乔几乎每至一处，都迫不及待地将所闻所见所感化作诗句，寄予兄长，聊解惦念之情。李宪乔与两位兄长的酬唱应和之作，如《江行杂诗寄石桐》十首，详尽地记录了诗人江行所见与细微感受，李宪乔学诗向来以石桐(即李怀民)作为榜样，寄诗为沟通情感，也有欲乞石桐评点之意。李宪乔与叔白(即李宪暠)也多有唱和之作，如《和叔白褒月贬雪诗》《自梧溯漓将登舟，风雨骤至，留题城北兰若寄兄叔白》《易使桥成上元前夜置酒呈家兄叔白兼示诸宾僚》等，表现其对兄长的尊重与想念。然而，叔白、石桐的相继离世给中年李宪乔精神上极大的打击，一度痛苦得难以自拔，无限感伤。闻听叔白死讯，他一度"居则忽忽若有所无，出则不知其所往",陷入精神极度的哀伤之中,以至于每至一处,每见一物,每写一诗,都能触动其对兄长的哀思,如《全州道中感怀》云:"风静水悠悠,零陵南渡头。一为湘上客,总有月随舟。远远山宜夜,长长气似秋。翻悲前泊处,空复一琴留。"叔白生前喜琴,宪乔常在其侧听其弹琴。然而,物是人非,琴尚在,人已离开,抑郁哀伤之情溢于言表。另如"闲园摇落时,前夜雨凄凄。有客还来集,孤琴不复携"(《再过钟氏园感怀》)亦写李宪乔因见"孤琴"而触动对叔白的哀思,旧地重游,故人不在,伤怀尤甚。石桐的去世更是给宪乔痛失臂膀的打击,诗人在一诗名中提及,"孙答云:'近日诗道之存,赖有石桐少鹤在,石桐既去,少鹤难以孤鸣,诗从此不可为矣!'"① 除去两位有血缘关系的兄弟,李宪乔亦视几位投契的友人为兄弟,具体体现在其屡屡将表兄弟之情的"对床"之典用于写与友人相聚的诗作之中,如"醉语杂别语,未醒君已行。万愁生薄暮,独坐到深更。秋树疑风雨,昏灯半灭明。茫茫复耿耿,一月对床情"(《与徐子别后却寄》),"偶来对床宿,已似故山归"以及"宁知对床处,信宿瘴烟中"(《下雷土州舍与门人童正一同宿》)。在诗人看来,见到挚友便如见到兄弟亲人一样,友情的陪伴使得身处异乡的诗人显得不再孤单。

李宪乔的温情不仅体现在孝养长辈、敬爱兄长、友善朋友,其对后辈也颇为挂怀,悉心关注小辈的发展,并予以教导。其对后辈之诗一一进行点评,如"曰:诒珩读杜工部《北征》诗《感怀》诗,小子开章第一作古诗,便能卓荦如此,正似大家,堕地不作寒乞声也,坡云:此咄咄来逼老夫矣。胸次槎枒有物,最为可喜,开茸鄙猥者,虽读尽万卷,不能吐得一字,其气馁,故也勉进之"② "诒璠作诗,皆能清妥,诒玙诗,更清冷可爱也,然向后作诗,却以心思才气笔力光焰为尚,在少年须具攀龙附凤之志,上下千古之概,惊才绝艳之观,若学主客图,而但得清浆,此敦测辈,所以无成。而菱浦表叔所以笑桥东诸子,拘而未化也,此不可不知。张桂舟之清才,不若宋步武之是功。"③ 在诸位

---

① 李怀民、李宪乔、李宪暠著,邹长春,李丹平,赵宝靖析注:《三李诗抄校注》,线装书局,2013 年版,第 458 页。

② 李宪乔:《与众家论诗》,引自韩寓群主编:《山东文献集成》(第三辑,第 47 册),山东大学出版社,2007 年版,第 267 页。

③ 李宪乔:《与众家论诗》,引自韩寓群主编:《山东文献集成》(第三辑,第 47 册),山东大学出版社,2007 年版,第 268~269 页。

后辈中，宪乔尤其欣赏李诒经，并于《凝寒阁诗话》中对其进行详细评点，其中尤其赞赏其诗具骨力、诗中有人的优点："若五星（即李诒经），则全是鞭擗向里，即寻常语句，都有一幅真心脏、真骨力。古人云：作诗须有自家安身立命处，又曰：诗中有人在，五星可语此矣。"①除去对与其有血缘关系的小辈们的关注，李宪乔对其他有志于作诗的后学们也表现出不吝评点的态度，并授之以渔，诸如王氏五子与后四灵等人，皆得其诗学之传，这与宪乔喜于提携后进分不开。

偶尔使精神思想遁出尘外，令李宪乔颇具一种仙道风骨；而当身处俗世又不乏脉脉温情，正是诗人的可爱之处。这种情感与个性决定了李宪乔对现实人生的无比珍爱，多情的诗人以仁义之心感悟、书写人生，对生命进行追问与思索。

3.1.2　思想

李宪乔生在齐鲁之地，孔孟之乡，又是名臣之后，故自然而然地接受并始终坚持着儒家思想，但其在后天的生活中，也充分汲取了道家、佛家思想。对于儒道佛三种哲学精神，李宪乔获得了新的认识：在他看来，儒家重入世，道家、佛家讲出世，三家思想看似水火，实为表里，儒家"听天命"和道家"法自然"，皆有顺乎自然相通之处，就像其在《游崆峒岩》中描述的崆峒岩山洞一样，"分乃洞之殊，合则天之全"。同时，他也将三家哲学进行融合，为我所用，从不同角度解决自己面临的现实问题，满足了自己不同层面的情感需要。以其面对丧子之痛为例，李宪乔《鹤再南飞集》中有连续两首表达丧子之痛的诗作，《解哀》一诗，顾名思义，诗人极力以儒家所主张的从古贤对生死的达观态度中汲取力量，用积极情绪取代消极情绪，期望迅速从丧子之痛中解脱出来。然而，或许是诗人发觉自己并非圣贤，哀伤无法被取代，只能去化解——此时道家与佛家中关于排解的思想因素便派上用场，诗人紧接作《孙秀才招游太极洞时予有丧子之戚》其中便流露出以参悟自然入道，去化解负面情绪的思想倾向。

诗人对于出仕与归隐的矛盾与纠结，贯穿了整部《少鹤诗钞》，而

---

① 李宪乔：《与众家论诗》，引自韩寓群主编：《山东文献集成》（第三辑，第47册），山东大学出版社，2007年版，第252页。

在这矛盾与纠结中，可以窥见诗人脑中儒道佛思想的交叠与碰撞。李宪乔很早就立志，要像其父一样，读书致用，为国家、民众出一份力，"平生读书期致用，惧堕先志随庸顽"（《高车三过赠李文轩员外前为给事》），父亲早逝，宪乔继承先父济世之志的同时也遭遇到现实生活的巨大压力："近为老母求五斗，心非所好聊勉旃"（同上），"偶为将母计，聊现宰官身"（《留题县斋》）——无论出于对父亲的怀念、崇敬，还是出于赡养母亲的责任，出仕做官成为青年李宪乔的唯一出路。

　　然而，在完成理想的道路上，李宪乔却屡屡碰壁，他早年屡试不中，深谙科举之苦，他的"下第诗"读之令人感到酸楚异常，诉尽古代知识分子在科举制度中遭遇的煎熬，令人心中凄恻："才标岂后人，十载滞燕尘。举目无知己，还家有老亲。郊扉愁到日，霜野苦吟身。已分长孤僻，重来未有因"（《送何天锡下第归觐》），"上国几年住，边城寒叶飞。高堂双鬓改，下第一身归。瀚海莽无路，雪山空落晖。郊扉依旧掩，书信得应稀。"（《送赵志南罢举归觐甘州》）诗人在目送下第友人归乡的同时也仿佛在目送自己，年少的意气，经年的志向，都被残酷的现实挫磨得不成样子。以至于在宪乔远官粤西之时，因见试院而触发当年对科举之苦的回忆依然显得触目惊心："霅霅风吹烛，深宵雨未休。高文谁共感，矮屋忆同愁。旧侣存无几，孤踪淹尚留。远书寄儿辈，不觉泪双流。"（《试院雨夜遣怀》）看到科举之路崎岖难行，诗人也并未知难而退，他屡屡离家远行，到处拜谒，希冀得遇伯乐赏识。然而在这一过程中也是遍尝世态炎凉，以至其无奈地哀叹："西风落叶掩萧索，京华旅食多辛酸。"（《上都宪云门黄使君》）其后，诗人终于被恩赐举人，李宪乔欣喜若狂，不想却被朝廷分配至遥远的边地作一小吏，这与其期望大相径庭。从"家人怅望宦游远，止就舆图指路途"（《将赴归顺题家书》）到"寄语今番休借看，此州南去更无图"（同上），赴任之地一次比一次遥远偏僻。随着诗人年纪的增长，早年的志向似乎也随其赴任之地的遥远而模糊，诗人不禁叹息："早志澄清许范滂，云中遗业恨茫茫"（《题先少司马公东冈集后》），对早年选择产生了深深的怀疑，这种怀疑进而演变为更为消极的叹老嗟卑："苒苒需来今，怅望送去昨。坐知了无益，独用自嗟愕"（《学韩秋怀诗九首》其一）。

　　此时，李宪乔困惑了，一时间重新对人生仕与隐的选择进行考量，他对早年间与仙道僧侣为伴的生活颇为留恋，在遭遇种种不顺心之后，

68

他似乎一下沦为了失路者。此时他在《北林僧舍咏蝉》与《都门答客》中开始表达对隐逸的设想，然而，却未能真的实现。根深蒂固的济世出仕之志令其即便失望，也从不言弃。李宪乔在对仕途极度失望的情况下，即使具备各种归隐的条件，也并未真要选择隐逸，当脑中有安于田间之乐的想法一闪而过，诗人顿觉羞愧，终究不甘于过林下寂寥的隐居生活，始终以济世报国为己任。即便诗人身在草泽，却心怀家国，时刻以百姓社稷为挂念，并时刻提醒自己不要被安逸的生活消磨了志气："八州都督会有属，慎勿但恋西湖游"（《秦小岘郎中读予归顺示父老诗，寄书盛相推许，既感且愧久乃奉酬，时秦已迁浙江观察》），正如刘世南在其《清诗流派史》中所言："（李宪乔）困守家园时，却不甘心过诗酒流连的闲适生活，而是希望在政治上有一番作为。"① 而隐逸作为一种诗人的畅想，仅能出现在诗集中罢了。身处边地，恶劣的环境反倒更激发了李宪乔的斗志与韧性，在《猺山纪行》中，诗人借登险峻之山表达自己坚定的意志与无所畏惧的勇气；而《雨后山行书所见云气》则委婉表达了自己虽身处逆境，却不愿攀附权贵，只想凭借自己的力量积极进取的倔强；而至其第二次远官，其云"三宿出巴陵，扁舟寄楚冰。人皆苦卑湿，我独喜空澄。远谪何须恨，长栖亦可能"（《月夜次长沙二首》），足见其已欣然接受朝廷的派遣，决意在边地作出一番业绩。这其中虽然经历了对抗、挣扎，但最终在诗人几度有意识的精神调解、磨合中走向积极地接受。佛道思想正是其进行这种精神调解的思想基础。

可以说，在李宪乔这里，儒道佛三家思想鲜有斗争，更多的是以儒家思想为主导，其余两家与之互补、融合的和谐关系。具体表现在，当世俗压力巨大时，诗人常于佛道思想中修养身心，使尘俗中疲惫不堪的灵魂暂时得以休憩。《少鹤诗钞》中多有描写诗人与僧人、道人的交往："细闻龟息静，温借鹤衣宽。明日携琴去，西松岭上弹"（《冬夜与远师同宿》），每当诗人与远师同处，总能涤除俗虑，心情平静；"每同松下语，不省世间诗。辨认香来处，斟量钟尽时。非缘曾得侍，冲抱讵能知"（《寄山中僧》），可见宪乔总试图去寻找些能得"冲抱"的机会，在与僧人的交谈过程中，自然而然地洗除尘俗污垢，重怀虚静淡

① 刘世南：《清诗流派史》，人民文学出版社，2004 年版，第 382 页。

泊；当有不能向世俗中人倾诉的心事，也可将尘外无利害的僧人作为一倾诉对象，"出游非诣客，心事与僧论"（《兴胜寺居即事》），一吐为快；有时即便什么话也不讲，只是静静地和僧人相处，也能为其淡泊清静的幽性所感染，获得一种精神上的安详："真能知鹤性，必是与僧居"（《酬敬之见赠》），"不辞通晓坐，石上对师禅"（《再题般若寺赠兴公》）。有时即便身处闹市，没有僧人、道人的陪伴，李宪乔亦能在某一个瞬间使自己的意识与思想进入尘外之境，"有时定静中，瞑目见秋雯。何当许归去，采药逢旧邻"，虽处俗世，却能于瞑坐入定之机，闭目而见秋云；"王官皆有程，难得此间清。几宿寄孤棹，听君话四明。山从幔外过，瀑向枕边倾。不为州人望，应同出世情"（《同阮刺史泛丽江往返七日翛然无一事》），于繁忙的工作途中，诗人也不忘忙中偷闲，览山听瀑，暂得萧闲之趣；而"偶从渔父语，暂逐田夫憩。略无相识人，长歌自摇曳"（《野兴》）更是诗人在世俗迎来送往之后，很自然地遁入尘外之境的描写，展现了由端正严肃的士子忽为长歌摇曳的潇洒文人的转变。此外，对清雅之境的幻想与回忆亦是宪乔逃离世俗压力的方式之一，他常自觉完成羽化成鹤的蜕变，身心无比放松，如《九月十七夜与童正一登怀远楼》："不知荒服远，自觉羽衣轻。子亦非凡客，还能趁鹤行"；也常在梦中描绘另一个充满仙道色彩的理想世界："归来暂假寐，飘然堕林丘（以梦为媒介进入了尘外生活）。从祠沙步间，历历旧所游。"（《太平郡庆祝宫回梦廉夫、颖叔二子》）日有所思夜有所梦，对于隐逸生活的向往在现实中无从实现，便要为其找寻一个出口。以这种"意念上的隐逸"作为缓解俗世压力的有效方式，正是李宪乔的作法，也正是这种作法，支撑他在那些伤感、不得志的岁月里继续前行。

站在人生分岔口，有人选择追逐功名，驱动自己内心与世界作战，有人选择隐逸，压抑自己内心忘却尘世痛苦。而李宪乔却选择以亲近自然、参佛论道的方式使自己疲惫的用世之心得以休息。这种休息只是手段，不是目的，在他看来，休息是为了更好地奋斗。

3.2　兼取百家，尤重韩贾的师法渊源

李宪乔的诗学与创作呈现出兼取百家的特点。然而，需要注意的

是，诗人在兼取的同时，也有所侧重。在诗学上，李宪乔以韩孟诗学为宗，发扬了《诗经》、杜诗以来的现实主义精神；在诗歌创作上，则尤宗韩贾——其近体得贾岛清寒之味，古体则取法韩愈，恣肆雄奇，巧于议论，自有风格。

3.2.1　诗论渊源

1. 韩孟为宗，崇古避俗

李宪乔与其兄李宪噩、李宪暠等一起推动了乾嘉诗坛宗中晚唐风气的发展。李宪乔曾自认"僻吟偏近岛，上国喜逢韩"（《留上窦东皋宗丞十八韵》），其诗学观主要承自韩孟一派。刘崧岚题《二客吟》卷首曰："子乔律体，初学李太白，把捉不定，因学韩昌黎、孟贞曜古诗，得贾生诗，大悦之，遂改学其五七律，后益专攻浪仙五言，及兄怀民选《主客图》，遂相与尊浪仙为清奇僻苦主，而自附门下，得诗五十二首"[1]，汪辟疆《论高密诗派》亦称："少鹤五言，近贾为多，正与石桐骖靳，故有张贾门下二客之称……惟其五七言古体，则常出入韩苏，气体稍大，与石桐专事峭刻者不同"[2]，以上俱是从诗体的分别上揭示李宪乔对韩孟诗派不同诗人的取法，却未深入探究其诗学和创作方法层面的内在联系。事实上，"崇古避俗"是李宪乔主要的诗学观，直接受到韩孟诗学影响。面对令人失望的社会风气，李宪乔与韩孟等一样，选择以"行古道，处今世"（《与孟东野书》）和"摒弃常熟、翻新见奇"[3]的方式与时俗抗争。

韩愈曾称赞孟郊"孟生江海士，古貌又古心。尝读古人书，谓言古犹今"（《孟生诗》）；"混混与世相浊，独其心追古人而从之"（《与孟东野书》），韩愈与孟郊诗中充满了冠之以"古"的词语，深深影响了

---

[1]　汪辟疆：《论高密诗派》，引自《中华文史论丛》第二辑，中华书局，1962 年版，第143 页。

[2]　汪辟疆：《论高密诗派》，引自《中华文史论丛》第二辑，中华书局，1962 年版，第137 页。

[3]　程学恂：《韩诗臆说》，商务印书馆，1934 年版，第 18 页。注：《韩诗臆说》著作者署名程学恂，但近年来学界已证实此书全系程氏剽窃，其真正作者乃清代诗人李宪乔。详见郭隽杰《〈韩诗臆说〉的真正作者为李宪乔》丁俊丽《再论〈韩诗臆说〉作者问题》。

李宪乔,他曾言:"相期在前哲,无求悦当世"(《上桂林陈相公二十四韵》),"寂寞长如此,安心赖古贤"(《端居言怀》)。李宪乔与韩孟诗派在崇古方面表现出几点相似之处:

第一,以《诗经》为范本,主张恢复风雅。李宪乔痛惜"大雅久衰歇,顽艳日袭盗"(《再赠书田翁》)的诗坛风气,以《诗经》为作诗的典范,他说:"试上溯之骚,灕然必有以。试上溯之雅,穆如有繇致。试上溯之虞,诗歌所肇始。亦惟曰言志,依永以次起。未有志不正,而协风雅旨。未有气不清,而通比兴义。"(《〈秋水篇〉为汪太守作》)此与韩孟诗派强调风雅的主张如出一辙,李宪乔认为韩愈诗颇得《诗经》神髓,如其《韩诗臆说》"利剑"一条云:"此及忽忽等篇,古琴、古味、古调,上凌楚骚直接三百篇也。"①"河之水二首寄子侄老成"一条云:"看来只淡淡写相思之意,绝不著深切语,而骨肉系属之深,已觉痛入心脾。二诗剀切深厚,真得三百篇遗意,在唐诗中自是绝作"② 等。

第二,强调神骨,要作真诗。刘禹锡曾称赞韩愈"浩尔神骨清,如观混元始"(《韩十八侍御见示岳阳楼别窦司直诗,因令属和》),李宪乔亦看到韩愈赞孟郊"眸子看瞭眊""可以镇浮躁"(《荐士》),"不惟得贞曜品诣,并能写出贞曜神骨"③。而同为韩孟诗人的贾岛也标举神骨,曾言"风骨高更老"(《投张太祝》),"独鹤耸寒骨"(《秋夜仰怀钱孟二公琴客会》)等。正是觉察到韩孟派对神骨的重视,李宪乔在诗学上亦尤重神骨,其《与故人季涵论书》云:"观书如相人,神骨当有异。肤立岂能久,中乾固难恃。"同时,宪乔也看到韩孟诸人因重视神骨,其诗往往能"语语端严,字字真朴,不肤廓,不客气"④,言之有物,是"真"诗。

第三,主张上承杜甫。杜甫是韩孟诗派的主要师法对象,李宪乔在《韩诗臆说》中胪列了韩愈诸多学韩之作,如其评《此日不足惜一首赠张籍》云:"真得老杜北征彭衙遗意""如此篇乃同杜之体"⑤。评《宿

---

① 程学恂:《韩诗臆说》,商务印书馆,1934 年版,第 2 页。
② 程学恂:《韩诗臆说》,商务印书馆,1934 年版,第 5 页。
③ 程学恂:《韩诗臆说》,商务印书馆,1934 年版,第 6 页。
④ 程学恂:《韩诗臆说》,商务印书馆,1934 年版,第 32 页。
⑤ 程学恂:《韩诗臆说》,商务印书馆,1934 年版,第 4 页。

曾江口示佺孙湘二首》云："此诗写穷民之苦，逐客之感，怆况渺茫，语语沉痛，起兴无端，结意无极，惟少陵可以媲之"[1] 等，指出其对杜甫忧国忧民意识的吸收。李宪乔也因此继承杜甫关注现实、书写现实的精神，在诗歌中反映民本意识与对时局的担忧，《再题牧牛图》《廉吏咏客燕中作》《民顽一首呈镇安李太守》等皆表达其不忍百姓受苦，进而为民请命的决心。

韩孟诗派在思想、精神上尊崇古意的前提下，在诗歌表现上加以创新改造，形成一种新的审美趣味，李宪乔追步其后，在"正者求自全，苟以媚于世"（《跋东坡山谷书示阳扶》）的社会背景下作出"众弃君勿弃，众取君勿取"（《赠王若农》）的选择，表现出与其相似的诗学倾向。

李宪乔对韩孟诗派"尚奇"特点尤为关注，他多次以"奇趣""奇确""奇警"等词作为对韩孟诸人诗作的评价，如其评韩愈《荐士》云："受材实雄鸷，雄鸷二字，评东野奇确。荣华肖天秀二语，愈奇愈确。"[2] 相应地，李宪乔在创作中吸取了"雄奇险怪"的审美倾向，使古体诗作呈现奇险雄放的风格。如其诗《栖霞洞》云："至显不可测，至近不可到。遂疑胚浑初，造物莫能造。岳渎更融结，星域别分兆。荡荡辟闾阖，屹屹立宗庙。蛟鼍逮鲲鳄，麟貌及犛豹。"（《栖霞洞》）运用浪漫笔法，据栖霞洞天然之状展开丰富想象，再现大自然神秘莫测、鬼斧神工奇异景观。

另外，李宪乔注意并吸收"谐言以写情"的讽谏模式。李宪乔在与李秉礼论诗时谈到韩愈"既具正法眼又能狡狯神通"[3]。其《凝寒阁诗话》云："文之与诗，义自各别，故公于《原道》《原性》诸作，皆正言之以垂教也。而于诗中则多谐言之以为情也。"[4] 与正言垂教的文相比，诗以谐言写情，以更有趣、更动人的方式传达作者的态度。这一点也为李宪乔所吸收，以《再题画山石》为例：

"李子画研画山石，夜梦神官来见责："汝何贪不仁，剥取断山脉。吾将面帝论，惟汝罪是劾""神官且勿怒，亦薄为神役。此

73

---

① 程学恂：《韩诗臆说》，商务印书馆，1934 年版，第 53 页。

② 程学恂：《韩诗臆说》，商务印书馆，1934 年版，第 7 页。

③ 李宪乔：《与李秉礼论诗札》，浙江浙商拍卖有限公司，2011 春季艺术品拍卖会。

④ 李宪乔：《选韩昌黎诗评》，引自韩寓群主编：《山东文献集成》（第三辑，第 47 册），山东大学出版社，2007 年版，第 117 页。

山生此几万年，过者曾否一拂拭？璨璨休嗤文字陋，苟到真处无销蚀。米芾虽言尚疑信，试播中州示无极。不见楚之浯溪钴鉧潭，元柳不来泯泯昧昧谁当识！神官怃然感，石去莫汝索。为山亦愿显于时，有奇不显真何益。"

诗人斫石供赏，夜梦山神问责，诗人申述斫石作书因由，山神感悟而去。通过这一故事情节具体形象地再现了诗人酷爱画山之情和赞美扬善精神，含蓄表其渴望受人赏识的用世之心。以幽默的语言，生动的故事情节为外壳，表露心迹。

与韩孟诗派诸人一样，李宪乔也追求"寒""瘦"的审美趣味。在韩孟诗派诸诗人眼中，"寒""瘦"首先是对客观世界的一种生理感受，正如韩愈所言"浩荡英华溢，萧疏物象冷"（《和崔舍人咏月》），诗人们却将这种被动的感受转化为对主动的"寒""瘦"意境之美的追求。李宪乔评韩愈《寄崔二十六立之》云："过半黑头死，阴虫食枯骴。欢华不满眼，咎责塞两仪。说得辣然，真觉死有余恨，热场中读此数语能无冰冷雪淡。"① 其他如孟郊《苦寒吟》《秋怀》组诗等俱是以寒瘦凄冷之境抒写衰飒悲苦之思的典型。然而，这种审美趣味自其出现历经数代到李宪乔时代，其价值都未曾得到过主流诗坛的承认，幸李宪乔对其做出公允评价：

> "自苏子瞻有郊寒岛瘦之谑，严沧浪有虫吟草间之诮，世上寡识之流，遂奉为典要，几薄二子，不值一钱，宜乎风雅之衰靡日下也。试看韩欧集中推崇二子如何，岂其识见反出苏严下耶？再子瞻诋乐天为俗，而其一生学问专尊一乐天，此等处须是善会黄泥抟成人，多是被古人瞒了。"②

在承认"寒""瘦"之美的同时，李宪乔也将其贯彻到诗歌创作中，如"星下坐来久，松梢听处寒"（《同王蜀子听山泉》），"荒渡泊时晚，虫声满岸愁"（《宿淮南小浦寄家兄石桐》）等颇有冷味。

此外，李宪乔与韩孟诗派均主张"苦吟"。韩孟诗派力主独辟蹊径，不入俗流，因此坚持苦吟。苦吟于此分作两义：一是对诗歌表现对象和创作内容上的要求，如孟郊云："夜学晓不休，苦吟神鬼愁"（《夜感自遣》）；二是对创作态度上的要求，此即韩愈称孟郊"及其为诗，

---

① 程学恂：《韩诗臆说》，商务印书馆，1934 年版，第 42 页。
② 程学恂：《韩诗臆说》，商务印书馆，1934 年版，第 36 页。

刿目鉥心，刃迎缕解，钩章棘句，掏擢胃肾，神施鬼设，间见层出"
(《贞曜先生墓志铭》)，也即贾岛"两句三年得，一吟双泪流"(《题诗
后》)等苦心孤诣之态的概括。李宪乔充分吸取了"苦吟"二义："驿
路荒多草，平生苦为吟"(《龙山驿逢赵玉文》)触荒凉之景而生苦寒之
情，"酬知有底物，未断数茎髭"(《即事戏寄敬之》)则体现其辛苦作
诗的态度。

除去以上，李宪乔对韩孟诗派融古文句法入诗，以文为诗的作法也
有吸收。韩孟诗派以古文句法入诗的作法使其诗作有散文化倾向。李宪
乔在创作古体诗时吸收了韩愈以散文句法入诗的手法，出现大量散句，
如"漫叟之后有漫吏，追公不及泪满膺。他日谁寻井上石，此诗有气公
应凭。"(《冰井并序》)还有"却嗔吾家儿，梦天何足道"(《栖霞
洞》)；"宁能不一游，重为山灵怄"(《过贵县游南山寺，上至葛仙翁洞
遇雨遂宿洞中，赠纪小痴兼呈王颖叔、吕石叟纪时为此县尹》)等。

综上所述，李宪乔直接承继了韩孟诗学观点，发扬了《诗经》以
来的现实主义精神，更近的源流是杜甫的现实主义精神，强调诗人人格
道德修养和诗歌创作中烹字炼句的后天功夫。他们对当时"涂饰柔腻"
诗风的扭转，主观上是为了回归风雅的传统。

需要注意的是，李宪乔对韩孟诗学的选择并非偶然，而是因其与韩
孟诗派存在诸多相通之处。首先，所处时代背景相似。韩孟诗派出现在
中唐时期，李唐王朝正经历由盛而衰的转折，李宪乔及其身后的高密诗
派则出现于盛极而衰的乾隆时期。其次，所面临的诗坛背景相似。韩孟
诗派出现之时，初唐的华贵、盛唐的壮丽俱已成为明日黄花，李宪乔则
生活在神韵派余音尚在，兼以格调、性灵为两大主盟的时期，其以独有
的敏感觉察到"盛世"之下庸音日广，于是慨然有忧，决意以寒瘦清
真救诗风之弊。最后，身为寒士的精神共鸣应为李宪乔取法韩孟诗派的
内在动因。韩孟诗派皆出身寒微，诗人们大都有着多年困守科场仕途蹭
蹬的经历，且赋性狷介，愤世嫉俗，相同的出身和经历使李宪乔和他们
产生了强烈的精神共鸣，以其为主要取法对象自在情理之中。

2. 专评韩诗，首重风雅

《韩诗臆说》是李宪乔评点韩诗之作，从中可概知李宪乔对韩诗认
识。韩愈论诗提倡两种截然不同的诗美风格，他曾言："敷柔肆纤馀，

奋猛卷海潦。荣华肖天秀，捷疾逾响报。"（《荐士》）前者雄奇恣肆，令情感一泻而下，是其早年创作风格之概括；后者清雅冲淡，意蕴深厚，议论含蓄，则是其晚年上溯风雅的结果。后人论韩诗，多以雄奇险怪为其特色，忽视其对风雅的回归，而这恰为李宪乔所关注。

　　韩愈后期创作注重对平淡之美的营造。韩愈晚年高官厚禄，困守科场和仕途蹭蹬的"不平之鸣"以及由此带来的对险怪诗美的追求失去了现实基础，知足饱和的生活使其诗风自郁勃豪壮转至平淡清雅。李宪乔发现了这一点："公前为刑部侍郎，此时为兵部侍郎，后转吏部侍郎，凡在近贵所作诗似逊于迁谪及散处时之郁勃豪壮。"① 对韩诗中平淡着笔，不着痕迹者推崇备至。如评《桃源图》云："'骨冷魂清无梦寐'七字甚妙，须知此境惟桃源中有之，则凡得此境者，到处皆桃源也。"② 指出韩愈以主体面对桃源产生的清静、惬意之感代替对桃源实景的客观描摹，桃源于此不再特指某一处景致，而是一种平和心境的折射，凡有似此"骨冷""魂清"之处，皆似至桃源。另其评《盆池五首》云："予谓'忽然分散无踪影，惟有鱼儿作队行''且待夜深明月去，试看涵泳几多星'，乃好句也。"③ 韩愈于此未用形容词汇直接渲染深夜之幽静，代之以鱼儿结队、星辰点点等颇具代表性的微动态景象作为夜之静谧的注脚，不着痕迹，却韵味无穷。韩愈有的诗虽只淡淡着笔，却能感人至深，李宪乔很欣赏这类意味深厚之作。如其评《河之水二首寄子侄老成》云："看来只淡淡写相思之意，绝不著深切语，而骨肉系属之深，已觉痛入心脾。二诗剀切深厚，真得三百篇遗意，在唐诗中自是绝作。"④ 然而这种"深厚"，并非故作高深，而是以书写真情为基础，只有有过切身体验的人方能产生共鸣，即李宪乔所言："须知所谓深厚者，亦非故为昧晦，示人以不可测也。语语都在眼前，而非蹇蹇匪躬者则不解所谓。"⑤ 基于此，李宪乔认为"真"是诗歌创作的出发点，并在三个方面肯定了韩诗之真。其一，常以身边之事、琐细之情入诗。李宪乔认为"忧国忠忧与室家恩爱都是一样真挚"⑥。其二，诗中有"雄直"

---

① 　程学恂：《韩诗臆说》，商务印书馆，1934 年版，第 58 页。
② 　程学恂：《韩诗臆说》，商务印书馆，1934 年版，第 28 页。
③ 　程学恂：《韩诗臆说》，商务印书馆，1934 年版，第 31 页。
④ 　程学恂：《韩诗臆说》，商务印书馆，1934 年版，第 5~6 页。
⑤ 　程学恂：《韩诗臆说》，商务印书馆，1934 年版，第 7 页。
⑥ 　程学恂：《韩诗臆说》，商务印书馆，1934 年版，第 43 页。

之气。李宪乔评《赴江陵途中寄赠王二十补阙李十一拾遗李二十六员外翰林三学士》云："皆痛快彰明言之，所谓雄直气也。"[1] 其三，语言真朴自然，言之有物。李宪乔评《燕河南府秀才》云："语语端严，字字真朴，不肤廓，不客气。"[2] 评《调张籍》云："见得确故信得真，语语著实，非第好为炎炎也。"[3] 均肯定韩诗朴实无华的语言风格。

需要注意的是，这种"深厚"的意味亦与韩愈后期创作一改早年的"不平则鸣"、肆意宣泄情感而为含蓄议论有密切关系。李宪乔认为诗歌虽不排斥议论，但需注意呈现议论的方式，含蓄议论能使诗意避免过于显豁。他认为《谢自然诗》"叙论直致，乃有韵之文也。可置不读"[4]，而《华山女》"便胜《谢自然》篇，其中讽刺都在隐约"[5]，赞赏韩诗中那些议论"不直致"者。李宪乔常能读出某些韩诗的言外之意，如其云："读秋怀诗须于闲闷无聊时，长讽百遍，自见其言外之意无穷也。"[6] 这类"言外之意无穷"的诗作并无明确的人事指向，也正因如此，才能为诗歌意义留白，为读者留下相对广阔的解读空间。

综上所述，李宪乔与他人不同，他所关注的并非韩诗独树一帜的雄奇怪诞之风，而是韩愈诗学中对风雅的继承部分。在《韩诗臆说》中，宪乔对韩愈师古对象进行了详细梳理，并以之为典范。他认为许多韩诗颇得《诗经》神髓，如上文提到的，其评《利剑》云："此及《忽忽》等篇，古琴、古味、古调，上凌楚骚直接三百篇也。"[7] 韩诗之意味、精神甚至音律均受《诗经》影响甚大。李宪乔亦以《诗经》为作诗的典范："试上溯之骚，潇然必有以。试上溯之雅，穆如有絺致。试上溯之虞，诗歌所肇始。亦惟曰言志，依永以次起。未有志不正，而协风雅旨。未有气不清，而通比兴义。"（《〈秋水篇〉为汪太守作》）强调诗人"志正""气清"之目的，在于通晓风雅之旨、比兴之意，此与韩愈强调风雅的主张如出一辙。

相比取法《诗经》，上承杜甫是韩愈更近的师古对象。李宪乔在《韩诗臆说》中胪列出韩愈诸多学杜之作，其中内容以叙写现实为主，

---

① 程学恂：《韩诗臆说》，商务印书馆，1934 年版，第 15 页。

② 程学恂：《韩诗臆说》，商务印书馆，1934 年版，第 32 页。

③ 程学恂：《韩诗臆说》，商务印书馆，1934 年版，第 46 页。

④⑤ 程学恂：《韩诗臆说》，商务印书馆，1934 年版，第 1 页。

⑥ 程学恂：《韩诗臆说》，商务印书馆，1934 年版，第 36 页。

⑦ 程学恂：《韩诗臆说》，商务印书馆，1934 年版，第 2 页。

体现了其作为知识分子心忧家国天下的责任感。如李宪乔评《宿曾江口示侄孙湘二首》云："此诗写穷民之苦，逐客之感，怆况渺茫，语语沉痛，起兴无端，结意无极，惟少陵可以媲之。"[①] 指出其对杜甫忧国忧民意识的吸收。

除此之外，李宪乔亦注意到韩诗对楚辞、汉赋的接受。他说韩诗堪称"骚雅之嗣"，如"第二首直用楚辞语，明其所感同也"[②]，这是讲韩诗对楚辞语言的接受；而如"此诗（《八月十五夜赠张功曹》）料峭悲凉，源出楚骚，入后换调，正所谓一唱三叹有遗音者矣"[③]，是讲韩诗对楚辞诗歌意味的接受；而评韩愈《赠别元十八协律六首》所云"其神黯然，其音悄然，其意阔然，真得《天问》《九章》遗意"[④]，则体现了韩诗对楚辞诗歌精神的接受。韩诗对汉赋的接受体现在表现形式与意蕴上。李宪乔云："《南山》诗纯用子虚、上林、三都、两京、木海、郭江之法。铸形铸象，直若天成者，咏洞庭亦然。宇宙间既有此境不可无此诗也。"[⑤] 在《南山》中，诗人连用 51 个"或"字形容南山众多山岭各个不同的形状神态，对物象世界进行了穷形尽相的刻画，体现了其对汉赋铺陈写景方式的接受。

3.2.2　诗歌创作中的师承渊源

1. 表层渊源

与宪乔论诗首重气骨的诗学观点相联系，从其著作与诗作看，他对唐代诗人李白、杜甫、韩愈、白居易、孟郊、贾岛，宋代诗人黄庭坚、苏轼乃至陆游之品性气骨颇为赞赏，并有选择地对其诗学与创作进行吸收学习。《雪桥诗话》云：（李宪乔）"汇冶诸家，独师怀抱，才雄而气峭。"[⑥] 这种不拘一格的开放态度使其能够转益多师，对唐宋诗的不同风格都有不同程度的取法与吸收。

[①④]　程学恂：《韩诗臆说》，商务印书馆，1934 年版，第 53 页。
[②]　程学恂：《韩诗臆说》，商务印书馆，1934 年版，第 17 页。
[③]　程学恂：《韩诗臆说》，商务印书馆，1934 年版，第 12 页。
[⑤]　程学恂：《韩诗臆说》，商务印书馆，1934 年版，第 19 页。
[⑥]　杨钟义：《雪桥诗话》，刘氏求恕斋刻本，民国三年（1914），三集卷八。

　　李宪乔的诗歌对陶渊明有所吸收。从其对陶渊明其人及陶诗不厌其烦地赞誉中，可见其对陶极力推重，而这种推重在李宪乔论及陶渊明、谢灵运对比时表现得尤为清晰。李宪乔认为，陶渊明与谢灵运同处玄学极盛的风气之中，且均好以山水自然为题材，但志向定力却大相径庭。谢灵运受时代风气所影响，思想已然被黄老思想浸润，其诗不外是对老庄思想的宣扬："予每读晋宋人诗，到归根着实处，不过只在老庄见解，便无以复加"①；而陶渊明虽处清谈之世，却能跳出老庄牢笼，有自我之见识，与孔孟精神桴鼓相应，"中间惟陶公一人。虽当清谈之世，而识守孤卓，竟有暗与孔孟同揆，而不为老庄牢笼者。"②

　　与志向定力相联系，陶谢二人的差距还体现在心性修养的不同。李宪乔认为，陶渊明之卓识定力，皆来源于其宁静淡泊的心境，"观陶渊明，胸次朗然空明，又其所述，皆属静寓孤诣，再斯人生，虚谈浮文之世，而卓识定力，有非二氏所能泪者"③，此远非"其径尤扰扰，以浮动之迹，求澄空之得"④"平生以慧业自负，而远师鄙其心杂"⑤ 的谢灵运能比。相应地，就二人创作环境与吟诵过程看，陶渊明喜静，其诗于静寓孤诣中吟出，自有静谧安详之意趣；谢灵运则身陷扰沸之中，难得静谧闲散之韵味，"按康乐诗，游览为多，然思所游览处，必有实从奴仆匠作，数百人扰沸，其间求为渊明之'孤云独无依'何可得也?"⑥

　　主体心境影响着创作风格。陶渊明喜独处，常于日常生活的某个瞬间触动诗性，萌生感悟，此时便有妙句自然流出，如李宪乔所言："渊明诗，所不可及者，冲淡深粹，出于自无然。朱子云：渊明诗，高处正在不待安排，胸中自然流出是已。尤须知见大则心泰，若非有所见，而抱持得定。此自然亦学不来"⑦，而谢灵运因为缺乏深致的感受，便只能依靠不遗余力地锤炼，以语句之清丽作为优势。这种认识，古已有之，如宪乔曾称："山谷谓灵运与庾信之诗，锤鑪之功，不遗余力，然不能窥渊明数之墙者……渊明直寄焉。此论甚妙，妙亦可知谢之远，不

---

　　①② 李宪乔：《与众家论诗》，引自韩寓群主编：《山东文献集成》（第三辑，第 47 册），山东大学出版社，2007 年版，第 224 页。

　　③④⑤ 李宪乔：《与众家论诗》，引自韩寓群主编：《山东文献集成》（第三辑，第 47 册），山东大学出版社，2007 年版，第 222 页。

　　⑥⑦ 李宪乔：《与众家论诗》，引自韩寓群主编：《山东文献集成》（第三辑，第 47 册），山东大学出版社，2007 年版，第 223 页。

79

逮陶处，非子乔之创论也。"① 然而谢灵运这种过于关注外部语言的作法，掩盖了对主体情志的抒发，与"无文犹兴，故其言之有物"②的陶渊明相比，虽然语言颇为遒丽，却显得言之无物。

综上所述，李宪乔对陶渊明身处玄学大盛的风气之中，不随波逐流，却能坚守志向定力，保守冲襟，并于诗作之中表达情志的特点大加赞赏。可以说，在陶渊明身上，寄托了李宪乔对理想人格的设想。因此，与其说李宪乔欣赏陶诗，毋宁说陶渊明之品性气骨更为其爱重。李宪乔云："朱子称渊明是负性带气人，千秋巨眼。故学陶韦诗，须看其凛然不可犯处。"③ 宪乔对朱子所认为的陶渊明是"负气带性人"的说法颇为认可，并认为欲学陶诗，应看到陶渊明之"凛然不可犯"，即学陶之气骨，而非仅停留在对陶诗字句的模仿，其言："后来江文通（江淹）拟陶诗，绝似。乐天、子瞻拟陶诗，皆不似。靖节有知，所取当不在似者，而在不似者。石桐（即高密派李怀民）诗，'天临大江晓，峰出小孤寒'正得渊明骨力，不唯能写雪意也。"④ 充分表明其认为学陶不在其形，而在其骨力的认识。

正因对陶渊明绝对地推崇，少鹤（李宪乔）诗作难免受其影响。观《少鹤诗集》，可见其常化用陶渊明诗句。如"未知入境情何似，中路平畴气已新"（《再赴归顺次都安塘示父老子弟》）用陶渊明《癸卯岁始春怀古田舍》之"平畴交远风，良苗亦怀新"。此外，作为隐逸代表，陶渊明之隐逸意趣也为李宪乔所吸收。其《自郡还，憩监隘驿亭，读渊明〈为建威参军使都经钱溪作〉有感次韵寄故山兄妹》仿照陶渊明《乙巳岁三月为建威参军使都经钱溪作》，"穷居虽云苦，未抵为人役"诉尽宦游之苦，表思归想家之情；而"呼童开竹窗，坐见东高原"（《首夏斋中示侄孙测》）则颇似陶诗"采菊东篱下，悠然见南山"的萧散闲放意趣。李宪乔还融陶渊明散文之意入诗作之中，如《宿上表驿梦鼓琴，两妹在傍以为未谐，稍醒悲感存没题附家书后》之"彭泽哀犹在，钟离隔莫并"，陶渊明在辞去彭泽令前曾为程氏妹奔丧，作《祭程

① 李宪乔：《与众家论诗》，引自韩寓群主编：《山东文献集成》（第三辑，第 47 册），山东大学出版社，2007 年版，第 223 页。

② 李宪乔：《与众家论诗》，引自韩寓群主编：《山东文献集成》（第三辑，第 47 册），山东大学出版社，2007 年版，第 225 页。

③④ 李宪乔：《与众家论诗》，引自韩寓群主编：《山东文献集成》（第三辑，第 47 册），山东大学出版社，2007 年版，第 251 页。

氏妹文》，李宪乔借用其意，哀悼其妹王氏早亡。

李宪乔对颇具浪漫主义的"谪仙"李白也有与众不同的新认识，对其扶抡风雅之精神，傲岸清介之品性尤为注目，李宪乔论诗时称："李阳冰序白集云：'不读非义之书，耻为郑卫之作'，东坡诗云：'开元有道为少留，糜之不可刻肯求！平生不识高将军，手污吾足乃敢嗔'，似此真气骨、真肝胆，何尝是如世俗所传之谪仙耶？"[①]

他对李白的吸收既有语言方面，也有风格方面。李宪乔在诗中常化用李白诗句，如"人生行乐实良筹，一笑脱与千金裘"（《匡丽正眺珠楼》）化用李白《将进酒》"五花马、千金裘，呼儿将出换美酒，与君同消万古愁"。"会到溟涬同科时"（《调童九皋》）用李白《日出入行》："浩然与溟涬同科"。"朝为猛虎诗，暮闻猛虎声"（《续猛虎行》）用李白《续猛虎行》："朝作猛虎行，暮作猛虎吟"。"拍浮只在洞庭中，月与李子常相从"（《洞庭泛月作歌》）用李白《把酒问月》："人攀明月不可得，月行却与人相随"。李宪乔诗作中偶尔透露出的狂士豪气也自李白而来，如"豪吟宽捡束，醉墨许颠狂"（《再燕王将军池亭》）。李宪乔对李白十分崇敬，曾作《李白》《思怀李白》等表达其追念之义，且将"李白醉酒"视作忠君爱国之表现，从这个意义上讲，认为其诗颇似离骚，"李白负气人，忧国心陶陶。所以为诗句，往往似离骚。忠直不见收，乃放为诙嘲。小儿岂解事，弃清啜其糟。吃语喝力士，醉眼识子仪。方哭众皆醉，不醉人得知？"（《李白》）

李宪乔的诗歌对白居易也有所吸收。李宪乔对白居易之品性气骨颇为仰慕，其《九江怀乐天》云："结发慕先生，今来雪数茎。炉峰舟自泊，溢浦月空明。偶寄一时感，笑收千载名"；其《喜兰公迁御史》云："每爱白居士，史中名谏臣。由来抱直气，多是学空人。"对白居易的钦慕表露无遗，李宪乔常在诗作中称赞白居易清介自守的品质，并屡和白诗。如"乐天生我前，一千有余年。观其感鹤作，竟似为我传"（《和乐天〈感鹤〉》），李宪乔自感跨越千年与白居易产生情感共鸣。而"我本海上鹤，远放天西南。此外飞不去，毒雾杂瘴岚"（《和乐天〈代鹤〉》）几乎可视作对白居易"我本海上鹤，偶逢江南客。感君一顾恩，同来洛阳陌"《代鹤》的摹写。另有《将去归顺和乐天杭州二诗》则是

81

---

① 李宪乔：《与众家论诗》，引自韩寓群主编：《山东文献集成》（第三辑，第 47 册），山东大学出版社，2007 年版，第 248 页。

诗人在归顺作刺史三年后，临去之时，有感于白居易作三年杭州刺史去官之前所作的数诗，展其意和之的产物。在上一节中提到，李宪乔对白香山识界、心胸大加赞赏，认为其语言虽显俚俗，却因主体精神之清高而使其诗自具一种天真之至的本色①。宪乔对乐天《琵琶行》尤为注目，对其中语句进行过详细评点、考证（见上文对李宪乔诗学的论述），并对其进行仿写："江州司马送客处，谁与结构江亭孤。枫叶荻花当眼在，青天白日此人无"（《题琵琶亭》）。

对于白乐天平生服膺的孟郊，李宪乔也表现出赞赏之情，且在论诗时，试图为其张目："世人于乐天之诗类皆好之，至于东野则目为酸苦，避之惟恐不远，岂不为乐天所笑骂哉？且于此知其所好。乐天之诗，亦第取其俚浅，或耳食口熟。正如乐天所谓：时之所重，己之所轻，时俗人之所爱者，不过杂律诗与长恨歌以下耳。宜乎其于东野诗，不免众诮魗魗也"②，认为东野诗被"目为"酸苦、不受时俗欢迎的原因在于读者的识见有限，而并非东野诗作不佳，即如其言："故必有超乎此（指'吾观两君所取，唐人五律殊平平，不如两君之自作也'的认识），识者乃可与读东野诗矣。"③李宪乔通过引述韩愈对孟郊的评价，从性情、诣力、学与才以及品性四个方面对孟郊其人其才表示肯定：

> "退之之称东野曰：古貌又古心，尝读古人书。谓言古犹今，其性情可知。作诗三百首，窅默咸池音，其诣力可知。又《荐士诗》云：观洞古今，象外逐幽好。横空盘硬语，妥贴力排奡。敷柔肆纤馀，奋猛卷海潦。荣华肖天秀，捷疾逾响报。所以推其学与才者，至矣。行身践规矩，甘辱耻媚灶。孟轲分邪正，眸子看瞭眊。奋然粹而清，可以镇浮躁。所以推其品者，至矣。细绎退之之言，亲切坚定，岂漫为黄诶者比？④"

此外，李宪乔也注意到除去划削奇僻，东野诗自有一种"历历不语之境"，并呼吁后人予以关注："唐张为以东野为清奇僻苦主，其奇处、

---

① 引自"摒弃常熟　规避时俗"一节中引文：若白香山自写天真，识界高而胸次高清，虽用俚俗语，无害也。苟无其识界、胸次，而但能同其俚俗，则亦俚俗之人，俚俗之诗耳，何足传哉？

②③ 李宪乔：《选孟东野诗评》，引自韩寓群主编：《山东文献集成》（第三辑，第47册），山东大学出版社，2007年版，第113页。

④ 李宪乔：《选孟东野诗评》，引自韩寓群主编：《山东文献集成》（第三辑，第47册），山东大学出版社，2007年版，第113～114页。

苦处尚可及也。其清处、僻处不可能也。东野诗中有云：惟予心中镜，不语光历历。吾谓学孟诗者，勿徒张皇其划削奇辟，而当静求其历历不语镜也。"①

基于对孟郊其人其诗充分地理解与肯定，李宪乔对孟郊之诗也有吸收。他曾自称："吾曹直郊贺，此外谁谁如。"（《冬暮村居杂咏同石桐作五首》之五）另作有《高密李氏孟诗评选》一卷（清同治本），其提要著录略云：

> "清李宪乔撰。是编乃宪乔选录唐孟郊诗，而详加评语者，共六十九首。按郊诗在唐代，与贾岛诗并称，然贾实非孟伍，自苏轼有寒瘦之目，元结有诗囚之讥，世奉为定论，鲜有问津。不知郊之学力，原本骚雅，胚胎汉魏，三唐诗人，惟李杜韩可与颉颃，绝非他家所能拟议。②"

可见孟郊在其心中地位。李宪乔对母亲怀有深沉的感情，每每仿照孟郊《游子吟》作诗，表达对母亲的惦念与感激之情。如"慈母眼中泪，游子衣上痕。衣复为客寒，衣单在家温。谁谓詹去侧，不忧以欢欣"（《后游子吟送母至梧江作》），孟诗以缝衣写游子思怀之情，李诗以被衣写游子羁旅思亲之感，二诗皆颂母爱，然李诗末二句直白胸臆，感染力不及孟诗。又如"何当迎溧上，语笑满春晖"（《豫章旅思》），用孟郊溧上迎母作《游子吟》之事及"春晖"之典。另如"家食父母尤，旅食父母愁。小年不努力，及壮方百忧。安得长闾里，咳唾取封侯"（《和〈游子吟〉》），则将读书奋发、建功立业与母爱联系起来，表现其用世之心。然与孟诗相比，则显直白少味。类似还有如"每听慈乌咏，泪沾游子衣。几经怜羽短，不放出巢飞。绕暮惊疏叶，栖寒恋晓晖。谁言能返哺，夜夜梦雏归"（《赋得慈乌不远飞》）等。

除去对母爱题材诗歌的吸收，李宪乔还曾作《拟孟东野诗或和或反》共12首，或和或反孟郊诗。将其与孟诗进行对比，可发现二人思想上存在几点明显分别：一方面是，格局大小不同。以孟郊《古结爱》为例，在对待小儿女之情的态度上，他强调两情结爱要缠绵深久，形影不离，李宪乔以《反古结爱》反之，认为孟郊情陷于此，殊少放达，

---

① 李宪乔：《选孟东野诗评》，引自韩寓群主编：《山东文献集成》（第三辑，第47册），山东大学出版社，2007年版，第114页。

② 引自《高密李氏孟诗评选》，清同治本。

故云："渡水莫渡浔，结爱莫结深"，另如孟诗《病客吟》描述一病人凄苦无助状，而李宪乔《反病客吟》则着眼于世风、时风，认为个人生死贫病是小事，需要哀痛和拯救的不是个体生命，而是世道人心，"丈夫岂无泪，不为畏死堕。平生有期负，恨未得死所。死为病之归，病较死已微。暂苦未能忍，所托谅可知。人病病身心，我病病古今。疗身须心药。疗今须古针。此针倘可试，膏肓患良已"（《反病客吟》）；另一方面是，二人面对苦难采取的态度不同，以孟郊《去妇》为例，孟郊借去妇形象抒发自己不被见赏的忧闷之情，末句以"君听去鹤言，哀哀七丝弦"作结，而李宪乔反之言，"天公若相惜，还我来时日。"（《反去妇》）与孟诗相比，少哀怨之气，多重整旗鼓以待来日之意。另如孟郊《夜忧》，意在表达其忧伤古道丧失，世风日下，从而哀叹个人无力拯救的无奈情绪，而李宪乔《反夜忧》云："狂狷行又尽，周圆世长多"则承认世间本就有黑暗和污浊在，要认清现实处境，并以古义救之"砭砭抱古瑟，裨补知几何？"总之，孟郊关注个体情感命运，耽于自卑自怜情绪，以消极态度处世；李宪乔则更关注社会，并主张以积极态度救世。

李宪乔对苏黄也尤为倾慕。他在《跋东坡山谷书示阳扶》中表明了对苏黄的认识："古人书多偏，而有刚正志。"李宪乔仰慕苏诗，多半因为苏轼本人具有一种雄直刚健之气，如其言："公以至大至刚之气，发为海阔天空之文，掠风绘水之妙，金玉琳琅之音，谓非李太白后一人不可也"[①]，认为其堪称得李白神韵的第一人。对其才富学博更是赞赏不已，"公诗喜用事，固以才富学博，抑有必须借古以发其妙耳。若后人生吞活剥，自诩博奥，正不值作者一噱"[②]，并由此认为只有具备一定学养诣力的人才能真正读懂苏诗，以其对苏轼《大雪青州道上有怀东武园亭寄交孔周翰》的评点为例，李宪乔称："'城郭山川两奇绝'句，绝世句意耳。不然城郭山川，何必是雪？绿杨城郭，何必是扬州耶？学诗者，知此自今所谓才子，正此之谓也。若杜韩欧梅山谷格力俱高此种，亦须知能有此诣，然后得造彼境，不然只为曾子固耳。"[③]

[①②] 李宪乔：《选苏长公诗评》，引自韩寓群主编：《山东文献集成》（第三辑，第47册），山东大学出版社，2007年版，第123页。

[③] 李宪乔：《选苏长公诗评》，引自韩寓群主编：《山东文献集成》（第三辑，第47册），山东大学出版社，2007年版，第125页。

因其对苏轼的仰慕，也常常对苏诗加以吟诵、摹写，李宪乔诗歌偶尔化用苏轼语句。如"在昔东坡老，但与诸黎亲。觅路牛栏西，可有此清芬"（《与鹤立步访上甲村二黄生》）用苏轼《被酒独行遍至子云威徽先觉四黎之舍》之"半醒半醉问诸黎，竹刺藤梢步步迷。但寻牛矢觅归路，家在牛栏西复西"；又如"四十不遇辞燕幽，却买酒船日拍浮"（《匡丽正眺珠楼》）用苏轼《莫笑银杯小答乔太傅》之"万斛船中着美酒，与君一生长拍浮"等。李宪乔还常在诗作中用苏轼事，如"浪儿且莫荡江水，中有先生心与肝"（《藤江夜月读坡公于此赠邵道士诗寄张远晖》）据苏轼诗句："江月照我心，江水洗我肝"而来。

李宪乔颇称赞黄庭坚避俗尚奇的诗歌风格，对黄诗之"涩"尤其青睐，正如诗论所称："袁子才深恶黄山谷诗，而子乔最好之，时以一编自随或问端的有何好处，曰：'吾只爱其涩。'"[①] 其《未谷以"山谷诗孙印"赠黄仲则》云："涪翁于为诗，抵死不肯熟。正似饭箅笃，千亩挂肠竹。书又出险怪，竹石相戛触。相其落笔时，雷电侍肃穆。平生心所折，梦则投地伏"诉尽对前辈的折服之情。

除此之外，宪乔也偶尔化用苏辙诗句，如"此意有能识，骑麟下大荒"（《独对独秀山试院中作》）用苏辙《次韵子瞻和渊明拟古九首》之"夜梦被发翁，骑麟下大荒"等；偶尔也和张籍诗，如《和张籍牧牛辞二首有序》；对石介那样敢于突破传统，提出新见的改革者甚为推重，如"有声必连琐，有情皆旖旎。不知谁作俑，恐被陈良耻。我读徂徕诗，中夜为之起。公言信不错，鲁国一男子。"（《书石守道诗后》）

2. 深层渊源

从表层上看，李宪乔的诗转益多师，对陶杜韩苏黄等诗人皆有取法；从深层来看，李宪乔的诗深受贾岛、韩愈影响，独得其神髓。

与李宪乔交往甚密的袁枚曾明确指出李诗颇有贾岛之风，"宪乔《咏鹤》云：'纵教就平立，总有欲高心。不辞临水久，只觉近人难。'《历下厅》云：'马餐侵皂雪，吏扫过街风。'《送流人》云：'再逢归梦是，数语此生分。'果有贾岛风味。"[②] 事实上，李宪乔对贾岛的吸收

---

① 李宪乔：《摘江春田句寄随园韦庐》，引自韩寓群主编：《山东文献集成》（第三辑，第47册），山东大学出版社，2007年版，第139页。

② 袁枚：《随园诗话》，人民文学出版社，1982年版，第355页。

是全方位的。

如果说李宪乔对韩愈的师法承担着某些如垂教传道、忧国忧民、希望扭转世风诗风的社会性责任的话，那么对贾岛的吸收就正与其相对，主要表现在抒发主观情感，排解一己之愁。贾岛善在诗中幻设出尘外之境，以排遣世俗忧闷，这也深深影响了李宪乔。他们本性闲静，厌恶世俗，向往去清静的尘外幽居，贾岛《僻居无可上人相访》："自从居此地，少有事相关"，与之相类似的有"久绝客来访，但悬琴共清"（李宪乔《冬日晓兴寄东溪》）。此外，二人诗作中还常出现与僧人交往的信息。其《读贾长江诗》云："全身生肉少，一卷说僧多。"而对于贾岛喜好结交僧人的原因，除去其早年有过出家为僧的经历或许志趣相投之外，贾岛在诗作中作出过解释："见僧心暂静，从俗事多迍"（《落第东归逢僧伯阳》），"欲别尘中苦，愿师贻一言"（《题竹谷上人院》），贾岛意识到每当心情郁结之时，见到自处尘外超然淡泊的僧人，动荡的心境便会恢复闲静。与此相似地，李宪乔《寄山中僧》云："每同松下语，不省世间诗。辨认香来处，斟量钟尽时。非缘曾得侍，冲抱讵能知。"展现了诗人在与僧人的交谈过程中，自然地洗除尘俗污垢，重返虚静的过程。有时，诗人也借助一些媒介，如焚香、弹琴，从而超脱世俗，自得其乐。以"焚香"为例，贾岛《送僧》云："池上时时松雪落，焚香烟起见孤灯。静夜忆谁来对坐，曲江南岸寺中僧。"香往往具有息机安神之效，将其焚之，闻其幽香可使人从躁动中解放出来，进入一种宁静的状态。李宪乔《少鹤诗集》中有多处言及闻香安神的好处，其《子和寄沉水香》云："坚栗有如此，知君情分深。能令众中迹，长作暂时心。小室昼还闭，虚窗冷不禁。肯来相共否，危坐日沉沉。"李氏于此展示了自己修养身心的一个画面，在密闭的环境中危坐，焚香，渐渐物我两忘。此外，当不具备去往尘外幽居或者拜访僧人的条件时，李宪乔还以"闭目"的方式暂遁尘外，如"自然遗众界，闭目片时看"（《夜琴》），"有时定静中，瞑目见秋雯"（《杂诗》），而这也深得贾岛真传，贾岛《寄华山僧》有："月落看心次，云生闭目中。"此时，诗人的世界是自足的，闭目而见的"心相"仿佛变成了目之所及的"真相"，从而使其在世俗中疲倦的精神得以休憩。

此外，在意象的营造方面，贾岛对李宪乔影响很大，具体表现在：首先，偏爱凉性意象，部分意象重复率高。贾岛诗被一种阴冷峭硬的情调充斥着，闻一多先生曾将这种情调归结为"人生的半面"①，是一种"属于人生背面的，消极的，与常情背道而驰的趣味。"② 然而，正因诗人对某些特定冷味意象（如孤云、秋月、残雪、寒冬、废舍、野禽、寒虫、湿烛、旷野等）的偏爱，这些意象的重复率颇高。这一点在李宪乔诗作中也有明显体现，他在《早秋次洞庭湖口玩月寄长沙朱司马》中自称："独怜吟有客，全付月兼秋"。诗人对"月""秋"这类凉性意象的过度偏爱，使其眼光总是局限在特定事物上，直接导致了诗路狭窄的弊病，这也是贾岛及其后来的师法者深受时人诟病的原因之一。

　　其次，将景物意象化，使其颇具表情功能。"中国古典诗歌的意象不只是对客观世界的单纯模仿和再现，它更有着表情的功能。多数情况下，意象在诗中充当着表现的媒介。"③ 意象以寓情于景的表现代替传统描述性语词，从而减少了主观直陈。贾岛的五律写作因多用意象正体现了这一特征，"他笔下的景物颇具象征色彩，从而更多地充当了抒情的媒介，负荷着意象化的表情功能"④。以贾岛《宿孤馆》为例："落日投村戍，愁生为客途。寒山晴后绿，秋月夜来孤。橘树千株在，渔家一半无。自知风水静，舟系岸边芦。"这样的题目往往以情语取胜，而贾岛此诗写客愁却省略了叙事成分，行旅之悲、身世之感皆由景物描写传达出来，以孤月传达羁旅孤独之感，以橘在人逋暗示世道萧条之悲，纪实性的叙事由此成为意象化的抒情诗。李宪乔在景物意象化的经营上，深得贾岛真传，以其类似题材的《郎官驿雨》为例："秋云无意绪，散漫成疏雨。始觉经陂塘，遽已冒平楚。飒沓林叶飞，寥落馆人语。前期杳难定，忧来如乱缕"，首句中"秋云"因负荷着诗人羁旅困苦的心情，而"无意绪"。末句照应首句，以如乱缕的疏雨作为前路渺茫、进退失路之感的外化。"飒沓"两句看似描写驿馆冷清、孤寂的氛围，实际则是诗人落寞孤独心情的反映。再举贾岛送行诗《送穆少府知眉州》为例："剑门倚青汉，君昔未曾过。日暮行人少，山深异鸟多。猿啼和峡雨，栈尽到江波。一路白云里，飞泉洒薜萝。"虽是送行诗，除却目的地和沿途所见却不见传统送行诗的其他要素，即便目的地也是伴随着剑门险峻的形势的描写出现的，全诗的主体集中于行人全程想象模拟的沿途景观、风物，对远去道途的志忑好奇和闲情逸兴俱通过景物描写传

87

①② 闻一多：《唐诗杂论》，上海古籍出版社，1998 年版，第 36 页。
③④ 蒋寅：《贾岛与中晚唐诗歌的意象化进程》，载于《文学遗产》2008 年第 5 期。

达出来，意在景中。李宪乔诗作中也有与之颇相似者，如《送单青俟太守赴铜仁》："挂席使君行，天南几月程。别当燕雪霁，吟过楚江清。蛮竹连山长，花苗击鼓迎。应知却回日，多记异番名。"诗歌亦突破了传统送行诗的写法，以物候的明显变化暗示了目的地之远，在友人未行之际，已然开始想象友人到达之后受到热烈欢迎的场面，对友人的惦念之情寓于全诗。贾岛颇多寄僧之作，其《寄白阁默公》："已知归白阁，山远晚晴看。石室人心静，冰潭月影残。微云分片灭，古木落薪干。后夜谁闻磬，西峰绝顶寒"，也体现了景物意象化的特点。"冰潭"二句却以冰潭月影和微云片灭作为象征性意象直观地呈现了心静的状态。尾联与其呼应，以环境的超然来暗示僧人禅修入定的静默。与此相似的，李宪乔有《石溪西亭赠翼上人》云："水啮石崚嶒，跳珠迸散冰。亭当松顶月，坐有白头僧。叩齿临空静，听钟向晓澄。须防言语落，下界仰高层。"全诗通过一系列清凉安静意象塑造了一个超绝尘寰之境，以之作为僧人的背景，其实暗示了僧人修为已臻至笃静的境界。另还有李宪乔《赠唐先生》云："崇山蛮雾里，有叟自横琴。尽解世间事，能持人外心。应门童亦静，识径鹤来寻。剖石倾冰雪，方知爱予深"，此诗塑造了一位虽处尘外却知世事的高人，如果说受高人淡泊之性影响，"应门童亦静"是实景，那么"识径鹤来寻"定是以"鹤"这种象征尘外隐逸的意象来渲染高人所居之地的安静氛围（当然也可能是诗人自称少鹤）。"剖石"一句写高人以冰雪所融之水烹茶，亦是突显高人淡泊高远之性的表现。

最后，钟爱"鹤"意象。李宪乔、贾岛二人人品高洁，自负诗才，但境遇坎坷，一生贫苦，壮志难酬。此人生经历影响其性情，进而影响其诗歌风貌，使其诗歌呈现出"幽僻"色彩。鹤是二人达成诗歌幽僻色彩的重要意象之一。将二人笔下之"鹤"加以对比，可以发现一些线索：

李宪乔与贾岛都将鹤作为尘外之境必不可少的装点。贾岛常用"鹤"所负隐逸之性渲染尘外之境的安逸闲适。如《宿山寺》："绝顶人来少，高松鹤不群。"以屏除人迹的绝顶、高松、卓尔不群的鹤三者共同构成对宿寺所体验到的空寂心境的表现。而李宪乔更是将鹤作为超绝尘寰之境必不可少的装点，以《游城西漪园赠郭少府》为例："画阁倚晴春，门前屐齿新。近山犹有雪，深竹似无人。野色宜孤鹤，泉声到四邻。怜君能共赏，竟日得清神。"孤鹤与雪山、深竹、泉声共同构成了一清冷安静的世外园林，从而令诗人"得清神"。类似之"鹤"，在李宪乔笔下还有如："一径苍苔滑，朝来有鹤看"（《同王蜀子听山泉》），"高树欲来鹤，阴崖何代祠"（《高岑画烟江小景》）等。

另外，二人均欣赏鹤清高自守的品行，以鹤为知音。贾岛不入俗流的坚定主张令其一度疏远俗人，而以鹤为知音，其《酬鄂县李廓少府见寄》云："恨不相从去，心惟野鹤知。"如果说贾岛将与鹤相处作为一种愿望，那么李宪乔则将其变作现实。李宪乔及其友人因对鹤"端重与清虚，寻常自觉殊"（《与鹤诗十首》之一），以及"即教就平立，总有欲高心"（《品鹤》）的欣赏而养鹤。对他们而言，"养鹤"之举并不是日常生活的点缀，也并非行为艺术，而是一种切实的需要，如《韩君鹤有序》之序言称："潍县韩（梦周）公复先生官楚中，以直罢归，行李、妻子及所蓄雏鹤，共一鹿车而已。或为予传其事，而此鹤予旧尝见之，故为作诗，亦不必寄韩。"宪乔及友人即使在无法确保温饱时，也要养鹤，视其为精神之伴。对他们而言，鹤清高独立、不随俗流的品性，比神仙隐逸之性更受重视。

此外，二人均以病鹤自比，借鹤咏屈志难伸之怀。贾岛曾以"病鹤未离群"（《卧疾走笔酬韩愈书问》）表明坚定的用世之心，以"病鹤"作为自我写照。鹤之病是因无法抟扶摇直上，所以病骨支离，联系诗人困顿境遇，知人之病在于久困科场，屈志难伸，所以幽愤难遣。李宪乔吸收了偃蹇的"病鹤"意象，其《咏随园病鹤》云："闲园留病鹤，偃蹇对斜晖。强起难成唳，平看尚绝群。经松愁堕雪，隔水羡归云。莫怪吟偏苦，吾怀只似君。"末句"吾怀只似君"表明李宪乔借咏随园之病鹤而咏怀，而"强起难成唳，平看尚绝群。经松愁堕雪，隔水羡归云"则借病鹤处境反映失路者正处于进退两难的矛盾境遇。

与贾岛不同的是，李宪乔在诗中常以"鹤"自称，这应与其自号"少鹤"相关。诚然，"鹤"几乎可断尽诗人一生：忽而是世俗中身具鹤之高洁秉性的君子，忽而是尘外一翛然闲静的仙鹤。

观李宪乔《少鹤诗集》，其近体深得贾岛清寒之味，古体则取法韩愈，恣肆雄奇，巧于议论，尤以游历山水诗作最为典型。从李宪乔在《韩诗臆说》中表露的对韩愈诗学的取舍，可以窥见其身为齐鲁儒士的保守。然而在诗歌创作上，李宪乔却颇受韩愈雄奇恣肆之风的影响。

　　韩诗中存在大量奇异、庞大的动物意象，如赤龙、黑鸟、青鲸、蛟虬、两头蛇、怪鸟等，俱非现实生物，因其附着神秘奇异色彩，而使韩诗具有一种超现实意味。比如"鲸鹏"，即鲸鱼和鹏鸟，日常少见，俱属颇具象征色彩的文学意象，在韩诗中出现多次，"鲸鹏相摩窣，两举快一啗"（《送无本师归范阳》），"风波无所苦，还作鲸鹏游"（《海水》）等。这一意象也屡为李宪乔所用，如"寥天摩鲸鹏，肯顾聱与虮"（《普陀山寺亭会者七人，因取范石湖〈壶天观铭跋语〉"七人姓字在栖霞"分韵得七字》），"九河洶迤延，鲸鹏斗险奥"（《再赠书田翁》），写鲸鱼鹏鸟于天际翻滚，于波涛中激斗场景，超越现实之境、世俗之理，更显奇肆激荡。另外，李宪乔的"蛟鼍逮鲲鳄，麟猊及犎豹"（《栖霞洞》），更是韩愈"虎熊麋猪逮猴猿，水龙鼍龟鱼与鼋"（《陆浑山火和皇甫湜用其韵》）的翻版，短短两句堆叠多个奇异动物意象，诗人似欲以意象之奇僻，渲染栖霞洞之神秘莫测。

　　除去使用奇异意象，宪乔古体诗对韩诗雄伟阔大、撑抉天地的气势亦有所吸收。从题材而言，他表现出与韩愈相近的偏好，喜描绘山川、瀑布等雄伟壮丽的景观，善于展现自然之壮美，如他曾在《佛子岭瀑布》《自佛子岭至霜林隘，上下三十余里皆行瀑布中》《将至昭平二里泊处有峻岭瀑布之奇，书寄石桐》一连数篇中乐此不疲地描摹沿途所经瀑布之奔腾浩荡。同时，李宪乔也吸取了韩愈加强诗歌气势的几种手段，如善描摹震耳欲聋的声响，"公之名姓不肯留，丁甲叱取如霆砰"（《冰井并序》），"泷江群岭外，滩潭夜喧訇"（《泷江口送王闲云还故山兼呈颖叔、蜀子、希江、子和》）及"石黛扫晴空，砯雷激础磶"（《普陀山寺亭会者七人，因取范石湖〈壶天观铭跋语〉"七人姓字在栖霞"分韵得七字》）等，"霆砰""喧訇""砯雷"等形象地表现出自然风物对人产生的巨大听觉冲击，震耳欲聋。李宪乔亦如韩愈，多用大型量词、意象，以增大时空感，以"万丈"为例，韩愈有"迥然忽长引，万丈不可忖"（《嘲鼾睡》），李宪乔有"下瞰上方丈，尚隔几万级"（《过贵县游南山寺，上至葛仙翁洞遇雨遂宿洞中，赠纪小痴兼呈王颖叔、吕石叟纪时为此县尹》），以大型量词烘衬高险莫测之境；李宪乔还常使用猛烈急促的动词，如"横飞""决突""直倾"等，增强诗歌气势，急促的动词赋予原本静止的事物一股强大的"动力势能"，一泻而下，更见诗歌气势之强劲，诗人感情之充沛。

　　然而，也许因李宪乔不具备韩愈壮大激烈的心气与才气，其对韩诗气势的模仿，最终仅停留在字句表面上。李宪乔必须要借描绘景物之雄伟壮丽使诗歌有气势，其作为叙述主体已然消融于壮大的意象之中。综观《少鹤诗集》，可见其只有在登临高处或寻访美景时，受景观浩瀚高险之感染，才能一反平日忧虑愁苦之貌，有豁达舒畅之心，酣畅充沛之情，故其游衡山才有"乘闲眺远暂一快，无劳悲古心忡忡"（《游衡山同叔白作》）之感，访空明洞之时才感慨"超而为眼界，豁而为胸次"（《寻范石湖所题空明洞壶天观》）。韩愈则不然，即便在描述本身微不足道的物象或事件时，他也能以主体之豪壮激烈的心气参与其中，掀起巨大波澜。此即李宪乔唯游历山水之作颇具雄奇恣肆之风的原因。

　　无论是对奇异意象的书写，还是对强劲气势的塑造，俱是为山水诗作中描摹景物服务，李宪乔对韩愈游山诗的师法不止于此，他对游山诗作中呈现议论的方式也很感兴趣，其评《南山》时曾言："（《南山》）前半自赋景，后半自叙事。两两相关照而自成章法。此真古格。后人多不知之。"[1] 李宪乔对韩愈这类"写景＋议论"诗作进行详细评点，又具体分出两种情况：

　　其一，因一事件（或一事物），而思及另一个（或几个）事件（或事物）进而触发一种情感，从而发出某种议论。其评《陪杜侍御游湘西两寺独宿有题一首因献杨常侍》云："此诗先叙寺，再叙陪游，再叙独宿，后赞常侍之贤，惜未同游，而自明作诗之旨。此一定章法，唐人多有如此。妙在因独宿而述所感，因夜风而疑波涛，因波涛而思屈贾，因屈贾而恨群小之忌诣陷，不觉触动自己平生遭遇，茫茫交集，其运思也，如云无定质，因风卷舒，毛诗三百首皆是如此，离骚廿五卷都是如此。"[2] 李宪乔诗作中也有与此相似者，如《游太极洞》，诗人自太极洞所见思及太虚变化之理，转而联想到混沌启蒙，又联系实情想到民智开发责任重大，最后得出边民教化不易的结论；另如《昆仑关》诗人从昆仑关险要地势，想到狄青出奇制胜、破关败敌之事，借历史上以少胜多之事说明人生抱负志在实用，空想于事无补的道理。

　　其二，在写景中表明心志。韩愈"寻常写景十六字中见一生气

　　① 程学恂：《韩诗臆说》，商务印书馆，1934 年版，第 19 页。
　　② 程学恂：《韩诗臆说》，商务印书馆，1934 年版，第 14 页。

概"①，常在写景中表达人生态度。李宪乔则将其表现得更为具体，他在现实中酷爱游览征服高险之地，反映在创作上，便善以雄奇险要的自然景观入诗，先记叙其征服险要的过程，再表达知难而进的人生态度。如《猺山纪行》，诗人先将猺山之艰险描绘得淋漓尽致，后以自己的无畏态度与常人的战栗形成鲜明对比，从而突出自己面对困难积极进取的乐观态度；再如《雪中登五莲山绝顶示颖叔》，先写五莲山之高险，再由攀登高峰这一行为引申到对"勇于挑战，无所畏惧"人生态度的表达。

此外，李宪乔在诗作中还直接化用韩愈游山诗部分语句，如"仰见孤撑何足喜，吾身已在孤撑中"（《游衡山同叔白作》），化用韩愈"须臾静扫众峰出，仰见突兀撑青空"（《谒衡岳庙遂宿岳寺题门楼》）；"紫盖及石廪，群骏下坂驰"（《听汪太守述衡山之游》），化用韩愈"紫盖连延接天柱，石廪腾掷堆祝融"（《谒衡岳庙遂宿岳寺题门楼》）等。

关于李宪乔对韩孟诗派代表的师法过程，有学者认为李宪乔初学张贾，在进入岭南之后受当地宗韩风气影响进而将师法对象上溯至韩愈。此种观点以丁俊丽为代表，她将对李宪乔的分析列入"清中期岭南宗韩之风对外来诗人的影响"② 一条之中，认为"因为人生阅历的不同，李宪乔与高密诗派其他成员相比，诗风就有所变化，由前期学张籍、贾岛变为崇拜唐宋大家，对韩愈尤为倾心。"③ 从对宪乔学韩诗作的分析来看，这种说法有待商榷。李宪乔早在三十岁之前便已表示出对韩愈的景仰，那时其尚在齐鲁。其《纪梦》云："身随南羽破高空，下视五峰堆祝融。只有青天来背上，更无云梦滞胸中。敢言正直神明感，会使精灵草木通。问我此游何所遇？禹王碑畔拜韩公。"诗人青年时追慕韩愈，因现实中难以表现，便借梦表达。且诗人早年已表露过"但愿一识欧与韩，使我心气高嶙峋"的强烈愿望，并有如《大雨雹行》等典型的学韩之作。此外，李宪乔真正宗韩的契机并非因进入岭南受当地宗韩风气影响，而应是受南行途中壮美高险景物触发的结果。得出此结论的原因有二：其一，从李宪乔《少鹤诗钞》来看，学韩诗主要集中在第六卷《过江集》及其后诸卷，尤以《过江集》居多。《诗钞》共十三卷，基本按照诗人生平行迹排列，《过江集》的写作时间应为乾隆四十五年

---

① 程学恂：《韩诗臆说》，商务印书馆，1934 年版，第 59 页。
②③ 丁俊丽：《论清代岭南地区的宗韩之风》，载于《西北师大学报》2012 年第 1 期。

（1780 年），正值诗人南赴岑溪途中，尚未踏入岭南边地，便已有大量学韩诗作。其二，宪乔酷爱游历山水，并喜将登山与读书、为学进行类比，认为"凡为学，宜若登山"，视游历山水为一种"精神交流"，要得山之"真精神""真气脉"，如其《听汪太守述衡山之游》云："每游过一山，如读熟一卷书，其意味长在胸次，历久而不能忘也，此则得山之真精神，真气脉，而不仅一至之为谈柄耳。"① 基于此，欲寻山之"真精神""真气脉"的诗人离开久居的齐鲁，乍见识迥异于家乡的山水风物，受其壮美奇险的精神气脉感染，而触发了早年学韩记忆是极有可能的。另外，巧合的是，此行几乎与韩愈被贬潮州的路线重合，"同怀过岭路，已减到潮悲"（《袁州谒韩文公祠》），诗人感慨千年之后，同样的路途中承载着与韩愈相似的无奈。对应其早年所作《纪梦》，诗人曾因崇韩而梦登祝融，此次南行则令"登祝融"成为现实："十载曾经入梦行，茫茫有路记分明。自看瀑布月初满，直到青天云未生。列柏俨如玉冠侍，余峰都作水田平。退之去后谁来此，不向岩间自署名。"（《夜登祝融峰》）可见宪乔对韩愈的崇敬亦是因重合的路线、相似的感受而被唤醒，并骄傲地以韩愈后继者自诩。

　　李宪乔之所以以韩愈后继者自诩，除去自己与韩愈相似的经历、感受外，还和他与韩愈存在类似的感物机制相关。所谓类似的感物机制，即基于身体立场对外物的感受。当代学者周裕锴注意到了韩愈"更偏好从生理层面去表现自己身体对外部世界的体验"②，而这一特点其实早已被数百年前的李宪乔所发现，并加以摹写，且能做到自得。

　　如韩愈一样，宪乔常以恶劣环境和极端气候入诗，以由此带来的不适和痛感入诗。二人俱为官粤西，边地环境恶劣，终年炎热，常令诗人们水土不服，对边地之苦有着极为痛彻的感受。他们常以书写身体感受代替固有意象或形容词的作法，表现其对外界恶劣环境之体验。以描写苦热气候为例，宪乔不再使用常见的炎热意象或形容词，而是从自己身体感受出发描写酷热，如"心知亢土蒸作氛，自春徂夏炎降频"（《夏夜吟》），以"蒸"这种水与火相互作用而产生的一种闷热表现作为酷

----

① 李宪乔：《听汪太守述衡山之游》，引自韩寓群主编：《山东文献集成》（第三辑，第47 册），山东大学出版社，2007 年版，第 133 页。
② 周裕锴：《痛感的审美：韩愈诗歌的身体书写》，载于《北京大学学报》2017 年第1 期。

热的描写，对表现盛夏潮湿闷热尤为贴切。而这种以"蒸"描写酷热的作法，早已为韩愈所用，如"自从五月困暑湿，如坐深甑遭蒸炊"（《郑群赠簟》），以锅中被蒸的食品比喻人身处炎热的感受，另如"陆浑桃花间，有汤沸如蒸"（《送侯参谋赴河中幕》）等。再如宪乔"虫音惨聒耳，虎气凛侵肤"（《镇安寓舍作》），前半句言动物的啼叫嘶鸣在他听来如此不堪入耳，恰似韩愈"有耳聒皆聋，有口反自羞"（《双鸟》），后半句则直观地表现身体在恶劣气候中的不适感，读来虽略显夸张，却生动可感。

李宪乔自称"性命属岩壑，余事及诗笔"（《普陀山寺亭会者七人，因取范石湖〈壶天观铭跋语〉"七人姓字在栖霞"分韵得七字》），他将游历与作诗看作平生最重要的两项活动，是最重要的精神依托。观其诗作，可发现其对身体感物机制的运用亦多集中于此。除去如上文分析的在形式上模仿韩愈游山诗，李宪乔对韩愈以描绘身体感觉的诗句去表现游历山水过程中愉悦的作法也有所发现。韩愈以"郾城辞罢过襄城，颍水嵩山刮眼明"（《过襄城》）描摹欣赏自然山水之感，明澈的山水竟似能使双目明净起来。李宪乔在创作中吸收了这种以直观生理感觉比喻高层次审美愉悦的方式，"湖为涤我心，月为刷我眸。涤刷两无尽，相与成湛秋"，诗人身心经过静湖、秋月的淘洗、涤荡，沾染湛秋之清味，另有"湘水夏沍可冰齿，篷窗四敞收远空。此间不语独偃仰，便觉江天入此胸"（《船中昼卧》），炎热的夏季，湘水清凉的感觉被牙齿所感，惬意的感受转而变成一种豁达的精神情感，贯通全身。

正因李宪乔将游览自然山川视作精神交流，他便不再满足如韩愈一样，仅停留在以身体感物的层面，而常流露出欲将自己"全副身心"投入到美景之中，甚至干脆化作山水自然一部分的倾向。例如，"我今誓志了不疑，石为心兮松为脾"（《和昆仑山丹阳马真人〈归山操〉》），诗人欣赏山石、青松郁勃高洁之性，故愿化心脾为之；"就其唾弃者，尚作华岳结"（《戏跋苏子美集》），诗人赞赏苏子美词义坚刚，所吟之言堪比华山之石；"却疑此地无水石，乃公肾胃遗所结"（《舟次浯溪，风雨不得上作歌》），乃是形容元结与浯溪感情深厚，气脉相连；而"顿觉心与肝，历历在明镜"（《舟中玩月》）则有月与人亲密无间不分彼此的感受。

受韩孟诗派影响，宪乔亦主张"苦吟"。诗人之所以"苦吟"，既因诗人在写作过程中，常会遇到"言不尽意"的情况，也为在诗歌典范确立之后，去寻求一条新出路。因此要逼迫自身，字斟句酌，精益求精，甚至将写作的痛苦外化为"身体、语言与外物的暴力斩刻"①。

李宪乔与韩愈对创作过程的艰苦深有体会。李宪乔所谓"刳肝更沥血，淋漓书在纸"（《〈秋水篇〉为汪太守作》），"贾生痛哭不知数，沥血刳肝自喷吐"（《闻珩诵〈北征〉诗感怀作歌》）等，与韩愈"刳肝以为纸，沥血以书辞"（《归彭城》）如出一辙，二人皆以对肝的虐杀描摹痛苦构思的过程。与以对肝的虐杀描摹痛苦构思的过程相对应，李宪乔喜以肠的变化形容纠缠郁结的审美感受，此亦源于其对韩愈喜用"肠"去摹状艺术审美尤其是诗歌欣赏的感受作法的模仿。如李宪乔云："感此嗔儿勿复吟，使我菀闷肠"（《闻珩诵〈北征〉诗感怀作歌》），诗人听小儿吟诵《北征》，悲从中来，以"菀闷肠"形容复杂感受，恰似韩愈"文字锐气在，辉辉见旌麾。摧肠与戚容，能复持酒卮"（《寄崔二十六立之》），阅读朋友诗歌就似感受到对方挥舞战旗，操控锐利的文字武器，将自己柔肠筑成的堡垒摧毁。

构思写作的苦恼也在于把握物象的困难，此时文字便会成为刀凿雕琢或斧劈开荒的对象。李宪乔有以狠劲动词描摹其刻画、把握物象过程的倾向，如"不知造物力，何以工刊镂"（《游崆峒岩》），此与韩愈称赞友人"若使乘酣骋雄怪，造化何以当镌劖"（《酬司门卢四兄云夫院长望秋作》）之句极相似，皆言自然造化难抵文笔镌刻之暴力。李宪乔诗作中还有大量斧凿自然语句，既是其对奇山异水的狠重刻画，也应是其艰苦创作心理的外化，如"阁后一洞辟，鬼神极雕镌"（《独坐空峒山读苏子由集效其体》），"不避山灵嗔，袖中攫一峦"（《舟泊画山下读石桐先生前题次韵》）以及"劙取峰半角，意与钴鉧敌"（《湘石》）等，此应与韩愈最有名的关于斧凿自然景观的诗句"徒观斧凿痕，不瞩治水航。想当施手时，巨刃磨天扬。垠崖划崩豁，乾坤摆雷硠"（《调张籍》）存在某种联系。

总之，无论是通过描摹自身生理感受使对环境的描写生动可感，还是将写作的痛苦外化为对身体的、语言的虐杀以期能最大限度地尽意，皆是诗人们为抒情写景尽可能"真切不隔"而作出的努力，这也呼应

95

---

① 周裕锴：《痛感的审美：韩愈诗歌的身体书写》，载于《北京大学学报》2017 年第1 期。

了上文二人将"真"作为诗歌创作出发点的主张。

风与骚的关系贯穿诗史始终。风即《诗经》传统，代表写实，骚即《楚辞》传统，代表浪漫，二者对后世产生了巨大的影响。究其实质，"前者主要通过艰苦的构思达到内涵丰富、立意曲折的境界，形成意趣悠远的特点；后者则以酣畅淋漓的才情挥发形成奔放超迈之格调。"① 从这个意义上讲，韩愈堪称"风骚相挟"之典范，在诗学上，由前期索怪求奇转变为平淡清雅，在创作上亦完成了从雄奇险怪到平畅婉顺的切换，此完全是其自觉选择的结果。较之韩愈，李宪乔则视"风"远重于"骚"，面对韩愈诗学，他有意识排斥其中雄奇光怪成分，对深厚醇雅之主张则不遗余力地赞赏、吸收。在创作时，李宪乔亦以忧思苦闷的酬唱之作居多，有少许"得韩愈之形"的驰骋豪情之作，也是其受山水自然之触发，借势而作。

从王士禛到沈德潜、袁枚，其诗学皆在称颂盛世太平。以李宪乔为代表的寒士诗人沉寂在士人阶级的底层，对社会人生有着更加冷静、痛彻的理解，他们并未选择随波逐流，而是独辟蹊径，上溯至韩孟诗学，从中寻求有效方案对当时诗风进行反抗。然而，唤醒大部分人何其艰难，这种悲音在"盛世"之下屡遭排斥，正如李宪乔所言："高怀名岳许，苦语世人嫌"（《送乔宁甫兼柬张汝安》），此恰体现了其作为先知者的孤独与悲哀。嘉庆以后，随着时局的变化，这种诗歌风格又重新被宋诗派和同光体重视起来。"道咸之际，清道由盛而衰，外则有列强之窥伺，内则有朋党之叠起，诗人善感，颇有瞻乌谁乌之思，小雅念乱之意，变徵之音，于焉交作"②，时代的衰微、士人心境的变化直接引发了道咸诗风的转变。宋诗派于此时主张师法苏轼、黄庭坚，同时上溯至开启宋代诗风的杜甫、韩愈；光绪时期，有如陈衍所言："同光以来诗人不墨守盛唐者"（《沈乙庵诗序》）涌现。急剧的时代变化令一些诗人彻底放弃取法盛唐，转而自觉地寻求韩孟一派寒瘦峭劲的诗歌风格，企图以其力度与棱角，反映衰世之风貌。而这种声音正与早些时候以李宪乔为领袖的高密诗派秋悲之音遥相呼应。李宪乔诸人虽处"盛世"，却能透过繁华表象看到内里的残酷，对韩孟诗派所表现的衰型社会心理与

---

① 蒋寅：《大历诗风》，凤凰出版社，2009 年版，第 13 页。
② 汪辟疆：《近代诗派与地域》，引自上官涛：《近代江西文存》，社会科学文献出版社，2015 年版，第 503 页。

寒士感受产生强烈的共鸣，并将现实的寒凉感受诉诸诗歌，发出与"春温"之声相对的"盛世悲音"，此尤显其预见性。高密诗派对韩孟诗派"寒瘦清真"诗歌风格的重视，不仅反映出清代诗坛审美趣味的新动向，更是对清中期盛世诗学的一次重大突围，其堪称清诗物华反素、势大将收风格转变的关捩。

第4章 身负高才的诗人

——"高密三李"之李宪乔（下）

李宪乔在诗学上尊崇古意，师承杜韩，在创作上，也吸收了杜韩一脉的现实主义精神，对社会人生葆有热烈的关注，并以诗歌的形式加以记录。除去对外部世界的关注，李宪乔围绕自身行迹也作有诸多羁旅思乡和游历山水的诗作，并于其中表现了诗人一生的经历、情感以及思想。

4.1 诗歌的现实主义精神

乾隆中后期，上层统治者耽于享乐，自安于"盛世"，而许多社会问题与矛盾正自下而上地暴露出来，世风日益浇漓，封建社会已然呈现盛极而衰的征兆，以李宪乔为代表的寒士沉沦在士人阶级底层，对这种转变有提前的预知与感觉。宪乔也以其诗笔绘制出这一特殊时期的历史风貌，使其诗歌具备现实主义精神。李宪乔的现实意识向来为论者忽视。因早先学者对宪乔诗作风格之"窘""隘"的批评使后人多认为其诗歌内容、主题也流于狭窄，实则不然。李宪乔诗作多有对社会、时代的关注，对时代精神也多有反映，诗人的忧时之心，与其论诗所最强调的"终生之志"若合符契，均体现了诗人对社会、民生、时代的热烈关注。

4.1.1 时之大事的呈现

李宪乔虽仕途不显，但对国家、社会始终抱有极热切的关注，他的许多诗作都直接或间接反映了时代面貌，以及其对社会问题的见解。

1. 对边地问题的反映

远官边地多年的经历令李宪乔对边防将吏情况十分熟悉，比如《闻王龙州以事当左迁行赴陛见却寄》反映了其对困扰边地已久的海寇问题的认识。李宪乔从明人记载中得知，海寇成为东南大患由来已久，根本原因在于："时习不振，而敝原不革也"，并进而认为，海寇皆为中华之人，不同于倭寇："夫海寇之与边患也不同：盖边患孔棘，虏实主之；若海寇，则什九皆中华之人，而倭奴者，特其勾引驱率以来者也。"基于此，要解决海寇问题，应于地方官府处反省纠错，而不是依靠军队绞杀："夫虏为主，则重专于外攘；中华之人为主，则事急于内修。重外攘，则当委重于将帅；急内修，则当责成于有司。"针对地方上"督抚之令不行于有司，责之练乡兵则不集，命之团保甲则不严，委之以馈饷则不给，委之以哨探则不明"这种令不行禁不止的情况，诗人进一步揭露造成此现象的原因是官府中馈送钱财成风，官员们凭借送礼得以高升或避开追责："其有历任颇深，营求美擢。若地方有事，希求脱任，或以见却而求弥缝，或以失事而求庇覆，诸凡馈送，数复不赀"，而这笔不义之财正是上级层层搜刮下级，下级又将负担转嫁至对民众的残酷剥削："此其费安出哉？在省取诸各布政司，在直隶取之各府州县而已矣"，民众穷困至极，凭借日常劳动生活已经难以为继，盗贼日益增多："如是，民生何得而不穷？民既穷极，盗贼何得而不炽？盗贼炽则东南州郡四野为墟。扫地赤立，固其理也。"此时，又因自上而下的腐败已然根深蒂固，一遇到问题，官员们皆是拿人手短，抱着得过且过的态度，只希望大事化小："府州县既为之巧取承迎，不无德色。诸督抚又自知非法接受，亦有腼颜。一入牢笼，实难展布。"对这一问题鞭辟入里的剖析，展现了一位身在府州县官僚体系之内小吏的视角，这是身居高位执史笔的人所无法观察到的社会面貌。乾隆年间，高层统治者安于享乐，耽于"盛世"，恐怕只有像李宪乔一样的基层小吏才能首先感知到这股自下而上席卷的衰飒风信。此时的诗人并未选择与其他同僚一样和光同尘，在这种上行下效的贪腐机制中丧失良知，抑或保持缄默，反之，李宪乔以其诗作利剑，无情地记录下官吏丑态，并对王龙洲曾因"吏议"遭谴而仗义疏言，替其鸣冤叫屈："几年深抱属边城，吏议时牵赋《北征》。疏勒何须挽司马，君王有待识真卿。去程雪拥燕山白，回首云开铜柱清。当宸正殷筹海盗，直言知与允绳并"（《闻王龙州以事当左迁行赴陛见却寄》），诗中肯定了王龙州守边功绩，大胆鼓励他在皇帝面前直言敢辩，弄清事实，还自己清白。之后，李宪乔对此事也保持密切关注，又作《王龙州以吏议去职，两粤大帅不敢奏留，嘉勇公自西蜀飞章奏之，诏可，边人欢呼纪以诗》对福康安敢于直谏，为国护才之举，给予了热烈赞颂。

且不论宪乔之言对当时究竟产生了多大实际影响，但从诸如此类诗作中，可以通过基层微官视角窥见清中期地方行政运行之弊，这也为现今了解彼时基层政府、下层民众以及边地问题的情况提供有益借鉴。

2. 对民生的关注

李宪乔在对时政的关注中饱含有对民众的关怀与惦念，他对"盛世"中的民生问题也极为挂怀。李宪乔对下层民众怀有深情："谁为积不平，造次恐风生。纵使经年守，犹嫌放棹轻。江豚戏高浪，浮蜃借余晴。顾语垂髫者，空怀愧尔情。"（《过江》）描述了自己于途中见渔民生活艰苦的景象。在李宪乔一些关注民生的诗作中，常能了解到乾隆"盛世"中鲜为后人所知的画面，如"更情邻姥相劝谕：'饿者如麻儿何苦？'妇终不食不为语。风凄日惨野茫茫，居人归尽乌鸢狂，妇死尸留依夫傍"（《莱阳乞儿妇》），身处"盛世"之中的下层民众的真实生存状况令人触目惊心，再如"谁言兵卫民？我死彼却逸。瘦妻何孪孪，甘与同罹患。犹胜有独在，忍饿为寡鳏。此邦虽边鄙，同是天赤子。乐岁有灾凶，皇天那知此。国家久承平，军卫岂宜轻？愿告守土吏，勿使民恨兵"（《修堠谣》），口吻绝似类似杜甫《石壕吏》，痛斥了官兵及其背后与人民为敌的帮凶；与之类似，《示州父老序》更是为民呼号，批判了与人们对立的军队和部分心怀鬼胎的官吏，这种细节性的描绘对宏大社会问题的揭露形成了补充，颇有以诗补史的意味，这类诗作因此显现出浓厚的现实主义精神。另如"贪官僮仆喜，廉吏亲宾怨。怨则从汝怨，莫使吾民困"（《廉吏咏客燕中作》之一）则表现其因不忍百姓受苦从而甘为廉吏的坚定信念；紧接其后的《廉吏咏客燕中作》之二则称："民愚有心肠，民贱有口目"，身为官员不忍欺民害民的悲悯之心展露无遗；而《民顽一首呈镇安李太守》更是表现出诗人为争取民众利益不惜得罪上司为民请命的诚恳态度。诚然，这样的为官方式，很难讨得上级欢心，而李宪乔却由此深受群众爱戴，其《三年为刺史》云："老者劝餐饭，幼者得携持。不言已可乐，待我再来时"，又如《再赴归顺次都安塘示父老子弟》："诸老欣奔剧苦辛，扶羸携幼远相询"等，均是李宪乔作为爱民之吏最直观的印证。

3. 对各地风俗的记载

李宪乔诗对各地风俗等也有呈现，尤以鲁地、边地为多。如其《四月八日忆少年城中旧游》描绘了故乡高密的"赶山"习俗："城外青青垅麦低，春衣初换怯凉飔。隔林箫鼓溪头晚，始是先生放学时"，农历四月八日俗称"四月八山会"，高密民间至今尚有"赶山"的民俗活动。是日，商贾云集，市场繁荣，尤其孩子喜欢的食物和玩具，成为"山会"的一大亮点。晚上还有戏耍助兴，学堂此日也放假一天，因之成为儿童最喜爱的节日。时隔多年，诗人于是日犹记忆起少年时游乐情景，依然兴味无穷。而当诗人行至南方，其中年节民俗多与"水"相关，与在故乡时截然不同，如"榜人勤水祭，儿女忆山衙"，水祭即指祭祀水神，北人陆祭，南人水祭，乡土风俗不同，李宪乔儿女于水路舟中见异乡风俗触动对家乡陆地山衙的思念；而《中元前夜泊桂城南看水灯》亦是描绘了与中原地带中元节民俗相区别的另一番景象。这类诗将当地奇特的风俗形于文字，详细记载了古代民俗的细节。然而，应该注意的是，李宪乔笔下的民俗有时并非只是一种现象的记录，诗人有时会借民俗现象去发抒自己的情感，如《乞巧诗》："我欲乞得富，须能业一廛。我欲乞得贵，须能效一官。欲乞得年龄，有德方可延。欲乞得子息，寡欲乃可繁。一一皆天定，不异衡有权。倖得未为福，况以私相干。无已则文字，庶假冥冥传。奈此性益僻，古丑非近妍。求拙恐不足，巧狯固久捐"，诗人巧借"乞巧"民俗，对荒诞愚昧时风世俗披露和嘲讽，具有针砭现实意义。长诗不激不厉，诙谐幽默，绵里藏针，意极犀利，鲜明表达了其不畏世俗、特立独行的个性立场；当然，诗人对待民俗的态度也并非全然不理，在当现实生活的窘迫令其自感走投无路时，他也会慌不择路地临时抱佛脚，如《夏夜吟》所描述的那样："幼子暴泄数及旬，半夜惊号撼四邻。心知元土蒸作氛，自春徂夏炎降频。家人不识谓鬼神，吹灯照壁踏破裈。自笑未免禽犊仁，一夜不省输田伦",儿女多病,自己明知病理,却因爱子心切,竟像无知的农人一样信神治病——而正是因为这种因关心则乱而生发的"愚昧"之举,令其诗闪烁着动人的光芒。

4.1.2　时代风貌的绘制

李宪乔诗歌不但记录了重要历史事件,且对时代风貌进行全方面绘制,对乾隆中后期世风、诗风、士风之弊皆有表现并积极作出反思。

李宪乔对世风有所反思,具体表现在他对时俗的不满。其《学韩秋怀诗九首之六》云:"昔士俗所惮,今士长畏人。畏人非避仇,病此卑贱身。显达信有属,是非岂所专。胡为屡自视,低颜气不伸。逐彼一日营,堕此千载文。"诗人对某些受趋利倾向所影响放下自身气节的知识分子予以辛辣的讽刺,侧面反映了乾嘉时期重利益轻学问的风气;《读〈货殖传〉六首》之四云:"谁谓平准世,而有让利民",也表现了诗人对民众竞相争利风气的不满。

李宪乔对乾嘉时期的学风也颇有看法。从其《寄宋声闻时为曲阜学博》大概可以窥见其学术倾向:第一,贬斥假道学,"迩来讲学人,未食皆已饱。顶礼文宣王,衣钵长乐老……以此号理宗,至死不敢绍";第二,认为治学应从小学入,"为诂鲁论字,入耳辄能了……却寻旧章句,步步入幽窅",但同时又反对读书拘泥于章句,认为应该以济世为要,如《宴宁明州诸生》:"矫矫诸文彦,实维在野英。政教有未及,尚其为予明。呓笔事章句,未足期大成",他曾以"读书济世"作为学问的归宿,这正是针对乾嘉时期士人以章句、训诂为务的现象而发。

另外,李宪乔对当世诗风十分不满,并自行肩负起"改革者"的使命,反映在其诗作中是对古代诗文运动改革者的崇敬上。如在其《赠王若农》中,诗人称:"永叔变文体,举俗不胜骂。尔时免骂者,蔺然欲已化。待彼骂稍歇,徐放光焰长。然后无贤愚,无不颂欧阳……众弃君勿弃,众取君勿取。真能空目前,乃可谋身后",李宪乔举欧阳修参与古文运动事,认为正确的作法是不为时风所拘囿,不受俗流影响,超越时俗局限而独辟蹊径,因为真理往往掌握在真正有见识的人手中。类似的还有《书石守道诗后》中对石介的褒奖:"有声必连琐,有情皆旖旎",石介所处的境地与李宪乔十分相似,"我读徂徕诗,中夜为之起。

公言信不错，鲁国一男子"则表明李宪乔十分欣赏其勇于突破时俗的态度。

面对世风、学风、诗风的问题，李宪乔决意扮演"改革者"的角色，采取"崇古"的方案对两方面的弊端进行改革。在其诗作中，"今不如昔"的情绪屡屡出现，尤在咏史怀古诗作中体现得最为明显。宪乔在远游之中，每至一地，必于名胜古迹处感怀作诗，如《谒颜元祠》《题琵琶亭》《游长白山醴泉谒范文正公祠》《舜庙》《登滕王阁感怀用齐梁体》《王莽》等。此类著作往往能突破一时一地一事的描述延伸至对史事的思考、古人的评价。而这思考和评价必定对当下事有参照意义。然而，李宪乔的崇古理念并非只停留在其凭吊古迹的时刻，"崇古"是贯穿其一生的方法论：既然现实不尽如人意，那就去古意中寻找答案。"崇古"首先体现对自己道德的要求上。李宪乔追慕古人之风，以古贤的德行标准作为对自己的要求。如《悟圣寺寓居夜起言怀》："有动此俱寂，始觉神洋洋。静念古贤达，空山视岩廊。底用苦分别，逼仄纡中肠！感此增内愧，申晓不能忘"，《送乔宁甫之任灵川》云："蛮州空见说，君去问灵川。是树皆疑桂，无峰不到天。市通交趾语，湘尽渡头船。若过郁林郡，还应忆昔贤"，《上桂林陈相公二十四韵》"相期在前哲，无求悦当世"，以及《端居言怀》"寂寞长如此，安心赖古贤"等均体现其时刻将古贤装在心中以其作为心中楷模。除去健全自己的人格修养，济世和作诗是诗人平生最重要的两项事业，而从古贤中汲取力量修正时弊，在这两项事业的完成中亦表露无遗。

先谈作诗。在当宪乔仕途不顺时，苦吟便成为一种倾吐方式，成为苦涩生活的唯一慰藉："寂寞县斋卧，常如抱冷症。自知为吏拙，不抵苦吟能"（《县居》）。然而，宪乔吟诗志向并不限于此，古来凡作诗即出于两种目的：其一，为情绪作诗以自遣；其二，为责任作诗以自课。宪乔作诗，兼具此两种目的，尤以作诗作为一种志向和使命。这种志向首先表现在希望通过自己的号召，拯救诗风之弊，恢复风雅。"我欲乘高邱，呼使靡者振。匪手胡以揽，匪志胡以感"，"耽此数刻惺，涤尽委靡肠"（《鸡鸣》），诗人想要振臂高呼，涤荡委靡之风；"挥手招至能，大雅久萧瑟。学夐纷万类，空洞提一律。诸君苟其能，奴仆视骚七"（《普陀山寺亭会者七人，因取范石湖〈壶天观铭跋语〉"七人姓字在栖霞"分韵得七字》），企图通过自己的倡导，激励文人恢复风雅；

"贱子本疏阔，有怀兴儒顽"（《留上窦东皋宗丞十八韵》）则表明了诗人希望以一己之力实现顽廉懦立的抱负，为此李宪乔上追古贤，以古意救时弊，甚至不惜矫枉过正——这在《跋东坡山谷书示阳扶》中有明确体现。与对古人诗论的认同相比，李宪乔更追慕唐宋八大家的改革气魄，在上文提到的《赠王若农》中，李宪乔曾以欧阳修作为当下诗学改革者的类比，并鼓励友人跳出时俗局限，勇于独树一帜，俨然一幅改革者的姿态。而为了实现这种"改革"，则要有一种永恒的、坚定的精神，正如李宪乔所称赞的苏东坡、元遗山面对嫉妒毁谤却矢志不改："苏子与元子，世皆传其亡。嫉者虽觑觑，生气转硈硈。更须相勖勉，身困志弥昌。纵令得真死，肯使心摧藏"。即便身死，只要精神常存，也在所不惜。在拯救当时诗风弊端的同时，立言存世，使高密诗派之影响传之后世，则是李宪乔更宏伟的志向与更长远的期待。"方期共师古，勉成一代事"（《哭希江》），李宪乔曾感悟到，功名显达不过是过眼云烟，文字传世才能保诗人精神长存："问我何挟持，中夜常感叹。早达输邓禹，固穷愧原宪。不朽藉文字，所托良有限。"（《不朽》）

从古贤处汲取力量修正时弊不仅体现在对诗风的修正，也体现在对施政方针的影响：一是主张德治、礼治，二是重视文化教化，二者是紧密联系的。《清风亭宴集，与兄叔白鼓琴，诸生校射赋诗，高秀才豫四言最佳即事奉酬》云："治狱非治本，维礼可弭之。仰赖天子圣，德教周四陲"，表明其主张以礼治国，以德服人，反对暴力。而《将至会城覆讯解囚感叹作诗》则将视角集中到一个因不得教化而犯错即将面临处决的囚徒身上，诗人为其年轻的生命痛心惋惜。李宪乔于诗中还常对古人施政理念表示欣赏，并以此作为一种经验。以汲黯为例，李宪乔诗中屡次提及汲黯，对其"持大文法疏"（《温公子书来致其先提刑使君墓志，言以去年秋卒于晋。某为旧属吏，贫不能多赙存之此诗》）的施政理念十分赞赏。此外，李宪乔在未出仕时就很注重发展乡人的文教，传播以"高密三李"为代表的高密诗派的诗学主张。当其尚在齐鲁之时，其身边已然聚集了众多服膺其诗学主张的寒士，形成了"一派"，比如张阳扶、刘震甫、周松幹，以及后四灵、王氏五子等。然而，需要注意的是，在李宪乔的观念里，绝非以壮大门派为传播文教的唯一目的。在他看来，更重要的是播散文明之火，形成燎原之势，以重诗教、学问的风尚扭转重利轻义的社会风气。如《送周林汲编修典试黔中》云："君

至掇其秀，负淳兼抱馨。会使天南风，变作齐鲁声。齐鲁不产金，由来
固所轻"，虽然有作为齐鲁人的文化优越感，但诗人更希望天下风气都
受齐鲁"重学轻利"之风影响从而扭转趋利风气。李宪乔得官以后，
他的文教理念终于得以施行，他曾在诗作中强调文教的重要性："家居
罕所接，出仕纷交酬。如登亭皋望，众叶随波流。贤愚非一族，亲疏各
有俦。究竟所用心，不学皆同谋"（《读〈货殖传〉六首》之一）；并
时刻将启迪民智放在心上，正如其《太极洞》所叙，即便诗人闲来游
玩之时，见一景象也能与启蒙民众的考虑相联系；另如其《宴宁明州诸
生》，则对其每每在粤西定期举办文士聚会，并借机对诸生谆谆告诫的
情形有所反映；而"倘能从我游，鄙辞当为骍"（《招诸文士》）则反映
其愿以开放、谦和的态度悉心教导前来求学者。

李宪乔个体之志向及围绕志向的作为，或许影响有限，但这种勤于
自我反思、批评并竭尽自身之力勇于寻找方案，积极进行改革的做法，
在那个人人皆称盛世的浮夸时代，却显得弥足珍贵。毕竟，时代的转变
正是在这些微弱而清晰的声音影响下开启的。

4.1.3　个体经历与认识的勾勒

李宪乔生于乾隆十一年（1746），卒于嘉庆四年（1799），曾于十
九岁时选贡高第。其现存最早的诗作写于诗人三十岁之前，最末一首
《将去镇安前一夕留赠黄生鹤立》作于嘉庆四年病逝前，整个诗歌完整
地展现了他成年后的全部人生历程。这段历程基本横穿整个乾隆时期，
有三十年的历史作为背景，比较厚重。李宪乔在诗中以一种琐细的方式
将这段人生历程呈现出来，反映乱世中一个普通读书人的遭遇、挣扎与
思索，并对包括自己在内的寒士群体状况作出描摹，使其成为清中期社
会史的缩影。

李宪乔作诗有很强的时间概念，很多诗歌都标有具体的日期，流露
出通过诗歌记载生命历程的意识，《少鹤诗钞》中十三册诗集按照李宪
乔创作时间排列，由诗作串联一线，即可使诗人的人生历程清晰可见，
勾勒出一个简略而完整的人生框架。在这个框架下，李宪乔将其生活境
况和对时运的感触以及对心态的转变等凸显时代背景的要素铺陈开来，
使其个人经历的叙述变得立体而丰满。

　　李宪乔对时代的总体认识也有一个变化过程，这个过程在诗中也得到反映。如果说，青年时代的李宪乔苦求功名很大程度上是受满腔报国热忱所驱使，那么在其真正进入仕宦阶层（尽管是微官）之后，看到的却是另外一番景象，其《续猛虎行》云："我之朋类散两间，正是今之贪酷吏。不酷安得威，不贪安得货。若必责以廉谨之小节，何异使吾曹闭口死馁饿。"乾隆时期吏治腐败已到令人发指的程度，官员阶层自上而下的贪婪之风已成积重难返之势，李宪乔由此深感贪官猛于虎并给予其猛烈抨击。他彻底地失望了，这种失望具体表现在对其任命的不满，和对官场不正风气的无奈上，其《镇郡感怀二首》之一正是这种情绪的体现："昏林无殊色，浊水无殊味。孑然怅孤怀，奈此久留滞。有得谁可喻，有好谁共嗜。强语向众人，茫如对昏醉。坐此心郁怫，但取隐儿睡。咄咄知如何，白云渺天际。"现实的严酷将热血青年无情地打倒了，在痛心的同时，他未曾放弃对这黑暗的原因加以探寻，其《道州吟》云："漫叟此州作刺史，刺史上压有诸使。诸使何知知索征，发愤激作春陵行。朝臣不省省者谁，杜陵野老拭眼睎。得公十数作邦伯，吾君岂复忧元黎。此言虽切嫌未尽，譬治疾外非治本。"这表明李宪乔已经敏感地意识到在人之上，有一种无形的"高层剥削下层"的制度存在，这制度几乎成为一种规则，凌驾于个体力量之上。因此国家的弊病或许并非是更换几位清官就能根治的。不得不说这种想法出现在特定的年代是颇具进步意义的。

　　李宪乔这种感受与其早年间将乾嘉时期视为"盛世"，并对封建王朝深怀感激的态度截然不同。李宪乔早年曾作《已过洞庭寄兄四十二韵》云："幸值时雍世，江湖得清晏"，其《湘水谣》云："我朝治无上，实出睿简精"，均表露出对自己生逢盛世的喜悦与庆幸，同时也为生于盛世却未建功立业而深感惭愧，如《寺居对雨》："仰愧盛时无可效，有羹遗母即归田"。由于自身思想的局限，诗人还对封建王朝感喟不已，如《游衡山同叔白作》："我生盛世得不废，有羹遗母愿已充"等——李宪乔早期思想中的保守和局限也是显而易见的。其《过永州吊柳子厚》二首、《苏王》以及《读曾南丰〈兵间〉诗书后》中反映出对柳宗元、王安石变法改革始终持坚决否定的态度，也说明其早期受封建思想影响颇深，思想较为保守，与其后进入官场之中的所见所闻所感大相径庭。

4.2 羁旅思乡诗

对乡土观念很重的古人来说，他们向往安宁，留恋故土，对于行役有着本能的排斥。但是，社会环境和个人生活都有不容选择的情况，人们由于种种需求，不得不背井离乡、远涉风尘，李宪乔即是如此。他苦求功名，前半生几乎在漫游干求中度过，中年时得一远地微职，此后开始了离乡万里的远宦生涯。可以说他的一生中有大部分时间都在客居中度过，因此他对羁旅之苦有着深切的感受。

早发晓行和深夜独处是诗人青年时对羁旅之苦最直接的感受，对行人而言，清晨和深夜是最能刺激其心灵的时段。如"苍苍断复连，暝铎与荒烟。缺月淡将没，短檐深正眠"（《早发》），"参井渐西没，东方已半明。驿灯孤客去，村色乱鸡鸣。旷野风吹晓，严霜日出晴"（《晓行》），在居人熟睡之际，行人却已早早踏上征途。入夜，一片悄然，诗人在辗转反侧之际，联想更加丰富，如《上谷客舍》："浊酒驿亭夜，愁来只独挥。为儒成底事，经岁在家稀。极北沙无际，先冬雪已飞。卧闻风更大，应拥到明扉。"对青年诗人而言，羁旅之苦更意味着对前途未知的渺茫，如《冬行书驿壁》："寒促腊将半，担囊更别亲。朔风当去马，远雪带行人。野市归常早，山程问不真。自惭书儿上，犹作泣歧身。"诗人于干求途中行经驿站停留，回首为了功名备受跋涉之苦，却屡试不遇，不禁黯然伤神，生途穷之感。而"西风落叶掩萧索，京华旅食多辛酸"（《上都宪云门黄使君》）更是道尽其漫游京华凄惶求进，濩落不遇之悲苦。类似的还有如"瀚海莽无路，雪山空落晖"（《送赵志南罢举归觐甘州》），"风候常不定，难凭五两知"（《风候》），以及"前路谁相待，枫林叶又黄"（《前路》）等。

然而，诗人青年时代的羁旅与其中年之后的远宦行役相比可谓是小巫见大巫，如《赴归顺道中书怀》："小时行千里，侈言万里途。今来不用侈，动即万有余。蛮山莽荒荒，瘴江缈纤纤。岂唯远亲爱，渐与中华疏。"又如《郁江旅思》："山势夷还险，江流狭复宽。程多无里记，梦恐到家难。人响逢舟少，墟烟只烧残。南来过万里，更遣向南看。"诗人离乡远涉水路至粤西，途中所记诗歌大多与"舟行""停泊"相关。"舟行"使人处在一种移动状态，其以"舟行"为题的诗歌通常记录在行进过程中看到的瞬间景象。如《楚南舟行即事》"漠漠楚烟晓，悠悠湘思深。遥看乱石处，移泊向杉阴。薜屋黏渔气，山童识鹤心。元家尊尚在，应许一相寻。"此诗囊括了李宪乔笔下"舟行"的几个元素，第一，偶然触发，在漫长枯燥的行程中，诗人选取有所感念的场景作为素材，此诗具体表现为对元结的怀念；第二，动态性，舟行使人处于一种移动状态，视角自然也是移动的，如"遥看乱石处，移泊向杉阴"；第三，幻想性，茫茫江水将人与沿岸所见事物远远隔开，无法接近，只能依靠揣摩想象："薜屋黏渔气，山童识鹤心"；第四，模糊性，此为南荒水路特性，南荒炎热，常有烟气雾瘴，在此诗中具体表现为"漠漠楚烟晓，悠悠湘思深。"与舟行时对一闪而过景象和感情的描述不同，"泊"意味着旅途中间的停顿，留给诗人相对充裕的时间和相对稳定的空间对前一段旅程做一总结，此时诗人往往可以将感情慢慢渗透出来，如《雨中泊昭平峡》："片雨飒然至，客舟殊未还。晚饭离烟渚，回帆入乱山。远色遽已暝，归心长似闲。谁念独无语，闻钟窈渺间。"诗人于此既写旅途中晦暗不明的景象，也自模糊中延伸至自己前途的思考，表露其因前途渺茫而心生怅惘向往归隐的思绪。诗人青年时，好以节候的变化写离家时间已久，表羁旅之伤感，如《豫章旅思》："早夏别庭闱，秋来频梦归。一登过江棹，三浣在家衣。"又如《济上寓居》"凉风昨夜至，杨叶满湖漘。送尽后来客，犹为独住人。归期书在夏，远梦雨连晨。上国高车友，谁知最苦辛！"均因谋求前途而久滞他乡。后来，诗人远宦粤西，常常要历经几月才能到达，且两地本身气候不同，竟连物候都无法作为参照了，如其《题苍梧馆示二三朋僚》云："炎地无节候，雨余风暂凉"，又如《南中感秋》："渐已气萧爽，非关木叶凋。"南荒边地终年炎热，不似齐鲁四季分明，即便到秋冬，也不见树叶凋落。诗人极不适应炎热气候，生出一种陌生感，甚至发展成一种客居他乡的胆怯，如《夜行临贺道中作》云："蛮路无里数，瘴中前去遥。峒流穿地响，山火际天烧。大竹骈为壁，枯楂仄作桥。如何此时月，犹为照迢迢"，此处"月"是诗人羁旅途中唯一的伴侣，然而南荒景象令人心生胆怯，连一路陪伴而来的月也无法给人慰藉了；又如"远途长畏病，久客易无聊。汲水试茶鼎，看人过竹桥。无因寄乡信，自觉语寥寥。"（《南中感秋》）以及《虞帝庙引并序》均将诗人在旅途中的不安、担忧之情表露无遗。

　　与羁旅相关的情绪是思乡。人在途中，最难克服的是对家乡的思念。李宪乔在旅程中一次又一次不厌其烦地阐述着自己对家乡的深情，如"不知北人梦，底事恋巴丘"（《泊湘阴南驿赋得"扁舟背岳阳"》），"历历南州境，摇摇北客思"（《江行杂诗十首寄石桐先生》之一），"同来人语少，应只是思乡"（《题苍梧馆示二三朋僚》）等。旅途中总有某些景象能触动诗人那根敏感的神经，如"忽忽故园思，夹道秋禾茂"（《将至固县驿》），以夹道茂盛的秋禾，触发故园之思；又如"雪来燕地早，云乱海乡愁"（《柳泉雪》），因见北地早于家乡的雪而生愁；另如"村边小麦熟，儿女亦欢颜。独有故园思，顿来兹夕间"（《晚过田家》），诗人见居人之乐而顿生孤独之感；再如"风景吾村似，相看意若何"（《江行杂诗十首寄石桐先生》之十），诗人每见他乡之景，总能与家乡联系起来。家乡作为其心灵的避风港，在其心情不畅时，对家乡的思念尤甚。在险远的旅途中，孤独、伤感的诗人也怀念家乡带给自己心灵上的温情，如其《舟夜感怀》云："江行日远归难定，野泊惊多梦易醒。齿发他乡仍改变，亲知故国自凋零。"无奈之下，只能通过书信和梦境聊解思乡之苦。"乡书"承载着亲友的惦念，家乡的讯息，是现实中传递诗人与家乡亲人情感的唯一媒介，也是李宪乔笔下常出现的意象，其有诗言："相值有估客，乡书凭与传"（《江行杂诗十首寄石桐先生》之二），"乡书久未返，顾发知如何"（《江行杂诗十首寄石桐先生》之二）等。诚然，乡书的传递需要合适的时机，在大多数时候，诗人只能梦回故乡，以解忧思，有时甚至连作一完整的梦都是奢望，如其《秋暮旅思》云："正拟乡园梦，砧声起夜阑"，其《岁暮寄敬之》云："书来如过客，梦好当还家"等。此外，对于"独在异乡为异客"的客居之人而言，其思乡之情在每逢佳节时表现得更为浓烈。表达岁末思乡的诗作如《乙卯除夕》《岑溪除日》《新年作三首，一示县中宾僚，一怀故乡子侄，一寄家兄湖南道中》等。除夕是家人团圆除旧迎新之日，本应热闹喜庆，而独处异乡的诗人却依旧在清净僻远处，与热闹的节日气氛隔离开来。此类诗作往往以居人之喜写客人之悲，尤觉伤感。另有其他节气思乡的诗作，如其《白滩七夕》："楚气易作秋，湘声唯诉别。远怀已如此，况值双星节"，在人们印象中，楚地本就易与秋气相联系，何况又逢七夕，在伤感的节日里倍感忧戚；再如《中元前夜泊桂城南看水灯》:"山从箫鼓悲边起,江自灯船落处来。功业半生惟伏枕,亲知各散懒衔杯。平明故国还相忆,始是新秋上冢回",诗人秋祭不能回乡本就伤感,回想半生功业未就,更生有家难回的落拓之感。

边地对诗人而言完全是一个陌生的世界,在被胆怯、孤独情绪所充斥的羁旅途中,李宪乔的内心并不平静。面对旅途的艰险、前路的未知,他也曾动摇过,如"每数去程远,转疑前计非"(《豫章旅思》),"胡为贪禄仕,万里穷轮舸"(《大雨夜行高碛山谷间投宿田家作》)。当在途中遇到一安逸处,他甚至想过放弃仕途,就此停留,如其《鄱阳湖》称:"西吞楚欲尽,气与洞庭连。不霁非因雨,有垠须到天。鸟如惊散叶,帆更远于烟。始羡投竿者,短篷披草眠",另如其《溪村》所言:"历历清秋色,溪应是若耶。山岩开小榭,竹路下平沙。钓石棋局正,纤人筝柱斜。即斯吟景好,恨不有吾家"等;又或者干脆辞官返乡,如《送归史》称:"不即寄当归,莱衣舞园田。与兄先有约,此出只三年",又如其曾言:"穷居虽云苦,未抵为人役"(《自郡还,憩监隘驿亭,读渊明〈为建威参军使都经钱溪作〉有感次韵寄故山兄妹》)等。然而,这些不过是诗人一闪而过的念头罢了,诗人每每在家停留不久便又匆匆踏上征程,究其原因,当是其"一笑求田志匪佗,谋近舍远何陋耶"(《水车行》)的志向在发生作用。正如上文在论述诗人思想性情时所引用的近人刘世南在其《清诗流派史》中的观点:"(李宪乔)困守家园时,却不甘心过诗酒流连的闲适生活,而是希望在政治上有一番作为。"[1]

4.3　游历山水诗

李宪乔在关注社会现实、积极入仕之余,以游历山水作为修身养性的重要方式。他天性爱自然、喜山水,对自然山水情有独钟。李宪乔青年在齐鲁,后前往粤西为官,足迹遍布南方各地,饱览了南国风光;此外,诗人早年还有数次北上拜谒、应考经历,对天津、北京等地的风光也有亲身体验。在游览与体验之余,李宪乔将这些自然山水摄入诗中,

---

① 刘世南:《清诗流派史》,人民文学出版社,2004年版,第382页。

创作了大量的山水诗篇。

在李宪乔游历山水的诗作中，可以看到其在秋季的感怀尤其丰富，衰飒的季节总能触动诗人敏感的情思，如"纷去如落叶，始觉孤树秋"（《将去归顺和乐天杭州二诗之除官去未间》），总有一种悲秋情结。即便远在南方边地，节令并不明显，诗人也能敏锐地感知到秋的到来："凉风何自起，天末独悲秋。大木批可惜，炎氛侵未休"（《天末寄兰公敬之》），此时炎热的气氛尚未消歇，却难以阻挡秋的来临，景物的过渡预示着季节的交叠，物候变化于其中无声的演绎，令人顿生光阴易逝之感。的确，这种凄婉的情感总是与其对年华易逝的悲叹联系在一起，如："客馆临湖水，经行忆旧游。初生城际月，独上柳边舟。草白故人墓，灯红谁氏楼。多应今夕梦，始觉是新秋"（《历下寓居感怀》），李宪乔中年自南荒远宦归乡行经济南，回想起早年时相识的故人，却只见其坟茔。心中凄恻之际，自感年已蹉跎，如同秋季一样，自感盛时已过。这种为常人所厌恶的消极忧伤情绪却为诗人所爱赏，与"每过此院春长在，只觉他家月不明"（《戏赠毛崇之》），这样充满暖意却令人萎靡的春相比，秋能使其常保清醒。

漫长的南行途中，诗人的心情是略显感伤，而出现在山水背景之中飞翔的白鸥，成为诗人旅程中唯一的慰藉。可以说，飞动的海鸥于身在旅途中的诗人看来俨然是自由意象的代表："春帆指燕树，凉月入淮流。经岁只如雁，一家全在舟。厨人吹叶火，稚子趁江鸥"（《送苏州通判单长吴时以漕运至都》）。海鸥的自在、无机心几乎可以入画，观之顿有宁静超脱之感："高树欲来鹤，阴崖何代祠。沙间偶语者，应与白鸥期"（《高岑画烟江小景》），有时会因海鸥突然出现的灵动而使沉闷已久的心情豁然开朗："碧宇沉沉晓气微，片帆轻共海鸥飞"（《海上答客》）。

李宪乔天性爱石，有寻找、收集石的习惯，如"岭石收常满，蛮禽久渐亲"（《留题县斋》），"却寻奕石殊渺然，仰同岣嵝空涕涟。相彼柳子苦拘挛，尚容一睹肌脉全"（《游仙奕山寻奕石不得，取壁间宋时王安中句"仙者辍奕鹤驾翩"七字，于洞宾洞中分韵，会者六人，予得"仙"字》）。偶尔也砑石作书："李子画砑画山石，夜梦神官来见责：'汝何贪不仁，剥取断山脉'"（《再题画山石》），展现了李宪乔在诗中设置成梦中人神对话并申诉砑石作书因由的情节，并于诗句尾联一语双关，希望有人如自己遇石一样能够知遇自己："为山亦愿显于时，有奇

111

不显真何益"。李宪乔每至一地，都去寻找石壁，并题词。诗人过梧州，欲寻元结所刻山铭石，惜"时次山铭石已漶灭，惟官与名数字可辨"，于是感叹："漫叟之后有漫吏，追公不及泪满膺。他日谁寻井上石，此诗有气公应凭"（《冰井》），这里诗人将元结所刻之石当作其精神的承载，充分体现其对古人的追慕与景仰；再如《游西石题壁》："旷原陡起势孤尊，知是云亭几叶孙？莫可上边飞作观，四无倚处矗为门。云山约负皆虚日，今古情同有此樽。无那故人归厚土，茫茫何地与招魂"，彼时正值李宪乔友人单氏去世，诗人为排遣悲情，故寻石题壁。因为爱石，所以李宪乔在描绘山水时对山水中的岩石特别关注。李宪乔笔下的石有时是安静的，且常与"禅"同时出现，充满隐逸色彩，如"寺处背苍翠，岩枝缀佛前。寻常生雨气，一半缺星天。下瞰直无物，夜声多是泉。不辞通晓坐，石上对师禅。"（《再题般若寺赠兴公》）诗人通宵于石上与友人谈禅，石与禅相得益彰，充满出世的静谧色彩；而"初披入山径，数滴石淙翻。及到孤禅处，千寻瀑布根。昼清鹤过影，寺近井通源。只对莓苔地，经年无屐痕"（《寻东涧僧》），更是描绘了由清石、山泉、孤禅、瀑布、清鹤、佛寺等组成的尘外之境，令人顿息机心。除了安静的石，李宪乔山水诗中对雄奇险峻的石亦多有描写，巨石与山水瀑布冰雹呼啸成势，使其诗自具一种震天动地的气势，如"滩高石凿凿，坚壁正严毅。大波恣决突，相持久益力"（《雨中过重泠峡》），"龙战霆电缠，石斗冰雹迸。大声擘天来，众山不敢应"（《桂泷》），"谁谓石瀑响，更出雷之外"（《大桂山》）。

　　同李宪乔笔下的石一样，李宪乔的山水诗既有幽静的一面，也有奇险的一面，但总体上比较幽静，甚至充满淡淡的感伤，这与其作诗善于代入主观感受相关。对李宪乔而言，游历山水的目的之一或许并不是求耳目之娱，而是与世俗隔离开来，寻得一清静自由的去处。李宪乔经常对其拜访的不同佛寺内的山水之境进行描绘，如"更寻南涧水，危坐听潺湲"（《朝阳寺》）；另如"危构因岩势，半天松栎阴"（《宿佛峪般若寺兴公院》），俨然一世外桃源的缩影。即便是在李宪乔对寻常景观的描写中，亦能窥见其渴望静处、静思的描写，如"寂历残冬月，孤亭夜色凝。巢留无叶树，步过有霜冰"（《冬夜东亭》），"近山犹有雪，深竹似无人。野色宜孤鹤，泉声到四邻"（《游城西漪园赠郭少府》）等，皆体现诗人偏爱于闹中取静，使其在世俗中遭受挫折、蹂躏的心灵得以休憩。

除去与世隔绝，寻求精神上的栖息之所，与山水精神交流沟通，得自然山水之风姿、气势是李宪乔游历山水的另一目的，这一点在其一系列奇险旷达的山水之作中体现得尤其明显。与南国奇险壮丽的山水之中，诗人的心胸仿佛也被打开，且获得一种突破当下时空的广阔视角，一切烦恼都在此时得以忘却，而诗作自具一种奔腾浩瀚、睥睨天下的气势，如"屈奇一小山，造天绝倚傍。想见志士胸，九死未肯枉。于何托根始，闭绝非可上。亲历方慨然，顿失隘且防。苍梧叫虞舜，此语久称妄。北瞩浩茫茫，神州万里壮。岂无数贤杰，扶持柱天壤。矫强有如此，宇宙固难量。謇劣愧无成，惟用恣闲旷。闭口今已久，浩歌此始放。"(《登桂林独秀山》) 李宪乔本心情郁结，难以排解，见独秀山瞬间突破了时空的界限，将视角推及宇宙、古今去考量当下的烦恼，心中不快顿时烟消云散。另如《浔江月》亦是如此，"江面待得月，月来江更空"彰显了江面之空旷广大，而"不知涛落处，孤挂夜方中。尚想归陶侃，曾经送葛洪"，则突破了时间的局限，抚今追昔，思接千年。

李宪乔山水诗作中，既有如以上所列时空感宏大的作品，也有以气势称盛者，如"响闻一城遍，势挟万山来。欲助诗涛涌，能令瘴眼开"(《坐独秀山望见城外瀑布欣然有会》)，以及"鸣鹤夜将半，邻船都未开。雾收残月去，岳拥大帆来"(《江夜》)，这类诗作气势宏伟，包罗天地，是对历来学者评其诗作气势卑弱、境界狭隘的有力反击。

此外，李宪乔的诗对田园风光也有描述。诗人早年于故乡闲居的时光令其倍感温馨，"呼童开竹窗，坐见东高原。下绿柳骈蔚，上翠松孤蟠"(《首夏斋中示侄孙测》)，"冬野爱晴景，小游携短筇"(《冬日闲游赠王东溪令闻》)，"睡起纸窗明，阶廊独绕行。雀晴有闲意，鸡午入春声。瓦雪消将尽，园荄踏渐平。晚来饶喜悦，新卷校初成"(《正月二日》) 子侄在侧，好友在旁，生活闲适，安于读书，无限惬意。以至于诗人中年远宦在途常常思及这段时光，从而触动对家乡田园风物的想念，每至一与家乡相似之处，都令其心驰神往："历历清秋色，溪应是若耶。山岩开小榭，竹路下平沙。钓石棋局正，纤人筝柱斜。即斯吟景好，恨不有吾家"(《溪村》)。

总体上看，李宪乔的山水诗着重于描绘山水风光的自然美以及主体的审美愉悦，与其关怀现实、忧国忧民之作大异其趣。

113

4.4 写景·阐理·动静·用典——李宪乔
诗歌的艺术手法

　　李宪乔精于五律的写作，因此尤其注重景语的书写，意象作为构成
景物描写的重要单位，在李宪乔笔下呈现出密度与重复度较高的特点。
将多重意象叠加使用并以之作为修饰成分是李宪乔诗作的一大特点。在
李宪乔两句五言诗中，有时会出现四五个意象，比如"炉峰舟自泊，溢
浦月空明"（《九江怀乐天》）中的"炉""峰""舟""溢浦""月"，
"江月客吟迥，石桥僧语凉"（《江州海天寺留赠琳上人》）中的"江"
"月""客""石""桥""僧""语"， "浮荇回帆见，孤云隔岸凝"
（《早发浔阳过海天寺寄秀公》）中的"浮荇""帆""孤云""岸"，
"露下闻残角，烟开见宿鸥"（《泊湘阴南驿赋得"扁舟背岳阳"》）中
"露""残角""烟""宿鸥"，以及"雨余湿草径，夜色乱蛙声"（《晚
泊雷塘下访龙生墅居》）中的"雨""草""径""夜""色""蛙声"
等，这种以高密度意象作为修饰成分的作法能够使得诗作造境比较具
体、可感度比较强。以"艇烟晨独伫，林雪夜同看"为例，诗人以
"艇""烟""晨""林""雪""夜"六个意象作为定语去描述"独伫"
与"同看"的环境，在使环境具体化的同时，令读者透过诗人精心创
制的情境获得一种心灵上的感受：于笼罩在烟雾中众人尚未清醒的清晨
独自伫立，寂静的雪夜与友人一同欣赏，多么清雅静谧。

　　然而，读李宪乔诗可发现，其笔下的意象重复度较高，惯用的意象
一目了然。除去前文提到的其善用的"海鸥""秋""石""月"等，
另有"香""琴""雪"等意象屡屡在其诗作中出现。这些意象均象征
着高洁与淡泊的志趣，如诗人常借助"香"来获得一种淡泊、宁静的
清趣："可能将此味，淡泊共衰翁"（《香赠约言》），李宪乔感叹自己与
友人的情谊便与这香一样，虽不名贵奢侈，但淡泊永恒；而"素业废来
久，蓺香空有诗，何缘故山性，却被远人知"（《安南使臣吴时任赠薰
香时护送贡使至南宁》）则惊讶于自己焚香吟诗之爱好，竟已经为外国
人所知。此外，"琴"意象作为一种高雅志趣的象征，也被李宪乔频繁
地用于诗作之中，如"道人白玉冠，膝琴石上弹。群贤时列坐，共此风

泠然"(《石溪宴集听远师琴》),"久绝客来访,但悬琴共清"(《冬日晓兴寄东溪》),"涧水涓涓磴石平,相看不语素琴清"(《东涧琴兴示张生清棹》),琴在此作为通向尘外之境的意象媒体,诗人以其尘外之音去陶冶世俗浊气。李宪乔还经常以"鹤"与"琴"并举,如"细闻龟息静,温借鹤衣宽。明日携琴去,西松岭上弹"(《冬夜与远师同宿》),"(鹤)生族已无比,乐中应是琴"(《品鹤》),"崇山蛮雾里,有叟自横琴。尽解世间事,能持人外心。应门童亦静,识径鹤来寻。剖石倾冰雪,方知爱予深"(《赠唐先生》),"孤琴横此夜,积雪满前滩。鹤外应无听,松余似不弹"(《夜琴》),"泠泠指下移,孤独照轩墀(琴)。忽感空山夜,无人有鹤时"(《听宋太空弹琴示熙甫、步武》)等,去营造一种高雅脱俗的境界。

使用重复度较高的多重意象作为修饰成分,能使描述对象更具体,环境更可感,但同时因为诗句造境过于具体,给人一种诗路狭窄的感觉,因此缺乏产生共鸣的条件。而李宪乔笔下的细节描写更是进一步加深了读者对其诗"具体却缺乏共鸣"的印象。李宪乔诗作中善用细节描写,他通常选取一个事件中最具代表性的一到两个镜头作为对整个事件的概括,如"马餐侵早雪,吏扫过阶风"(《题郭少府历下厅》),概括了其早年羁旅干求所遭受的辛酸苦楚;"野客求书去,家僮买药回"(《秋日闲居即事》)则以眼见野客求书、家僮买药,反衬出诗人秋日闲居的惬意与闲适;"对客餐朝药,教儿放夕琴"(《赠王龙翰山人建》)以此两个镜头作为对日常闲居生活的概括;"不忘分离处(《送蒋侍郎还姑熟》),春阴满绿苔"(《雨中得蒋侍郎娄东书》)则以春日里的绿苔这一细节场景回忆起与蒋侍郎分别时的场景;"箧中前月札,天末别时舟"(《哭乔蓬州》),以盒中前月书信与离别时的扁舟作为对死去友人的最后怀念。这些细节具体而生动,却也因为过于具体而缺乏与他人产生共鸣的条件;且由于这些细节是真真切切发生在诗人身边的,近似一种生活的记录,故而缺乏想象、虚构的艺术张力。

细究李宪乔诗意象密度高、善用重复意象以及多细节描写使其诗具体可感却缺乏共鸣的原因有以下三点:其一,矫正神韵派虚无缥缈的流弊,所以李宪乔有意去营造一种具体可感的环境氛围;其二,与诗人本身的经历相关,诗人喜欢独往独来,其生活环境、接触人群相对封闭,因此对身边有限的环境形成了一种敏锐观察的习惯;其三,深受其师法对象的影响。宪乔所师法的中晚唐诗人即以"情于过后甚，景比见时真"（《校唐人格律寄敬之》）闻名，李宪乔受其影响，尤其注意锤炼事物的细节。

然而，需要注意的是李宪乔虽擅长具体事物的描写，但却并不受具体事物或景物描写的拘囿，总能由所见之景物触发对人间万象的思考，如"想见宛依依，田家烟火微。野翁塍畔去，远客雨中归。场响初登菽，砧寒感授衣。不知倦游子，底用故乡违。"（《东归道中咏田家屋上壶》）看似咏沿途风物，实际通过咏物而叙思乡之情，有不即不离的效果；又如"风候常不定，难凭五两知。才看落席处，即是挂帆时。希冀终成妄，沉吟已觉迟。元言参未得，请与问篙师"（《风候》），诗人因见风候之未定转而思及前路之渺茫，常因一个微小的事物、现象而延伸出深刻的思考；另如"六簿象棋沿楚风，身闲聊费夜灯红。几多将相论功状，却付汝曹嬉戏中"（《观侍妾象棋漫题》），则展现了诗人在观看侍妾下棋的过程中所表现出的儒者之目，具有一种以弈棋喻言世事的意识，然侍妾只知游戏玩耍，她们又怎知此中关乎事之成败兴亡呢？

再如《岭径》所云："直上绝缘属，一径亘苍穹。假若径可去，即是飘虚空。嗟予役岭峤，十出八九逢。每疑开辟后，此隅尚屯蒙。一经我追蹑，始为人力通。其险也如此，仆隶皆慑悸。视端戒无语，恐失之造次。到穷忽自解，冯道语可味。大险不在兹，井陉出平地"，既是言山径之险，也言世路之艰。李宪乔也常能在观景的瞬间领悟到人生哲理，因此他的许多诗句中蕴含着深刻的哲思，如《学韩秋怀诗九首》之一云："渐看枝上叶，并为林下箨"，诗人于枝上叶偶然缀于林间的瞬间感怀人生便如秋叶，凋谢只在瞬间，顿生时光易逝之感；而"矗来意气不知险，平地仰眙始骇吁"（《雪中登五莲山绝顶示颖叔》），则言当局者身在其中不明局势不惧险要，旁观者知全局顿觉后怕，颇有些"不识庐山真面目，只缘身在此山中"的意味；而"吟送月轮尽，卧看山影移。却愁行到日，低首趁旌麾"（《江行杂诗十首寄石桐先生》之九），则于自己不动，船动，月动中流露出时间是在无形中悄然流逝的，诗句颇具理趣的同时却不留痕迹。

在诗歌状态上，李宪乔对动静关系的处理十分灵活。上文在谈及诗人性情时曾提到李宪乔喜静，因此其诗歌难免要表现"静"。然而，若是一味描摹景物静止之貌，诗歌难免流于死板。李宪乔反其道行之，常以对“动”态事物的描写反衬事物之静，如“乌栖方辨树，犬吠始知树”（《雪后宿山家》），雪后，树与自然仿佛羽化为一体，见与雪相区别的黑乌鸦栖息在高处，才知高处是树，通过听犬吠才辨别出树的方向；又如“尔来百事不堪述，惟有书灯似旧青”（《舟夜感怀》），周围发生物转星移的变化已然物是人非，然而无论怎样变化，唯有一盏书灯常伴身侧，始终如一，由此更见诗人对诗书永恒笃定之志向。除去以动衬静更显其静，李宪乔还有意识地让动态景物与静态景物在诗句中交替出现，这令诗句免于呆板的同时具备一种对立之美，如“碧宇沉沉晓气微，片帆轻共海鸥飞”（《海上答客》），上句静，下句动；而“场净露欲下，儿喧月初出”（《济上田家》）则是一句之中出现动静交替的典型。“静”在李宪乔笔下有时不单指一种景物状态，还指一种环境氛围，甚至心境特点。基于此，李宪乔常以动静交替的手法用于对世俗到尘外之境的转变描写，如“旅寒生静昼，乡思入闲春。瓦雀惊枯竹，炉烟郁湿薪。宁知九门外，杂沓泞车轮”（《早春都门客舍》），由静转动展现了诗人闲思为尘俗喧嚣打破的过程，这不仅是表现手法的变化，还是一种心态的转换；而“四野山多接翠微，一江滩少足渔矶。喜晴偶尔肩舆出，爱月长令拨棹归。烟际人家眠悄悄，岸边城郭望依依。往来自觉无牵挂，谁道吾犹未息机”（《晚归》），则是诗人心绪由动及静的典型，从一天的烦劳之中进入一种息机自适的闲静状态。

此外，勤于用典也是李宪乔诗歌创作的另一特点。李宪乔诗歌中的典故集中于两汉时期历史人物如贾谊、汲黯、扬雄、班固诸人，以及唐宋文学大家如韩孟诗派诸人、唐宋八大家等。细究之，这些典故在诗中出现的情况有以下三种：其一，于古人曾停留的景观描述中运用古人典故，拉近与古人距离，并申明自己的情感态度。李宪乔在南行途中每至一地，都尽量去寻访古人遗迹，在对古人曾停留过的景观的描述之中，他常思及古人故事，并在此基础上抒发个人感想。如其南行途中，路过贾谊当年所经之地，常会触及其壮志难酬之感：“屈子徒哀郢，贾谊去长沙”（《学韩秋怀诗九首》之四），“为报贾生与韩子，诸君沦谪未须悲”（《楚中咏古迹五首》之二）；而当其心态积极之时，又对贾谊事表达另一种看法：“三宿出巴陵，扁舟寄楚冰。人皆苦卑湿，我独喜空澄。远谪何须恨，长栖亦可能。死生君自决，鹏臆岂堪凭”（《月夜次长沙二首》之一），诗人以“独喜空澄”“长栖可能”对贾谊之举提出反驳，认为此地之清静正为自己所爱，正是其修养身心、磨炼心志的好地方，且人即便身处逆境也应当放平心态，欣然领受命运，而并非满腹牢骚。另外，宪乔行至梧州时，多次思及元结，体现在诗作中便是屡屡运用与元结有关的典故，"惭非武昌客，也许上峿台"（《将至镇安郡先寄汪太守》），仿佛希望在重游古人遗迹之中，拉近与古人距离，实现与其精神上跨越时空的交流。其二，追慕古贤之精神，以之为榜样。比如，李宪乔赞赏汲黯无为而治的施政理念，并以"公治如汲黯，持大文法疏"（《温公子书来致其先提刑使君墓志，言以去年秋卒于晋。某为旧属吏，贫不能多赙存之此诗》）作为对他人的褒奖；他也赞赏陆游矢志不改的爱国精神："丈夫各有抱，不用即疏阔。应笑渭南叟，松亭梦中夺"（《昆仑关》），以陆游事告诫自己，不要一味叹老嗟卑，而是要审时度势，及时进取。其三，因高密诗派直接师承韩孟诗派，故而李宪乔常以韩孟诸人比附自己与高密派其他成员的关系，再现了中晚唐寒士的生存境遇与心理状态。比如"萧索明州长，浑如老塾师。忽看冠服变，转使吏民疑。试笔重临帖，焚香更赋诗。却怀韩吏部，初寄阆仙时"（《敬之寄赠衣物十二事》），李宪乔在官，生活清贫，竟要倚靠李秉礼赠予衣物，颇似当年贾岛受韩愈接济度日之事。而当其描述友人单书田生活状况时，则用卢仝之典："还嗤玉川子，乞米仗僧邻"。在距中唐千年之后的号称盛世的清代中期，仍有诸多文人过着清贫的生活，在今天看来，这应算是对乾隆盛世的无意识嘲讽。

李宪乔诗意象密度高、善用重复意象以及多细节描写，使其诗具体可感却缺乏共鸣，但其可贵之处在于其虽擅长具体事物的描写，但却并不受具体事物或景物描写的拘囿，总能由所见景物触发对人间万象之思考，因此其诗并非如一般论者所认为的"隘"，甚至颇具一种哲思。而勤用古贤之事入诗，更为其诗作增添了一些人文精神的温度。应该说，李宪乔固然长于写景，但其脚跟是稳稳地扎根于现实之中的。

第5章 自写本色的诗人

——"高密三李"之李怀民

李怀民作为高密诗派领袖之一,与其弟李宪乔、李宪暠等人一起推动了高密诗学的发展。从诗歌内容来看,李怀民诗作流露出浓郁的自遣意识;从诗歌创作来看,"诗中有人,书写真情"贯穿李怀民诗歌创作始终,诗人善将主体之情融于客观景物描写之中,对意象的选择和意境的经营颇有心得,并在情与景的感发之中生出言外思致。李怀民的诗学,丰富了乾嘉诗学。

5.1 李怀民诗歌的自遣意识

李怀民在《寄赠刑部郎李松圃题诗卷后》中曾云:"野兴独寻寺,秋吟多在船。"此句正概括了以其为代表的高密派诗人诗歌创作主题。一方面,因为狂狷的秉性,一身傲骨难容于世,诗人在世俗中碰壁之后,自然要去找寻与世隔绝的尘外之境,涤荡内心的不愉快;另一方面,人终究是扎根在现实生活中的,并不能放任自己的性情任意而为,因此,不得不为了解决现实生存压力而选择漂泊。李怀民在这两者中间徘徊,时而迷茫,时而清醒,时而踌躇满志,时而牢骚满腹,幸好他还有诗歌,烦劳困惑之时可以借吟咏作诗浇心中块垒。

5.1.1 山水之乐

不同于其弟李宪乔,李怀民虽在青年时代也苦求功名,心怀壮志,却终身未得出仕。中年时,他见自己屡试不中,便放弃了科举,以山水田园诗酒为伴，消解着前半生的不得志。庶民的身份，令其有更充足自由的时间与山水自然亲近，然而，细读李怀民山水田园诗，却能够清晰地体悟到诗人于美景之外流露出的忧愁，并从中感知到诗人欲借山水田园之乐而忘尘世之忧的自遣意识。

在李怀民描摹山水美景的诗作中，往往会在诗歌末尾鲜明地揭露出自己通过游览美景获得的精神愉悦，毫不避讳地表达出游的"功利目的"。如其《秋日杂兴五首》抄四云："既云拙进取，复不事生产。厌厌在世中，岁月供偃蹇。亲戚或相诮，妻孥亦愤懑。一编聊自娱，浩歌秋已晚。文字期永世，所托良非远。新晴气象分，天高片云卷。流盼悦时景，冲襟得萧散。如何倦游子，劳劳不顾返"，先陈述自己饱受世俗之压力，淡泊的心志不能被亲人理解，只是一味被讥讽埋怨，不堪其累，在这种情况下，诗人便从世俗中逃离出来，到"新晴气象分，天高片云卷"中来，天高云淡之下，享受着晴日阳光，从而"流盼悦时景，冲襟得萧散"，心情随着眼前美景恢复到闲散安详的状态。另如"偶上晴溪望，尘喧都不关。野桃经雨落，沙鸟与人闲。投杖卧春草，临流看远山。长堤一舒啸，遥寄数峰间"（《溪上即事寄柳叟》），也是如此，雨后初晴，野桃满地滚落，沙鸟与人安逸地享受晴日，诗人暖洋洋地卧于春草之上，遥看远山，无限惬意，一声舒啸，忘却尘世万千烦恼。再如"林际春景霁，绿野涵清辉。罢耕牛自鸣，田父负耒归。稍爱清流响，时见春禽飞。野吟自无虑，况君已息机"（《春霁田原赠颖叔》），诗人身处晴朗春日之中，耳听清流，眼见飞禽，达到一种息机自足的自适状态。与之相似的还有"闲登此亭望，适乐同心赏。快谈积别多，长歌踞高朗。峦岭自迢递，松杉正苍莽。始忻夏风清，更当霁月上。落落披襟袖，泠泠照宏敞。坐久夜无声，但闻水流响"（《与子乔、海明、子千溪亭饮宴》）等，由以上诸诗可见，诗人身处自然，似乎并非仅仅为了审美，而是为了疏散精神压力，企图使在尘世中被挫磨得千疮百孔的心在美景之中得以修复。因此，与其弟李宪乔爱写雨雪秋冬的冷僻之景不同，怀民爱赏的景致是温和、晴朗、升腾的，他爱写春日景象，到处充满一派生机，景物间充斥着脉脉温情，"清""晴""春""霁"等是其山水诗作中常常使用到的字眼。不同于其他高密派诗人一味耽于冷僻之境，多数山水景象在怀民笔下都具有一定的温度，或许只有这样，才能暖化诗人那颗遭遇世俗冷眼的冰冷之心。此外，李怀民常于浏览之中，思接千载，忆及古代贤达，与古人精神交通，瞬间心胸开阔。如《再过浯溪登峿台示闲云》称："澄湘照初日，楚山正缭绕。已辞桂岭深，还望洞庭渺。临高一洒然，俯仰畅襟抱。前踪何蹙蹙，漫游但草草。方寸苟未广，近视亦难了。俗儒登泰山，岂复中原小？从知古贤达，常令胸次浩。与君游浯溪，慎莫羞元老。"诗人登临元结曾到过的峿台，登高抒怀之际，与古贤精神融通，胸次开阔，宠辱皆忘。

李怀民许多山水诗作充满了隐逸意味，他习惯在叙述上将描写景物的镜头拉长，从中建造一个与世隔绝的隐秘王国，并于诗作中表露出鲜明的与尘隐区分的意识。如其《游卢山西涧亭》首句"携琴向山舍"便是由尘俗世界进入无人打扰的山舍之中，于安闲之地遥看卢敖峰，并将目之所及一一陈述："弥迤平陆绝，屈曲幽壑通。瀑流故不长，春冰结深重。石房复精洁，绕屋闻松风。"崎岖的山壑，结满春冰的山瀑，精洁的石房，屋外的松风，种种景物都无世俗污染之迹，也无人事之扰。诗人勾勒了一个世外桃源，并申明其与世俗世界有着鲜明的界限："俯饮涧泉水，慨念尘世踪。主人况能贤，招我栖此中。"而这种界限实际是诗人心中关于尘、隐二义对立的外化。另如《甲午秋日同王新亭、颖叔再游大珠山》也是如此，当诗人于世俗世界遇到难以排遣的忧闷时，便向岩穴中求得本心，因为岩穴清静，让人得以忘忧：松声、山崖、清泉、奇峰，忽明忽暗，皆自怀民的景物长镜头中一一展开描摹，不见争斗，不思宠辱，只觉心神安定。经过游览，诗人顿觉"萧条有余欢，宠辱谁能计"，真正能够豁然开朗，宠辱两忘。

除去自然中的山水之景，经雅士布置的园林居所及佛家寺院也为李怀民所亲近。居所渗透着主人的意趣，每览雅士居所，也能通过其外在布置感受到主人渊博的修养与定性，因此受到感染，屏除躁念。如李怀民言："扃锁室东户，窥见架上书。栖禽稍动竹，晚风始飘梧。山翁傍夜归，霜雪生鬓须。再拜乞高言，诲我方徐徐。道深意弥歉，养至中乃虚。性情果堪抱，文章固其余。归拟守冲漠，躁念终当祛。"（《访于君惠先生幽居》）至于佛寺，本就是与红尘隔绝的地方，故而诗人每至其中，能修养精神，忘却尘世。正如《石门寺晓起礼佛，遂步至南涧》所言："步阁礼金像，默讽无生篇。耳目稍已净，钟磬但悠然。缓步蹑石磴，倚杖听涧泉。时见山中人，动作亦萧闲。岂无人事劳，幽兴此中偏。安得遗世累，遂此山居便。"确像怀民感叹的一样，身处佛寺之中，耳目清静，钟磬悠然，忘却世累。

5.1.2 田园之趣

如果说李怀民游历山水自然之景是为了忘却俗事，享受一种与世隔绝的隐逸情怀，那么其对安居田园生活的描写则体现出诗人留恋人间温情，耽于世俗亲情的倾向。

在李怀民（尤其是中年以后）的价值观中，他认为安居重于远行。在他看来，居于乡间，有太多值得去做的事，太多值得留恋的温情。即便对于对乡间寻常景致，他也充满了感情，如其云："蔬圃杂花秋色满，豆棚深叶雨声多。"（《迟子乔久不至感秋而作》）蔬菜与杂花错落丰盈地生长在园圃中，诗人并未挑剔景致之繁杂，而是为这种丰盈之貌深感满足。当夜晚卧听雨打深叶，更觉十分惬意；"崖边泊舟处，犬吠有人家。披径芭蕉叶，绕村荞麦花。夕阳依水尽，初月向山斜。遥寄空庭坐，才应放晚衙"（《泊小村寄子乔岑溪》），则向其弟宪乔夸赞田园风光之旖旎温馨，言辞委婉地表示希望宪乔早日归乡。更为可贵的是，诗人除了能够欣赏田园之美，还能够放下士人的架子，亲手创造这种美。李怀民勤劳农事，总是亲自躬耕，且以之为乐，颇有陶渊明之风采，其云："新向溪头住，门前有水云。远山晴始见，高树夜偏闻。带露收园果，方春掇野芹。不才惭宅相，好共事耕耘"（《题七舅新居》），其中"带露收园果，方春掇野芹"颇似贾岛"竹笼拾山果，瓦瓶担石泉"，劳作之中，竟带有一种雅兴，没有一般文人的娇气，又具有文人特有的情思，流露出一种质朴却雅致的情感。诗人的天地并不大，所能掌控的资源不过就是家中荒芜的数亩田地。即便如此，园居却在诗人的打理下井然有序，条理之余还有一种朴素的美感。正如《园居三首》抄一所言："荒圃二三亩，种蔬兼种花。栽葵留宿柢，分菊护新芽。野蔓架成壁，山条劚作笆。初泥茅屋净，坐卧野情赊。"这正是诗人精心躬耕，辛劳农事的结果。

细读李怀民田园诗作，可以看出诗人所叙对象并不新奇，然而其中却总充斥着人伦之乐以及带有世俗温暖色彩的烟火气。如其《山村》云："山村望处好，翳翳起炊烟。江绕清见石，山环高入天。人家寒树里，红绿夕阳边。隔水无由访，题诗记泊船。"有袅袅炊烟升起的地方，仿佛寓示着家人的等待，给人一种归属感。有家人的牵挂、惦念，即便是严冬季节，心中的温情也被夕阳温暖着，很是满足。另有《腊月廿四日携儿辈游村市，寄子乔》，如《山村》中的"炊烟"一样，榆柳周围飘拂的烟火，喧闹的鸡犬之声在诗人笔下都显示出一种热闹、温暖的气氛，新年将近，家人团聚在一起，相互结伴出游，充满人伦之乐，对比远在岑溪边地孤苦一人为官的李宪乔，苦乐立见。因此，李怀民多次作诗，苦劝李宪乔弃官返乡，与其一齐安居于乡间，享受田园生活："扬子渡头晚，落帆生客愁。月明应似昔，此宿又瓜州。旧句远还忆，孤吟谁与酬？凋零无复道，那更滞边州。"（《叔白南游有五和子乔〈新月别瓜州〉诗，余北归复泊瓜州感伤往迹寄子乔》）作为一位倦游归来的游子，李怀民在兄弟身上，仿佛看到了早年的自己，作为兄长，他不希望李宪乔飞蛾扑火、重蹈覆辙，而是殷切盼望其早日返乡。

除去向山水田园中放松身心以及在田园山居中享受人伦之乐，李怀民还通过阅读陶韦山水田园诗作，感受其闲适高致的方法调和内心的失意，如其所云："茅堂耽夜坐，布被恋朝眠。诗句还随历，身名不称年。森沉残腊日，错莫早阴天。只对陶公集，闲哦饮酒篇。"（《冬暮村居杂咏寄叔白七首》之六）因为对陶韦的崇慕，使其在阅读诗集的同时，也对前人诗作进行了摹写。李怀民许多诗句均见对陶韦的摹写之迹，如"草枯豆苗稀，孰测青冥外"（《祷雨》）以及"种豆在南野，秋稻盈西畴"（《答三诗客》），是对"种豆南山下，草盛豆苗稀"（《归园田居其三》）的仿写，李怀民对躬耕的热爱，以及其诗作中流露出的在劳作中以苦为乐的情感应该都是受陶渊明躬耕诗句影响的结果；而在《东原眺望书怀》中："黄鸟弄清响，交交高树巅。出步原野旷，倾聆何怅然。落日下西嵋，晚凉生麦田。倚杖试长啸，屣履睇平川。闲愁动暇日，高怀属远天。众山向夕昏，野人相与还。临眺但无语，托值甚幽闲"，更是对陶渊明《归园田居》其一及《饮酒》其五加以吸收取法而写成；而"茂树拥深翠，落英缀残红"（《初夏城南道中即事》）则几乎是对陶渊明《桃花源记》中所描述的"忽逢桃花林，夹岸数百步，中无杂树，芳草鲜美，落英缤纷"一片世外桃源景致的复写。李怀民对于韦应物诗作也做过有意的模仿，如其《〈烟际钟〉和韦苏州，同叔白、子乔》："沉沉远钟度，漠漠生烟合。日落山暂明，风定树犹飒。不见暮僧归，微茫辨孤塔"，可以说同韦应物《烟际钟》中"隐隐起何处，迢迢送落晖。苍茫随思远，萧散逐烟微。秋野寂云晦，望山僧独归"如出一辙；此外，韦应物写有多首题曰"对雨"的诗，诸如《对雨寄韩库部协》《对雨赠李主簿高秀才》《假中对雨呈县中僚友》《闲斋对雨》等，大都表现诗人闲淡简远冲怀。基于此，李怀民作有《对雨和韦苏州》："晨兴方凄凄，永日遂渐渐。沾濡花上重，潇洒树间密。稍急始纷喧，渐繁转寥寂。空宇难独对，幽窗易成夕。端居复无聊，赖兹披往籍。"无论从意境、章法、声韵、句数看，主要依韦诗《郡中对雨赠元锡兼简杨凌》"宿雨冒空山，空城响秋叶。沉沉暮色至，凄凄凉气入。萧条林表散，的砾荷上集。夜雾著衣重，新苔侵履湿。遇兹端忧日，赖与嘉宾接"而和之。诗中细微地描绘了雨天的情景，明显地受到韦诗的影响，稍不同的是韦诗是对雨感友，而诗人则是对雨慰怀罢了。

另外，从以上怀民对陶韦诗作的模仿来看，怀民在模仿前人语句的同时，善将二人之作改为自我抒怀的作品。因此，应该看到除去在字句上对陶韦二人进行模仿，诗人的精神志趣也无可避免地打上陶韦闲适淡泊的痕迹。正如李怀民"昧质得闲寂，荒居绝纷冗"（《春晚与子乔闲步，寄叔白城中》）在语句上绝似"昧质得全性，世名良自牵"（韦应物《晚出沣上，赠崔都水》）的同时，其中流露出的日趋淡泊的心境也深受其影响。李怀民在诸多诗作中流露出崇尚淡泊、耽于田园生活的志趣，是真正得陶韦之精神的体现。如其云："偶出耽清赏，巾车趁雪还。溪痕迷野渡，日色辨前山。斜径孤樵晚，高枝并鸟闲。欲投烟际宿，荆户未昏关"（《雪后归南村道中作》），该诗不但景语有韦诗风致，且全诗气韵萧闲，流露出诗人耽于清赏的意趣。另有"鲜肥宁不慕，淡泊亦云贵"（《九日与诸生暨桂龄、欢龄、喜龄南冈登高》）等鲜明地表达了自己的价值取向。对怀民而言，随缘自适、自然无拘牵的生活，正是自己毕生所追求的，而在山居生活中恰恰能够如此，不受外界干涉，不必在意他人看法，没有功名的约束，殊少拘忌，乐得萧闲。正如《冬居》所描绘的那样："自识福泽薄，甘分守顽愚。朝寒常晏起，初日照我庐。呼童扫庭户，盥漱临前除。猗猗堂前梅，临窗影扶疏。禽雀亦乐闲，下阶自相呼。即此适情愫，聊复读我书。开卷试长吟，不知岁月徂"，与韦应物的《园林晏起》极为神似，应是诗人对前人精神认同、融通的结果。

5.1.3　羁旅之愁

虽然耽于山水田园中的静谧温馨生活，但现实毕竟不是诗人想象的乌托邦。许多时候，为了自己与家人的生计，也为了帮衬远在岑溪为官的兄弟，诗人不得不远走异乡。南行多水路，在漫长的旅途中，李怀民饱受乡思之苦，故而发出"秋吟多在船"的感慨。远行途中，身边没有知音，一腔愁情无从倾诉，便只好借助诗歌去表达。

在李怀民羁旅思乡诗作中，"孤舟"是经常出现的意象，因为它是最易触发诗人乡思的场所。其《日落》云："日落谷风息，山高江月斜。孤舟少邻舫，深树是谁家？客路年还至，乡园雪正赊。宁知小儿女，还解忆天涯。"日落风息，只有高山远远地矗立，江月悬挂在天际，偌大空旷的江面上，只漂浮着自己所在的一叶孤舟；遥望远树所在之处，猜想那大概是会有人烟的地方，反观孤独无依正在漂泊的自己，心中更是凄恻万分；南方难见雪落，顿时想到家乡每至此时节应该已经降雪了；念及家中儿女，也许正在想念远行的自己，然而诗人却乘着孤舟与惦念的家乡越来越远。诗人并非因舟行至静僻处才思乡，这种对家乡的思恋是无处不在的，而往往当舟行至热闹、繁华之处，这种难容于异乡的情感更加强烈："又向蛮墟泊，孤舟几往还。谁知我名姓，空习此江山。灯火海商集，棹歌渔父闲。幽居归未得，坐惜鬓毛斑。"（《再泊戎墟》）诗人于繁华喧闹中，仍以"孤"字作为舟的修饰词，悲叹灯火云集，世间却无知我者，素习江山，此处却非我家乡。身处喧闹的异乡，却令人更觉孤独。在李怀民眼中，"孤舟"只剩下离别一种含义，同舟共行的人，皆是远行的游子，"一片江城月，天空霁色新。今宵待关舫，多少忆乡人。楚雪消方尽，吴歌听未真。晓风解相送，早及秣陵春"（《芜湖月》），往往将自己的思乡之情推及同行之人，更添感伤。因为诗人平日对家乡的思恋太深，以至于有时半梦半醒之间，以为自己身在故乡，如《孤舟》云："孤舟乡梦觉，残月空江落。到晓不闻声，风动系船索"，诗人做梦，因母疾发作而惊醒，"始误在家中，又误在东斋，闻风吹船索，始悟在舟也"[1]，风吹船索，打破了诗人沉浸在故

---

① 李怀民撰：《李石桐先生赴岑溪日记》不分卷，山东省博物馆藏稿本。

乡温情的回忆，醒来更觉凄凉。

当李怀民身居异乡时，总会忆及家乡独有的时令、风物、景象表思乡之意，如《尉氏县》云："朔气乘风傍晚晴，啼鸦流水夕阳明。树边寒色动乡思，料峭归人暮入城。"诗人见树边寒色思及家乡，万千思绪由此生出。另如"新霁复当晓，已寒仍未霜。堕风随落叶，晒日进秋场。屋上壶犹绿，田中豆正黄。南来都不见，此果似吾乡"（《南中食栗示子乔》），南北风物特产差异巨大，李怀民至南方，看到的皆是于家乡不同的景致，偶见在家乡也盛产的栗，无限欣喜的同时，又因此生发出对家乡无限的想念。再如《粤中秋兴用放翁〈石镜山前〉诗韵示子乔》云："榕树风高敛夕辉，南游浩淼此来依。漫离乡井谁相迫？无与功名底不归？江浦秋阴成雨易，山城日暮见人稀。田园久别应荒废，手植丹枫皆十围"，末句在忆及家中手植丹枫的同时，也是对田园闲适、安逸生活的怀念，诗人感叹背井离乡实属无奈，流露出期盼早日回归故乡的迫切心情。正是李怀民这种"身在曹营心在汉"的情绪，使其经常流露出"无论哪里皆不及家乡好"的情结，"时节会宾客，凭高怀乍宽。虽同此楼醉，未若故乡欢"（《九日望冈楼宴集忆故山同学》），虽然身处异地能与同乡开怀畅饮，很是惬意，但即便如此，也不如身在家乡。

与其弟李宪乔不同，李怀民在认清追求功名无望时，放弃了继续与命运抗争，而是欣然领受了命运的安排，决意回归田园。李怀民对返乡时万分欣喜情绪的描摹，在其众多情绪、节奏平稳的诗作中尤显突出。诗人完全不掩饰自己的狂喜，这与其一贯压抑的、控制的情绪截然不同，如《谋归慰母喜而成句》："故乡归路不须愁，北去长江皆顺流。好挂双帆渡湘浦，恰逢三月下扬州。草堂久别贫犹在，桐圃全荒闲更修。且喜慈亲能强饭，海鱼正贱麦初收"，在得知即将启程返乡之时，诗人一切忧愁全部化为乌有，连归乡后的园居修理、剪裁工作都已然计划好，想到家乡此时麦子与海鱼正当时，更是欣喜不已，在这种心情的带动下，顿觉北归之途坦顺无比，仿佛一夕之间就能返乡。而《泊高邮州》："朝与隋苑别，暮向秦邮泊。堰草暝凄凄，湖天迥漠漠。时愆晚春寒，岁歉繁城索。残月尚淹滞，昏星乍昭灼。客宿未离舟，马行始闻铎。渐喜乡路近，犹感异州托。独夜警不眠，频听隔江柝"，《淮上往清江浦》："舍水寻乡路，长堤放雾晖。海天淮上望，齐客岭南归。野店驴鸣过，烟村燕掠飞。故园知渐近，方语半依稀"，这两首诗将诗人身处故乡与异地临界处的欣喜与不安一并写出，烦恼即将跟随踏入家乡的脚步渐行渐远，沿途风物越来越熟悉，话语越来越亲切，归属感越来越强烈，这种渐进情绪在将至未至家乡时表现出来，很是形象可感。

5.2　悼　亡　诗

纵观李怀民诗作，大多呈现出一种平淡、温和的情感，这应缘于诗人对自我感情（尤其是负面情绪）进行调和、排遣和控制的结果。而以其《后轩集》为代表的悼亡诗作则呈现出不同的风貌，极为重视伦常之情的李怀民在遭遇妻子、兄弟、友人的亡故时，情感一度失控。此时，诗人没有像以往一样，选择转移这种悲伤，而是任由自己沉浸在对亡人的怀念中。

李怀民《后轩集》皆为悼念亡妻之作，诗人以异常悲恸的心情，细微具体地描述了生离死别所引发的种种戚伤悲哀，深沉而真挚地表达了伉俪间的情谊。妻子去世时，诗人表现出极度的哀伤，如《伤逝》："独无可究理，起坐但彷徨。午景照正中，始觉夏日长。恍恍疑有凭，惊风自飘扬。出入安所习，触目成悲伤。洞房遽已静，素帷夕复张。幼子初学语，呕哑在我旁。抚此平生欢，弥用摧中肠"，将诗人"居则忽忽若有所无，出则不知其所往"大悲之后的迷茫恍惚状态描述得异常生动。诗人睹物思人，对妻子突然离世的现实很是难以接受，同时咿呀学语的幼子在一旁似乎又时刻提示着残酷的现实已然发生，悲痛至极。妻子虽然亡故，但诗人对其关怀与惦念并没有一并消逝，《夜经墓下》便反映了诗人夜经墓地，见墓地之阴森恐怖，转而担心生性善惧的妻子会惊惧害怕："荒荒下残日，漫漫入榛路。凄风吹野花，平冈生夕雾。故人竟何所？萧条杂古墓！鬼火出阴焰，怪鸟宿深树。夙昔方同室，素性况善惧。仆夫共惨颜，仓皇窘归步"，以仆夫惨窘衬托墓地的恐怖萧森，以墓地的恐怖萧森进而想到妻子的善惧生性，从诗人对妻子久而久之形成的习惯关心中，益见哀情。

自此之后的一段日子中，诗人每见萧瑟之景，都会触发对亡妻深深的怀念，比如于凄清的秋日中，联想到今时不同往日，感怀家中无人捣衣，有《感秋六首抄六》言："云销众星出，始昏散疏朗。空院益凄清，中庭聊偃仰。淡漠转无语，休暇自成想。夜久露初下，天高气逾爽。始自念授衣，谁家砧杵响？"当诗人见到落叶，也能令其伤春悲秋，触动到对妻子离世的悲情，如"落叶溪头路，昼阴寒鸟喧。独来亭上立，迢递见东原。寂寂残秋换，凄凄风景翻。应知垅头树，昨夜染霜痕"（《落叶》）。而每逢年节，本应家人团聚的日子，诗人这种悲恸就更加难以自抑，如《除夕》所言："凄凄改时节，不语独沾巾。此夜还新岁，于今成故人。空堂设虚位，遗榻掩荒尘。岭上东风早，惟应墓草春。"诗人感叹去年尚与妻子举案齐眉，一起度岁，而今竟幽明永隔，形单影只。平常尚不堪其悲，更何况新春佳节，怎能不令其倍感伤怀？伴随着时间推移，诗人心绪虽渐趋平稳，可一旦静下心来，仍不由思绪万千，余恨犹存："动息遂成素，室家复其常。日远情渐疏，时变迹弥亡。秋天易阴漫，薄寒中我裳。方如在远道，寥落悲故乡。杳杳怀往事，沉沉抚流光。仓猝结中念，安定集众伤。闲斋延余恨，浩思日飘扬"（《端居感怀》），可见其对亡妻情感之深。

此外，描写于乐景中触动对亡人的思念是李怀民悼亡诗一贯的作法，由乐事起笔，突然念及亡人，心情由平淡愉悦骤然转变至哀伤低沉，于情绪鲜明的反差、波动中更见其悲恸。其弟叔白（即李宪暠）的早逝令李怀民悲伤不已，留下诸多悼念之作，《岑溪悲叔白七首》即为其中代表。李怀民选取了叔白在岑溪活动的几个代表地点，并对叔白南来之后的经历与作为进行概括，七首诗作均以其弟生前常去的几个地点命名，通常以前两句描述昔日叔白常去地点的优美景致，随后两句则描述由景物触发怀念兄弟的感伤，如《岑城》言："蛮州历劫瘴烟清，獞峒猺山春色明。一自莲塘留谶语，千秋遗恨在岑城"，《洒然亭》言："洒然亭子古榕间，日见云生大瓮山。不念雄文成绝笔，却教粉壁泪痕斑"，《钟氏园》称："钟家池馆好风光，万里偏知结客场。独自寻来还寂寞，竹间蛮鸟断人肠"，《易使桥》云："江上思归折柳条，夕阳山畔雨潇潇。清歌进酒人何在？肠断春城易使桥。"诸诗皆呈现出身居乐景之中而思及哀情的情感倾向，且李怀民并没有再如以往一样试图调和或转移这种悲伤，而是将对其弟客死他乡的遗恨一写到底，并屡屡以断肠之痛楚作为其悲恸心境之比拟。在悼念亡友时，怀民亦是从乐事中写去，于平淡愉悦中骤然思及亡人，情绪于陡然间陷入低谷，如"是时山雨过，群壑竞秋爽。览眺无不及，稍稍襟怀敞。临风忽慨然，吾友竟长往"（《西石》），"秋霖初歇处，庭菊尽开时。从此一哭罢，出门何所之"（《哭单襄棨二首》之二）。

李怀民不仅于萧瑟、孤独、静思之中悼念亲友，于乐事中，也丝毫不掩饰对亡人的追思与想念。他从不刻意掩饰骤然失落的心情，反而听之任之，这是李怀民诗作中显现出的难得一见的情感"放纵"。正是这种不加控制的悲伤情感，让我们能够突破对其一贯小心维持的"平静、温和"面貌的认识，感受到诗人未经修饰的更加真实、原初的情感。

5.3 诗 中 有 人

中晚唐五律最重要的特征之一是注重对景语的书写，作为其推崇者，李怀民也颇注重描绘景物。然而，在李怀民笔下，即便是纯粹的景物描写，也蕴藉着诗人诉说个体情感的低吟浅唱，即"诗中有人"，与神韵诗派追求的"无我之境"大异其趣。

5.3.1 意象的选择

"诗中有人"这一特点，与李怀民对意象的选择和意境的营造有着密切联系。分析李怀民诗歌中的主要意象，发现其皆能映现出诗人主观情感及品性。如其对"冷"味意象的偏爱，正体现了李怀民茕茕孑立，不合流俗的品格。在众多"冷"味意象中，李怀民对"秋"尤其青睐，诗作中尤以"秋"意象出现次数最多。他毫不掩饰对秋的钟爱，自称："不喜春夏，性宜秋冬。"即使身处众人皆爱的大好春光中，诗人也不忘种下一株秋菊，等待它来日绽放，"及兹芳春晖，植彼凌霜卉。远松出深柳，春华独不媚。"（《雨后东园艺菊寄单襄棨》）与大多数人不同，对他而言，春夏太过繁杂躁动，倒是秋天清澄安静，更合口味，其言："忆昔垂发年，时令喜当秋。披爽身且健，凌高志方遒。览此纤翳澄，快彼繁缛收。"（《南中气候不齐，虽寒月时复炎蒸，独今年秋令大似吾乡……》）秋高气爽，喧闹繁杂的春夏终于过去，诗人欢愉之情溢于言表。李怀民进一步以四季类比人生各阶段，对大多数人为之忧伤叹息的"人生之秋"则表现出欣然接受的态度，从其诗题"因忆少时每语人：

不喜春夏，性宜秋冬，乃其年使然耳！哀乐过多，渐就衰颓，暄时安其融和，一感凄爽，百端交集，况复在远道乎？因作感秋诗"便可见一斑。人生经历春夏之躁动至秋，已经过去一大半，诗人并不伤怀岁月流逝，而是耽于这种人生磨砺之后渐趋平静的心态，经过岁月反复的冲刷、磨炼，主体情感几经沉淀，有更加醇厚、丰富的人生感受。

诗人酷爱选取衰残之物入诗，不厌其烦地去描绘"孤舟""残月""寒云""残钟"等带有衰败意味的景物。如"孤舟乡梦觉，残月空江落"（《孤舟》），"残月尚淹滞，昏星乍昭灼"（《泊高邮州》），"寒云远汀散，斜照平冈敛"（《东亭览旧寄李五星、王熙甫》）等，不管描写哪种景物，总要以一个表达人类忧戚情感的形容词作为修饰，如"孤""残""寒"等，以这种带有强烈主观描述的形容词修饰景物，有"遗形取神"之效——"孤舟""残月"等经拟人化的"孤""残"修饰，似乎具有人的意识，形容词渲染的感受被无限放大，所修饰的景物则显得不那么重要，超其形而得其神，此为诗人将主体感受投射至景物的结果。观李怀民诗作，可见其反复描述的景物总不过寥寥几种（如舟、月、鸦、钟、灯等），即便如此，却也没有对其具体细致的刻画，只是反复渲染一种由主体投射到景物之中的孤独幽冷之感，由此可见其意象的作用并不在于描述景物，而在于传递创作主体之感受。

怀民亦常以"松""竹""泉""石"等富有世俗象征意义的意象入诗。如"有村皆隔竹，无径不由松"（《溶江道中》），"峦岭自迢递，松杉正苍莽"（《与子乔、海明、子千溪亭饮宴》），"苦爱仙岩片石青，寒泉濯罢目方暝"（《清风泉者，岑溪葛仙岩瀑流也。叔白苦爱之，属疒时命汲泉水濯体以瘥。复过其下，悲题四语》）等。这类意象本身就附带着某种情感意味，便不需额外修饰：松喻坚忍不拔，竹喻清高脱俗，泉喻宁静清澈。诗人不关注其形态状貌，只是强调其作为诗人心目中完美人格化身的象征意义。"松""竹""泉""石"等虽是景物，却实实在在充当着为创作主体代言的角色。

此外，"小村""荒村""小园"等也是诗人热衷描绘的景物，狭小、幽僻是其共同特点，因此常有人以李怀民爱写此类小景而认为其眼界狭小，殊不知这"小村""小园"恰传递出诗人渴望与世俗烦忧隔绝，自得高闲之乐的意趣。"独宿小村夜，乍无州郡哗"（《宿小村，怀叔白、子乔南中》），"独无烦剧劳，小营劚蒿莱。园亭虽不广，时有山风来"（《新理小园亭示子乔》），"却羡藤州道，闲闲置小村"（《道旁山村》），诗人觉得小村"无烦剧之劳""无州郡之哗"且给人以"闲闲"之感，远离州郡，也就意味着远离了喧哗纷争，一切自然宁静，可以暂时忘却世俗烦恼，静享山风之清凉，无限惬意。对"小村"意象的爱赏，正源于诗人对闲适生活的渴慕。"小村"意象的反复出现，正见诗人"萧闲之性"的流露。另如"由来疏懒性，合得住荒村。佃客使栽柳，家僮教灌园。花求远县种，药长旧年根"（《园居三首》抄二）则言山村虽小且简陋，却是可由自己主宰经营的小世界，且因主人栽花种柳的风雅之举而使其颇具世外桃源之貌，亦见李怀民自得之情。

由此可见，李怀民诗歌意象的选择与主体情感之表达存在密切关系。意象中表达人类情感的附加意义被诗人极度强调，因此，其不再以描绘景物作为目的，而成为表达个体感受之工具，为发抒创作主体之情感服务。

需要注意的是，怀民诗歌意象虽蕴含诗人主体之感受的表达，却并非艰深晦涩。相反，具有较高的意象透明度，如"明丽出远山，飒爽启晴宇。岭霁云犹烧，林暝月已吐。乘兴共还归，分散松径语"（《雨霁与近邻小游》），吟诵之中已见其景，此恰为怀民诗歌平实之体现。此外，怀民在描写景观时，极少用渲染山光水色的形容词，有时只借助动词，就较好地表达了自然景致微妙的生机动态，如"鸟路山峰转，渔梁涧水喧"（《道旁山村》），"对客竹疏静，绕门溪碧澄"（《题浯溪僧舍》）等，"转""喧""静""澄"都是作为特定场合之中的动态或物态出现；或是选择用表达真实感受的形容词作为景物之修饰，如"远山晴始见，高树夜偏闻"（《题七舅新居》），"远山""高树"都是据人们实际距离和感受而写，并非夸饰，因此其诗平实明白，与令人难解的"虚无缥缈"之诗迥然不同。

131

5.3.2　意境的营造

在意象的选择上，李怀民注重融入主体情感，而在意象的组合——意境的营造方面亦是如此。平淡、静谧是其诗歌意境的主要特征，然于平淡、静谧的意境之中却见诗人古雅高闲，不慕俗流，耽于幽冷之品性。

李怀民善于从对面着笔，通过对外部环境的描写，表现人物特点，如"居知邻漫叟，山定有高僧。对客竹疏静，绕门溪碧澄"（《题浯溪僧舍》），"渐觉怪石多，时随幽涧转。隔溪问樵人，叩户惊仙犬"（《南山寻张道士，晚宿柳家村》），环境堪为居人之"文章"，居所的景观布置体现着居人之趣味、品味，从清静、幽隐、与尘世隔绝的处所，可见居人高洁闲适、不同凡俗之情性。另如"扃锁室东户，窥见架上书。栖禽稍动竹，晚风始飘梧"（《访于君惠先生幽居》），诗中虽未正面描写于君，然仅通过对其居所幽静高雅的描述，便知其人古雅高贤。

李怀民善书画，以至有人认为其堪称"书画家"，其题画诗作描述了画作内容，如"白日无聊坐空馆，信笔挥洒模林丘。远远秋水疏疏树，竹篱茅屋平沙洲"（《题自画〈溪山秋居图〉》），以秋水、疏树、竹篱、茅屋、沙洲组合成一幅疏阔淡远的山水小景，虽取材于乡间，经过诗人艺术点染后，却颇具理想色彩，俨然世外桃源再现。另如"荒荒数椽屋，历落秋水边。中有孤吟士，白发手一编"（《题自画〈林泉孤赏小景〉寄赠方比部》），既是画作小景之内容，也是诗人理想生活之写照，诗人身处尘世，受诸多世俗牵绊，于画作之中营造"虽不能至，心向往之"之境，是对世俗烦恼的一种排解，却也折射出其萧闲浪漫之情怀。除去写作呈现其精神向往的题画诗，怀民还将书画美学移植入诗歌布景上来，进一步将诗与画的作法相融合，如其言："每学云林画，如哦平淡诗。山教临远水，树不著多枝。"（《橅云林画寄赠族侄处士五星》）无论绘画还是作诗，平淡皆是诗人追求的意味，诗人以"山教临远水，树不著多枝"作为平淡之风的表现：山临远水，于间隔之中，拉开画面视觉距离；树不著多枝，则有空间疏阔之感。此二者于怀民诗作意境中多有体现，如同画之布景一样，李怀民之景物描写也不直露，有间隔，给人深幽之感，如"疏林露茅屋，深竹隐柴门"（《道旁山村》），"荒村隔溪间，茅栋晓林遮"（《潍县访韩公复》）等，茅屋柴门在竹林间若隐若现，隔溪林而见荒村房舍，有层次地布置景物，顿生幽隐含蓄之感。而"好似吾乡小亭夜，长松疏柳板桥西"（《东亭》）等，则与"树不著多枝"相似，体现诗人注意景物构图时空间上"留白"，从而营造疏阔之境的特点。李怀民曾称："诗文书画，虽属技艺之流，亦可以见定人品高下。"的确，于诗文书画之中，不仅能窥见创作主体之审美趣味，亦可见其品性。而李怀民这种对有层次、有间隔的布景的反复运用与对疏阔之境的偏爱，恰在反映主体爱赏"平淡"审美趣味的同时，间接表现出其不同流俗，清高不群，耽于闲适、幽冷的文人性格。

除去画面布景注重间隔、留白，李怀民性情之"冷僻"亦在其对静态景物的描摹中明确表现出来。李怀民爱描绘极静谧之境，如"日落谷风息，山高江月斜"（《日落》），"垂帘炉火静，拥雪竹声寒"（《冬夜酬单廉夫》），"雾谷暗人响，水沙澄鸟踪"（《南山早行》），此既为诗人孤静心境的真实映照，又深合其厌弃世俗，乐赏宁静之性。正如其自称："当此系我舟，自然惬幽性"（《题泊处江山二首》之一），"素心爱幽洁，野店喜初新"（《宿潍水村居喜其泥壁新洁为作画并题此诗》），"君复耽幽赏，永日此留连"（《与颖叔登楼》）等。"孤"与"幽"已不仅仅是对一种情境特点的描述，天长日久，已然浸入诗人精神，变为其灵魂性情的重要组成部分。而这"孤""幽"之情，恰是李怀民作为诗人的充分条件——它令诗人知觉敏锐，神态安详，思维冷静，从而更能激发其创作灵感，正如李怀民所云："当此系我舟，自然惬幽性。散步聊俯仰，移情始讴咏"（《题泊处江山二首》之一），"微风生树间，始觉单衣轻。沉沉万籁静，忽忽念有生"（《秋日杂兴五首》抄一），"邃宇暖香茗，清灯照华菊。展卷俯新文，搜古启陈牍。静业忽超逸，幽绪始开触"（《十月一日夜宿单宅》），从而于静谧之中观察体悟到事物微妙的变化，觉察常人未曾留意之美景，于安静独赏之中萌发诗性，生出常人未曾遇见之兴味，吟得常人不可吟得之妙句。

身处特殊时代，每个士子都会选取一种方式面对惨淡的人生，李怀民也不例外。李怀民曾云："写山林泉石不沾尘土，气自易易耳，写尘劳世务而自见高简之性，乃为难也。"[①] 于尘劳世务中超脱自我，获得身心的平静，是李怀民一生为之努力的课题。他热衷考取功名，却屡试不第，然而在每次短暂的灰心失望后，他总是通过诸如游历、作诗、亲近佛道之法等方式在最短的时间内令自己恢复平静，以期再战，如其云："敛情寄闲旷，逸韵发歌咏。所保在冲襟，余事及酬赠。"（《寄子受三首》其一）这份平静的心绪并非诗人内心的自然流露，而是源于对消极悲观之情的有意克制，以及对稍稍复原的宁静心态的悉心维护，

---

① 李怀民：《张籍》，引自李怀民：《重订中晚唐诗主客图说》卷一，清咸丰四年刻本。

是主体对矛盾冲突有意调和之后的结果。家族的荣辱，严酷的现实使其不能过度放任自己的负面情绪，必须以平静的心绪、积极的态度继续与现实博弈。与其人生态度相似，李怀民诗亦呈现出"有控制的平淡"的特点。不同于一般狂狷寒士声嘶力竭的控诉，作为深受传统诗教熏染的齐鲁儒士，李怀民选择将一腔哀情压抑下来，投射到冷幽静谧的景物之中去观照。诗人以平淡的口吻去描绘景物，试图借此将一颗悸动的心包裹起来。他既不摇旗呐喊，也不谩骂指责，只是于衰残孤寂的景物之中摩挲自己忧戚哀伤的灵魂，于诗作之中表达经过理性与道德过滤而沉淀下来的情感。

5.3.3　景物与人事产生联系的机制

以景物描写代替抒情话语的表达，于景语之中见诗人之感受，是诗人有意将景物与人事进行联系的结果。观李怀民诗作，从三方面体现出诗人善于体察景象、事物对于主体情感影响的特点。其一，李怀民笔下景物对事件或情感有提示作用，具体表现在：首先，其常用怀念某种曾经与友人一同经历的场景、画面来表达对亲友的思念之情，如"纸窗灯火夜荧然，几宿清斋对榻眠。他日怀人屋梁梦，半庭春树月婵娟"（《赠赵郎》），通过回忆与赵郎静夜之中对榻而眠的情景，表达对友人的想念，另如"雪中不厌立寒月，雨后每来看夕阳。此地几人同啸咏，他年有梦惜风光。漫留粉本何须重，一载相依未可忘"（《题芸涧图留赠宋氏兄弟》）则通过对昔日自己与宋氏兄弟雪中看月、雨后赏阳画面之回忆，而见其怀念往昔之情，以典型画面带动对人事的全部思念。其次，诗人在旅途之中，还常以景物作为路途中的参照物，如"雨歇尚愁路，月圆应到家。远人岂知此，举酒向天涯"（《宿小村，怀叔白、子乔南中》），漫长而孤寂的路途，无人为伴，怀民便以月为伴侣，并以之圆缺作为时间判断之依据。最后，李怀民诗作中亦有写其睹物思人，触景生情之句，如"槛外过寒雁，风前忆故人"（《三友亭》），诗人因见寒雁飞过，受到触发，进而思及友人。其二，李怀民常于自然景物之中排遣现实中的不如意。世俗的压力，物质的贫乏，科举之路的坎坷，使其情不自禁地投向大自然的怀抱，如"偶上晴溪望，尘喧都不关。野桃经雨落，沙鸟与人闲。投杖卧春草，临流看远山。长堤一舒啸，遥寄数峰间"（《溪上即事寄柳叟》），呈现在诗人面前的是雨后的野桃，闲栖的沙鸟，柔软的春草以及清流远山等一组优美的自然风景画，这使诗人似乎完全沉醉在自然的美景之中，于此远离了尘世，忘情于自然。需要注意的是，自然美并非仅在于景物之美的自然属性，人类在欣赏自然之美的同时，往往通过物的自然形态，功能性地、现实性地复现着自己，从而在自然界中直观自身，于此将尘世带来的烦扰、喧嚣和压抑全部抛掉，心灵的种种郁闷被大自然涤荡一空。其三，怀民常流露出将主体意志移情于自然物，将主观情感对象化之倾向。这种倾向在某些诗歌结句中体现得最为明显，如"闲思书未尽，转恐力难通。寂寞更无语，唯闻叫渚鸿"（《送南行人去后坐南陌上》）中的渚鸿哀鸣，是对南陌凄凉的渲染，亦是对诗人凄凉心情的折射，另如"原头一径入烟微，每日先生扶醉归。村村落照不知处，红叶满山秋雁飞"（《潍县访韩公复出饮樱桃园追寻不遇作》）与"烟际村落昏，谷口钟磬远。却投山南峰，峰峰夕阳满"（《南山寻张道士，晚宿柳家村》）二者之结句不仅是对傍晚景色之描摹，更是对诗人此时宁静冲淡心境之描绘，是心境与景物相融通的结果，极富淡远之味。此种倾向还表现在诗人常以某种景象的描摹代替对诗句设问未知的回答，如"故乡杳何处？春水月漫漫"（《石桥晚泊》），"遗迹何处寻？烟水但杳茫"（《过藤县感秦少游藤县，古藤州》）等，迁想妙得，在一潭模糊摇曳的烟云水月之中，倒映出诗人因前路渺茫而产生的迷茫心情。

李怀民的精神个性带着社会历史生活、独特的经历以及祖辈血统为他烙下的深深的印记，经过自然客体的折射，最终凝聚成一个个独特的审美意象，物化在诗篇里，形成了其独特的美学风格。尽管在其笔下直接的情感叙述少之又少，却并不影响其表达情感。他将主体之情融于客观景物描写之中，在感发之中生出一种言外思致，即如张维屏在《国朝诗人传略》中评李怀民诗曰："五字中含不尽之意，五字外有不尽之音。"① 然而，这种思致却是微妙的，除去诗人所描述的眼前之景，还有一种可以称为是"其他的感发"，即会透过所观所感给人一种心灵上的感触，是怀民诗作一个重要特点。

李怀民将"诗中有人，书写真情"的诗歌理论渗透进其诗歌创作

---

① 张维屏：《国朝诗人征略初编》卷四十一，引自周骏富辑：《清代传记辑刊》（学林类）．台北：明文书局，1985 年版。

之中，在看似平常的冷僻景物中平淡地诉说着一己之哀情，使其诗作于情景感发之中生出一番独有的韵致，展现出清代中期寒士诗歌特有的风貌。一叶落而知天下秋，借李怀民诗歌理论与创作亦可窥见清代诗歌由初期推崇清远到中后期崇尚沉实之风的转捩。

第6章 儒者与诗人合一的典范

——"高密三李"之李宪暠

李宪暠（1739～1782），字叔白，号莲塘，乾隆年间邑廪生，高密南乡待鸿村人。工诗文，与兄李怀民、弟李宪乔并称高密"三李"，共同开创高密诗派。他一生屡试不第，宦游无成，郁郁以终。因去世较早，诗作不多。光绪十二年西安郡斋李楷刻《叔白诗钞》共收诗一百零五首，原刻分为前后两部分，《定性斋集》在前，计五十九首；《莲塘遗集》在后，四十六首。从李宪乔序言可知，前者刊于乾隆四十四年（1779），后者刊于乾隆五十年（1785），后来当是王宁烶为方便流传将此二卷合为一本。

相比诗文，李宪暠更留心于儒家经世致用之术，且著述颇丰。李宪乔《莲塘遗集序》曰："古文四卷，古今体诗十卷，游山记三卷，杂文一卷，考辨古文、名物、制度、论解又如干卷，皆未及刊。"[1] 正如近人汪辟疆评价他云："自付其经世之学，诗似为其余事。故体格孤峭，上不及乃兄，骨格开张，下不及阿弟。且涉猎较广，独不喜规抚形似，无以定其专主，然意兴固自超也。以故二百年中，言高密诗派者，必首二李，而鲜及叔白焉。"[2]

然而，即便如此，也应该看到李宪暠于诗歌创作方面颇有建树。如袁行云《清人诗集叙录》谓其"均以冷隽见胜"[3] "气韵冷然"[4]，袁枚曾说他的诗"醰醰有味，当采入《诗话》"[5] 等，其诗作意味与其后高

---

① 李怀民、李宪乔、李宪暠著，邹长春、李丹平、赵宝靖析注：《三李诗抄校注》，线装书局，2013 年版，第 193 页。

② 汪辟疆：《论高密诗派》，引自《中华文史论丛》（第二辑），中华书局，1962 年版，第 137 页。

③④ 钱仲联、傅璇琮、王运熙、章培恒、鲍克怡（主编）：《中国文学大辞典》，上海辞书出版社，1997 年版，第 1187 页。

⑤ 李怀民、李宪乔、李宪暠著，邹长春、李丹平、赵宝靖析注：《三李诗抄校注》，线装书局，2013 年版，第 193 页。

密诗派提倡的审美趣味若合符契；且其在诗学上对高密诗派领袖李怀民和李宪乔有着极为重要的影响，如李宪乔所说："乔及兄石桐（李怀民），每诗成，辄就先生（李宪暠）推勘之，然后定则。"① 李怀民《紫荆书屋诗话》云："吾弟叔白好以朱子格物说看诗文，朴实挨去。予与子乔诗成，以叔白判定，挨得破即弃去。"② 由此可见，李宪暠对于建立和推动高密诗派起到了十分积极的作用，其作为高密"三李"之一，当之无愧。

6.1 坚奉儒学，性情傲岸

李宪暠最突出的性格特点莫过于性情傲岸，常怀不平之气。他曾道："性拙成吾傲，谁知世路艰。"（《扬州书怀》）感叹以自己刚愎骄傲的品性难以在世俗中生存，这种叹息积而久之，使其胸中积郁出一股"不平之气"。如王熙甫在《莲塘先生哀辞并序》说，诗人"每醉欢歌狂呼，偃蹇不少立嵝岸。观其放浪，似中有不能自平者"③。对于"不平之气"的形成，诗人曾经进行过深刻的思考和分析，其作有《夜坐闻远水声》，谈及对不平之气根源的认识："寒溪咽石鸣，风送乱流声。入夜感俱寂，尔时闻独惊。五阴皆妄结，四大尽浮生。无石无风送，人心何不平。"在诗人看来，平静的心态十分难得，那是身处其所向往的上古乌托邦社会才能具备的心境。同时，因"石"与"风"引起的水声扰乱了诗人平静的心态。诗人由此认为，如果世上没有"五行"风俗，就不会有水声，如果世上没有"三教"说义，人心就不会不平，社会就不会不安。故对"自然"和"世教"进行了激烈质责，在流露出对上古之风追慕之情的同时也表现了其对现实的强烈不满和难为世用的愤慨情绪。

基于此，诗人试图采取两种方式试图去调和这种"不平"的状态。

---

① 李怀民、李宪乔、李宪暠著，邹长春、李丹平、赵宝靖析注：《三李诗抄校注》，线装书局，2013 年版，第 193 页。

② 李怀民：《杂记》，引自韩寓群主编：《山东文献集成》（第三辑，第 47 册），山东大学出版社，2007 年版，第 96 页。

③ 李怀民、李宪乔、李宪暠著，邹长春、李丹平、赵宝靖析注：《三李诗抄校注》，线装书局，2013 年版，第 200 页。

诗人首先以儒家的中庸平和来调和自己的心性，李宪暠尝称自己"负性刚愎，二十年来，多失于之自私用智，所以力锄其猛厉之气，接人处事处勉为柔和"①。李丹平认为这正是李宪暠以"定性斋"命名其书斋的用意所在。对儒学颇有造诣的李宪暠试图以儒家修养心性之法，使自我之内心达到一种平静状态。他曾作《百忍歌为呼鲁埠李氏作》云："张公艺家百忍字，此语不闻于圣人。一忍再忍有积怒，三忍四忍消除嗔。五忍六忍嗔怒绝，积忍至百相和亲。"肯定了"忍"字对于人生处世、修身养性、习经向学的积极作用。认为"忍"字虽未被儒家列入"修齐治平"的修养范畴，但与学习静修工夫同义。在李宪暠看来，修养性情、恢复古礼是读书最基础也是最重要的目的，正如王熙甫所言："先生读书，必日有课程。教弟子以静慎除躁妄为主。岑溪故有清风亭，暇日，与弟邀邑中学士及其子弟，较射赋诗，饮酒其间，而预定其仪节。揖让酬酢之数，宾主位次，少长先后，秩然有分序，不乱终日，雍穆和畅。"② 由李宪暠诗作可见，就选择吸取儒学修身养性之法使内心获得平静而言，诗人是试图通过"忍"或"以静慎除躁妄"等压抑自我性情的方式对积郁之情进行化解。然而，事实证明效果不佳，人在激愤难平时，急需一个情感发泄的出口，将不平之气加以宣泄。于是，当压抑情感已然无法解决问题时，李宪暠又选择了醉酒——这一放任情感的宣泄方式。王熙甫在《莲塘先生哀辞并序》中云："（李宪暠）性素谨伤，勇于自克。近年始好酒，每醉欢歌狂呼，偃蹇不少立崖岸。观其放浪，似中有不能自平者，而卒以致疾，悲夫！"③ 可见儒学的礼法经义终究无法治愈诗人被残酷现实伤害得千疮百孔的内心，一腔抑郁悲愤之气实在难以平息，所以转而向酒中去寻找解脱。过度的饮酒使李宪暠因酒而病，遭受着"病酒"的折磨，其《大醉饮冰》云："三焦烈烈酒威猛，大嚼坚冰熄铅鼎。玉屑轻研牙齿鸣，寒光入照肺肝影。驱逐热恼三尸颤，洗伐毛髓万窍净。由来不负腹便便，得似玉壶抱幽冷。"李宪暠于此以坚冰之"冷"作为医治社会之浮躁以及自身之热恼问题的方案，这种忽冷忽热的极端疗法，也在侧面反映出诗人傲立倔强的品性。从李

139

①　李怀民、李宪乔、李宪暠著，邹长春、李丹平、赵宝靖析注：《三李诗抄校注》，线装书局，2013 年版，第 194 页。

②③　王熙甫：《莲塘先生哀辞并序》，引自（清）李怀民、李宪乔、李宪暠著，邹长春、李丹平、赵宝靖析注：《三李诗抄校注》，线装书局，2013 年版，第 229 页。

宪昌诗集、生平资料以及友人为其所作序言看来，李宪昌正是因为胸怀不平而饮酒，饮酒过量而留下病症，至粤西边地，水土不服，旧疾加剧，因此早逝。性格决定命运，欲言李宪昌之诗，必先解其性情，正是此义。

从李宪昌排解不平之气的两种截然不同的方式，也可窥测李宪昌的平生思想。诚然，儒家思想是其一生坚定不移信奉的精神教义，因此，在其诗作中常流露出鲜明的进取与济世精神。如《闻鸡》云："寒榻一声春梦惊，无边春思入残更。柳烟漠漠绕村白，海月茫茫侵晓生。何处青灯老文墨？几人白首役功名！百年会有千秋事，拂拂今宵起舞情"，诗人用闻鸡起舞事，表达经世之志。此时，李宪昌宦游虽遭困踬，但内心依然充满自信，认为人生百年，不能自甘堕落，应像祖逖那样，闻鸡起舞，有所作为。又有《赋得"晓灯暗离室"》云："鸡鸣孤驿发，魂黯晓灯然。已送鸣珂去，犹堪解带。昨宵明绮席，前路散青烟。错莫征衣上，微微红日鲜"，记叙了诗人在乡试中途的驿馆中，因受到一位官员鼓励，而增益信心的历程，从"鸣珂""前路""青烟""红日"等词语的意蕴可见诗人对前程产生的美好憧憬。在李宪昌诗集中，不乏有感遇题材的诗作，皆体现其炽热的用世之心，如《二月十二夜月》云："眠凫隐曲池，花暗上墙枝。留得半阶月，吟成五字诗。宵深连晓气，春浅带霜姿。谁念音尘阔，美人千里思。"其以比兴的手法，表达了自己孤独寂寞的心情和盼望贤者援引提携之意，诗作清寒萧远，寄慨遥深，似受唐人张九龄《感遇》诗影响；其对他人被举荐也常流露出羡慕之情，如《览〈岑溪县志〉粤抚彭公鹏荐高渭南先生熊徵疏，喜与敝乡郭华野先生琇遇汤公斌事同，感赋》云："千年资格困铨衡，盛世双双彩凤鸣。国士腾骧见高郭，封章焜耀出汤彭。兴怀即墨乡邻近，快睹南仪社祭荣。底事安溪报亲友，荐贤寥落苦难行。"诗人于诗中赞美彭、汤二人为国荐贤，表达其任人唯贤、唯才是举之愿。诗末以李光地嫉贤妒能事，反衬荐贤之难能可贵。彭鹏推荐高熊徵，汤斌推荐郭琇，皆有古贤爱才之风，从中亦可见诗人的羡慕之情溢于言表。

然而，也应看到在《叔白诗钞》中也有众多充满"儒道互渗"思想的诗作。如其《赠鹤》云："沧海一举横天下，悠悠谁识道心者。无数青山何处归，一片闲云起遥野"，诗人希望自己像鹤那样，既有冲天之志，又可无拘无束，特立独行。末句以"闲云"状鹤飞态，寓己之意，尤形象传神。另如《卟坛呈张三丰》："先生跨鹤成仙日，烽火中原靖难时。三遣胡公寻未得，茫茫前事到今疑。"明建文帝最后的结局，是历史之谜，诗人用扶乩的办法，祈请神仙张三丰降坛明示之，其想法何其天真！虽然诗人颇信此道，却也体现了其凡事必究其理的向学态度——以上二诗，均是叔白以儒道思想互为表里的见证：鹤兼负儒道两家思想特征，既有冲天之志，又可无拘束；向张三丰祈愿的同时，又表现出其为学究理的态度。同时，李宪暠也酷爱通过塑造、描写人物形象的方式传达自我情感倾向，如《百三十岁妇人》："坐见儿孙尽，头边白发黄。宁因食松柏，犹是餍糟糠。戎马忘年月，衣冠记杳茫。身非汉宫女，不解说先皇。"诗人借老妇形象的书写表达济世志向，叹息老人无能深入世间，虚掷光阴，无所事事，意为人生苟无用世之心，虽长寿何益？由此传达出人生在世就是要服务社会，发挥自己所长的思想倾向。然而其《王庭实山庄》则通过塑造一位弃官归隐，脱凡拔俗的高士，反映出与《白三十岁妇人》迥然不同的思想："形象丘壑成高隐，无求度岁寒。大椿蚕作服，修竹箨为冠。海上风烟别，山中礼数宽。田间白发者，三十已休官。"其中可见诗人对隐逸高士的钦慕与赞赏。而在某些时候，诗人诗作与行为也表现出鲜明的道家思想倾向，如《和家兄〈感旧〉》云：

> "卢生入咸京，旅憩邯郸馆。得晤方外士，元言屡开展。冷语入热肠，如闻古乐倦。授以如意枕，令君得安善。将相动神魂，妻孥借鸡犬。已勒燕然碑，未熟黄粱饭。邯郸古赵城，六国纷在眼。酒爱平原豪，说想鲁连辩。曹刘富文士，邺宫亦非远。于今俱乌有，流光迅飞电。惟余吕仙祠，遗像衣冠宛。昔来年共少，瞢昧搜古浅。不知梦幻情，匆匆车轮转。"

此为李宪暠劝化其兄李怀民之作，用黄粱梦之典，颇有道家消极意味。前写"黄粱"传奇，后述人文历史。而今当年的繁华，早已随时光的流逝化为乌有。这与"黄粱一梦"又有何异？人生如梦，又何必执着于此，徒生落拓感慨呢？作此诗，意在点化其兄，放下执念与苦恼，与自己和解。李宪暠于诗中流露出鲜明的道家消极思想。

以儒家思想为主导，间接受道家思想影响，形成了李宪暠的主要思想特点。除此之外，"重实用"思想也是谈及李宪暠思想时不得不论及的方面。李宪暠重实用思想体现在以下几个方面：其一，李宪暠治学坚定地奉行"学以致用"的原则，正如李宪乔所评价的那样："先生之学，无所不究，而必蕲于致用。"① 韩梦周《皇清文学李君墓志铭》对李宪暠的评价亦注意到了其重实用的思想倾向："与怀民、宪乔有'三李'之目。既一摈不为，独治经术，蕲至于用。考古典章，酌采宜时可设行者著为编，于山川扼塞、郡邑迁延、农田兵制莫不详究，得其要领。"② 其二，李宪暠在评价事物时，一贯坚持实用至上的评判标准。以其看待名贵的金龟与低廉的鸡婆果的态度为例，李宪暠《和子乔咏金龟》云："怜尔娴词赋，青莲谬见推。无缘侍铜马，有句咏金龟。飞集仙凫似，持看墨绶疑（后附其注：金龟，朝臣所佩，县令不宜有也）。"从李宪暠这句"朝臣所佩，县令不宜有也"的注释，可见其在规劝李宪乔不要务虚，而应安贫乐道，多作实事。由此透露出李宪暠对物品的喜好，不以是否贵重为标准，而以是否有用为标准。在其看来，金龟对一县令而言不合身份，也无他用，还不如能医治其病的寻常能得的鸡婆果更有用，其作《鸡婆果》就表露出对医治其病酒之症有成效的鸡婆果的喜爱："不见蛇虫害，宜人草木多。枝头生狗团，根下老鸡婆。西蜀芜菁产，紫阳芦菔歌。吾今惟病酒，用汝解沉疴。"由此可见李宪暠评价事物的标准：凡物贵乎用，只要有用，即便卑微廉价，其亦爱之。其三，以从实际出发，务实笃行作为自我人生态度。李宪暠毕生都希冀能够为社会做实事，发挥一己之能，为社会、百姓尽一份绵薄的力量，这种思想恰恰建立在其身为寒士，位卑言轻的基础上，因而尤显珍贵。其《子乔既劂得画山石，归制为盆供，属余作歌寄故人单仲简。仲简曾向子乔乞石也》正是其这一思想的反映。此诗看似赞美画山之石，而诗人借此述怀言志，谈古论今，并以山比人。言既不能像古之名山那样，建霖雨佐治之功，就只有从实际出发，求真求实，才不失读书人本色。此外，李宪暠重实用的思想还体现在其部分诗作也具有一定功用性，如其《岑溪月夜寄子乔桂林》云："更有盈窗光，朗然正无缺。写作床前影，低头惨不乐。呼灯起作诗，寄示天涯客"，以诗歌代信札，体现了诗人作诗强调功用性的特点，但"代札"之意却不突兀，而是镶嵌在

---

① 李宪乔：《莲塘遗集序》，引自（清）李怀民、李宪乔、李宪暠著，邹长春、李丹平、赵宝靖析注：《三李诗抄校注》，线装书局，2013 年版，第 228 页。

② 转引自李怀民、李宪乔、李宪暠著，邹长春、李丹平、赵宝靖析注：《三李诗抄校注》，线装书局，2013 年版，第 193 页。

写景中，颇有诗意。诗人将近来家中的情况，告诉远在桂林的子乔，表达其体乏心累，思念亲人的感情。全诗紧扣"浩浩胸次阔"一句展开，先叙月夜萧森，后写孤寂难眠，渲染产生"浩浩胸次阔"的环境。中间夹述大段具体家务，又阐明其"浩浩胸次阔"的缘由。本来记叙一些流水账的家庭琐事，难有诗意，而诗人将其嵌入前后赋景之间，足见编排之独到。

6.2 诗与人一，崇真尚实的诗学思想

诗人受"重实用"思想影响，诗学思想具有注重"真"与"实"的特点。其中"真"是就创作主体情感而言，要发抒真情；"实"则是就诗歌内容言，要言之有物。李宪暠《答闲云见和》集中体现了其这样的诗学思想：其中，"秦汉以后诸作者，期留名姓何沾沾！古人不朽在功德，区区文字吁已纤"表达出李宪暠认为诗文应当服从于经学的观点；而"困顿流离境所历，苦索形容归笔尖"则体现出其对诗歌具有书写真情、发抒情感功能的认识；"会时论说别时寄，言有至味非梅盐。至今千载后读者，开卷如睹掀髯谈"则表达其对诗歌须务实，言之有物，言有至味的要求；"作诗慎勿计身后，当前指趣同君拈"，李宪暠于此诗最后重申了诗歌须回归到无功利、抒发真情的层面上来，不必过多在意后人的评价，只是发抒创作主体当下的情意即可。此诗透露出作者人生观与诗学观，即读书期在世用，诗词创作只不过在吟适性情，并非读书人的首要之务。与强调学以致用对应，李宪暠认为作诗应求务实，不图虚名，言之有物。李宪暠将这种崇尚"真""实"的诗学观点贯彻到诗歌创作中，如其所作《将至济南寄张汝安》云：

"力耕须著地，读书须识字。悠悠卤莽者，不尽目学弊。忆昔庚辰秋，共待稷下试。咸怀宛水珍，各抱荆山器。狂瞀疵君文，所争在秉穗。欲为秉加禾，相从并一类。君闻愈谦抑，从容析厥义。秉禾实中藏，穗禾乃旁侍。当时汗背交，愧折生敬畏。此语犹非远，忽忽十年事。秋风感别离，书之寄相思。"

诗人在参加乡试途中，寄诗给好友张汝安表其思怀之情，李宪暠于此虽是作应酬诗，却不落窠臼，反而言之有物，其抒情方式是通过回顾

十年前一起参赴乡试时，张汝安折服狂瞽的情节完成的。既赞许好友非凡才学，又表彼此文字交谊，不落空泛。

然而，需要注意的是李宪暠所提倡的"实"，除了注重诗歌内容之外，还有另外一个特点，即与其务实的人生态度相关。其主张诗歌不应仅仅停留在审美、抒情等固有的功能上，而是应该间接承担起比如记录风俗、历史事件、历史名人等任务，使诗歌具有一种理性色彩。因此，他不太注重对诗歌外部形式的修饰，倒是对其表现的题材、内容上大有拓展，让知识性素材大量地进入诗歌，这是其区别于其他诗人的明显特点。以其《岑溪十八咏》为例，《岑溪十八咏》是诗人在岑两年左右的时间内，或访山川名胜，或探历史古迹，或歌地理人文，或咏风土民俗，集结而成。组诗是岑溪宝贵的乡土教材，对人们了解和研究岑溪人文历史提供了极为丰富的珍贵史料，同时，其也是李宪暠读书求实用，重于政治军事人文历史等实物百科知识的反映。正如王熙甫《莲塘先生哀辞并序》称其"读书必求实用，其于山川形势及古今郡县城郭迁徙兵农屯聚之制，必务得其详悉。"① 分析组诗，可见诗人作诗并非单纯咏景抒情，而是寓有鲜明的思想意识和历史意识，并具有一种劝诫意识。诗歌内容驳杂，涉及各个方面，如《葛仙洞》与《丁郎山》二诗虽同表现其鲜明的儒学观念，但其中《葛仙洞》以诗人不信洞名与葛洪成仙为思想主线，体现出其不语怪力乱神的观点，《丁郎山》则侧重表现对孝道的崇尚，均寓有诗人重视儒家思想之观念；而《邓公山》与《周婆山》则直指时弊，前者借神灵之口告诫人勿要再开垦自然，后者则讥讽今人失古礼；"扫尔十万山，何须十万兵。今来狐兔宅，漠然山水清"（《上七山》）则以诗作歌颂朝廷开国之初所建的边功，掺入回忆历史史实的意识；"奕奕文明世，猺獞尽向学。岭南赛昌黎，端赖一灯灼"（《藜光阁》），在赞颂边地学风的同时，联想到古时韩愈于此勤奋治学的场景，由此而见边地亦有深厚的文化传承；《木塱渡》等诗作记载了边地许多独特的人文风俗，而《探花塱》的"正月采新笋，二月采新茶。试背斗篷去，满山开桂花"，则间接歌颂了粤西人杰地灵。

对真与实的强调是李宪暠最为突出与鲜明的诗学观点。除此之外，他也如同高密派其他诗人一样，主张重视创作主体的浩然之气，如其

---

① 王熙甫：《莲塘先生哀辞并序》，引自（清）李怀民、李宪乔、李宪暠著，邹长春、李丹平、赵宝靖析注：《三李诗抄校注》，线装书局，2013年版，第229页。

言："予弟取和之，谓中有奇气。此气孟所养，二氏岂能契"（《次子乔赠闲云韵并序》）；爱作拗句，如《中秋后热甚，适子乔退衙，闻余琴声，欣然命酌，兼课吟诗作画，醉拈拗句示子乔》云："炎荒八月余残热，暮鼓冬冬催晚衙。火帝驱回紫叱拨，玉妃唤出金蝦蟆。我亦渐瘳丰颊肉，子犹汗沾斑臂砂。何日北飞两黄鹄，海天琴操呼钟牙"等。其诗作给人清冷之感，但却毫无凄凉之意，这应源于诗人自内而外发抒的朴实性情，如《晓发》云："太白上东岭，西望牵牛角。煌煌丛薄下，犹烂金盆月。林际春风生，衣上晓寒薄。羸马恋豆味，背枥不肯发。行行村舍遥，稍稍农樵作。天色变茫昧，清气但寥廓。长空何处声，早雁在云末。"写诗人春日晓行远出的情景，以时间为序，取象选景，以景寓情。意境清冷疏旷，却无丝毫凄凉之感，反而有一种万象复苏、催人振发的情绪。诗作语言平实纯朴，气味真率醇厚，颇具"古诗"工力。另如《咏盆中画山》云："座上一峰秀，江边手自移。清冷傍琴畔，指点泊舟时。镌字斯籀古，模图吴李奇。当阶喜新雨，还共石蒲滋。"以画山之石与爱琴相伴，诗人在感受意境清冷之余颇有一番幽性，却并未陷入一种孤幽的意兴之中，反倒对画山之石具有的"淳朴"美质大加赞赏，此正是诗人崇尚朴实表现的外化。

145

6.3　儒者情怀，心系自然

对兄弟的关怀与惦念，是李宪暠诗作的重要内容之一。李宪暠游历在外，每感孤独之时，都会情不自禁地想念起兄弟，并作诗抒发惦念之情。如《病起有怀家兄历下、子乔都中》："独坐悲秋晚，槐花寂寞黄。摊书心故怯，对酒兴难狂。易水晨催辔，明湖月照航。今秋北来雁，零乱不成行。"时值晚秋，诗人大病初愈，兄弟外出，无人共话，感时伤物，益增其孤寂之苦，更见其兄弟情深；另有《秋晓》言："风露淡将晓，乱星犹在天。居人怀客路，夜气满晴川。月色连鸡唱，花枝引马鞭。那堪秋簟上，永夜伴琴眠"，此诗是上诗的续篇，继写诗人怀念兄弟，夜不能寐的心情，感人至深；再如《七夕前夕对月，迟子乔桂林书不至，五吟子乔"新月别瓜洲"之句》云："新月别瓜洲，经年又早秋。江山怀往事，时节动闲愁。客夜横银汉，来书滞桂州。参辰分几处，不独隔牵牛。"也表达了诗人对兄弟的思怀之情——时间已临"七夕"，诗人想到明天晚上，天上的牛郎织女尚可相会，而自家兄弟却天各一方，顿觉百感交集。以上诸作均是羁旅在外，怀念兄弟之作。

然而，李宪暠对于兄弟的关怀不仅停留在惦念的层面，当他见自己追求功名无望，便将全部希望寄托在弟弟李宪乔身上。扶持其弟宪乔，就像在成就另一个自己。李宪暠将毕生所学倾心相授，对宪乔严格要求，殷切鼓励，无私帮助，可谓宽严相济。李宪暠首先对其弟提出严格的立身处世的要求，希望其以忠臣孝子的标准为官做人，勇于担当重任。如其《代子乔作谒丁孝子祠诗》云："捧檄高堂色喜时，君恩万里到天涯。已惭西蜀忠臣驭，又拜南仪孝子祠。百世犹能兴俗化，九重何事怯言词。还期锡类怜游子，寸草微衷仰护持。"该诗体现李宪暠对李宪乔所寄予的济世之希望与忠孝的道德标准，可见其将自己未能完成的愿望寄托于李宪乔身上，鼓励他不要计较所处环境，要勤政兴化，敢于建言朝廷，建功立业，方不负平生所学。另如《和子乔易使桥成，上元前夜燕集》云："无尤缅昔人，行乐在政闲。勉勉此邦宰，三月席未安。幸兹休假日，弛令当上元。灯火陟新桥，顾盼一欣颜。想像厌颍榭，讽咏环滁山。复然俯千室，夹岸何喧阗？虽来众宾誉，时畏斯民观。勖哉布春政，荒远勿嗟叹"，子乔前有《易使桥成上元前夜置酒呈家兄叔白兼示诸宾僚》诗，描写欢快的宴乐场景，此为李宪暠和诗。诗人告诫其弟，为官便应爱民，应处处接受百姓监督，并心怀畏惧。修桥本是便民利民之举，切莫因宴饮之乐而延误政务。以上二诗皆体现了李宪暠对其弟的严格要求，在其背后流露的确实身为兄长对乃弟的殷殷期望。

李宪乔《莲塘遗集序》曾称："乔之乞邑也，非先生意。既得岑，苦其荒远殊俗，辄自怏恨。先生毅然曰：'柳子不鄙柳之民，韩子不鄙阳山之民，而鄙夷之何耶？'且有'避而不竟其事，不勇；为之而不尽之，不义'，于是悉本所学，与不欺其心者助为理。其或格于势不得行，尝惓惓焉。"① 从李宪暠开解兄弟的话语中能够洞察到，李宪暠具有一种不同于其弟的"无等差的爱民观念"。在他身上，鲜见身处中原齐鲁之地学习的文化优越感。相反，李宪暠认为，无论管理哪个地域，都要发自内心地敬民、爱民，这是其区别于他人的更为进步的执政观念。李

---

① 李宪乔：《莲塘遗集序》，引自（清）李怀民、李宪乔、李宪暠著，邹长春、李丹平、赵宝靖析注：《三李诗抄校注》，线装书局，2013 年版，第 228 页。

宪暠的身体力行，也对为官粤西的李宪乔产生深刻影响。李宪暠对其弟的严格要求并非停留在口头上，他亦真正帮助宪乔做一些造福民众、教化百姓的实事，给予兄弟无私的帮助与扶持。正如李宪乔所言："（李宪暠）尝深信张周所言：'井田之必可复'与'不复古礼，不变今乐之不可为治'以语人，多不省。然或试之，辄能动变有成效。蛮猺之俗，悍慓而重利，予为作清风之亭、易使之桥。先生则以暇日会萃其士夫，相与弹琴赋诗，而隐寓以乡射、乡饮酒之义，邑人翕然响之。"① 由此可见，李宪暠也曾孜孜不倦地帮助兄弟以古礼去教化蛮猺，对齐鲁文化远播粤西做出贡献。

李宪暠不仅给予其弟无私的帮助与扶持，在其失望困惑之时，常给予其殷切的鼓励，以宽慰其怀才不遇的愁怀。如《子乔自梧郡寄来温大夫〈园亭燕集观双鹿有感〉诗，似以行者自况，而以伏者属余也，未知是否，和诗问之》云："朱栏掩映玉花明，雾雨开时得散行。缑岭不忘思伴鹤，苹筵只是怯吹笙。白云顾影阴原洁，芳野和群踏自平。遮莫同游交囿者，心怜雌伏未能鸣。"李宪乔寄诗诗人，陈述参加上司私人宴会时观鹿所感，抒发自己屈沉下僚，怀才不遇的不平之气。对此，诗人和诗劝诫宪乔，认为大可不必为此事伤心介意，显现出诗人淡泊疏放的情怀高致。另如《示弟》言："抱琴上城阁，置酒对猺山。莫以当前事，凄凄怀抱间。"李宪暠罹病，子乔深感不安，他便抱琴置酒，宽慰其愁怀。因此，可以说李宪暠是李宪乔为官粤西的重要精神支持，他总是在宪乔困惑、打退堂鼓的时候予以精神上的劝解和鼓励。

对自然田园之趣的描摹，是李宪暠诗作另一个重要内容。李宪暠与其两位兄弟一样，也流露出耽于清静之乐的倾向。如《避暑慧泉寺遇雨》言："舟入慧泉寺，荷深游到稀。湖云城里起，山雨殿前飞。僧数残棋著，鱼跳上水矶。未谙慈氏教，耽静亦忘归。"诗人游湖遇雨，暂避佛寺，喜其安静而忘归，李宪暠虽不学佛，却也陶醉在佛门净地的幽静之中。耽于清赏之乐，只是李宪暠身处自然的感受之一，当诗人置身于自然之中，更明显的感受则是惬意和愉悦。如《晓兴》言："晓色何葱然，昨夜南窗雨。率尔乘吾兴，出村蹑芒屦。广陌染微曦，遥山带轻雾。恰恰园中禽，涓涓草际露。回看屋上烟，晨炊急初曙。"诗中"蹑"

---

① 李宪乔：《莲塘遗集序》，引自（清）李怀民、李宪乔、李宪暠著，邹长春、李丹平、赵宝靖析注：《三李诗抄校注》，线装书局，2013年版，第228页。

"染""带""急"等字词极见锤炼工夫，生动形象地体现了诗人勃勃"晓兴"，通过优美晓色的描写，表现了诗人置身大自然的愉悦心情。另如《春郊》："雨意霏微拂絮轻，春郊日日爱闲行。滩头远雁随人落，原上羸牛带犊耕。野服弟兄为伴侣，飞花时节又清明。相将到处堪行乐，何事浮荣累此生。"春日自然的优美风光跃然纸上，气韵生动，意致盎然，从诗人轻松的笔调中，可见其舒适愉悦之心情。再如"每爱胶西路，人家遍石泉。云霞四山雾，杨柳一溪烟。危壁驱鸡上，秋场迸栗圆。几回吟不尽，驻策此流连"（《重过小张坝村》），诗人将秋日小张坝村的景象描绘得十分优美，乡土气息浓郁，通篇美不胜收。

除去对自然风光的书写，李宪暠诗作还多有对田园乡居农事生活的描述。诗人留恋家乡的温暖，对家乡怀有无限依恋，如《晓起即事》云："东方晨气清，苍凉初出日。野烟何暖暖，远钟犹历历。乌鹊林际鸣，鹭鸶水中立。瓦瓶列井干，家家竞朝汲。愧彼辽东人，休风感乡邑。"诗中把清晨所及景物描绘得具体自然，静谧温暖，一派生机。诗末反用丁令威一典，画龙点睛，足见其对家乡的深情。读李宪暠诗作，可见其诗常显露出诗人的念旧情结，常有对故居、旧居的描述，并于其中掺入诗人对早年生活的回忆。如《再至城北作》："城边荒草深没辙，城上浮云晚明灭。废寺无人独自来，梁间犹署古年月。城中门第半非昔，地下知交不可作。十年近事不胜悲，可能远问华表鹤。"该诗很是悲凉，李氏祖宅在县城西北隅。诗人与之别后十年重来，昔日面目已非，不由顿生人世沧桑之感。末句使人再次联想到丁令威化鹤归来探家的故事，益增其此间的伤感情怀。另有《登何氏小楼见少时读书堂古槐》："深树登高见，婆娑岁月更。嫩凉秋气味，空阔别心情。小榻书常满，西窗月最明。只今凭眺里，还送暮蝉声。"古槐经历了岁月，见证了沧桑，依然生机勃勃。相对之下，诗人想到少年时曾在此读书，立志有所作为。而今岁月迢忽，自己却一事无成，不禁顿生今昔之感，心情失落而苍凉。即便每怀故居、往事时心情都是悲伤、失落的，李宪暠却仍不厌其烦地抚今追昔，想念着过往的经历与岁月，留恋曾经的光阴。

从李宪暠诗歌对田园生活的记载中，还常见其对农事生活的描写。如：

"溪南筑茅舍，家室太悤忙。入谷伐林木，借版兴堵墙。数椽犹未就，禾黍纷满场。高积风露多，飒然秋气凉。感余念卒岁，木棉花正黄。待到乘屋日，邻里来登堂。置酒相劳苦，高坐眺平冈。

但祝相友睦，居之欣乐康。(《田家作之二》)"

诗人对事农的具体描述，颇具生活气息，这与诗人长期生活在农村是分不开的。写秋收农忙，打墙盖屋两件事情，几乎概括了秋日农家生活的全部。农活艰苦繁重，不见诗人抱怨，反而乐在其中，由此亦见其少文人之娇气，多农民之朴实。而这与李宪暠重实用的思想紧密联系，正如韩梦周撰《皇清文学李君墓志铭》曰："(李宪暠) 尝言：'士不务实用，好言高简，知其无以为也。'故每称陶士行竹头木屑事，又称诸葛忠武有桑八百株、田十五顷，终身勤劳王事，没后不以累公家，此淡泊宁静之实效也。故其治家，米盐零杂一立之法。"① 可见李宪暠对儒家教义身体力行，俯首农桑，勤于农事。诗人也因此殊少读书人的傲气，而是始终与百姓站在一起，并对百姓身上的淳朴人格予以高度赞赏，如《赠卖花宋翁》："抱瓮于陵子，生涯郭橐驼。佳儿如树植，游客似蜂多。陇麦连村熟，园梅入望过。纳凉僧舍近，池上有新荷。"此诗塑造了一位勤劳可爱的老农形象，前四句赞美老人的品艺，后四句赞美老人给人们带来的快乐。全诗无一字直写赞美，而赞赏之情却无处不在。

此外，对社会的关注与批判是李宪暠诗作的重要内容。李宪暠通常采用借助神话或某种特定的景象揭露社会问题。诗人有时作寓言诗，通过情节的展开启发读者了解社会的积弊，如在《二犬》中，诗人通过"二犬"不同的命运遭遇，揭露了忠者见谤、佞者受宠、黑白混淆、是非颠倒的社会现象，生动形象、发人深省。诗末四句"李生吟二犬，爱恶何不平？岂独为家戒，将为有国型"，把写作意图揭示得非常明确。李宪暠也常借助自然景象来反映社会现象，如《雪》：

"薄醉冲寒跨驴出，霜木峥嵘村舍寂。野田无物饥鸥愁，溪路冻合凿冰汲。新诗得意正森爽，朔云压脑转昏黑。初向驴子前头见，率然三点五点白。不翼而飞何处来？塞空已并此身入。北极应摇斗柄注，东宿自张箕舌吸。侧闻元冥气不交，此时天上亦寒栗。研珠屑玉劳精神，被山冒岭费筋力。上帝岂不乐无为，或言万姓乞膏泽。下界小臣同井蛙，仰窥妄以私意测。道旁冻叟僵欲死，且愿被褐负暄日。"

---

① 李怀民、李宪乔、李宪暠著，邹长春、李丹平、赵宝靖析注：《三李诗抄校注》，线装书局，2013 年版，第 193 页。

此诗由"雪"这一景物现象，间接揭示了一种社会现象。一场突降的大雪，扰乱了世间本来的平静，给人们带来灾难。诗人呼吁雪停天晴，从"上帝岂不乐无为"等句不难看出，此诗具有较强的现实针对性：乾隆中后期，吏治日趋腐败，官吏横征暴敛，百姓已不堪重负，这与诗人向往的上古政通民和的社会是大相径庭的，诗人流露出的不满情绪十分明显。此外，李宪暠还常借神话传说来鞭笞社会现象，将神话传说为我所用，而不是受其驱使。如《土地出妇并引》云：

> "泥神出就车，盈盈泪满背。夜半风灯灭，县尉自心悸。神怒发冲冠，临窗叱魑魅。鞭尉背流血，哀号声如沸。悚慑伏神威，昧爽驾轻驷。敬送神妻还，村民乃诟谇。曰此已出妇，配神胡不愧！遐迩异事彰，笑语喧老稚。无乃语非实，神怪众所嗜。嗟嗟尔土神，民社责攸寄。庇妇不庇民，民谤故可畏。"

诗中借"土地出妇"这一民间传说，针对官府愚弄百姓、劳民伤财的丑行，予以嘲讽和鞭挞。对那些吃民穿民而不亲民爱民的地方官吏，提出了严正的警告。另如《和子乔游三界祠》云：

> "不信入庙瞻灵异，有龟为鼋蛇如龙。遗庙布满列郡国，人人乞与五两风。左江右江二神治，宛如分陕周召公。余弟昨自苍梧至，好奇果得眼底逢。政闲独访北城寺，仆从萧飒如山翁。寺中土偶了不异，高殿阴翳荒竹丛。忽然神像动胕䗪，缠臂贯握头昂雄。审谛始知是生物，驯久动静皆从容。饲养谁为豢龙氏，须问坐下大灵虫。我闻顿起贪嗔想，悔不从君灼壳刳胆投药笼。"

诗人平生独尊儒术，坚定奉行"子不语怪力乱神"的主张，对神鬼行为一贯挞伐，此诗立场更加鲜明。全诗分为两段，上言南人信邪，到处于名胜之处建庙设神，奢夸神功，殊不知天下名山胜水是因人而非因神而贵。下段推理破解李宪乔在游三界祠诗中所描述的灵异虚妄，表示要大胆除怪，以正视听。由以上诸例可见，叔白笔下的民间传说，多为纠正社会弊端或震慑社会不良现象，直指社会之弊。这也同时反映出诗人善于以情入景，寓人事于景物之中的创作倾向。

6.4 以情入景，观物推理的创作机制

写景抒情是高密派诗人共有的写作偏爱，他们往往在书写景物的同

时，融入自我情感，使其笔下的景物描写具有一种微妙的感情色彩，李宪暠也是如此。但在这种共性特点之下，其又具有与其他高密派诗人不一样的表现风貌。

李宪暠笔下的意象，从来不是将目之所见随手拈来，而是具有象征色彩，诗人每见其总能触动某种感怀。产生这种联想与触动的基础，是在意象与情感之间，通常存在一种早已形成的经典性联系，比如见雁而思兄弟。在人们的观念中，常以结伴而行的雁群，类比一母同胞之兄弟，因为它们亲密无间，相伴而行。因此每当人们见雁行，总会触及对兄弟亲人的想念，诗人也是如此。如上文提到的《病起有怀家兄历下、子乔都中》："今秋北来雁，零乱不成行"，零乱不成行的北归之雁，恰似兄弟分别的诗人，景语即为其寥落心境的写照。又如《闱中见雁有序》："戊子之秋，余以病不入闱。今来家兄复以事阻，自家寄诗，各有雁行之句。闱中仰见，率然赋之。八月乘秋雁，徘徊照锁闱。栖鸣无定处，行列本齐飞。留爪东西别，来宾先后违。凝眸烟一线，心入远天微。"此诗描述诗人见雁思兄的孤寂情怀。诗人以雁行比作兄弟，本应一起齐飞，却无奈先后失群，便把思怀之意表达得曲尽其情。二诗皆为见雁思兄，睹物思情之作，与其他诗人同类诗作相比，并无新意。

然而，李宪暠对景物之于人事的联想远不止于此，具体表现如下：其一，李宪暠诗作中，常有观物推理之作。如上文提到的《子乔既劚得画山石，归制为盆供，属余作歌寄故人单仲简。仲简曾向子乔乞石也》诗作赞美画山之石，实际也是一篇述怀言志之作。诗人以山比人，此山不能如古之名山一样，霖雨佐治，就如同此人并非圣贤，因此不能好高骛远，只能务实笃行，做本分事，诗人于此见山之境遇而推及至对人生之境遇、选择的思考。其二，诗人善于托物兴怀。如《秋林落叶》："秋风似军令，暗传不可测。到叶始有声，舍生前赴敌"，联系诗作背景，可知此当是诗人乡试失败后托物兴怀之作，诗人观秋林落叶，不见悲苦，反颂其舍身赴死，不怕牺牲，由此亦可见诗人之坚韧品性，以及其所负屡败屡战、不屈不挠之精神，着实令人感佩。其三，善于诗中借物喻理，并将其代入到日常话语表达中，以借物喻理作为表达方式。如《食核桃示子乔》云："核桃之为果，隔多皮壳坚。食之费钻剔，令人心意烦。但觉手指痒，焉得恣饕餐。请君缓馋吻，从容于其间。引椎破硬壳，剔肉始判然。嫩肤更审去，精玉遂盈盘。然后共君啖，亦已忘蹄笺。若使婢仆代，其趣亦不传。"李宪乔宦游京师干求不遇，心情失落郁苦，诗人以食核桃为喻，告诫其弟不管遇到如何困难、棘手的事情，都要耐心处理，从容其间，不可急于求成。诗作借物喻理，诗人将所要阐述的道理寓于吃核桃这件细微小事之中，形象深刻，更易为听者接受，从这个意义上讲，诗人可谓善于劝言。正因诗人善于观自然景物而思及人事，其景物描写往往具有一种哲思，其背后总闪烁着诗人的经历、情感与思考。

诗人不仅善将景物与人事进行联想，推理，从中体悟人生哲理，还善于通过描述客观景物或塑造人物形象来表达自我志向。李宪嵩常借助对景物的描绘呈现其心境，而当其欲表达其所向往的理想境界，又难以在纯粹自然景物中取材时，诗人便通过描绘清雅出尘的画作来表现，如《观画》：

> "六松夹涧一松交，下有深径通山椒，缤纷梅杏遮溪凹。板桥来过绿石墩，三松龙挂蟠虬根，两仙仰送横山云。雪山雪树连雪村，间以微绿松与筠，驴子过桥应有痕……山前闲地平如墀，洞里仙人出着棋，山左山右水涟漪。此是松鹤道人笔，朱印李字微可识，画在胜国神宗日。"

画中表现了诗人理想的生活状态。以诗入画，以画赋诗，诗即是画，画即是诗。诗中根据画中布景，分成几组，依次展开，间以不同韵脚转换，条理自然。画中人物，生动逼真，一幅"世外仙乐图"栩栩如生。李宪嵩还常通过塑造人物形象来表达自我志向，如上文所提及的《白三十岁妇人》《王庭实山庄》等。同时，更应注意的是，诗人除去以景物喻示人事，以塑造人物形象表达自我意志之外，又将这种创作机制反用到对自然之景与人的思考中，物理相推，由己观人，在自然中发现更深邃的人生哲学，如《捕鱼二首》之一："嘉鱼满东渚，野侣喜相过。缓步辞遥岸，鸣流入别河。长洲移白日，闲鸟弄晴波。自昔忘饥者，朝朝但咏歌"，《捕鱼二首》之二："举网众心疑，澄怀宛在斯。怅望潜去迹，惊愕遇来时。但悟忘机乐，无嫌拨棹迟。即今多暇日，物理暂相推"，上首写知己相逢，得意忘形；下首写渔人寡欲，怡然自得。诗人通过自身友乐的"忘饥"体会和渔人扑鱼"忘机"心情的具体情节，感悟到为人处世不可患得患失，须以平静的心态，达观的态度来对待。此正是由己观人，物理相推的结果。

第7章 涵濡于陶韦之间的诗人

——李秉礼

李秉礼是李宪乔在粤西为官时结识的诗人。他家境富裕，结交甚广。然在其所结交的诸多才俊之中，李秉礼对高密诗派领袖李宪乔的品性、才华尤为欣赏，并师从李宪乔学诗，推崇且服膺其诗学观点与创作。然而，因其迥异于高密诗派其他寒士诗人的生存境遇、心理状态，李秉礼其人其诗流露出超遥萧散的风格。李宪乔曾亲自评点李秉礼之《韦庐诗内集》，认为李秉礼诗风的形成与其对陶韦的师法、吸收密不可分，事实确是如此。

7.1 生平及与高密派的渊源

李秉礼，字敬之，一字松甫（圃），号韦庐，又号七松老人。生于乾隆十三年（1748 年），卒于道光十年（1830 年）。乾隆年间曾官至刑部江苏司郎中，但"供职未几，结庐桂林，养亲不出。"（《清人诗集叙录》卷四十三）三十岁时即休官。其诗见《韦庐内集》《韦庐外集》，其中内集皆为李宪乔所选订。

李秉礼原籍江西，其父李宜民（字丹臣）于雍正年间至桂林谋生，不过二十年间便成为当时桂林首屈一指的富商。李秉礼家境富裕，酷爱结交文人才俊，他常以居所作为诗会活动的举办地，以之为中心，结识许多外地诗人，与高密派诗人领袖李宪乔的初次晤面即是在这样的诗会中进行的。李怀民《紫荆书屋诗话》有《〈北归日记〉摘录》一篇，载："李松圃者，名秉礼，字松圃，部员外郎，浙人，以商捐赀为官，告养不仕，随父李丹臣成为嵯商广西，西省之捻商也。好为诗写字。袁子才游两粤，至桂林，粤中人无贵贱，景若山斗，偶宴松圃家。时李宪乔奉抚藩命，陪伴袁子才同席，面识松圃。袁公既以诗取李宪乔，桂林人望若登仙，遂益重李宪乔，而松圃尤心折李宪乔五言诗，出其诗本求阅。李宪乔携归岑署，委予判之，予以其思尚清，为选二十首改而赞之，松圃与其党皆惊服，后遂以诗相往来。今年夏，李宪乔赴省，松圃又面李宪乔赠予文具四事，故到桂林先往拜也。"① 杨钟义《雪桥诗话》中对高密二李与李秉礼订交的情况有所记载："当乾隆甲辰、己巳间，少鹤官岑溪令，偕兄石桐与松圃定交时，袁简斋亦来桂林，四方名宿，如杨石墟、李桐冈、许密斋、王若农、浦柳愚、朱心池、刘松岚，觞咏赠答，极一时缟纻之盛。存斋至比于赵文子垂陇之会"②，并对以李秉礼居所为中心形成的辐射面极广的诗会活动颇为感叹。

虽然李秉礼结交甚广，然就文献记载来看，其对李宪乔尤为欣赏，李秉礼曾与之以风节相砥砺，并从宪乔学诗。李秉礼与李宪乔的君子之交首先体现在其对李宪乔深具"鹤"之品性的赞赏，"吾宗具仙骨，爱鹤鹤相亲。近水情俱缓，临空气益振。月中同皎洁，人外著精神。此意谁当识，翛然自写真"（《题子乔与鹤诗图》），与"矫然霜雪姿，不与凡禽同。朝飞入青云，夕宿依长松。云松岂不足，而堕尘樊笼。群鸡苦相溷，野鹜纷来从。卑栖梦易惊，高寻步已慵。標格日就损，强舞羞蚑就。见者呼仙禽，胡为乎泥中。延颈一长喙，夜半生悲风"（《悯鹤》），皆流露出诗人对宪乔翛然清高品性的赞美，而其《戏咏笼鹤盆松寄子乔》："支南羽戢藩篱下，蹙缩根盘浅土中。会有笼开盆碎日，松看拔地鹤凌空"，更是为友人身负高才却沉沦下僚而感到深深惋惜，并以鹤有朝一日终当拔地凌空为喻对宪乔加以精神上的热切鼓励与支持。

除去对李宪乔品性、才华的欣赏，李秉礼对李宪乔的认同还体现在对其诗作的推崇与诗学观点的服膺上。李宪乔的诗，是联结二人心灵的媒介，也是二人成为知音最重要的基础，如《得子乔书寄诗册知复西粤欣然有作》："正尔怀同调，萧然怅索居。忽逢湘浦雁，远寄蓟门书。薄宦重来此，新诗一起予。欢情翻不寐，相见复何如。"对于二人而言，作诗几乎成为仅次于言语的心意交流方式，相互之间的寄赠酬答之作不计其数。而师从李宪乔学诗，并频繁地酬唱应答，则建立在李秉礼对李

---

① 李怀民撰：《李石桐先生赴岑溪日记》不分卷，山东省博物馆藏稿本。
② 杨钟义：《雪桥诗话》三集卷八，刘氏求恕斋刻本，1914 年版。

宪乔所代表的高密诗派诗学观点的认同上。从李秉礼诗作看，其也极力推崇"崇古"和"苦吟"，如《题李五星诗卷却寄》："穷巷稀人迹，阒然耽苦吟。肯邀时辈赏，真见古人心。隐几秋灯暗，闭门黄叶深。遥怀不可接，空望海东岑"，对后辈李五星沉潜向学，用功作诗，追慕古人的作法很是认同；另如"君乃远致书，索我苦吟句。始知文字契最真，不以形亲以神遇。嗟我卅载漓江清，南荒孤僻何所闻。岂无余子弄柔翰，雕镌满眼徒纷纷。看君奋志淬霜锷，摩天锤谷无沮却。古心古味知者谁，珍重传音东海鹤"（《子乔寄至王熙甫吏部诗卷并言熙甫索余近什赋此答意》），亦是因自己与熙甫同具崇古之志、苦吟之思才能通过诗歌神交至深；而"祇今年才四十五（韩句），灯下摊书若无睹。晓起影须白数茎，山妻怪我吟诗苦"（《述怀》），则是李秉礼对其自身苦吟之貌的写照，由此可见李秉礼与高密派诗人一样，俱将作诗当作人生中一项非常重要的事业来看待。在与李宪乔一样主张"崇古"与"苦吟"作诗之法的同时，李秉礼也同其一样，流露出注重风神、气骨的审美倾向，如其《米南宫自写小像石刻为王若农题》云："幽人抱微尚，稽古结遐想。顷游玩珠洞，获拜米宫像。苍苍笔致遒，奕奕风神爽。千载企高踪，题赞命吾党。吟成风雨来，空庭发秋响"，流露出对米芾用笔遒劲、爽健的激赏，与李宪乔论诗与论书法时对气骨的看重如出一辙。另外，出于对风骨的重视，李秉礼与李宪乔一样，诗中常出现对古代义士的缅怀，比如荆轲，就是二人诗中常出现的身具气骨的悲壮形象，二人总是不厌其烦地歌咏荆轲的侠义豪情，凌凌风骨，如李秉礼《荆卿墓》："提剑出燕关，萧萧易水寒。壮哉虹贯日网，去矣发冲冠。古墓荒芜长，悲风侠骨酸，何由报知己，千载恨漫漫"。此外，受李宪乔等高密派诗人诗作的影响，李秉礼诗作也颇有些清冷意味，如《早秋漫兴》："西风一叶下，已自感新凉。暝色压林木，秋声过野塘。生衣初换夹，片月似浮霜"，《湘江晓发》："轧轧鸣柔橹，行行感暮秋。晓鸡催短梦，残月在孤舟。炎岳云中出，碧湘天外流"，《夜雨》："凉风吹落叶，秋气正萧森。一夜孤蓬雨，怀人湘水深。遥天征雁断，野寺晓钟沉"等，皆见冷味。

　　然而，需要注意的是李秉礼作为高密派一成员，不仅有与高密诗派典型诗风相近的特点，也因其迥异于高密派其他寒士的生存境遇、心理状态而具有独特的诗歌风貌。李宪乔曾评价李秉礼云："超遥萧散，举世俗所为惊喜夸张者，渺然不芥于其胸中。"① 可见在秉礼身上，有一种超乎时俗的淡泊闲适之性。而这种淡泊之性、尘隐对立之意识在李秉礼诗作中多有呈现，如《雨后西溪晚步》："雨歇树逾碧，云开山已暝。曲涧泻新泉，泠泠满清听。尘中遗众累，物外抒孤兴。庭前阒无人同，幽鸟下深径"，表露出诗人厌倦尘世俗务，渴望于清静之所排遣愁绪的心情；而《题石桐山月竹屋图》："茆屋隐苍翠，延缘深复深。涧流终夜响，月落半窗阴。古路无人识，空山何处寻。遥知写兴者，无意学云林"，更是通过描述一处掩映于苍翠之中，深而复深的山居，表达出诗人远遁尘俗、向往山林的愿望。李秉礼对尘俗得失并不挂怀，正如李宪乔所言："若韦庐之所处，弱冠为郎，年未五十，二子已如竹垞之遇。"② 他是现实中的赢家，向来无须为生计功名发愁，却也并未让优越的生活条件，荣显的社会地位冲昏头脑，反而能从时俗荣辱中超越出来，练具超遥萧散之性。

7.2 根坻于陶，涵濡于韦的师法渊源

7.2.1 根坻于陶

李秉礼这种超遥萧散之性带有老庄思想的深刻印记，如"问我何所希，游心物之初"（《闲居》），是从老子心灵直观万物之本初的状态的观点中得来；"至音出至静，不在指上传"（《败琴》），则缘于老子"大音希声"的思想。而从李宪乔对李秉礼诗作的评点来看，李宪乔认为，这种萧散情怀更直接的来源是于诗作中屡屡体现高逸之致的陶渊明。上文提到，高密派论诗特别强调诗人的"安身立命处"，即诗人不囿于任何王权、意识形态压力，而自由表达的志向。李宪乔对李秉礼诗作的评点，也首先着眼于其"安身立命处"。李宪乔认为，李秉礼的安身立命处恰恰体现在其拟陶之作中，如李宪乔言："及得韦庐寄到篇什，

---

①② 李宪乔：《书韦庐续集后》，引自韩寓群主编：《山东文献集成》（第三辑，第 47 册），山东大学出版社，2007 年版，第 150 页。

则读之不倦,且于拟陶之作云:'此是敬之安身立命处'"①。从李宪乔之评点来看,其认为秉礼的安身立命处在于得陶渊明神髓的澹泊闲适,如其评李秉礼诗"一壶亦云足,浅酌颜已酡。但得此中趣,岂必酣且歌。景仄群动息,倦鸟栖林柯。之子亦言旋,延伫独吟哦。孤烟斗丛缘,冷月湛微波。缅怀古达人,澹泊守岩阿。闲情足怡乐,逐逐将如何"(《咏怀二首》之二)所言:"昔人谓作诗须有个安身立命处,此正是安身立命处,陶诗赖古多。"②其认为李秉礼"先生罢官后,滞迹天一隅。所嗜若性命,祇有千卷书。君子处困穷,此心常晏如。今春苦淫雨,屋漏成溜渠。言辞城西宅,来赁城东庐。兹庐虽不广,绿树荫前除。既耽境幽静,还与心赏俱。所以柴桑翁,为爱南村居"(《杨枝山移居》)中所表现的安贫乐道,耽于闲适萧散的意趣直接脱化于陶渊明,并云:"五六陶公安身立命处正在此"③。

7.2.2 涵濡于韦

然而,李宪乔并非只认识到秉礼其人其诗"根柢于陶",还看到其"涵濡于韦",认为李秉礼是真能学韦者。李秉礼也曾多次表明自己对韦应物的仰慕与追步:他时常涵咏韦诗,以不得见其人为恨:"平生酷爱韦郎诗,但恨未一见其人。摩曾经万遍读,端知世好非真贞。"(《酬子乔见贻韦左司集》)并因对韦应物的崇慕而将居所命名"韦庐":"我爱韦庐诗,因以韦名庐。负性自高洁,焚香乃其余"(《酬子乔见赠韦集因忆石桐》),"左司骨已朽,千载留精魄。少小诵诗文,垂老嗜成癖。既以韦名庐,复以韦名石。把卷坐石下,萧然入诗格。"(《酬诸子咏韦石作》)朱依真在《韦庐诗内集序》中对李秉礼与韦应物诗作关系作出很有见地的分析:

> "松甫之于韦,非关学也。由唐宋元顺而推之以迄于今千岁矣,学杜韩诸公者代不乏人,而专力学韦者独客焉。其故何也?夫刻画则伤巧,使才气则矜张,称引故实则客气盛。务此数者之去而一趋于平淡以求似于韦,徒见千篇一律,非庸即浅薄耳。以是学者苦

① 李宪乔:《书韦庐续集后》,引自韩寓群主编:《山东文献集成》(第三辑,第47册),山东大学出版社,2007年版,第150页。

②③ 李宪乔批语,引自李秉礼:《韦庐诗内集》,清道光十年知稼堂刻本。

其难，或勉效之，亦不能传也。今读松甫之诗，格清而味腴，天骨独高，造语不求新而自新，冲和平易，无数者之患。是松甫之于韦，盖性之也，岂学力所能至哉。①"

朱氏认为李秉礼并非像其他学韦诗者一样，限于对韦诗字句修辞或者闲适风格的模仿，而是因李秉礼冲和平易、纯任自然的秉性，与韦应物萧散自由的气质十分相似。因此，李秉礼诗作风格似韦应物，非关"学"也，而是因为性之所近。

李宪乔曾评价韦应物，言其"志在恬淡，不为物牵"，对其不为俗事拘囿的高逸情怀有深刻感受。然而，需要注意的是韦应物其人其诗所表现的高逸之致的直接来源亦是陶渊明。高逸之致作为中国艺术审美理想乃至人生理想的极致，也是陶渊明精神的真谛。"在韦应物之前，陶渊明只是作为一个高士形象被人景仰，作为一种人生态度被人吟咏，作为一个高尚人格的象征出现在诗中"②"而韦应物以他对陶渊明的深刻理解与认同，自然地再现了陶诗的精神与风格，从而使陶诗的典范意义由生活的层面上升到艺术的层面。"③"如果说萧统于陶渊明身上领悟到贞志不休、安道苦节的高尚人格，是对陶渊明的第一次发现，那么韦应物对陶渊明冲和心境及散淡艺术风格的摹绘与自得，则是对陶渊明的第二次发现。"④ 之所以说韦应物之于陶渊明高逸之致是摹绘与自得，便是说明韦应物对陶渊明之精神并非只是进行简单的模仿与复写，而是结合自身实际境遇，对其进行了合理的改造，以陶氏之精神嫁接到自我的现实生活之中，自具独特风貌。而李秉礼所大加赞赏并终身学习的，正是韦应物这种"独特风貌"。谈及"独特风貌"，便要细究陶韦二人之区别。通读二人诗作可见，韦应物与陶渊明的不同之处在于，相比对现实彻底失望并与之决裂的陶渊明，韦应物对世俗生活始终怀有一种温情的眷恋，其总能于烦琐的俗事之外体察到世俗生活的暖意。因此他仍选择停留在现实生活中，甚至身居高位，却在内心深处继承陶渊明的高逸情怀，葆有"志在恬淡，不为物牵"的品性，身处纷扰的俗世之中，也能不为外物牵扰。他并不避讳俗世，着重锤炼的是自我在俗世中的定性——从这个意义上讲，李秉礼更倾向韦应物的作法，即在心灵上与世

---

① 朱依真：《韦庐诗内集序》，引自李秉礼：《韦庐诗内集》，清道光十年知稼堂刻本。
②③④ 蒋寅：《自成一家之体 卓为百代之宗——韦应物》，引自《大历诗人研究》，北京大学出版社，2007年版，第86页。

俗划清界限，但不脱离实际生活，与韦应物的"吏隐"对应，李秉礼将自己的行为称作"小隐"。如其《暮春同人集孔雯谷寓斋》云："雯谷罢官后，端居清且闲。良辰命俦侣，觞咏敦古欢。微雨池上来，涧泉泻潺湲。草树碧于染，秀色如可餐。喧寂两相忘，洒然清心颜。我欲携绿绮，对君时一弹。即此成小隐，何必栖深山。"诗中意象和煦温暖，正是诗人心态的写照，诗人于诗歌末尾流露出只要能够保持内心的平静祥和，即便不隐居深山，与世隔绝，也能获得精神上的自由。

由此可见，居于尘世，承认并摹写现实，同时葆有内心的平静冲融，是李秉礼与韦应物的共同选择。与之相应，可将李秉礼学韦之精髓及其本身的特点概括为两点：第一，纯任自然，冲和散淡的精神气质与诗歌表现；第二，客观写实的书写倾向。

1. 纯任自然，融合冲淡的精神气质

从精神心性来讲，韦应物诗作表现出一种冲和的精神气质。如《答畅校书》云："偶然弃官去，投迹在田中。日出照茅屋，园林养愚蒙。虽云无一资，樽酌会不空。且忻百谷成，仰叹造化功。出入与民伍，作事靡不同。时伐南涧竹，夜还沣水东。贫塞自成退，岂为高人踪。览君金玉篇，彩色发我容。日月欲为报，方春已徂冬。"蒋寅认为："通篇可以用'自然'二字概括，一切都是没有原因的开始，都是没有结果的过程：弃官是偶然的，做事是从众的；谷成而欣，念造化之功；贫塞而退，非故作高蹈；劳息随时，樽酒不空。"[1] 的确如此，诗人并未逃离尘世，但其所处的郊园田野因其心境的冲和平淡也仿佛是一座建于人间的世外桃源，没有矛盾冲突，没有激烈不满，一片冲融平和。而韦应物这种纯任自然、了无拘牵的精神气质，也是李秉礼所具备的。正因具有这种冲融平和之性，使李秉礼即便身处园居，也能忘却旧事，闲庭信步。如其《秋日园居杂咏》云："端居兀多暇，空自怅悠悠。一叶因风下，四时如水流。局闲棋客去，觞尽酒人愁。独有忘言处，笑他知北游。"闲暇时，抛却一切俗务，任凭时光流逝，云卷云舒；而由"旧事浮云过，新凉薄簟知"一句可见诗人连感觉都是滞后的，须凭气候的变化，被动的感知冷暖，见其沉醉于秋日园居之中而后知后觉；而"萧然

---

[1] 蒋寅：《自成一家之体 卓为百代之宗——韦应物》，引自《大历诗人研究》，北京大学出版社，2007年版，第85页。

掩关坐，了无人事牵。手把一卷书，终日有余闲。前庭小雨过，草树生新妍。延瞩自成赏，倚杖春风前。此中若有得，不惜言语传"（《园居即事》），则描绘了诗人得闲在家，以诗书春风为伴之际，见庭外小雨正过，新草正生，顿感无限惬意的自在，全诗正见"左司本色"①；另如《喜晴简雪帆》言："枕上梦初觉，不闻怆溜声。开窗一以眺，旭日照前楹。有如病目人，翳尽生光明。好鸟鸣嘈嘈，林木欣向荣。物性各自得，余亦畅余情。所惜故人违，咏言难与赓。"诗人初醒开窗，见旭日明朗，有鸟鸣嘈嘈，林木茂盛，顿感万物各得其所，自然而然，舒泰遂心，冲和安详之貌溢于言表。

李秉礼诗作反映出与韦应物神似的冲和散淡的精神气质，受创作主体散淡气质的影响，二人在诗歌表现和艺术风貌上，也有诸多相似之处。

一是善于营造温润和煦的诗歌意象。"温润"是韦应物与李秉礼诗作共有的艺术风貌，也是其二人区别于当时所处群体（大历诗坛、高密诗派）的最大特点。韦应物身处中唐，属大历诗人之一，"相比普遍追求冷寂之境，气骨顿衰，于自然景物中善传荒寂之境，于心灵感受则报荒寂之余感的其他大历诗人，韦应物却独立于衰乱之中，在自然景致的描写与个人精神面貌的表现上，保持从容的态度，并尽可能地增加意象的光泽度与暖意。"② 李秉礼亦是如此，虽然也有上文提到的对高密派清冷诗风的摹仿，但其不同于高密二李一味追求冷寂的诗歌风韵，他笔下的景致常蕴含温情与希望，与韦应物十分相似。

比如，韦应物与李秉礼常描绘的雨、风及秋景迥异于其所处的时代与派别中对这些景致描绘的特点。二人诗作中的雨，大都是湿润的微雨，如韦应物"微雨园林清"（《县斋》），李秉礼"微雨初歇犹滞云"（《中秋夜玩月》），"高天微雨歇"（《过韦铁犀钵园有感》），"新秋微雨歇"（《南楼晚坐赠顾用舟》）等；二人诗作中的风，大都是温和的微风，如韦应物"微风飘襟散"（《南塘泛舟会元六昆季》），李秉礼"微风动罗幕"（《迟客》）等。秋景原本是清削衰飒的，但由于被诗人的心境所同化，往往衰而不觉其衰。韦应物常常沉浸、流连于秋景之中，有

160

---

① 李宪乔批语，引自李秉礼：《韦庐诗内集》，清道光十年知稼堂刻本。
② 沈文凡：《大历诗坛上一支独异的花朵——论韦应物诗歌的艺术特征》，载于《安徽师大学报》1989 年第 1 期。

时还将赏春之心境移于暮秋，如"地疏泉谷狭，春深草木稠。兹焉赏未极，清景期杪秋"《游灵岩寺》。李秉礼描述的秋天也不同于高密诗派笔下的衰飒之秋，而多以丰收的喜悦、秋景的浓艳作为诗作描述的重点，如其《秋日喜心池、小痴、张松田见过虚明池馆》："秋晴天气佳，池馆清虚里。野实垂累累，晚华开靡靡。我友适俱至，足音先可喜。好鸟亦关情，喈喈鸣不已。开樽荐园蔬，兴味清且美。忘言澹尘想，触物生妙理。吟成月在林，归路栖鸦起。"于丰收的喜悦中见诗人对于身处宽绰、富足、宁静田园生活之中的满足惬意。

烟尘雾霭也是大历诗人与高密派诗人热衷描摹的景象。不同于他人往往将烟尘雾霭与自我百无聊赖、迷失惆怅的惊惧心态相联系的作法，李秉礼与韦应物诗中的烟尘雾霭往往使其诗笼罩上一层温馨的充满向往与怀念意味的光晕。比如韦应物"霭然和晓雾"（《对雨寄韩库部协》），"氲氛芳台馥"（《慈恩伽蓝清会》）等，李秉礼则有"微茫岩际灯，幂历烟中树"（《南楼夜坐》），"蒙蒙烟未收"（《同子乔栖霞寺待月作》），"潇湘生晚烟"（《月夜舟过衡州》）等。而其对韦应物《烟际钟》的摹写，更是于烟岚雾气中营造出与韦应物原诗相似的高远之境："日落暝烟合，钟声在何处。杳杳散遥空，冥冥沉野渡。欲寻不可即，微辨僧归路"（《烟际钟》）。

由此可见，在二人诗中，极少见到狂飙、苦寒、烟瘴、暑热等在其他大历诗人及高密派诗人笔下常出现的极端气候，多的是细雨微风，烟尘雾霭，这样温和和煦的景致，此与诗人心态密不可分。当然，这一切都是由其生存境遇决定的，比起所处诗派的其他诗人，韦应物与李秉礼的生活条件相对优越宽绰，对种种恶劣的生存境遇鲜有体验。因此，二人诗中时刻流露出的亮度与色彩便成为大历诗坛与高密诗派中间最耀眼的暖色。

二是李秉礼与韦应物相似的诗歌风貌还体现在塑造意境与诗歌表现的平淡渺远，这一特点首先体现在二人均喜以"静""微"之景物入诗。李宪乔曾评价李秉礼诗，言其"学韦处在静在微"，正是此义。如李秉礼《竹径》云："萧森万竿竹，竹里开新径。稍谢区中缘，弥深物外兴。无风箨频堕，策策满清听。"竹林将尘外喧嚣远远隔开，独辟出一方幽深宁静之所，诗人居于其中，忘却尘俗，将全部注意力集中至欣赏这清灵之境，充分体味和感悟竹林清趣带给人们心灵上的涤荡；另如

《林岫》："隐几对远岑，寸碧出林隙。常恐嗅烟生，坐令晴黛隔。望望不可穷，归鸟灭无迹。"诗人身处群山、密林之中，静谧闲适的环境令其将目光聚焦至小小飞鸟，并一路跟随直至其飞向远处不见，于静谧幽僻之中对微小事物给予细密的观察，是李秉礼与韦应物二人共同的特点，从中折射出的，除去诗人安闲好静的澹泊情怀，还有其敏感好思的思维特点；再如《石上苔》："烟凝翠欲滴，雨余净如拭。一片碧云根，中含万古色"，面对一小方石上苔，觉察出其中有"万古色"，诗人对石上苔这一微小事物作出详尽的观察与描述，于微小之中，不仅描绘出景物本身的清净通透，也传达出诗人本身耽于闲静的意趣。

善于尾句点染远景，营造空灵绵邈之感，是李秉礼与韦应物在营造平淡渺远意境上的另一相似之处。韦应物具有平淡之风的一类诗作的突出特点之一，即结句通常会以描述对某种景象的关注、揣摩而触发深思感悟作为全诗之结。李秉礼诗作中亦多有与此特点相符的结句，如其《中秋待月》以"独坐摸清辉，弥深冲流意"作结，《南楼夜坐》则以"夜久闻疏灯，虚中发深悟"作结，以景象触动思绪，却不将这种思绪明言，适时的戛然而止，创造一种淡远之境，与韦应物所惯用的结句特征极为神似。而有时，李秉礼会进一步将触发感悟之语省略，直接以对远景的点染、描述作为全诗结尾，如以"一笑聊成放棹吟，卧看数峰烟外绿"作为《湘江吟忆子乔》之结，以"浮云成底事，沉水有青蓑"作为《晤获浦》之结，以"吟罢谁当知此情，惟有松风鸣稷稷"作为《松鹤吟寄子乔》之结，均是诗人化实为虚，将主观情感借助客观景物表达的表现。另如韦应物《休暇日访王侍御不遇》云："九日驱驰一日闲，寻君不遇又空还。怪来诗思清人骨，门对寒流雪满山。"前二句自述得一日之闲访友却未遇，后二句景物描写极富淡远神韵。王侍御诗风的清新，为人的幽雅及诗人自己的脱俗，皆与结句所提及的友人门前"寒流""雪山"的清雅景致相融通。李秉礼之《对雪》则直接化用了韦应物此诗结句，"春风作意寒，两见湘南雪。衡门一犬吠叫，幽涧层冰结。雰色明遥空，飞花散林樾。缅怀拥鼻人，诗思清到骨"。另其有《过徐灌湖书斋》："路从深巷入，门对野塘清。俗客不到处，高斋多远情。书声当午静，秋色隔帘明。渐见疏林外，苍然暮霭生"，其结句也绝似韦应物"怪来诗思清人骨，门对寒流雪满山"结句，以友人居所之景致，见友人疏阔之性情，含蕴无限。

此外，多用白描，不加雕饰，也是李秉礼与韦应物在营造诗歌平淡渺远之境上表现出的共通处。韦应物"秋山起暮钟，楚雨连沧海""归棹洛阳人，残钟广陵树"被誉为"唐人兴趣天然之句。"[①] 与韦应物相同，李秉礼也多有善用白描，意象透明之作，如其《清江曲三首》："翠筱穿篱水绕渠，数间矮屋钓人居。轻划两桨瓜皮艇，时向渡头来卖鱼""夕阳红蓼满汀洲，林表秋山晚翠浮。一片酒帘风购处，黄柑树下缆孤舟""咿哑柔橹剪清江，废碓无人水自撞。九十九湾行欲尽，背船沙鸟去双双"，一派自然清秀之风。

除去以上，在诗歌节奏的把控上，李韦二人皆呈现出不疾不徐，平静舒缓的倾向。韦应物往往用叙述的方式表达内心感情，如话家常，如其《任洛阳丞答前长安田少府问》："相逢且对酒，相问欲何如。数岁犹卑吏，家人笑著书。告归应未得，荣宦又知疏。日日生春草，空令忆旧居。"诗人任洛阳丞仕途不顺时写就此诗，本应心情忧闷，烦躁不已，但诗人却是徐徐道来，因此全诗节奏缓慢，全然不见急迫。李秉礼诗歌节奏也是如此，在写景中叙写内心感受与情怀，于不缓不徐中将所述之事层层展开，如《湘江送别图为程湘皋题》："去年我发湘江道，春风绿遗湘汀草。今年君上木兰舟叫，一幅秋容看更好。谁为点笔写此图，烟峦叠叠水平铺。疏林隐约见村落，斜阳明灭交菰芦。有客津亭怅离别，萧条衰柳难攀折。黯然不语各销魂，湘水无情亦幽咽。人生散聚如转蓬，尊鲈归兴乘秋风。来宵应有怀人梦，知在衡山第几峰。"全诗节奏缓慢，在将秋景层层展开的同时，引发人生聚散无常、思怀故人的幽思；另如《春怀》："闲门昼掩绝经过，幕幕轻阴静薜萝。梦醒忽惊花片落，春寒无那雨声多。偶思往事空搔首，可惜流年似掷梭。惆怅诗成何处寄，美人芳信渺烟波"，诗人也是在对春景的叙述描摹之后触及了时光飞逝、盛年不再的感慨。在感慨的同时，诗人情绪并未大起大落，而是以美人芳信已不再作为结尾，含蓄幽眇，散淡自然。

2. 客观写实的书写倾向

内心平静冲融，却未抛却尘世，相反，乐于承认并摹写现实，是韦应物其人其诗最大的特点。而客观写实的书写倾向，也是李秉礼与韦应

163

---

① 叶娇然：《龙性堂诗话续编》，引自张忠纲主编：《全唐诗大辞典》，语文出版社，2000 年版，第 431 页。

物在创作上另一相似之处。

李宪乔在评价李秉礼诗作时，看到其中部分诗作具有王士禛所提倡的神韵之风，认为"所谓羚羊挂角会心处正不在远"，但他又进一步认识到李秉礼之诗与王士禛一派最大的区别，即李秉礼所描绘的往往是真情真景，与无迹可寻的缥缈意境截然不同，如其评李秉礼《过纪小痴所居》言："此诗若阮亭见之必入选，然此实非阮亭派，以风韵之中有真情真景摹写得出，又饶余味也。"[①] 上文曾提到，李秉礼作诗具有如同韦应物一样的散淡之风，又加上其喜叙写真情真景，因此其诗作与韦应物一样，呈现出"以淡语写深情"的写实倾向。叶嘉莹先生在评价韦应物诗歌时，曾有一种感受："韦应物写的情景之间有一种融会，而且在感发之中有一种思致"[②]。且叶先生认为，韦诗于实景之中，寓有主体之真情，于山水田园诗中多见情景交融；且其诗于实在的景物之外，还有"Something beyond"[③]，即一种言外思致。联系李宪乔评诗之语，细读《韦庐诗集》，可见这种看似恬淡的景物书写中实际富有诗人之深情的诗歌风貌，也为李秉礼诗作所有，如李宪乔评价李秉礼诗"贻我新诗句，西窗剪烛吟。凉风吹片雨，流响在疏林。独夜不成寐，经时同此心。遥怜抚弦者，谁为识清音"（《读子乔见怀诗》）曾言："三四越淡越深"，之所以对三四两句景语印象深，并非只因"凉风""片雨""流向""疏林"这些景象，而是感念于观此场景时诗人内心情感的无声描绘。李宪乔认为李秉礼许多诗作也具有与韦诗相似的"留不尽之意于言外"的言外思致，如其评李秉礼诗"侵晓青山下，挂帆方欲行。远云分野色，去水带离声。执手未尽语，长吟空复情。凭高望不见，寂寞返江城"（《送别子乔》）时认为："深情无限处即是留不尽于言外，读此诗不用更读文通《别赋》，一结苍茫无限"[④]；评李秉礼"送君君已发，沿岸多芳芷。一雨空蒙蒙，不辨云与水"（《雨中送荻浦不及》）时云："味在酸咸之外，怨遥伤远，千古别情尽此二十字中矣"[⑤]，皆体味到秉礼诗作言外之深情。且李秉礼诗作所流露的深情，并非无病呻吟，也绝非俗人常吟诵的琐情，而是极易上升到哲理性的思考的高情，对此，李宪乔亦深有体会。其评李秉礼《春归》时，曾言："自古诗人无无情者，然此岂时人所有之情。"[⑥]诚然，

---

①④⑤⑥ 李宪乔批语，引自李秉礼：《韦庐诗内集》，清道光十年知稼堂刻本。

②③ 叶嘉莹：《中唐诗人韦应物》，引自《叶嘉莹说中晚唐诗》，中华书局，2015 年版，第6页。

李秉礼于诗中吟叹的正是超越个体荣辱，而对年华岁月光阴的反思与感悟；另如其评秉礼《吊孔雀》时言："此一泪非符生之一泪也，不得妄注"①，也意识到李秉礼所言"一泪"，绝非强而为之的眼泪，而是源于对文人命运的深刻体察，感同身受而作此诗。

　　韦李二人诗作的写实倾向，不仅体现在常将主体深情寓于景物之中，还体现在二人多用拟人化的形容词与动词修饰景物的表现手法。比如韦应物"孤花表春余"（《游开元精舍》），"残莺知夏浅"（《假中对雨》），"孤花""残莺""残花"这类经拟人化修饰的意象，似乎具有了人的意识，得人之神韵。李秉礼诗作中也多有类似描写，如"孤花明晚砌"（《过韦铁崿钵园有感》），"孤花隔涧明"（《过陈氏山居》）等，以拟人化的"孤花"传达出意境的清静幽远，主人的清高风雅。另如"却嫌莺老偏无赖，啼破浓阴绿西围"（《送春》），诗人于此打破以人俯视视角去描述客观事物的叙述常规，对莺进行拟人化，因此打破伤感、凄凉的氛围，是对诗歌氛围的一种中和；"花落不更息，苔径倏已盈"（《春暮园居》），则通过对落花进行拟人，而描述着暮春之际风雨过后的园居变化，衬托出冷暖交替之冲突，季节更替之突然。

　　此外，需要注意的是，韦李二人的写实倾向均体现在其具有自我面貌的寄赠酬答、游览闲居一类题材的诗作上。通观韦应物诗作，除去刻意模仿陶诗者，另有一些自具风貌的寄赠酬答诗、游览闲居诗最能体现其写实倾向，而李秉礼《韦庐诗集》则以此两类题材居多，表现出浓重的写实意味。韦应物著名的《寺居独夜寄崔主簿》不仅显示了诗人感受幽静景物之美时的敏感，而且在全诗渗透了一种凄清寂寞之感，所表现的是诗人自己领会到的意境，流露的是未加修饰的情感。诗贵在真，因此这类诗才能真正表现韦应物本色。通观《韦庐诗集》，可见诗作题材亦以寄赠酬答、游览闲居诗为主，这些题材俱来源于诗人真实生活，故而皆以真情实景入诗，殊少模仿之迹。寄赠酬答者，如李秉礼《夏夜喜家观岩见访寄詹榕城》："卜居临溪水，习净少人事。明月萧然来，良友亦随至。烟横幕远岫，露冷涵空翠。晤语淡相忘，遥情渺难寄。欲取鸣琴弹，寂历结幽思"，所叙情怀与韦应物《寺居独夜寄崔主簿》颇似，所表现的皆是于静谧清冷之月夜思及友人，触动幽思的情

165

―――――――――

　　①　李宪乔批语，引自李秉礼：《韦庐诗内集》，清道光十年知稼堂刻本。

境，十分可感。游览闲居之作如"闲人忙不了，点缀此幽栖。垒石成花屿，通泉灌药畦。借来书未读，送到画教题。尽日浑忘倦，应殊懒慢嵇"（《秋日园居杂咏》），"幽居屏人事，萧然常掩关。隐几味古书四，昼长心自闲。蝉鸣集高树，云归恋故山。披襟当好风，一笑出尘寰"（《楼居杂兴》），前者见诗人因势而为，因地制宜的闲居之乐，后者则见其诗书蝉鸣为伴的惬意生活，写景具体生动，亲切可感。

综上所述，李秉礼与韦应物性情上相近的萧散意趣，生活境遇方面相似的优越条件，使李秉礼自内而外萌生出许多与韦应物的深层次共性。而散淡的诗人心态与诗歌表现及写实倾向，是体现出李秉礼诗作与韦诗神似的最鲜明特点。

7.2.3 兼容取法，转益多师

李秉礼诗作虽多数风格近韦，但仍有部分诗作呈现出多样的风格特点。如其"夫婿轻别离，留妾守空室。月上转花阴，空怜好颜色"（《子夜歌》）与"金钱屡卜归无期，背地还将双玉垂。几处帘栊飞燕子，谁家庭院吹参差。寄语归人须及早，镜里朱颜不常好。不识春风来为谁，蝴蝶已空但芳草"（《春闺曲》），李宪乔认为其"真得齐梁风韵""极似温飞卿体"[1]；也有豪放老横之作，如《登腾王阁》："乘兴上高阁，风光入暮秋。长空征雁断，终古大江流。箱落西山树，烟昏彭蠡舟。从来凭吊者，词赋几人留"，李怀民认为："此韦庐最豪兴作"[2]，李宪乔评李秉礼"月白大江流，坡翁此泛舟。箫声留赤壁叫，鹤梦绕黄州。往迹犹传画，清歌孰与酬。茫茫千古意，天地一浮鸥"（《赤壁图》）云："真豪"[3]，评其《二月一日同人过栖霞寺登碧虚亭放歌》认为："此诗气格不能出国初诸公之上，然亦甚老横，眼前能如此者少矣"[4]；而如"百战疮痕在，萧萧鬓发斑。枥中嘶病马，枕上梦争关。几见封侯去，曾夸射虎还。壮心殊未已，索取劲弓弯"（《老将》）等，则与陆游诗作之风云气概十分契合，展现出多元的诗歌风貌。

---

[1][3][4] 李宪乔批语，引自李秉礼：《韦庐诗内集》，清道光十年知稼堂刻本。
[2] 李怀民批语，引自李秉礼：《韦庐诗内集》，清道光十年知稼堂刻本。

第8章　身份与心态悖反的诗人

——刘大观

　　刘大观，字正孚，号松岚，山东邱县（今河北省邯郸市邱县）人，生于乾隆十八年（1753），卒于道光十四年（1834），乾隆四十二年拔贡，历官广西永福、天保令，奉天开园令、宁远知州，山西河东兵备道，署山西布政使。嘉庆十五年春，以劾奏前山西巡抚初彭龄而革职，翌年退居河南怀庆府城，后掌蔂怀书院十一年。松岚虽身处高位，却在粤西为官时，与高密诗派领袖李宪乔、李怀民结下深厚友谊，并有密切的诗学交流。其诗学与创作甚至性情与思想皆深受高密派诗人影响，直至晚年退居怀庆时，仍以高密诗法指授诸从游者。著有《玉磬山房诗集》十三卷、《文集》四卷。

8.1　师古不泥古的诗学思想

　　刘大观诗学思想受高密派影响颇深，具体表现在以下几个方面：首先，论诗主张崇古："齐梁汉魏同归冶，别有真金铸莫邪"（《与人论诗四绝句》），"师心不师古，百局鲜一胜"（《清江，晤李味庄观察》）及"细绎新诗句，中含古性情"（《任城遇赵北岚，书其〈留别嘉定诗〉后》）等皆体现出其以古为尊，主张师古的观点。刘大观对创作主体也提出具体要求：其一，强调气骨的修炼，如其云："有识有才须有骨，不然竟是像生花。"（《与人论诗四绝句》）认为气骨是主体具备独特情性与神韵的关键；其二，注重诗人主体学养与德行的培养，如其云："六经镕炼作醇儒，冰在襟怀雪在须"（《感旧十八首之一》），"有天唯俟命，无德是真贫"（《饮酒》）；其三，提倡艰苦创作的态度，即苦吟，且一直身体力行："抛身人海求珠易，赤手横空得句难""刺手鲸牙拔不动，空劳捻断数茎髭"（《与人论诗四绝句》）以及"雅命难方一卖老，焚香夜坐打吟槁"（《题吴漪园太史〈椿萱永庆图〉》），皆是对其自身苦吟状态的描摹，而"《悔存》八卷十万字，字字经营出苦思"（《书黄仲则诗后》）对黄仲则的褒奖中也可见其对辛苦创作的提倡。

需要注意的是，刘大观并没有拘泥于高密诗派现有的诗学观点，而是就其中某些问题进行了更深层的思考，并形成自己的创见。高密派论诗强调规避时俗肤廓之风，书写真情，刘大观由此出发，从抒发主体真情与刻画描写对象客体神韵两方面细化并发展了高密诗派这一诗学观点。

其次，刘大观论诗，强调对描述对象"神"的把握，认为只有这样才能穷形尽相，刻画出客体的精髓。刘大观之所以高度评价黄仲则诗，就是因黄仲则能够深入思考研磨客体的神韵，并抓住要害进行刻画："写山，山在前；写树，树苍然。旅舍萧条战场险，儿女情怀侠客胆。神仙鬼怪及虫鱼，嘻笑怒骂兼欷歔。但用柔毫一挥洒，便有穷形尽相者。"（《书黄仲则诗后》）此正与刘大观所主张的"写物物情出"（《秋怀十首》之八）若合符契。在刘大观看来，对客体神韵的把握并不仅限于对诗人的要求，对于画者也是一样，如其《寄瑛梦禅，索画》云："知是最高人，形疏意自亲。看山爱如命，泼墨久通神。"由刘大观对书画的理解与评价，亦可看出其看重对"神"与"意"的把握，与机械地描摹形状不同，这一观点无疑提高了对创作者的要求：非对描述对象有着深刻理解，而不能"穷形尽相"，作出好诗。刘大观论诗时，以"匠物"作为对这一要求的概括，如："贫不骄人才自大，诗能匠物鬼应愁"（《岁暮，过常州，题黄仲则墓》），"丹青造化能匠物，笔头细腻兼深雄"（《〈罗汉卷子〉为金少尹植题》），"万卷罗胸能匠物，蛟龙亦畏读书人"（《论诗四绝句》其一）等。

在强调对客体"神"与"意"把握的同时，刘大观围绕规避时俗肤廓诗风，抒发主体真情也作出深入思考。其《雪中遣兴》云："诗以写性灵，心声吐天籁。鲸鱼掣溟渤，岂作拘挛态？高格无媚姿，谁容施粉黛"几乎可算作对高密诗派摒弃肤廓藻饰，书写真情主张的诠释。他对友人崇尚古意、不同流俗的审美风味提出高度赞赏，如："句中涵古香，定非时所慕"（《冬日，读李石桐诗，恻然有感》），却并未止于此，而是结合自身经历与所处时代对此作出更进一步的说明。刘大观所理解的避俗写情，已然超越了一般审美趣味的范畴，上升到一种超越于同时代一般认识的哲学思索。如《书黄仲则诗后》云："俗儒墨浪空滔滔，那有笔锋如宝刀？捃摭浮言惊世耳。"对黄景仁笔锋锐利的惊世之言提出高度赞赏，因这种振聋发聩声音的出现，而表现出不加掩饰的欣喜。另如《秋怀十首之七》："吾乡李少鹤，诗似霍嫖姚。探源祖四始，论格奴六朝。常以太华石，与世镇浮嚣。丹山立老凤，凡鸟岂敢骄"，在人人俱称盛世的时代，刘大观却表现出对惊世、醒世之言的青睐，此正是将高密派规避时俗观点融于特定的时代历史大背景之下考虑的结果。作诗者无心，读诗者有意，刘大观通过阅读身为寒士的友人之诗，悄然感知到一种勇于跳出时代拘囿而发抒真声的勇气，这种与大肆歌咏盛世繁华的主流之声大异其趣的惊世之声，甚至触动到一种极微妙的游离于王权之外的诗心，他因此欣喜不已，并击节赞赏——这恰是其与高密派诸寒士产生精神共鸣与诗学认同的基础。

最后，在对古人诗作的取法上，诗人也表现出师古不泥古的倾向。他对高密诗派自韩孟诗派处取法的奇险诗风表现出极大兴趣，认为奇险之语更能突显语句撼动人心、惊世醒世的张力。如其《论诗四绝句》其一云："探源雅健与清真，险语还教泣鬼神。"另因其生性好涉险："险极兴亦极，酾醨嫌杯浅"（《自天城寺陟万松岭》），所以对奇险诗风情有独钟，曾以"怪变生奇峭"（《秋怀十首之八》）作为对自己诗风的概括。刘大观居于粤西时，曾对韩愈流露出追慕之情，如其云："谁以昌黎笔，轩然状此湖"（《洞庭湖》），"曾食昌黎鲞，亦读次山颂"（《秋怀三首》之三），并有意识地对韩诗雄奇怪诞之风进行取法，如"厥势正未艾，天吴鞭怒龙。瑷琏设重围，夹击走灵隆"（《苦雨》），"孤航入浩淼，百怪砺牙齿"（《题钱润之太守〈生圹图〉》），"古殿阴森压怒波，中条对面复峨峨。凿经千古石犹悍，危到百分舟自过。竹箭夜驰惊鬼魅，桃花春涨走鼋鼍。神功一锁狂澜势，不尔人间竟若何？铁鹤蹒跚留晋制，皮羊混沌学吴舟"（《自陕州至三门观砥柱，夜宿禹庙，壁间有诗，吏部冯主政鱼山乾隆丙午二月二十八日作也。持烛读之，不胜慨然，作七律二章》），"蠹鱼作怪肝肠蚀，乞取灵丹问赤松"（《寄洪稚存》），以及"诗人惯作杞人忧，独有昌黎语言重。赫赫羲和操火鞭，龙惧煮鳞托微讽"（《苦热》）等，皆颇具韩诗奇险意味。

然而，在认同高密诗风进而上溯韩孟诗风的同时，刘大观杂取诸家之长，并未排斥对其他诗学派别的取法。刘大观曾言："只余金石趣，收得汉尊罍。"（《灯下》）表现出其对金石的喜爱，对以学为诗的尝试，因此也颇为一向蔑视高密诗派其余诸人的翁方纲所赞赏，称其诗"天机清妙，寄托深远"①；刘大观还表示："一生低首何仲默，近人深服黄仲则"②，何景明诗法汉魏、初唐，讲求宏伟、超旷，黄景仁诗糅杂唐宋风格清雄悲放，上文提到，刘大观对黄景仁其人其诗也击节称赞；此外，其对阮亭后人也是礼敬有加，如《王子文秀才偕新城令，过我济南寓斋，衣衫蓝缕，面无惭色。而论诗有吞牛之气，不愧阮亭尚书后人矣，赋此为赠》云："古貌不修饰，渔洋贤子孙。载书从汉吏，策塞入齐门。思苦月还落，诗成山欲奔。千秋风雅事，谁与细评论。"由此可见，刘大观论诗，无门户之见，也不拘囿一派一家，正如翁方纲嘉庆十五年序刘大观《岭外集》时，称其"初不泥李氏兄弟之说，即于申辕故里，亦不专主沧溟之格调，抑且不专执渔洋之三昧也。"

而在取法各家的同时，刘大观还提出诗人应具有独创意识，师古不泥古，自成一格的观点。如其《论诗四绝句》之四言："路到穷时还有路，别开蹊径亦深心"，《赠钱叔美》云："师古不泥古，因势加染皴"，也正如《国朝山左诗汇钞后集》评价其诗云："于清刻峻削之中，时露凌厉雄直之气。虽生平服膺李氏少鹤，而实能自开生面，独树一帜。"

8.2 身为知州，心向寒士

刘大观在高密诗人中属仕途较为顺利者，他曾位居知州之位，有相对丰裕的物质生活条件和相对广阔的交游空间，但即便这样，其仍然对高密派诗学与诗风产生强烈的认同，并勇于以寒士自命，为其代言。

刘大观对高密诗风的吸收，首先体现在《玉磬山房诗集》中那些充满清冷幽深味道的语句上，如"凉飙起庭树，飒飒荡银河"，"抱枝眠静鸟，围烛聚痴蛾"（《秋夜怀靳橘村耿仲容》），"雁来孤月迥，风过满城秋"（《寄潘榕皋先生》）等，由这些语句传达出的孤独清冷之气与

---

① 柯愈春：《清人诗文集总目提要》（上册），北京古籍出版社，2001 年版，第 940 页。
② 引自法式善《存素堂诗二集》卷四《题交游尺牍后》之二十八《刘松岚观察》诗。

高密诗派诸寒士笔下景语极为相似，难分彼此。

而刘大观于诗作中时常表露的崇尚淡泊的性情与耽于幽僻安静审美趣味更是与高密派诗人如出一辙。如"或鸣绿绮琴，时作青山咏。岂以鸾鹤姿，而与鸡群竞"（《示弟松溪》），传达出的清高自赏的避俗情怀与高密诗派诗人无异，"孤琴时一弹，空斋少人际"（《寄松溪弟》），"落叶埋荒径，独寻幽处行"（《焦山》），与"寒鸽步楼瓦，孤蛩鸣院墙"（《秋日书怀》）等，皆体现出其对孤清幽僻之境的钟爱。而"书中有何味？注意独切切。纷纷俗肺肠，造次难与说。颓龄七旬余，铿铿守吾拙。无用以为用，所趋非世辙。不合时宜处，贻笑人中杰"（《雨夜读书》），所流露的狂狷情怀，更是与高密派提倡的理想人格若合符契。刘大观虽贵为知州，却具有与高密派诗人一样的淡泊质朴情怀，他时刻不忘为心灵留下一片净土，同高密三李一样，表现出对尘外之境的喜爱——这些在《栖霞山》《月夜与人步吕仙阁下》《崑山道中》等都有体现。

需要注意的是，刘大观对高密诗派的认同并未止于此，他对寒士气骨品格大加赞赏，还以寒士自命，时刻不忘为寒士代言。他在诗作中多次赞美寒士，欣赏他们有如同孤月、高松一样高洁磊落的品格，如其云："繁星让孤月，群木仰高松。月寒轮皎洁，松古枝巃嵷。卓哉磊落人！混迹尘埃中。却以黑白眼，加之崚嶒躬"（《效东野体六首》之四），又如"贫身不贫骨，秋蠡争嵚崎"（《贫家儿》）；对寒士虽身贫却不辍雄健诗笔的责任感很是赞赏，如其称："枯木干无春，寒士骨多瘦。造物焉有仇？苛刻不相宥。木枯或复萌，士寒贫自守。贫身不贫笔，雄文樽宇宙。"（《效东野体六首》之一）非但如此，其还常以寒士与公侯对举，并表现出鲜明的寒士立场，其《覃怀客居八首》之五云："老谙贫趣味，谁复妄干求？万杵营花榭，千金宿妓楼。北邙水雪底，寒士笑公侯。"诗人于此自诩寒士，表达出厌倦于官场世俗混迹，自安于清贫生活的志趣，形象地表达出其心向寒士，厌恶世族的价值取向。

而这种价值取向，恰恰反映了刘大观身份与心态的悖反。思及诗人产生这种与其地位、身份完全不相符合的心态和感受的原因，大概有以下几点：

其一，身为士子的朴素的责任感与深厚的民本意识，在松岚心中根深蒂固。诗人为官时，恪守职责，关心民瘼，当百姓性命及财产受到暴雨洪水威胁之时，他挺身而出，救民于危难，其《柳江上通黔江，山势逼易，有冲决之患，乾隆四十九年五月江澜骤溢，其势甚危。予立水中三昼夜，督民卫护，水头愈猛，人心愈恐，乃矫提军乌公，传令六营，将备集兵三千，有奇奋勇抢救，水始平，城得无恙，予之矫令罪也。身负其险，民免为鱼，亦可见原于乌公矣。因以长歌纪述其事》记录了大致经过："岁在甲辰夏，之五蛮烟瘴雾酿，淫雨江过，石逼蹴浪翻……大鱼挟势欲吞人，人无人色面如土，我似沙鸥立水中。以命与水争雌雄。土囊草席并棉絮，指挥胥役摧其锋。水强人弱窘无策，怒发如竿冠上冲。"与其他心忧天下的诗人不同，刘大观不仅在思想与言辞上关注民生，还将这种关心变为实际行动，堪称一干吏。刘大观为官，并非像其他文人一样尸位素餐，一味吟风弄月，而是将养民治民作为一项重要的课题，时时思忖，并常有心得，如其《重至象州》云："治民如种树，须求根本处"，《秋怀十首》之九云："养鹿如养民，恩怨本空空。肉勿食其弱，心勿畏其凶"，对施政之法的考量，对民生的关注，恰能体现诗人身上作为士子和官吏最为原初和朴素的责任感，正如其所言："簿书常等身，疏狂不敢纵"（《秋怀三首》之三）。而这种朴素的责任感，为其和那些心忧家国社稷的寒士们所共有，其在思想上与寒士们产生共鸣。

此外，刘大观还常常将自己代入平民视角，有浓厚的民本意识，这无疑在身份上拉近了其与寒士的距离。其《苦雨》云："造化生群物，恒借霖雨功。过多适为累，嗟叹为老农。"从前两句高高在上的士子口气自然切换到后两句，以平民视角代入老农苦于淫雨的忧虑；其《贫家婢》言："多年烧冷灶，无怨亦无尤。不惜侬身贱，翻为主妇愁。寒花春寂寂，饥鸟夜啾啾。莫便将奴嫁，深恩尚未酬。"则更进一步，完全将自己代入贫家婢女的角色，对下层民众的心理进行最真实的揣摩，令人感怀；而"野鸥示萧洒，杂花散幽芬。政拙丰年补，禾茂霖雨勤。念兹盂中粟，难得父老耘"（《与程子质饮旷如亭》），更体现出诗人对民众劳动的尊重。

其二，刘大观曾为边吏的经历，以及与身边寒士交往并受其影响。粤西为蛮荒之地，士人远宦于此，大多离乡背井，情怀孤寂，且生活条件艰苦，大有贬谪之感，松岚也不例外。远行在外，艰辛非常，虽有官职，诗人心中所萌发的寥落孤寂之情却切实存在着，与寒士艰苦的遭际无异："身计不会愁，深思惟国忧。血枯平虏日，家散拜官秋。母在心宁死，交疏泪亦流。旅魂归未得，蛮鸟夜啾啾"（《归樗厓僧舍》），以及"茶然苦行役，何日赋闲居？鬓发白头鸟，游踪赪尾鱼。到家多是梦，慰远只凭书。短烛吟秋夜，飞鸿过草庐"（《齐河旅店》），皆是游子羁旅思乡之作，孤独凄恻之情，真切可感。而恰于此时，诗人结识了诸多寒士，不仅慰藉其处于边地的孤寂心情，更令其由衷钦服其所具备的品性气骨，如其《赠牟松岩》云："战胜纷华者，随时得所安。性如松树古，家比布衣寒。瘦马宫门立，残书雪夜看。期君于捷径，定识此生难。"另如《送青城刘大尹归通州》："行色少光辉，身贫马不肥。宦囊贮吟卷，民泪湿征衣。落日归程暮，寒山秋叶飞。到家应闭户，接见世人稀。"在对寒士们性情品格认同的同时，刘大观对其清高傲岸的品性与苦吟好学的勤勉行为进行了自觉的吸收。

其三，在诗人感知到时代、社会初衰气氛并对现实失望之后，自觉选择了游离于王权之外的寒士心态。刘大观虽为官吏，却因具有反思意识，而对社会气氛具有超越其所处阶级认识的敏锐感知。可以说，他始终保有对时代、社会的清醒认识。其《古庙》云："古庙无人葺，榱崩瓦漏天。佛身秋著雨，鼎足夜生泉。野鼠时穿牖，折碑空记年。盛时能造福，何至此肃然。"古庙的凋敝景象触发了诗人对"盛世"的怀疑，这就与鼓吹盛世的主流舆论形成离立之势，成为一种独特的感受。而这种感受恰与沉沦在士人阶层底部的寒士感受相吻合，松岚仿佛于寒士之中发现了志同道合者，因此对黄景仁、李宪乔等发出的冷僻之声很是欣赏（见本章第一节）。

之所以能对社会气氛有敏锐感知，除去诗人善于反思，还因其早年的为官经历使之更为透彻地洞悉世情之艰险。刘大观曾多次感叹世网之严密，世道之艰险，如"天械坚牢世网密，解脱得去唯杜康"（《西园结亭以诗落之》），"下石人心险，收场世味辛"（《饮约园城西书舍，作五律五十韵》），"世网牵缠折羽翎，仙禽堕落眼谁青"（《读〈查篆仙夫子年谱〉，抚今念往，戚戚于心，作〈知己吟〉一首，用代涕零》），"往往人中凤，中伤摧羽翼"（《读〈司马温公本传〉》），"宦海谁言可儿戏？骇人风浪浩无垠"（《有感》）等。可见诗人为世网所牵缠，不胜疲惫，对官场世风之黑暗更是心生惧惮。基于这样的感受，身处宦海的诗人顿感举步维艰，进退维谷，苦不堪言。其言："牙笏上朝犹苦重，绣舆迎母却忧迟""撑肠几万牢骚语事，吐作琼琚玉佩词"（《答船山岁暮之作》)，为忠孝捆绑的士子，在仕隐之间苦苦挣扎，只能将内心的苦楚与牢骚诉诸诗句以排遣之；"白发上头先有信，故乡糊口只凭官。公私两者俱无计，始信人生立脚难""名山只合酬清赏，腼仕何当属腐儒"（《得家书，抑郁无憀，以诗遣之》），亦表现出诗人居于官场的无奈。诗人因此不再像早年时热衷功名，反而心灰意冷，名心渐消，渐渐呈现出一种平静淡泊的心态，如《夜宿杨官屯》："寂寥思往事，愁绪此时多。树叶坠空院，车夫医病骡。名心已如水，古井不生波。骨肉非金石，何堪造物磨"，《江村》云："江村泊舟早，闲步独行遥。乞药寻山寺，听泉过石桥。晓松云际路，春畦雨中苗。何处还招隐，名心已渐消。"松岚于此时逐渐看透世情，随着经历的增长，思想的反复磨炼，诗人终于放下功名心，走向人格的自由。正如"常说仕途驰健马，不如农舍听春鸠"（《赠家都转松斋》），"常因买竹典朝衫，自许平生性不凡"（《春日写怀五首》之五）等，皆是这种心态转变的反映。因此，从这个意义上讲，诗人对寒士心态的亲近是必然的，对寒士立场的选择是自觉的。

174

8.3　达于天人之际的玄思

鲍桂星在为刘大观《玉磐山房诗集》卷八《怀州集》作序时称："古之诗人，未有不达于天人之际，而能垂世，而能行远者也。不达于天人之际，则人世一切升沈得失、菀枯荣辱、戚欣悲喜，皆得而挠之。于是，处乐则淫，处约则困，处放废、迁流、羁旅则郁，伊佗傺而无聊。其于诗也，非谰言即剿说耳，何以能垂世而行远乎？若松岚先生（即刘大观），可谓得为诗之本矣。"① 鲍氏认为刘大观具备一种"达天人之际"的玄思，得益于这种宏大的思索空间，刘大观具备了非凡的认识和豁达的胸襟，因此其诗作传达出不拘泥于某种具体的情感与事件的意味，具有一定的深度与广度。

刘大观常于诗中流露出对天地生灭的思考意识，其《春日闲咏八首之七》云："生灭有主宰，寄之于鸿钧。静观芸芸意，造化亦苦辛。"

① 鲍桂星：《怀州集序》，引自刘大观：《玉磐山房诗集》卷八，清华大学图书馆清嘉道年间藏本。

诗人将视角置于天地自然运行之中，企图对万物生发机制作出思考。"请看陈腐回新颖，冉冉萤光出草莱"（《夜坐》），诗人夜中静坐，于静谧中目睹了事物由陈腐到焕发新生的过程，亦流露出其对宇宙生灭本原问题的兴趣。

　　然而，刘大观的思索并未停滞于此，而是进一步对人与天的关系作出探寻，经过思索，其具有了一种"人是宇宙微观世界"的意识。如其《题漂母祠》言："治水机关治病同，水中脉络要疏通。"人体就是天地宇宙的微观呈现，欲治天地之水，就像给人治病一样，需打通其中脉络，对淤堵的地方进行疏浚，才能解决问题。诗人善以人体类比天体，进而具有了以人事反映天事的思维习惯，并因此有一种"天人感应"意识。"狱平水亦平，百物顺其性"（《清江，晤李味庄观察》），"自古至诚天必应，春气疏通人心定"（《一冬无雪，大中丞程公深以为忧，致书巴祥临镇府。镇府内设坛祷之，越一日，雪降，如赴约而来者，万井欢腾，乃作是诗以贺之》），诗人认为如果民间政通人和，天地万物自然平和通顺。与之相应的，人们也能在天地自然中，受到万物的启迪，获得一些启示，从而得到新的认识。如其言："萧闲耻说人将老，枯槁欣看树转青"（《小琅玕馆晓坐》），诗人由看到凋落树木转青萌生出老当益壮的欣喜，又如其言："流霞看聚散，幻海悟升沈"（《赠李紫峰二十五韵》），自流霞而联想到人生的聚散也属自然，荣辱悲欢的世俗情感也是此起彼落，相互交织。诗人想到这些，心境自然平和许多。

　　但是，人的情感并非一直是平淡的，当诗人遇到难以接受的事件，便会将内心的悲恸情感倾泻而出，追问天地，对天道表示出深深的困惑。刘大观身边有诸如李宪乔这样身负高才却壮志难酬的友人，诗人为其坎坷的际遇不平，便于诗中提出追问："今有南音来，控鹤寻屈贾。胸中治安策，郁郁埋荒野。天教羽翼生，胡不风云假"（《哭李子乔》）；而当思及诗骨棱磳却英年早逝的黄景仁，刘大观更是难抑悲痛之情，大胆提出追问："吁嗟乎！不知造物有何亲？独将此笔与此人。不知造物有何恨？独使斯人受奇困"（《书黄仲则诗后》）；对身边有着志气与才气却功名不显的寒士友人，诗人更是为其不平，向天控诉，甚至指责天道不公，令其遭受如此不公待遇："枯木干无春，寒士骨多瘦。造物焉有仇？苛刻不相宥。"（《效东野体六首》之一）刘大观将一个初衰之世文人对生命价值、穷与达、生与死方面的复杂情绪以及对人生道路选择的困惑与挣扎，借助对天道中产生的启发与疑问表现出来，为我们了解清中期文人生存心态与生活状态提供了一个参照。

8.4　清真雅健的诗风

刘大观称："探源雅健与清真。"（《论诗四绝句》其一）可见其对清真雅健诗风之追慕。清真雅健，顾名思义，诗风清雅的同时，具备豪气与骨力，且叙写真情，给人以真切之感。清雅与具豪气骨力，看似是一对相反的特征，却被松岚结合其丰富的人生经历融汇在其诗歌创作中，使其各时期诗作呈现出多样化特征。《玉磐山房诗集》共十三卷，是为刘大观一生经历与感受之缩影，其诗歌风格在诗人不同人生时期，展现着不同面貌。正如后人评价《玉磐山房诗集》曰："平奇浓淡，一集有一集之诗境，如深山邃壑，叠出而不穷。"①

8.4.1　诗人诗风转变的过程

"松岚之诗初切劘于李子乔"②，其诗起初散发出高密诗风的清冷之味，以刘大观官于粤西永福县令时所作的《岭外集》为代表，诗人此时有诸多传达出清冷幽僻意味的语句，详见本章第二节，不再赘述。然而需要注意的是，于清冷字句中，刘大观仍具与高密诗人细微之别。将李宪乔"秋草难为青，贫士难为形。泪落不入土，化为寒井冰。寒冰塞天地，破屋风骚骚。一夕不饿死，气与衡华高"（《贫士咏》），与刘大观"寒鸡穷巷鸣，不见突烟生。书向邻家借，诗多雪夜成。断绳横短榻，折足卧空铛。尽日无人语，时闻饥鼠声"（《贫士》）对照，可见刘大观笔下的寒士虽也生活困顿，但行诸于外的更多的是清雅之气，其侧重突出笔下寒士不慕荣华、苦吟好学的精神，这种精神像一种正能量，深刻地影响并感染激励着诗人，这与李怀民和李宪乔对寒士贫寒之气与

---

① 陆增翰：《刘大观及其诗歌研究》，广西大学硕士论文，2011 年。
② 吴云谨：《留都集序》，引自刘大观：《玉磐山房诗集》卷三，清华大学图书馆清嘉道年间藏本。

不平之气的渲染不尽相同。而这一点细微的差别，正是促成刘大观此后诗风转变的一种因素。

刘大观离开粤西之后，诗风开始发生悄然的变化。观《玉磐山房诗集》，自卷三《留都集》始，其诗作开始呈现出清雄磅礴的豪气。刘大观此时出塞到东北做知州，北上途中的山水风光令诗人眼界大开，更激发了其早年胸中的豪气，正如吴云谨评刘大观卷三《留都集》时云："松岚之诗初切劘于李子乔，迨与中朝魁人杰士交，意境益深阔。《留都》一集清雄磅礴，不主故常，得江山之助为多。"[1] 开卷第一首《出塞行》便反映出诗人因远行而心境开阔的畅快，以及期以天下为家的雄心，诗作格局阔大非常：

> "初辞岭外又关外，万里炎荒走朔塞。不因游历豁双眸，那知乾坤有若大？男儿堕地挂弧矢，古人取义自有在。生此头角宜展舒，不然何以别草芥？蓬枢小儿囿乡井，出门十步已惊怪。鼠目睢睢只寸光，吁嗟未免拘于隘。跛鳖犹思大地行，黄鹄讵使翦毛铩。脱如草草牖下死，世间疣赘诚足慨。击缶而歌意有托，闻鸡起舞时难再。古之嶔崎磊落人，击碎唾壶破天械。区区自怜复自哂，低头欲下宗悫拜。乘风破浪分所丁，悴骨劳筋敢辞愈。关外春山高耸耸，海上晓云青霭霭。成连已去琴声希，只见长鲸舞澎湃。"

此时，诗人的视野、思绪因足迹的扩展而扩大。正如《望海》所呈现的那样："到兹生远愁，碧浪与天浮。一览更无际，四时惟有秋。汇川成水伯，推毂借阳侯。试问扶桑外，何方是尽头？"其后，随着诗人年龄与阅历的增长，这种豪兴更显苍劲豪迈，如"瘴乡高鸟堕，风舶巨涛翻"（《赵介山观察见过》），"山水夜来风助吼，似驰千骑捣巢兵"（《宿介休县》），虽写羁旅苦况，却不见凄恻之意，反见豪兴。阅读《玉磐山房诗集》，可见这种清雄豪兴并未随着诗人的衰老而衰减，反而被其反复渲染。如在卷十《怀州三集》中，诗人云："貂裘典去宾犹满，玉斝挥来酒可赊。换骨何须蓬岛药？韭鲜菘脆胜丹砂。"（《人日遣怀》）颇有些李白"千金散去还复来"的豪放；其在卷十一《娱老集》自称："时康意已适，老兴弥复豪"（《丰润城南二十里，入山一游，用诗纪之》），"豪兴复豪兴，万夫莫能阻"（《送彦闻往游嵩山》），更能

---

[1]　吴云谨：《留都集序》，引自刘大观：《玉磐山房诗集》卷三，清华大学图书馆清嘉道年间藏本。

体现出其老当益壮，豪兴不减的气度。这种清雄磅礴之气，自诗人北上途中被触发，一直延续至其晚年，是刘大观诗作中不可忽视的风貌之一。

刘大观早年于高密派诗作中透露出来的些许清雅之气，也在其客居扬州之后北返途中所作的《回帆集》中，全面呈现出来。许是身心为南方柔美山水淘洗过的缘故，此时诗人笔下的景物也较清丽雅致，如"压船明月好，渔笛起沧浪"（《汶水分流处作》），"二分明月千株树，犹认虹桥赏桂花"（《七级夜泊绝句》），"众花留客处，微雨读书天。麦熟禽声乐，风轻舞蝶偏"（《遣兴》），"水明开晚霁，天宇亦清闲"（《雨后闻喜道中》）。从粤西边地到江南富庶之乡，诗人的生活状况与生活环境得到极大改善，心境也由早年的凄恻寥落的边吏心态渐渐向温和舒徐转变，正如其所言："萧飒转为春旖旎，穷愁化作老神仙"（卷六《醉吟》）。随后，伴随诗人的罢官闲居，这种温和舒徐的诗歌风格渐渐成为松岚晚年诗作的主要面貌。自卷八《怀州集》开始，诗人便过上"既不敢复作出山之想，闭门省咎，以读书为事。稍暇，则叠石为山，疏畦种菜，以为娱乐"①（卷前自序）的闲适生活。"累去方成适，妻贤不怨贫"（《饮约园城西书舍，作五律五十韵》），"最宜寻乐处，俱是罢官人"（《与约园游盘谷，回宿济源》），"余年作幸民，成此泉石疾"（《春日闲咏八首》之二），"胸中世累尽情删，新自太行携杖还"（《读画》）等语，皆流露出诗人卸任之后的轻松愉悦，而诗人此时也终于开始了以诗酒为伴，逍遥闲适的理想生活，正如其所言："藕花引诗兴，道院水风凉。麈尾倾幽愫，瑶斛饮静香。笑谈殊不腐，傲岸亦非常。昨夜逍遥梦，游踪尚未忘"（《立秋日，寄彦闻》），"食糕兼读书，理彻心无累。如饮逍遥散，动我讴吟志"（《食绿豆糕》）以及"寒溪雪可钓，寄信买鱼蓑。味喜烹调美，心嫌机械多。孤筇扶老态，蔬食养天和。却笑山阴客，将书换白鹅"（《覃怀客居八首》其二）等，舒徐安详之气溢于言表。诗人此时年已老迈，心境经过岁月的磨砺渐渐归于平和安详，大有繁华落尽见真淳的意味，其自言："自嘉庆辛未（1811）来居怀州，迄道光丁亥（1827）越十七年，而予老矣！一切胶胶扰扰、妄念起伏，皆以老屏绝之。妄念销磨，归于闲适。朝哦暮咏，逍遥以送

----

① 刘大观：《怀州集自序》，引自刘大观：《玉磬山房诗集》卷八，清华大学图书馆清嘉道年间藏本。

日月，是此生欢娱境也。"① 回首往事，刘大观也在总结和反思着自己的前半生，如"修篁丛里卜蜗居，野性空存缮性书。伏枕功名归梦幻"（《次韵吴巢松学使见贻之作》），"旧事不忘新事忘，胸中了了又茫茫。曾抛判笔操吟笔（对后半生转折的概括），直以殊乡认故乡"（《衰状》）以及"慵骨畏人来说事，闲花委地尚凝香。逢僧只问山深浅，忆旧都如梦渺茫"（《寄吴观察》），着实有些人生如梦的意味。而诗人也已意识到今昔差异之大，诗风、心境均与之前大异其趣，正如其所感叹的那样："今非十八年前我，犹有故人藏我诗。自笑前诗如落叶，秋风已自扫空枝。"（《昔在沈阳，赠会稽徐锦山五律一首，今渠客陈州，邮书叙旧，书尾云："前诗为人攫去，止记六句，乞足成之。"此君可谓癖于诗者矣，答以两绝》）

　　刘大观将其晚年诗作三卷命名为"娱老集"，集中虽然以描绘晚年闲居生活为主，却并非一味渲染生活的闲适逍遥，而是在其中也穿插记载了其对人事的牵挂，读来更觉真实可感。刘大观曾对自"娱老集"中掺入对人事的伤怀、牵挂之情做出解释，其序言记载：

　　　　或问："集中有伤逝之作，不得以'娱老'概之，曷芟去？"②答曰："'生身后圣哲，随俗了悲欢。'子未读陈简斋（陈与义）诗乎？"③

　　这种顺其自然的态度，令其在读者心中的形象更为饱满，更感其诗真切。诗人晚年对人事的牵挂总共分为三个方面：其一，晚年多叶落归根之想，因此对逝去的亲友与远离的故乡格外怀念。刘大观晚年常思及父母，无限伤怀，曾借题画寄托想念："堂上无亲梦有亲，丹青撰出满庭春。音容已散苍茫外，几杖还思定省辰。莱子衣愁斑有泪，丁兰像恐刻无神。欢娱意隐悲伤意，写到难为落笔人"（《题袁梅庵〈承欢追慕图〉》）；也为朋友陆续故去而倍感悲哀，通过思怀与亡友旧时相聚的场景，抒发哀思："鹊华月夜明湖舫，耿靳风流郑墅舷。朋旧英灵顿消尽，只留孤鹤一哀鸣"（《哭易州刺史赵同年秋渠》）；也有对早逝妻妾儿女的悼念，如《此年》："爱女前年妾此年，悼亡诗就泪潸然。都因墓上青山好，抛却衰翁赴九泉"，《哭周姬》："泪不曾干又悼亡，耳闻蟋蟀亦心伤。都缘痴性至于此，即爱青山何太忙！寒露咽蛩秋饮泣，素帏聋

---

　　①②③　刘大观：《娱老集序》，引自刘大观：《玉磬山房诗集》卷十一，清华大学图书馆清嘉道年间藏本。

婢夜焚香。更无子女堪留恋，省得魂归哭断肠"；对故乡的怀念之情在此时也表现得格外强烈："得书如得饮仙醮，读罢沈沈月满庭。两处关心老兄弟，孤云出岫费丁宁。澄霄空阔容舒展，倦鹤迟回惜羽翎。华不注边秋色好，白头空忆故山青"（《寄家廉访》）。其二，对小辈子侄有殷切期望。刘大观对子孙教育用心至深，时刻不忘以儒家教义提醒后辈用心治学，这在其《示孙履泰》中有所体现："孝弟为根源，忠信作纲纪。小学与大学，贯之以一理。尔勿负我心，吁嗟吾老矣。"其三，享受与家人相聚的温馨，并对未来生活有所盼望，正如《除夕前五日作二首之二》："闻得老妻厨下语，明年抱个小麒麟"。由此可见，诗人并不避讳于诗中表露情绪。哀乐并存于诗作之中，才更见真实。

8.4.2 形象化的创作手法

刘大观诗作具有清真雅健的诗歌风格。从创作的层面讲，表现"清真雅健"诗风的充分条件，是形象化的创作手法。诗人形象化创作手法主要体现在以下几个方面。

其一，题材上，好以日常琐事入诗。诗人不避讳对生活化事件的描述，这令其诗作更加生动可感。他曾以自嘲的口吻描述自己腰痛时候的痛楚与狼狈："三年谢羁缚，尘缨濯鸥浪。吾腰久不折，何由得此恙？湿非注厥肤，热非蕴于脏。气积两肋中，忽下又忽上。顿使昂藏姿，化为龙钟样。扶婢或谦抑，揖客乃骄抗。夜榻一辗转，九牛回孤嶂。首由是而俯，神由是而丧。书由是而搁，筝由是而旷。吁嗟乎！璧碎千金何太勇！失声破缶何不壮？鼠肝虫臂亦区区，胡为作兹可怜状"（《腰痛》），这种描述突破了诗人以往正襟危坐的文人形象，将一个遭受腰痛折磨的普通人呈现在诗中，使其形象更加立体丰富。诗人也常以某些生活细节以及新鲜事入诗，如其《戏题绝句十二首》之一："扫去尘埃两袖风，端宜薄酒醉蒿蓬。东邻潜向西邻说，巷里新来识字翁"，《戏题绝句十二首》之六："艺园腐乳细君藏，味有渠家书卷香"，刘大观乐意介绍新来的文人以及为主人秘藏的腐乳美味，这使诗作具有生活趣味的同时，令人对其俏皮幽默的性情也有直接感受。有时诗人也记载一些生活中遇到的令人咋舌的奇异场景，如《种痘行，赠苏生殿安》言："邀致街东好手来，磁锋划破血盈杯。血尽毒消痘乃畅，危乎儿命春始回。前医惭恶后医笑，疗病须知病诀窍。谬以南药药北人，十帖宜乎九不效。前医颡首拜后医，法通微妙真吾师。贺客双轮巷中驰，黄鹂元鸟鸣春枝。深愁大虑都扫尽，焚香握管为此诗。医乎！医乎！神且奇！"

其二，修辞上，善用比喻、拟人等易于表达对象特点的手法。刘大观诗作中多见比喻手法的运用，诗人有时以一种事物比作另一种事物，目的是使对象的某种特征更为具体可感，如"扇如失宠姬，恩情异于旧。花如绝乳儿，颜色日以瘦"（《秋怀十首》之一），以失宠姬比扇，绝乳儿比花，突出秋扇见捐，恩宠不在的境遇，以及花儿日益萧条干枯的样貌；"闲居滋味如雪澹"（《对雪又作长歌》），以及"一闭蓬门月，举家如水清"（《闲适诗四首》之三）则以雪味的清雅高洁形容闲居趣味，以水波清淡不惊摹写被月光笼罩的庭院，尤见静谧安详；"岂以一嗽微，令书任其咎？譬如寒家女，机杼常相守。譬如田舍翁，魂梦依畎亩"（《读书夜半，忽寒嗽，闺中人以烧春菹齑暖我胃膈，置书于案，援毫作诗，用答美意》），以贫家女常守机杼，田舍翁牵挂农事比自己对读书的热情，更见其读书好学的品性。此外，出于对读书的热爱，刘大观于诗作中常以酒肉比经史，如"读史犹沽酒"（《覃怀客居八首》之三），"史液经腴如旨酒"（《题牧村先生〈课孙图〉》）等，可见其对经史的热爱。诗人有时还将静态之物与动态之物互相比喻，以突出虽在特性中不具备却自神韵中显现的动态或静态特征，如"墨云如怒马，一纵不可制"（《前题》），以极具动态性的怒马比为画作中的墨云，更见墨云动态，以及绘画者功力。

除去以一种事物比作另一种事物的比喻，诗人还善将难以言明的情事比作具体形象的景物或景象，于景语之中，透露未尽之意，使语句含蕴无限，如"西风象郡古蓉树，客梦武昌黄鹤楼。说起十余年外事，还如雨过听钩辀"（《时维九月，道出祁县，宋大令邻岩留饮署斋。其戚王公子来与共酌，言楚北粤西事极详。楚粤，余旧游地也。欣然有作》），以雨中听钩辀比喻诗人对当年为官粤西时的回忆，旧事虽远，但仍历历在目；另如"前年寄我天台诗，石梁飞瀑苍龙驰"（《寄洪稚存》），以石梁、飞瀑、疾驰的苍龙作为对洪氏天台诗的大致印象，由此可见友人雄奇诗风。有时诗人笔下的比喻并不很明显，需要稍加揣摩，如"澄霄空阔容舒展，倦鹤迟回惜羽翎"（《寄家廉访》），其实是松岚自比为倦鹤，表达其对萧散自由生活的渴慕；"繁星让孤月，群木仰高松。月寒轮皎洁，松古枝巃嵷。卓哉磊落人！混迹尘埃中"（《效东野体六首》之四），则以孤月、高松比磊落卓立之人，以繁星、群木比喻世俗之人，两相对举，高下立见。

善用拟人修辞是刘大观形象化创作手法的又一体现。诗人常赋予动植物以人类的姿态、动作与情绪，如"鸡犬桑麻含静穆"（《苏溪》），"雨前花睡去，雨后鸟呼来"（《雨后》）以及"芳草亦生愁"（《朴园将回太原，留之不得》）等，使其笔下的对象具有某种感情色彩，在诗作中显得更为生动。此外，诗人还常以拟人化的形容词修饰静物与动物，以拟物化的形容词来修饰人，实现了一种在修辞上拟人与拟物的交互使用，如"倦鸟来归树，枯僧不过溪"（《暝愁》），"愁月亦销魂"（《咏开残牡丹》）等，以人类所具有的"倦"的状态及"愁"的思绪形容鸟与月，更见其倦怠清冷，以形容树木花草缺乏养分的"枯"来形容僧侣，更见其瘦削。

其三，诗作多用散句，明了易懂。刘大观多以散句入诗，部分散句口语化程度较高，通俗易懂。如《题李载园〈策蹇图〉》："驴背有斯人，乃是驴之幸。契阔三十年，挑灯对此图。赴工若赴敌，磊磊好丈夫。既无轩可乘，行行任其素。一鞭送斜阳，添个驴典故。仲宣爱驴鸣，我癖同仲宣。"全诗连用散句，读来全无障碍。另如"岁寒三益友，添个老酸儒"（《闲适诗四首》之一），"今非十八年前我，犹有故人藏我诗"（《昔在沈阳，赠会稽徐锦山五律一首，今渠客陈州，邮书叙旧……答以两绝》），"丽魂幽思两无那，金刀划水划不破。无中生有有生无，什么这个与那个"（《题王竹玙观察〈夕阳春影图〉》）等，皆是诗人善用散句，语句通俗的典型体现。

其四，善用鹤、梅、竹等已具有固定象征意义且意象透明度较高的意象。与其他高密派诗人一样，刘大观对鹤意象情有独钟，分析其笔下的鹤，可以大致分为三类：首先是具有象征意义的鹤，诗人爱赏鹤所象征的清高，闲适，并乐此不疲地歌咏，以之作为理想人格的外化，如"岂以鸾鹤姿，而与鸡群竞"（《示弟松溪》），"缟衣何皎洁！丹顶复嶙峋。不作乘轩梦，留兹唳月身。卑栖聊自守，远举浩无垠。薛稷今难觏，谁堪与绘真"（《咏鹤》），诗人崇慕鹤之清高品格，并以其作为自己与亲友之榜样；而"意闲浑似鹤，机尽不惊鸥"（《小长沟即事》），则侧重渲染了鹤之闲适逍遥、不受拘牵的特点。其次出于对鹤所象征的闲适与清高品格的崇慕，松岚也极爱实体之鹤，常喜以之为伴，"此日独逍遥，倚杖调孤鹤"（《雨后》），"矶旁有石镜，照见群鹤影"（《题矶江》），"带月花移影，听琴鹤上阶"（《上谢观察》）皆是体现。最后，诗人还专以鹤代指自号少鹤的友人李宪乔，常将其比作鹤，如《哭李子乔》："今有南音来，控鹤寻屈贾。胸中治安策，郁郁埋荒野。天教羽翼生，胡不风云假"，哀叹上天予其羽翼，却不予其风云际遇。

另外，刘大观对象征清雅高洁的梅与竹尤为钟爱，多次于诗作中提及，如《除夕前五日作二首》之一云："惊蛇赴壑岁将阑，静掩蓬扉得古欢。岂以穷愁镌肺腑？曾抛簪组换平安。梅花破蕊迎春令，竹影摇风耸翠竿。嚼出山林潇洒味，菘心菽乳亦嘉餐。"全诗表达了诗人不慕荣华，安贫乐道的质朴情感，梅花与竹影正点缀了诗人的清高意趣。刘大观也曾以梅为题，着力歌咏其清幽："孤宜傍池沼，高可配楼台。无鹤尚嫌寂，有诗才肯开。院香春已破，人静月初来。更欲僧寮下，寻幽踏碧苔"（《梅》）；描述新种之竹，赞赏其清雅素净："未有名花植后庭，城南乞取数竿青。乍如新妇垂羞颊，久似仙鸾刷翠翎。一院澹烟春漠漠，半帘疏雨夜泠泠。得来殊趣成幽赏，晓课还书相鹤经"（《种竹》）。需要注意的是，无论是清高闲适的鹤，还是清雅出尘的梅与竹，它们于刘大观诗作中的反复出现皆直接为诗人表达其心志提供了载体。

刘大观所追慕的"清真雅健"的诗风，与高密诗学欣赏的诗歌风格若合符契。而就实际创作而言，高密派诗人或囿于经历的单一或囿于心态的枯寂，使诗歌风格一味走向清冷衰飒；从这个意义上讲，倒是刘大观以其丰富的经历，包容的胸怀，形象化的创作手法使其诗作呈现出更为丰富的层次与风格。

第9章　开其先、续其后的高密诗群

高密诗派由李怀民开创，由其弟李宪乔传播宣扬。但在他们之前，高密同里"三单"（即单楷、单宗元、单烺）中的单楷与单宗元已经为其开风气之先，打下基础。与"高密三李"同辈，且与两位单氏诗人并称"高密三单"的单烺，则在与高密派诗人的交往中，对高密诗学进行有选择地吸收与改变，并葆有自己的特色。而在"高密三李"身后的同乡后辈之中，又有"后四灵"（李五星、王宁焊、王丹柱、单子固）及王新亭等人得其诗法之传，或是自觉承担起绍述高密派诗学的使命，或是在继承中上下求索，力求突破。总之，他们延续了诗派影响。

9.1　开其先河的"高密三单"

高密派"三单"中的单楷，字书田，号更生，有《太平堂诗集》，是为盛世中典型寒士的代表。对于其生存状况，李宪乔曾这样描述："食尽门前树，先生空忍饥。只应到死日，始是不贫时。"（《子乔自县中来言书田单先生贫状，至食木叶，并邀各赋一首为赠》）足见单楷生活之贫苦。单宗元，字绍伯，号愚溪，有《愚溪集》。单烺，字曜灵，号青俵，以进士官龙门县，累官至铜仁府。好学工诗，有《大昆仑山人稿》。三人对高密二李有奖掖倡导之功，石玲、王小舒、刘靖渊《清诗与传统——以山左与江南个案为例》认为三单："与三李诗学旨趣十分契合，实际已为三李诗学理论和诗歌创作定下基调。"① 汪

---

① 石玲、王小舒、刘靖渊：《清诗与传统——以山左与江南个案为例》，齐鲁书社，2008 年版，第 527 页。

辟疆称：“三单皆工于诗，其诗必有力排当时浮靡空洞之体，戛戛独造。二李称三单曰丈、翁先生，知其为先辈，可谓二李诗派先河。”① 以上观点基本符合事实，但需要注意的是，三单之中，单烺辈分较之其他二人较小。② 单烺虽稍年长于高密二李，但应属同辈：“从酬唱往来之诗中，可知他们之间没有师从关系，更多的是朋友之间的互勉互励。”③ 且单烺科名显达，仕途通顺。因此，无论从生存境遇、年龄辈分、诗歌风格还是与高密二李的关系，单烺与三单中其余二人皆有鲜明区别，而另二人单宗元、单楷则存在诸多相通之处。因此本节分两部分叙述：先介绍作为高密二李前辈，并与其有师从关系的寒士诗人单楷、单宗元，再介绍三单之中唯一仕途显达者——曾与二李酬唱应答的同辈诗人单烺。

9.1.1　“高密二李”前辈诗人：首开高密诗风的单楷与单宗元

从“高密二李”的诗歌与其他文献看，单楷与单宗元是为二李敬重的前辈，兄弟二人皆曾从其学诗。如李宪乔《再赠书田翁》言：“高言吐向众，率谓狂且耄。我闻径相访，候门不敢敲。自袖新成诗，片羽投壶峤。”记载了李宪乔登门拜访单楷并携诗作向其求教事。而李怀民《刻绍伯先生诗弁言》则表明李怀民与弟李宪乔、李宪暠皆曾拜于单宗元门下：“怀民与先生同邑，顾游先生门，后岁辛巳始蒙见招，偕弟宪暠、宪乔拜先生于榻前。”④ 而单楷与单宗元之所以能够得高密二李之敬重，并拜其学诗，究其原因，主要体现在高密二李对两位单氏诗学观点的认同与对其个人品格的钦佩上。

---

① 汪辟疆：《论高密诗派》，引自《中华文史论丛》（第二辑），中华书局，1962 年版，第 139 页。

② 引自李宪乔所作《愚溪集跋》：“先生族子青俟君尝语宪乔曰：‘单叔（由此可知单青俟比单宗元小一辈）刻意为诗，其所得清苦，非时彦所能及……’”由宪乔称单青俟（即单烺）为单宗元族子，即单青俟称单宗元为先叔，可见单烺应为单宗元晚辈。（见《愚溪集跋》，引自《山东文献集成》，第 43 辑，第 727 页）

③ 王蕊：《高密单氏与高密诗派》，载于《菏泽学院学报》2008 年 3 月。

④ 李怀民：《刻绍伯先生诗弁言》《愚溪集》《高密单氏诗文汇存》，引自韩寓群主编：《山东文献集成》（第三辑，第 43 册），山东大学出版社，2007 年版，第 721 页。

高密二李对两位单氏诗学观点的认同，体现在两个方面：其一，赞赏其专学于诗，作诗本诸性情的"无功利"态度。李怀民认为，高密从明代开始，"取科第以制义成家者"① 常有之，而"于诗则无专学"②，即尚无专学于诗的人。从这个意义上讲，明代以来，高密专学于诗者，当首推单宗元，即如李怀民所言："实吾邑诗学嚆矢也。"③ 后人评其诗作时也称："连阅大作，皆是以全力注之"④，由此可见单宗元作诗的专注程度。从对待诗歌态度"无功利"的角度看，单楷与单宗元并无二致。在其漫长的清贫生活中，作诗已然成为单楷排遣忧闷的最佳途径，天长地久，诗人也已习惯了以诗为伴，抒发心情，正如其言："排闷常无酒，遣怀惟有诗"（《移馆》），"愁深无计堪消遣，一首新诗旋写成"（《寓二台子阎家小店作》其三），"诗因排闷忘功拙，酒为扶衰任浊清。"（《小园》）单楷认为，作诗应本诸性情，诗歌本身就是书写性情的，他在自序中屡屡表达过这一看法："一切拂乱离堪之遇，每有所触，辄见于诗，不过抒胸中忧思，非如安常处顺辈，罗致好名之士，飞觞分韵，各思争新，而竞爽也。"⑤ 即与以作诗为工具，博名逐利者相异，单楷诗是自写情性的。基于此，单楷鲜明地提出："窃闻诗之为道，本诸情性。"⑥ 而这种重视诗歌地位，并提倡诗之"真"与"情"的诗学观，恰与其后高密派诗学观枹鼓相应——这无疑是高密二李深受单氏影响的结果。

其二，高密二李对两位单氏诗学观点的认同，更体现在敬佩其所具有的不囿于时俗，复归风雅的决心。李宪乔在《绍伯先生传》中以"深思嗜古，不宜于俗"⑦ 作为对单宗元基本评价，足见单氏嗜古脱俗之志趣。而在《诸家评语》中，于始瞻亦以"得风骚将为树赤帜，以清微高谈为的，深情秀蕴，斥远钉饾，而常归含蓄，乃怳然悟'风人敦厚'之遗，此其是耶。及见大作，标寄淡远，果如所论，知其濡哜于此

①②③ 李怀民：《刻绍伯先生诗弁言》《愚溪集》《高密单氏诗文汇存》，引自韩寓群主编：《山东文献集成》（第三辑，第43册），山东大学出版社，2007年版，第721页。

④ 引自《诸家评语》《愚溪集》，韩寓群主编：《山东文献集成》（第三辑，第43册），山东大学出版社，2007年版，第727页。

⑤⑥ 单楷：《太平堂诗外序》《太平堂诗集》《高密单氏诗文汇存》，引自韩寓群主编：《山东文献集成》（第三辑，第43册），山东大学出版社，2007年版，第700页。

⑦ 李宪乔：《绍伯先生传》《愚溪集》《高密单氏诗文汇存》，引自韩寓群主编：《山东文献集成》（第三辑，第43册），山东大学出版社，2007年版，第723页。

道者，深矣"① 作为对单宗元诗歌的印象，由此可见单氏标举风雅，提倡淡远深厚之味的审美趣味。而这种审美趣味，被高密二李所承继，融入高密诗学主张中，成为高密派诗学观点重要组成部分。复归风雅的决心，在单楷身上体现得更为明显，李宪乔《再赠书田翁》称："大雅久衰歇，顽艳日袭盗。独握怀中冰，有得非世要。我聆始惊叹，但觉气浩浩。见许坐蓬荜，荣我等朝庙。况复致拳拳，瓜李费琼报。夫子嗜昌歜，今吻得古好。周鼎杂康瓠，宝弃须细较。新得足自雄，前功吁可悼。倘使行走随，执鞭甘所效。"李宪乔对单氏在世俗中葆有一份复归风雅的坚持很是敬服，并在诗歌末尾表达了自己甘愿追随单氏，为纠时弊、复风雅尽力。另单楷《七旬吟》："笔阵难招义献鬼，诗坛合祭杜韩神"，更进一步鲜明地表现了其欲以杜韩为宗，上溯风雅的诗学倾向——再结合前文对高密派诗学对象的分析，亦不难看出单氏在对师法对象的选择上，亦对高密二李产生了深远影响。

　　高密二李之所以敬重单楷、单宗元，除去对其诗学观点的认同，还体现在对其不同流俗的性格特点的赞赏上。前文提到，高密二李诗作中皆曾流露出尘隐对立，向往隐逸之境的意识。实际上，这种意识在单氏二人诗作中早有明确体现，甚至表现得更为极端。单宗元曾以"心闲性僻自天成"（《漫吟》）自况，表明自己厌弃尘喧，耽于幽僻的志趣，这种志趣在其诗作中屡有流露。如其《赠孙山人》云："结屋云边住，蒲轮不可招。酒瓢悬夜月，茶鼎洗春潮。鸟下窥山果，僧来乞药苗。时时多逸兴，懒去入尘嚣。"隐逸安闲之味充斥全诗，可见诗人深安于乡间生活的宁静淡泊。与后来的高密二李一样，除去喜在乡间田野流连，道院、佛寺也是单氏时常光顾之所。每置身其中，诗人总能感受到一种与尘俗隔绝的静谧安详，机心全息，如《题五莲山僧房》云："巑岏来上方，杳杳磬声长。古木穿云立，岩花出寺香。蒸藜山客饭，支石老僧休。地僻禅机静，烦襟此日凉。"寺院处于高地，钟声杳杳，古木云立，与俗世的喧哗吵闹大不相同，至此自能被环境感染，忘却俗情。然而，较心闲性僻的单宗元，单楷的性情却更显与世俗格格不入，正如其自称："从来性与俗人殊。"（《老边战大士菴作》其八）他的个性极其鲜明，狂狷兼具豪气与真性情，如其所言："莫笑狂夫狂更狂"（《还乡》

① 引自《诸家评语·于始瞻》《愚溪集》，韩寓群主编：《山东文献集成》（第三辑，第43 册），山东大学出版社，2007 年版，第 727 页。

其七），"落魄三年气尚豪"（《偶成·其四》），"俗缘删尽养吾真"
（《七旬吟》），不管在世俗中遭遇了怎样的落魄、磨砺与不公，诗人仍
葆有最为真挚与狂豪的性情，不肯屈从。基于这种与世俗坚决对立的性
格，较之他人，单楷在诗作中所流露出的隔离尘俗的幽僻意识，显得更
为绝对，如"潇洒书斋绝点尘"（《老边战大士菴作》其六），"依林穿
竹着紫荆，碧草青苔远世情"（《李文在过访作此酬之》其二），"尘缘
删尽真无事，饱看东南一带山"（《老边战大士菴作》其二），可见诗人
与世俗决裂的决心：所处之地，所历之事，皆力避尘俗世情。单楷之
所以将其诗集自名为"太平堂"，也基于这种远离尘俗，忘怀俗事的
意识，他在《太平堂诗序》中写道："身在城市而心在丘壑兴发则芒
鞋、藤杖徒倚竹树之间，风风雨雨，鸟鸟花花，触目皆可悦，事过而
情辄忘，曾不系怀。今昔流连感慨，虽环堵萧然，不蔽风日，门外红
尘自此远矣。《黄庭经》所云：'闲暇无事心'，太平者庶几近之，遂以
名吾堂，即以名吾诗可也"① ——由此可见，诗人之所以名诗集曰"太
平"，并非如字面所见，感自生于太平之世，正如单楷所称，太平之世
"普天所同，而非余一己之所可以专。盖余之忧患者遇，而心则超乎境
之外者也。"② 相反，是一种道家放达情怀的反映，也是诗人个体情性
的概括。

此外，单楷厌弃世俗的决绝态度还体现在其对人情交往的排斥甚
至摒弃上。单楷曾自称："余忧患中人也，性疏才拙，不识时势，兼
昧人情。"③ 实际是其自谦语，诗人懒于人情交往，并非昧于人情。单
楷曾颠沛羁旅行走关外，二十余年的颠沛困顿中，受尽世俗冷眼，看
尽人生百态，正如其言："汩没尘网中，风波起，自平地出走，长城
三千里外，颠沛流离，困顿而归，前后二十余年中，虽妇人、小子皆
得易而侮之④，"穷途落拓，为俗物所嗔"⑤。因此，诗人之所以自称
"昧人情"，正是饱尝世俗辛酸，阅尽人情冷暖后对世俗人情彻底失望
的结果。

正如其言："和光随俗我无能，到处人情冷似冰"（《老边战大士菴
作》其九），"秃鬓萧萧四十余，人情阅尽爱幽居""忘机渐喜无来客，
赢得闲身万事疏"（《还乡》其三），"世情闲看十年熟，懒逐红尘到处

①②③④⑤　单楷：《太平堂诗序》《太平堂诗集》《高密单氏诗文汇存》，引自韩寓群主
编：《山东文献集成》（第三辑，第43册），山东大学出版社，2007年版，第700页。

忙"（《还乡》其七）等，皆表达了诗人因有感于人情冷漠，而懒于世俗人情中周旋的态度。然而，需要注意的是，诗人懒于世俗人情交往，却并不意味着诗人因此淡漠无情。从诗人诗作中，可以看出其对于知遇者感激非常，且愿全力相助，如其《苏州留别陈先生》言："碌碌何曾有一能，长途落魄愧飞腾。感君相见不相弃，挑尽西窗半夜灯"，流露出对知音强烈的感激之情。由此可见，诗人出于对现实失望而自觉选择了一种极端化的，与世情、人情隔绝的决绝态度——既然无力改变他人，就只好独善其身。正因如此，诗人与世俗社会总显得格格不入，纵使其身处太平盛世之中，也总难掩落寞自伤之情，正如其《登开原北城楼》所言："世治百年无战伐，吏贤四野乐农桑。登高望远长天阔，欲下危楼意自伤。"充分表达出寒士身处盛世之中的自伤感受：太平盛世之中，唯吾一人伤感失意罢了。

与两位单氏在思想意识上隔离尘俗相应，在物质上，二人皆过着一种极度清贫的物质生活，尤其是单楷。李宪乔对其极端困苦的生存条件多有描绘："檐际未消雪，下覆无烟灶。短发披破褐，瞳子澄不眊"（《再赠书田翁》），"釜煮后凋叶，门堆绝客尘"（李宪乔《赠单丈书田楷》）。李宪乔写单楷生活异常贫苦，以至于常要以院中木叶为食："楷性尤孤僻，闭户绝交，饥煮庭中木叶食之。"（《绍伯先生传》中对单楷的评论）事实的确如此，单楷曾自言自己过着如同苦行僧一样清苦潦倒的生活："掩胫缊双鬓秃，鉴蔬粥饭浑如僧。"（《老边战大士菴作·其九》）然而，单楷并未因此感到痛苦，甚至自甘于此，并以此为乐——这缘于其以安贫乐道的人生态度作为精神支撑。如其《偶感》所云："机巧何须厌，嘲讪未可嗔。爱闲常闭户，安遇自忘贫。酒为赊偏美，书因借更新。浮云浊世事，淡漠不关身。"安闲的幽居生活将其所面临的贫苦转化为一种以稀为贵的偏美："酒为赊偏美，书因借更新"，因为稀缺，令自己更加珍视书与酒的美妙。相较于饱受世俗机心倾轧换取富贵荣华，诗人更甘于这种物质贫苦，精神富足的寒士生活，这也与其后高密诗派寒士诗人们的价值选择若合符契。从单楷诗作看来，其在人格意趣上处处追慕陶潜，如"三径尽荒元亮菊"（《奉天城北二台寺书舍作》其三），"篱落旧时追靖节"（《病起》），"荒圃犹余靖节花"（《赠李文在》其二），"渊明篱净夕阳斜"（《生涯》）等，于诗作之中屡屡提及陶潜采菊东篱之下的隐逸躬耕生活，可见其向往淡泊宁静生活的精神志趣。然而，陶渊明虽纯任自然，向往隐逸，却仍不废躬耕。单氏较之陶，却表现出一种但凭天命，放任自然的生活态度，这也使其与其他寒士区别开来。如"雨余收堕果，风定扶敲花"（《幽居》），"树剩经霜果，花赊戴雪枝"（《小园》其二），两句皆是对诗人居处疏于打理的景致的描绘，由此可以窥见其放任自然，鲜少人事干预的生活态度。单楷在许多诗作中，反映出一种常人难以想象的安时处顺的人生态度，如其《茅屋为风雨所败青佟欲为修之寄以一律》云："懒性从来酷爱闲，雨余扫径净苔斑。黄花篱落欣无恙，白板门扉尚可关。仍逐树荫持简牍，全空障碍看云山。"诗人居所被风雨损坏，单烺欲为其修之，诗人却不以为然，并尤以黄花篱落安然无恙、门扉可关，有树荫遮蔽可以继续读书而深感欣慰。另如"一杯总使无钱买，花柳宜人满目前"（《灸背》），每当其在物质上因贫苦碰壁时，诗人总能立刻在精神上找到一种自适来弥补，总有一种理论能使其自足，实在是安贫乐道到令人咋舌的程度。这种真正的放任自然，随缘自适，虽在世俗中显得如此不真实，但也侧面映射出单楷坚守自我，不媚于时俗的坚定态度，这令高密二李印象颇深，并深感敬佩，因此多有诗作歌咏之。

　　高密二李在诗歌表现上也受到二位单氏的影响。在李宪乔给单楷的赠诗中，曾以"贾孟骨已霜，冷径无人造。岂谓千载下，复得见孤峭"（《再赠书田翁中》），作为对单氏诗风的印象，直指单氏诗风直追贾孟，极具孤峭的特点。而此正与高密二李的创作风格基本相符。阅读三单诗作，可以看出单楷与单宗元皆善使用冷味意象，诗作同具孤峭之风。

　　在二位单氏诗集中，多有诸如"黄叶""疏云""寒雪""朔风""枯树"等冷味意象，如单楷有"策策无旁黄叶落，悠悠不尽白云寒"（《奉天九日登北郊二台寺》），"莺声细弄投黄叶，鸦阵惊翻对晚晴"（《登开原北城楼》其二），"微雨夜初晴，疏云断复行"（《老边战大士菴作》其十），"寒雪积空庭，朔风鸣浩浩"（《愁》）等；单宗元有"寒霜先海国，黄叶满秋原"（《秋郊晚步》），"云散林皋月上迟，行穿寒叶出疏篱"（《东村晚归》）等。即便提及阳光，也多为"微阳""淡日"等意象，不见炽热，反有迷朦暗淡之感，如"疏树寒云里，微阳夕鸟边"（单楷《李文在过访作此酬之》），"一川淡日风萧瑟，两岸秋菼篱接连"（单楷《老边战大士菴作》其三）等。除此之外，与高密二李酷爱写秋一样，"秋"是单楷与单宗元不厌其烦描摹的季节。究其原因，从二人描摹秋日的诗作中，可见一斑。

其一，缘于诗人对秋之悲凉与萧索气氛的敏锐感知。诗人情感细腻，每见萧条秋景，每感萧瑟秋意，总能唤起心中感伤，触动诗人悲情，正如单楷所言："萧萧风叶声，渐欲作秋声"（《新凉》），即是如此。单宗元每写秋日，也总是自然地触及伤感之情，或是写离别的愁情，如"渺渺秋江上，离情更若何"（《秋夕寄傅赓言》）；或是写壮志难酬的伤感，如《秋望》所言："半年将半吟潘赋，琴敛空怀志未酬。"诗言"半年将半"，即由秋这个季节处于一年当中的顺序位置，触动了自身恐年华逝去，蹉跎易老，壮志难酬的伤感。反观两位单氏偶有书写春夏的诗句，则仅仅客观写景，鲜少触动情感。如单楷《海州首夏》："数日寻诗诗不成，忽逢首夏雨初晴。染浓柳叶眉痕重，洗淡桃花面色轻。隐水蛙声传近郭，倚山阁影出新城。客途莫叹摧伤甚，好景当前尚一鸣。"单宗元《愚溪集》中凡提及季节者，多为秋季，《春园》是唯一一首描述春光的诗作："春光无近远，荒圃任栖迟。溪涨冰开后，山明雨过时。剧云分莱甲，拣日种菱丝。野客闲相访，烹茶唤小儿"，诗中更多只是描述冬去春来的客观景观变化，将诗人的日常娓娓道来，仅偏于描述场景，而鲜少个体情思的抒发。

其二，秋与二位诗人性之所近。不同于夏之炎热、喧噪，秋与宁静、清凉相联系，与诗人爱赏的幽僻、静谧趣味相联系。正如单楷《登开原北城楼》其二所云："莫笑庞公懒入城，二台秋色正关情。莺声细弄投黄叶，鸦阵惊翻对晚晴。孤塔层层烟雨暗，遥山淡淡翠微横。兴来随意闲成句，敢向时人说善鸣。"诗人言"秋色正关情"，即点明秋与其个人情感相近，而紧接一系列秋日画面徐徐展开，末句言"兴来随意闲成句"，秋日之景极易触动诗人诗兴，随意闲坐，触景而发，便可成句。又如其在《秋日过李园》中所感慨的："不耐劳劳尘世忙，名园才到便清凉"，园内秋之清凉与园外尘世之繁忙形成强烈对比，秋日李园仿佛是一处隐藏于世俗深处的隐逸之所。这里的秋，静谧幽僻，与诗人所爱赏的静僻之味十分相近。

其三，在诗人看来，"秋"还与清高朴素的人格紧密相关。两位单氏皆有咏颂秋菊之作，诗作寓意大同小异，皆是歌咏秋菊之朴素淡雅，同时贬斥世人皆逐的"富贵花"。如单楷《李文在处赏菊》："五陵年少展豪华，春晚争看富贵花。何似柴桑秋色好，一业闲淡日初斜。"单宗

191

元有与之类似的《比菊诗录一首》："生向柴桑处士家，垂英结药任年华。徘徊自爱东篱老，眼冷曾看富贵花。"二诗体现出二人不爱富贵荣华，唯重清高品格的价值选择，并同以喜秋菊之高洁，厌春花之俗艳为喻。

单楷与单宗元还酷爱以破败凋残意象入诗，在二人诗作之中，随处可见类似"荒原""古寺""残花"等意象。如单宗元云："采菊荒园频驻马，玩花古寺久无僧"（《超然台》），"日残花落古台荒，台上碑横字已亡"（《四知台怀杨伯起》），"榛草荒凉野径稀，几家残柳尚依依"（《过废村》）等。单楷也称："赖有残花慰寂寞，斜阳来看影离离"（《老边战大士菴作》其四），"殿古瓦多坠，钟危楼欲倾"（《游七圣寺》）等。但是，除去以上古已有之的固定意象，单楷还以身边日常的荒败景象入诗，比如破屋、粗膻、破絮、粝饭、寒菹、秃笔、冻砚等，以它们组合起来描摹真实的日常，如"粗膻破絮随时度，粝饭寒菹到手空"（《出关》其三），"生柴频续寒炉火，秃笔时题冻砚诗"（《出关》其四），"破屋颓垣地，萧然风日天"（《李文在过访作此酬之》），不加修饰，极度写实，形象再现"盛世"之中寒士生活的同时，更渲染了萧条凄切之感。二位单氏诗人之所以屡用破败荒僻意象入诗，一方面是其清贫穷苦生活的真实写照，另一方面则是其个人寥落心境的折射：在其诗作中，"萧条""萧然""萧瑟""萧萧"等形容词出现频率极高，以其作为所处环境的修饰，无时无刻不在渲染诗人个体内心的凄清悲苦。如单楷"莫笑狂夫狂更狂，萧然茅屋映林塘"（《还乡》其七），"生还幸是苍天佑，四壁萧然漫自吁"（《还乡》其一），"从来性与俗人殊，四壁萧然旧草庐"（《老边战大士菴作》其八），"淹没真成塞上翁，萧条客舍意何穷"（《出关》其二）等。而诗人笔下种种荒僻意象恰与这种萧条凄清意味相应，共同成为诗人悲凉萧索心境的折射。

尽管单楷与单宗元在诗学、人格与诗风上存在诸多共通之处，但二人诗作仍因其各自经历、阅历及所学偏重的不同，呈现出各自独特的面貌。单楷曾有多年出塞经历，其诗多有对塞外风光的描绘，如《出关》其一云："秋老霜清别帝城，出关一望客心惊。长云黯黯边风急，斜日荒荒野烧明。旅馆病侵开药里，孤村起早听钟声。迷律几处凭谁问？大漠萧条无耦耕"，诗人行至关外，见关外之萧条远僻与关内大相径庭，十分诧异。其诗因对关外萧条辽阔景色有所描摹，故呈现出一种别样的荒凉寂寥。此外，其诗中也多描绘边塞特有意象，如《登开原北城楼》云："塞草全枯木叶黄，雁横秋色正苍苍。北来罔势遮胡马，西下河声沸夕阳。"另如《还乡》其一中言："饥渴曾餐苏武雪，腥膻未惯李陵酥。"其中，塞草、秋雁、胡马以及历史人物李陵、苏武等，皆是为边塞独有或与之联系密切的事物与人物。单楷以之入诗，使此类诗作尤见慷慨悲凉。

高密二李在评点《愚溪集》时①，认为单宗元有部分诗句因过于追求淡远，致使诗句流于肤廓，呈现出"客气"意味，带有王士禛影响的印记。如高密二李评单宗元"轻盈不肯施红粉，素质亭亭格自尊"（《白莲》）时，曰："客气"②；认为"野马暂收天地阔，隙驹潜送古今愁"（《秋望》）与"王新城句：'堪叹古今可太息，侧身天地多烦忧'""皆客气也"③。此外，单宗元也在一些诗句中呈现出峭刻豪迈的特点，如"峭到碧天峰突出，滴穿古洞瀑飞来"（《游九仙山二首》之一），"崎岖山路云遮寺，苍莽烟郊日落城"（《送族侄钝儒入闱》）等，与其一贯偏爱描绘微小静谧情境大异其趣。

9.1.2　"高密二李"同辈诗人：吸收兼有改变的单烺

单烺在"高密三单"中，是唯一科名显达，并走上仕途者。他在"三单"中辈分最小，与"高密三李"应属同辈，同他们（尤其是李宪乔）多有交往，互相之间多有充满勉励之意的酬唱应答之作④。在同高

---

① 李怀民在《刻绍伯先生诗弁言》中言绍伯（单宗元）："乃以平生诗卷尽付之怀民，怀民与两弟皆学诗，实不废制艺，而亦不获科名，其将以诗成名乎？果以诗名也，则先生有知人之明，而诗传矣。"由此可见，单宗元因对高密三李有所了解，便将其诗托付给李怀民等人，诗集中出现的评语极有可能为高密二李所作。

② 引自《愚溪集》中《白莲》诗评语。

③ 引自《愚溪集》中《秋望》诗评语。

④ 李宪乔《单青佽太守见过，即事酬短句》中："薄筵就荒俭，名彦接高雅。仰聆金玉垂，稍容怀抱写。世路空悠悠，谁念苦吟者"便写身为乡贤名彦的单烺到访，宪乔与之交流志趣心得，深觉单氏为其知音的感慨。另宪乔还有诸如《送单青佽之任铜仁》《送单青佽太守赴铜仁》等多首单烺赴任铜仁送行的诗作，以《送单青佽之任铜仁》为例："不惜炎州去，天南诗景饶。城开万山小，路向百蛮遥。红鷓过江鸟，黄头出洞苗。未谙远人俗，何处复停轺。"单青佽再官贵州铜仁知府，宪乔附诗送行。诗人对这位乡贤远去炎荒蛮地的宦游，深表关切，字里行间流露其对同乡友人的真挚情感。

密派诗人交流往还之中，单烺对其人格、志趣、品性产生了认同与欣赏，并对高密派诗风进行了有选择地吸收，但因其素爱兼取百家，不名一格，故其诗作自具面貌。

1. 与高密诗派：观念上的认同，创作中的差异

单烺虽居高位，但在与以"高密三李"为代表的寒士诗人的密切交往及寄赠酬答之中，对寒士独立自守的人格与清高洒脱的品性，表现出强烈的赞赏与认同。他曾与李愚村唱和，作《藤萝不附木和李愚村先生韵》，以不附树木的藤萝为喻，以一种独立自守，翛然淡泊，无所依傍的人格与友人互相勉励；并在《古意三首》其一明确表示："不谐世俗好，沈默葆其真"，与高密派寒士们所秉持的坚守内心，不随波逐流的观点一致。他也好与洒脱而不受世俗拘囿的寒士为伍，看重其安贫乐道，潇洒疏阔的情怀，如其在《奉酬桐詹表伯题因陋草堂菜圃韵四首》其一中所言："清斋禅悦贫相称，疏食家风老未忘。莫笑盘盂多韭品，且求醹醁溉藜肠。"赞表伯安时处顺，甘于淡泊的生活态度；《寄高南阜老人》："梅福仙人市门卒，头戴笠子赤双足"，则对南阜老人的狂放不羁流露出欣羡之意；而《怀刘仲海》："斜眠石濑晞玄发，危坐峰巅读素书"则呈现出友人以自然山川为屋室，危坐读书的高逸情怀。需要注意的是，单烺对寒士品性的种种认同，来源于其作为士子，内心深处以苍生为念，"忧道不忧贫"的责任意识，正如其《夜半雨雹柬根田》云："夜半风雨恶，瞿然念生民。辗转自生怜，疾痛切一身。浊酒余半榼，披衣起自斟。丹经读未竟，忧道不忧贫。"基于此，单烺对寒士的人格、品性产生了深刻认同，并对其穷困不达的际遇与困苦的生活产生了深深的同情与悲悯，如《哭师田兄七首》其二："尔妻饥无食，尔子寒无衣。尔屋破不葺，尔田芜不治。岁月忽已晚，猎猎朔风吹。冻云郁不散，怅望有余悲。"诗中皆是诗人痛心之泪。且单烺还以实际行动给予寒士帮助，如前文提到的单楷《茅屋为风雨所败青侉欲为修之寄以一律》，即是单楷寄答单烺欲为其修葺被风雨损坏的房屋事。

正是基于对寒士人格品性的强烈认同，单烺对高密派寒士诗人的志趣与诗学进行了有意识的吸收，并以其迥然不同寒士诗人的表现，将其体现在诗歌创作之中。

单烺与高密诗人一样，皆爱赏幽兴，其诗作中屡见对清幽的钟爱，

如"荒村卜筑足清幽"（《赠薛十七二首》其二）"孑然抱幽独"（《闻涿立峰小集》）"半山径转幽"（《游五莲呈绍伯叔》）等。然而，与高密"三李"不同的是，单烺笔下的幽兴，全然不见荒僻枯寂，呈现出别样的趣味：如"结庐幽谷里，何似在人间。春雨村中路，梅花屋上山"（《橡谷》），朦胧温和；"春晚科头松下坐，月明负手涧边行"（《题李云骧比部石林集后》），萧闲自在；"浮阳迷远岫，气暖律将更。春鸟来何处，春林乍有声"（《春郊》），不再如"三李"一样，总写及春寒，而是于悄然生发之中，孕育万物复苏的希望。虽同是耽于幽兴，描绘清幽之境，单烺却不似三李，以提及事物的冷峭枯寂的"背面"的方式渲染冷意，而代之以空净清雅的温凉意象去营造不一样的幽静诗味。首先，单烺善于营造空净之境，使诗歌具有一种不染尘埃的高逸情致。如："玉露泫新枝，晨光净如沐"（《余清轩四木为刘嘉南作》），"十里入香山，晓光泾空翠""磐声林外流，岚影阶前坠"（《同颜幼客张厚余慎余游摩诃庵》），"芙蓉露冷秋如洗，野塘潀潀清见底"（《渔歌》），"暝色连青郭，淡香生白蘋"（《郊兴》）等，意境空灵静谧。其次，单烺还多作清雅之句，娓娓道来，情感和煦，更见幽静。如"月落空庭生露白，云收虚阁贮山青"（《答劳山僧》），句中白与青都是清淡色调，清净却不萧瑟；又如"苍苍久立秋烟外，一抹红霞岭上升"（《野兴》），诗中诗人虽是形单影只，立于秋烟之中，却因红霞的热烈，调和了哀伤，徐徐道来，全无凄凉意；另如"崀襄春水流碧沙，戏弄波面縠纹斜"（《题居易叔画鹅群图》），景语清妙，流露出文人画所独有的高雅意趣，再如"静庐烟树外，雨歇转霏微"（《南园晚晴和绍伯叔韵》），微雨时来时停，转换皆在静谧悄然之中。需要注意的是，单烺诗歌意象上的空净清雅，是其主体精神、心境乃至审美趣味投射到景物之中的结果。最后，与照直写破落、荒僻景象的"高密三李"不同，在单烺眼中，荒僻意味着清幽怡人。带着这种对"荒僻"的好感，他将"荒僻意象"代入自我艺术与美学视角，进行美的升华，凡其笔下的山村、亭台，皆呈现出精致、高雅的特点，与"高密三李"同类诗作流露出的荒僻寂寥之风大异其趣。如其《过黄照乘山村》所云："梅花生碧涧，香色上衣襟。精庐构严坳，蔽以松树林"，"碧涧""香色""精庐""严坳"，皆是诗人精心锤炼的精美意象——可以说，它们这不仅是自然的作品，更是单烺的杰作。

195

然而，单烺并非仅善使用精美、高雅意象，他还常着眼于民间，使用一些颇具烟火气息意象，使部分诗作呈现出平易朴实的特点。如"石屋炊烟隔，竹筐药草收"（《游五莲呈绍伯叔》），"娇娃初采莲，上船立未稳。不解使长篙，多将莲叶损"（《江南曲二首》其二），"箬笠挂松枝，啾啾禽对语。山北沽酒人，行过山南去"（《山行》）等，简俗清新，朴实有趣。

除此之外，单烺不同于高密诗人多用具体意象的特点，表现为：其一，单烺多借用古代沉淀下来的象征意象入诗，如《唐榷使重修琵琶亭过而赋此》云："梦入清江采白蘋，片帆相送楚江滨。重开图画新亭子，是领烟霞旧主人。明月芦花歌酹酒，暗风灯影泪沾巾。扶筇拟上香炉顶，谁向襄阳为写真。"该诗场景、意象皆不具体，"白蘋""片帆""烟霞""香炉""芦花"等，皆是古已有之，沉淀下来的意象，没有特别的形容、刻画，直接借用，象征意味浓厚，不及高密派刻画具体的典型诗作诗意显豁。

其二，相较于善移情入景，将景物意象化的"高密二李"，单烺则多以形象特点作为意象修饰成分，而鲜少以掺杂主观感情色彩的形容词作为修饰。单烺向来客观写景，很少在景物描写中寓于个人情感的表达，如《滇南杂咏六首》其三云："铜柱日华标汉垒，铁桥涛怒沸秋鼙"，诗人写边地景色，却不见高密二李每写边地之时的愁苦，但见奇险，喧噪，威力。另如《滇南杂咏六首》其四云："城边秋色远，赋心庐畔野风吹。"虽描摹寂寥，也只是从形象色彩的角度，殊少感情色彩修饰。而后接"可怜孤客常萧瑟"一句感慨，才将凄凉之情直致写出，情语与景语界限分明。当然，单烺也偶有在景物之中蕴含主观情绪的书写，但所表露的情绪却显得微弱而节制。如其云："草痕余落照，鸟影下清湍。春色还无赖，轻云酿雨寒"（《寄怀立峰二首》其一），诗作伤感与友人分别，便将这种感伤通过夕阳晚晴，鸟影飞掠，轻雨微寒之景象表现出来，以晚晴、微雨作为对感伤心情的宛转呼应，间接微弱地渲染情绪。另如其言："冰署莺花春寂寂。匡床风雨夜潇潇"（《得闻涿书诗以作答》），亦是如此，诗人以莺花寂寂，风雨潇潇的景象，投射其思及友人时的寂寥心情，委婉地表现伤感，绝不似"高密三李"的质实平直。

由以上可见，单烺虽在人格志趣上深刻认同寒士，但因其迥异于寒士的际遇、地位以及由此所导致的对外在世界感受的差异①，使其在创作视角、底色、感情色彩等方面均呈现出特有的风貌。

除去在志趣上认同高密派诗人，单烺对高密派"诗中有人"的诗学观点也进行了有意识地吸收，并在运用到创作实践时，对其进行了合理改造。单烺曾言："诗不干人未有名"（《野兴》），"言语妙天下，根柢在人伦"（《古意三首》其三），可见其已然认识到，不管诗作语言如何清妙，都是要为表现现实人生服务的。由此，体现出其对高密派一贯秉持的"诗中有人"诗学观念的认可与接受。然而，需要注意的是，虽然单烺与高密派其他诗人都奉行"诗中有人"的诗学观，但是他们各自的表现却不尽相同：前文提到，高密派其他诗人是将个人感情毫无保留的代入诗作中，强化诗歌表现诗人个体情感的功能；而单烺则因其身份、地位、经历决定了其人更注重人情聚散的思索，相应地，他发挥了诗歌的叙事和记录作用，使其诗歌留下人事的痕迹。单烺诗作中，多有与友人的寄赠酬答之作，这类诗作表现出鲜明的叙事特点，通常有完整的事件叙述情节和经过。如《绍伯叔病愈志喜》："秋末厉霜风，叔病卧不起。中心忧如焚，迫晓走省视。……迨叔病愈后，始不患同人。群晤私庆意，犹觉余悲辛。一卧岁序徂，奄忽逾十旬。"详细交待了绍伯叔从发病到病愈中间一系列事件发展和情感变化，与一篇格律齐整的小文无异。为了方便叙事，这类诗作在语言上相应呈现出以散句为主，篇幅较长的特点，如"黯然神伤竟别矣，猎猎朔风吹桂水。霰雪礧硌打蓬窗，船底冻合胶沙嘴。岁暮重阴寒如此，八口偎缩艎板里"（《送闻涿任桂阳司马》），"客来自远道，遗我书一箧。开读逾百日，戚友通款洽。上言长相思，中言慎寒热。叙致不数行，如闻泣呜咽。痛言年岁凶，较前更酷烈。春旱麦苗枯，五月禾始苗蝗"（《客来》）等，呈现出明了易懂的特点。观单烺寄赠酬答之作，在诗人明白晓畅地记录事件的过程中，伤感离别，是其最为刻骨铭心的情感波动。单烺曾仿照杜甫"人生不相见，动如参与商"而作"人生遇不谐，动若参与商"（《维扬访杨己君李啸村不遇》），"人生不相见，咫尺动成乖"（《寄闻涿》），感慨友人一旦别离就难以再见的愁情。诗人远赴外地居官多年，历尽离别，然而每值经历离别之时，却依然刻骨铭心。如其《送梅屿试用江苏

---

① 单烺曾言："圣朝雅颂奏和声"（《恭纪》），形象地表明了其对所处之世的感受，以及审美趣味的倾向，与高密诗人的感受截然不同。

二首》其一："冬至后五日，与子为远别。置酒临前除，情欢气乃结。感念四十年，甘苦共曲折。鸿雁未离群，山河忽超越。游子顾庭帏，居人念行役。岁暮霜雪繁，朔风凄以恻。努力加餐饭，衣裘尚重袭。珍此千金躯，时时自顾惜。无难亦无灾，庶几亲忧释。"诗人写诗送别同僚，越是同甘共苦者，越是伤感离别，末句强忍哀伤，以对友人的嘱托与祝愿作结，却更见其不舍。

2. 不名一格，雄奇阔大

陈兆仑曾于《大昆仑山人集序》中评价单焕诗云："开卷读之，往往惊绝，盖大体胎于汉魏，独为举世所不为，而波澜意度，囊括唐宋以下，不名一格，于是知青俟之诗之工也。其成之非一朝夕，而出之郑重如此。"① 揭示出单焕诗兼取汉魏唐宋，不专主一家的特点。与取法对象的兼容相应，单焕诗对时间与空间也呈现出独有的包容，其诗时空广博、阔远，有雄奇阔大之风。以其《秋宵有怀》为例："蒹葭露苍苍，明月悬秋色。江湖浩白波，渺渺情无极。美人赋遐心，出处安可必。言保金石坚，皓首崇明德。"诗中忽学诗经，忽学汉魏，忽追溯美人赋，取法兼容百家；又以江湖、明月等宽泛的事物景象为背景，深广阔大，气象万千。单焕常以山海天地作为诗作的背景，如"泰山何巍巍，东海深且广。青濛一气中，云雨相来往。中孕天地心，万物资长养。旸谷启曦光，斯世同昭朗"（《巍巍》），先感叹泰山东海的巍峨深广，接着观照天地万物，乃至整个世界，由雄奇至更雄奇，阔远至更阔远；"浪里船从天半落，城头山自雨中来"（《汉口》），以天为边际看船行，增大了气势；而"风烟万里静天陲"（《滇南杂咏六首》其二），以天陲为背景，更见风烟之辽阔。单焕不仅善于在空间上营造雄奇阔大之境，还好遥追前古，拉伸诗作空间感，以《望嵩高》为例，诗中无论时间、空间都异常深广阔远："五岳尊严迥不同，平分泰华辅西东。天心分野星辰聚，山顶高台日月中。霖雨浃朝周四国，明禋振古冠三公。他年不负登临兴，遥逐青炎瞰地宫。"单焕于此，以星辰日月为背景，足见空间之辽阔，又上追商周，见时间之久远。然而，单焕放大时空的手法不止于惯用表示时空巨大的意象这一种途径，更见其习用出自上古神话以及

---

① 陈兆仑：《大昆仑山人诗集序》《大昆仑山人集》《高密单氏诗文汇存》，引自韩寓群主编：《山东文献集成》（第三辑，第 43 册），山东大学出版社，2007 年版，第 758 页。

汉魏小说的神话意象。神话意象往往具有富有玄思，逸出尘外，超越常规思维的特征，因此，使用神话意象，便能突破常规思维最广最远之界限，幻设出一个不受既定概念拘囿的尘外世界，更见诗歌时空层次的丰富。在单烺诗作中，神仙窟、天宫、蓬莱岛等都多次出现过，诗人于其中幻设出与尘世截然不同的世外仙境："城临北斗通金阙，阁绕南山捧玉皇。一片清虚隔尘世，径须买屋往沧浪"（《同刘太史应榆林助教有五赵副车香祖游历下亭》），"拟归渤海寻蓬岛，好忆香崖证法华"（《下山与沈石二君别》），"蓬莱宫阙赤玉墙，仙人瑰佩娇红妆。瑶圃细石桃花瓣，宴中一笏寿穆王"（《昌化红石歌》），单烺还多以"洛妃""仙人""白鹤"以及得道者入诗："晶轮轧露青冥湿，洛妃香縠明雾缉。寒鬓紫钗冠袅袅，翠铦一曲剖天碧"（《子午莲》），"仙人骑马邈何许，高咏苍茫空杖藜"（《海州杂诗六首》其一），"芙蓉仙人（又是仙人）去不回，石室碧藓空云台"（《海州杂诗六首》其五）以及"白鹤应于洞口迎，征衣拂拭挂前楹。严间业桂叶初吐，屋角野棠花又生。便使儿童扶短杖，相随道士剧黄精。八公已授长生诀，底事还丹久不成"（《送解琢章归劳山》），更见缅邈莫测。

此外，单烺在单句之中，还有善用重复语词的特点，如"漾月亭子漾月水，月明漾月水心里"（《题松涛舅氏漾月亭》），"陋巷自应结陋堂"（《奉酬桐詹表伯题因陋草堂菜圃韵四首》），"烟水亭子望烟水"（《烟水亭》）等，使诗句具有一种韵律感的同时，格外突出了所重复意象的特点。

综上所述，在高密三单之中，单宗元与单楷从人格性情、志趣品行到诗学观点、诗歌表现，均对高密诗风产生深远影响，可以说，二人是高密诗派的开山鼻祖；而与高密二李同辈的诗人单烺，则因迥异于其他高密成员的境遇、感受，对高密诗风进行有选择地吸收与改变，融汇于诗歌创作的同时，还保有了其原本的诗歌特色，成为高密诗派中一道独特的风景。

9.2　绍述高密诗派的"后四灵"与王新亭

高密诗派影响持续近二百年，除去诗派领袖的倡导，及其同辈羽翼者的酬唱与传播，也离不开高密派后辈的发扬与光大。后辈之中，绍述高密诗派者，以"后四灵"与王新亭为代表。汪辟疆先生认为"后四灵"对高密诗派有绍述光大之功，曾言："绍述光大，以后四灵为独至。"[①] "后四灵"在诗学与创作上，呈现出对高密诗学的绝对强调。需要注意的是，清刻本《后四灵全集》除包含"后四灵"四位成员诗作，还收入了与其处于同一时期的另外一位高密诗人王新亭的诗作，相比对高密诗学绝对强调的"后四灵"，王新亭诗则显独具一格，诗风清超新妙，实现了对高密诗风的继承甚至突破。

　　然而，因"后四灵"及王新亭影响有限，加之存世文献稀少，目前掌握到的关于"后四灵"的可靠资料仅有一册依靠师长帮助，辗转得来的清刻本《后四灵全集》，其中还有部分内容已然缺失。对其生平、经历以及其他相关情况，只能依靠所存不全的诗作去做相对可靠的推断。因此本节内容略显单薄，不得不说是一遗憾。

9.2.1　强化高密诗学的"后四灵"

　　"后四灵"实际就是李五星（诒经）、王宁焯（熙甫）、王丹柱（宁烻），及单子固（鼎）四位高密后辈，李宪乔因觉四人诗歌风格同南宋四灵相近，故称之为"后四灵"。在诗学上，后四灵追随并服膺高密诗学主张。李宪乔曾为后四灵诗集序，云：

　　　"族子经（五星）、王生熙甫（宁焯）、丹柱（宁烻）、单生子固（鼎）共学为张贾格律，皆有家法，余目之为后四灵而书其卷云：

　　　永世不师古，圣言非所闻。文章虽小技，师古者得存。世代有递嬗，只如一脉分。假使生泣世，相应篪与埙。堪笑浮薄子，师心不师人。万言甫吐口，已作粪土尘。粤宋得四灵，结发避羶荤。律格用唐法，发愿不二门。至今览所遗，字字冰霜真。吾党诸学子，力古一何勤。引为四灵后，鼓之气弥张。若遇浮薄者，塞耳绝其言。少锐老则不，此言傥书绅。[②]"
　　由李宪乔序言，可以了解后四灵在诗学与诗风上存在着几点相似之处：

---

　　① 汪辟疆：《论高密诗派》，引自《中华文史论丛》（第二辑），中华书局（北京），1962 年版，第 139 页。

　　② 李宪乔：《题后四灵集》，引自李诒经等：《后四灵全集》，清刻本。

其一，有着相同的师法对象。李宪乔在序言中提到四人"共学为张贾格律"，意味着其看到后四灵诗歌与追慕张贾诗风的高密诗学桴鼓相应，同样对张贾格律表示出极大的兴趣。事实确实如此，四人在创作实践中，确以高密诗学所推崇的张贾格律为诗学指导，具体表现在对高密诗派以张籍、贾岛为二主的《重订中晚唐诗主客图》的服膺与传播上，身为后四灵之一的王熙甫曾向友人王生宣扬《主客图》，并认为其堪称判别诗歌得失优劣的标准，正如其所言："快论发古心，不觉长书竟。赠君主客诗，此道有律令。君欲决得失，还当以此证。"（《赠王子友》）

其二，皆有师古崇古的愿望。李宪乔序言中对后四灵取用唐法、信古宗古的态度表示赞赏。后四灵诸人也多次在诗作中表露出学古的志向，如"愚生斯世知好古，岂非至德能钧陶。偶披陈编窥格律，追摹直欲穷风骚"（王熙甫《奉答石桐先生见喻》），"竹帛功名宁可待，酸寒事业且须耽。所嗟力薄追前古，旧卷重看每自惭"（王熙甫《即事效放翁体》），"默默自吐出，湛湛澄古光。古光非众赏，自珍胜琳琅"（李诒经《饥吟》）。这种学古的信念已然超越了对某一家某一派诗学观念的取法，而表现出其对前古诗风的向往，以及对风骚的仰慕。

其三，后四灵其人其诗皆具一种不同流俗的清高风格，从诗风上看，如李宪乔所言："字字冰霜真"[1]，四人皆具清冷孤寒的诗歌风格；从性情上看，"若遇浮薄者，塞耳绝其言"[2]，他们皆厌恶世俗浮薄风气。

由后四灵身上所表现出的三点共性，可以看出，其与高密诗学、诗风若合符契，四人也多次在其诗作中表露出对高密诗学的认同，并立志追随高密派领袖，如李五星曾在《书怀呈族叔石桐先生》中称："菲才幸不弃，提携见心腹。如行绿崎岖，一旦得平陆。誓当捐众好，毕生此追逐"，其人因得高密派领袖李怀民教导而庆幸感激，四人对李宪乔的仰慕更是在诗作中体现得淋漓尽致。正因后四灵对高密诗学、诗风的强烈认同，对高密派领袖的极度认可，令其人格性情与诗作风格皆呈现出对高密诗人人格与诗歌风格极端强调的倾向。

纵观后四灵诗作，到处充斥着清寒孤僻之味，与高密派典型诗风极为相似。不同于高密二李善于营造情景、使用意象渲染诗作孤寒之味，

---

[1][2] 李宪乔：《题后四灵集》，引自李诒经等：《后四灵全集》，清刻本。

后四灵更喜反复将"孤""寒""幽"等显豁的形容词在诗中对举，以强调诗境的孤寒，如"徘徊孤兴发，长啸西风前，况君适携手，共此幽趣延"（李五星《溪上赠王丹柱》），"即此惬幽愫，冷吟谁复答"（李五星《斋中晨起》），"月高秋兴寒，江声孤舫动"（李五星《酬石桐先生行次昭平峡见寄》），"空阶霜气凝，四壁与孤灯"（王宁焯《赠潘兰公侍御》）等。然而这种对孤寒的反复强调，正是诗人们心境与性情的折射。高密二李虽也不同流俗，但皆曾具功名之心，且交游颇广，后四灵则不然，他们对世俗已然采取比高密二李更为决绝的排斥态度。以李五星为代表，观其诗集，可见因其坚持精神上葆有绝对的纯洁，其交游圈子只缩小到个别几位与之志同道合的文人以及少数僧侣道人。从"高密二李"寄予五星的诗作、信件中，可以看出"二李"对五星沉潜于诗书中的苦学行动很是欣慰，同时也对其身具才学却漠视功名的态度深表惋惜。而在李五星看来，"无外物拘牵"是最理想的境界，如其"众中独优游，凤无物累牵。逍遥遂兹性，薄暮临晴川"（《溪上赠王丹柱》），"倘有相怜意，应得辟谷方"（《答人见谕》），诗人渴望摆脱世俗中甚至包括基本生存需要的诸种牵挂，获得一种绝对的精神自由。诚然，五星当然也深知这种愿望不切实际，便选择耽于读书、苦吟。在诗人看来，在读书与作诗中可以获得灵魂的自由与净化，如其《耽吟》云："耽吟如学禅，只合住深山。贫外天无兴，世中身独闲。"又如其《读罢》云："读罢已更深，残灯孤焰清。似禅诸念寂，如镜寸心明。悄悄风初定，悠悠月始生。方兹诚独尘，闻得远泉声。"另如其《夜吟》云："冥心遗万象，吟尘似僧禅。"以上诸句皆表现出五星厌与世人交往，并将读书吟诗比作学禅，借此涤荡思绪，使得心思澄明。后四灵中，除李五星之外的几人也同样具有不与世俗合作的态度，如王克绍《和子乔梧郡闻蝉》云："生是使孤鸣，由来异众声。含风出疏影，和漏咽残更。喧处自成寂，炎中如此情。蛮山云树里，知尔抱跫跫。"以蝉寄托己意，表明自己坚守志向，不屈从世俗的决心；王宁烻《读山谷诗》云："颇疑辟谷已千载，惟吸玉露餐瑰芝。腹中灵气自凝结，冷光湛照心肝脾。有时吐出向霜月，棱棱百道寒琉璃。俗士掬挹不敢饮，却恐洗脱膏粱肌。"从诗人对这种与世俗追求背离的诗风的推崇，可见其清高志趣。

正因如此，四人均过着精神笃定而物质贫乏的生活，其精神追求与其生存条件存在极大反差，这在其诗作中多有反映。如李诒经《示友》云："出不羡膏腴，入不憎寒饿。息心屏众竞，敛迹就闲课。晶莹雪照牖，纵横书塞尘。朝汲寒泉清，夕拥孤衾破。屡空情未移，久抑志远大。去昨惜莫追，来今耻虚过。还赖同心人，高论时相佐。"又有《蛩吟》云："蛩吟非有悲，蝉噪非有求。吁此贾孟徒，抱冲隐岩幽。幽居人不到，孤影相与俦。柴扉尽日掩，四壁风飕飕。朝尘自讽咏，暮生穷索搜。室中何所有，一榻清光浮。此榻有时穿，我吟无时休。"另有《书怀》云："性合事吟呻，辛勤历几春。妄希千载赏，已受半生贫。穷巷寂经日，寒灯耿达晨。惟当披往藉，时见古时人。"可见贫寒艰苦的生存环境并未削减诗人的创作热情，诗人即便处于寒饿之中，也依然矢志不改。在作诗这件事上，他们常怀乐观的心态，有时还以作诗所获得的精神满足作为对饥肠辘辘的弥补，正如王宁焯所言："百回咀嚼有余旨，饱我饿腹十日枵。"（《郝晖亭春日过访，与同学诸子会诗，即事成长句》）诗人们非但未以贫寒的生存条件为耻，反而认为清贫的生活是作得好诗的基础，也是对诗人心境一种特殊的磨炼。正如王宁焯曾称许出身富贵却甘于清简生活用心作诗的单公子："癯生有何好？肉少诗有余。身拥百结鹑，饭无一盘蔬。饥冻迫中夜，吐出千明珠。"（《赠单公子廉夫》）对单氏自行选择的精神与物质生活的巨大反差而大加赞颂。正是这种反差，成为单公子与寒士产生共鸣的基础。

后四灵皆未远行（相比"高密三李"有南行至粤西边地的经历而言），因其生活空间的固定，交游圈的狭小，令三人诗作并未形成鲜明特色，意境也颇显狭小。其咏颂和描写的对象，不外乎庭院、田圃、村庄、石径等乡间景象，但诗人对其中微小事物发生的微妙变化却有着细致敏锐的观察。如王宁焯《题友人野圃》："野圃清还僻，临溪一径斜。晓声瓜架雨，秋色菜畦花。断岵敧荒树，新流露浅沙。时还招静侣，薄暮看残霞。"诗人围绕友人一处清僻的田圃进行描绘，留意到周围的溪水、石径、瓜架、菜花、荒树，并对一旁溪水所露浅沙的痕迹也了如指掌，以至于发觉到新的水流对沙石冲刷的痕迹，并对天际的残霞也驻足凝视，足以说明其对所处空间观察之细致；另如王宁烺《和家兄熙甫晓雨见寄》："冥濛天欲明，淅飒梦中声。簟上秋凉早，帘间暑气清。间阶惜花落，微径想苔生，独此饶吟兴，还多忆远情。"诗人对微雨过后的场景有着敏锐的感觉，暑气骤清，忽觉簟凉，对阶前落花、苔藓等极

203

为细小的事物也有所注目。以上诸例皆表现出诗人细致的观察与细腻的感受，这与其所处空间及生活经历密不可分。

总体来讲，后四灵诗人性情与诗风俱体现出对高密二李其人其诗风格的强化。正如汪辟疆所言，其绍述光大之功不可磨灭，但也因这种绝对的强化，使其走向诗风狭窄、单一的路途，具有局限性。

9.2.2　别具一格的王新亭

王克绍，字新亭，号闲云。他是高密派后辈中经历比较特别的一位诗人，曾跟随李宪乔远行至粤西，对高密派领袖的经历、生活有最直接的观察与体验，比起那些未离开齐鲁的其他同辈诗人，新亭诗作显得别具风味。李宪乔对王新亭诗颇为赞赏，亲自为新亭诗集作序：

> "新亭为人跅弛，不自检束，而所为诗特清超。洎少鹤挽之南游，历吴越、湖广之地，涉大江，登衡岳，穷极獠窟蛮洞，得诗益工，而情益闲，遂又自号闲云居士。(《闲云南中集序》)[1]"

由此可知，王新亭诗风清超，并因得益于南游经历，使其将这种"清超"诗风运用得更为得心应手。南行的经历使久居家乡的诗人一下打开视野，南国风光令其大开眼界，其《少鹤佛子岭寄诗道瀑布之奇》正在侧面表明了南地景色给人视觉、听觉及感觉上的震撼："竟日瀑中行，知君肌骨清。瘴气开乱壑，炎雪熠前旌。不异蓝与兴，还应竹马惊。怪来鸣耳畔，新句寄江城。"许是因随后诗人久居温暖的南地，其诗风与其他高密诗人相比呈现出颇为不同的面貌，具体表现在其作景语清妙，颇有新趣，虽也流露出感伤的意味，但在一定程度上能够突破以清僻苦寒为典型概括的高密诗风。以《醴陵道中》为例："诗人兼远道，何处不生愁。尘惜欲沈月，心怜别去舟。风流梭叶细，雨落橘花稠。要取深秋到，山多是桂州。"行于远道之中的诗人，虽心中生愁，却未去营造萧飒的意境，反而以经过细叶的风与落于稠花上的雨去表达自己寥落的行迹与浓稠的思绪；另如《不寐》："自向深宵泥酒壶，寂寥虚馆与谁俱。已惊春梦飞胡蝶，更怯秋山听鹧鸪。久客但令双鬓改，长愁恐并一身无。萧萧急雨达天曙，只有高吟兴不孤。"诗人夜深难眠，

---

① 李宪乔：《闲云南中集序》，引自李诒经等：《后四灵全集》，清刻本。

思乡情切，却以惊飞蝴蝶、怯听鹧鸪两幅带有寓意的画面描写之，画面感伤却不萧瑟，经过主观情感渲染之后的景语也颇有新趣。

尽管如此，久居异乡的诗人常常难抑思乡之情，对故乡的眷恋与思念贯穿其《闲云南中集》始终。诗人身处南国，却一刻也未停止对家乡的思恋，其《答颖叔问南中风物》云："与君略说粤西东，何止经年无塞鸿。岚气常教山不见，人言应独鸟能通。绵绵蜑雨江生白，艳艳春花瘴减红。身在燠中偏忆冷，微醺筠阁雪飘风。"粤西偏远炎热，诗人感慨故乡常见的鸿雁难以飞至，身处雾岚弥漫之中，目睹细雨过后的静江、雾气中的春花这样典型的南国春光后，反而更加触动对北地的想念。过度的想念，令其虽处南国却不时生出一种身在家乡的错觉，醒悟过后却更加忧伤："见月常疑雪，闻鸡如在家。榕当春落叶，榴自蜡开花。知是寒暄异，徒令生叹嗟。"（《忽忽》）诗人有时也试图淡化、排解乡思之情，却给人以欲盖弥彰之感，如《与石桐闲步西城遂过秦学博斋居小饮》云："偶共步林塘，野风吹稻香。无心似江竹，随意上城墙。小饮六成醉，总谈过即忘。人生有真乐，何必厌他乡。"表面看上去诗人已然忘却身在异乡的忧虑，实际恰恰反映了其自身无时无刻不为身在异乡的伤感所包围的复杂心绪。

综上所述，比起以"后四灵"为代表的其他高密派后辈，王新亭诗作虽也流露出感伤的思致，却同时呈现出清超新妙的诗歌风格，对高密派一贯清僻苦寒诗风有所突破，吸收学习之中却有变化，呈现出其独有的风貌。

205

结　　语

　　诗歌的发展是一个前后相续的过程，任何新的诗歌现象都不可能凭空产生。清中期宗中晚唐诗风的兴起以及高密诗派的出现就是由清初诗学发展而来的。清代初期，王士禛因推崇自然清远的审美意趣而从者无数，加之统治者的青睐扶持，其主张的神韵诗学声势极盛。但在创作实践上，神韵说也存在虚无肤廓、言之无物的弊端，使诗歌陷入疲软的境地。在这种情境下，那些不愿受统治者意志控制的寒士诗人所推崇的写实、强调创作主体言行气骨的沉实之说自然容易被诗坛接受；再加上清初与神韵说并行的诸多诗家也保留并传承了诗歌的现实主义传统，主张书写真情，因此，清中后期诗坛发展至重沉实的诗学倾向胜出，这是古典诗歌在发展过程中的自然选择。

　　与此同时，乾嘉时期士人的心态悄然变化。与清初文人或甘愿或被迫臣服于统治阶级意志不同，此时士人（尤其是沉沦在士人阶级底层的寒士）已渐渐觉察到追慕诗歌现实性，发抒主体真情的重要性，或有意或无意地疏离王权对诗心的控制，这对诗学领域追求不俗，强调抒情等方面都有积极意义。寒士阶层开始自我承认，并勇于发声，更对这一时期诗歌创作产生推动作用。诗学本身的积淀遇上时代因素与社会因素的刺激，终于促成了一种新的诗歌风气即崇奉中晚唐诗风潮的出现。

　　这股宗中晚唐诗风潮的参与者以"高密三李"（李宪乔、李怀民、李宪暠）、刘大观、李秉礼、"高密三单"（单宗元、单楷、单烺）、"后四灵"（李五星、王宁焯、王丹柱，及单子固）等为代表。他们之间，以李宪乔、李怀民为中心，依靠同乡关系、同僚关系、朋友关系等人际关系而连接为一个整体，有密切交往；在重视创作主体气骨修养、书写真情、以韩孟张贾为尊等方面有一致的认识，而且在创作实践上也呈现出许多共同特征。此外，与清代中期以前的宗中晚唐诗风相比，李宪乔、李怀民等在宗中晚唐方面也有自己的独特性。因此，综合这些因素来看，"高密三李"等作为一个诗派的条件是充分的，将其称作高密诗派也是成立的。

尽管如此，也应看到高密诗派各成员间存在着差异性。本书在具体考察高密诗派各成员时，总体上按照领导者与成员的角色差异来安排章节，先考察"高密三李"，后考察刘大观、李秉礼以及高密派前辈与后辈诸人。对高密三李的考察按照三人诗歌成就高低、交游广泛程度及影响力来进行，对刘、李等的考察则按照各人诗歌风格的不同及与高密三李之间的关系来进行，以期达到既梳理高密派线索又突出重点诗人的目的。

具体来看，李宪乔以韩愈、贾岛诗为尚，为官粤西时，将诗学与诗作远播边地，在当地发展了一批高密诗学的赏音者，并通过与其密切交往的袁枚、刘大观将他的诗作或诗学向更大范围扩散，由此推动乾嘉中晚唐诗风的发展，堪称高密诗派的领袖。李怀民是个矛盾统一体，本性淡泊，却迫于各种因素反复应试。在自知赢取功名无望之后，便随弟宪乔远赴粤西，漂泊在外，使诗歌充满了难以言说的愁绪，其诗作有鲜明的自遣意识，同时在诗歌意象的选择与意境的营造上流露出明确的写实倾向，具有典型的中晚唐诗特征。李宪乔与李怀民二人对当时社会的士风、文风多有不满，企图以推崇诗作言之有物，创作主体雄直傲岸的诗学主张来挽救乾嘉时期浮躁的士风文风，二人诗歌主体意识明显，塑造出一种"拯时者"形象，表现出传统士大夫的担当精神与救弊之志。性情傲岸，常怀不平之气的李宪曧则以钻研经学为毕生追求，而以作诗为余事，然而这并不妨碍其在诗学上对"真"与"实"的强调，以及以其独特的视角在实际创作时体现出对社会的批判与关注。

李秉礼具有与高密派其他成员不同的生存境遇与心理状态，他是现实中的赢家，向来无须为生计功名发愁，却也并未让优越的生活条件、荣显的社会地位冲昏头脑，反而能从时俗荣辱中超越出来，练具超遥萧散之性。李秉礼在精神高度上，与陶渊明、韦应物相近；在创作实践上，更是流露出"涵濡于韦"的特点，处处可见对韦应物的取法与追慕。刘大观是高密诗派中仕途较为顺利的一位诗人，他曾位居知州，却早早勘破世情，对所处之世的严密世网心生惧惮，表现出对寒士心态与诗学主张的强烈认同，在他身上呈现出一种主体身份与心态的悖反现象。他的诗歌创作能够遵从内心情志而自写本色，诗歌风格也随其年龄、经历的变化发生改变，总体呈现着清真雅健的诗歌风貌。此外，刘大观还具有他人所不具备的"达于天人之际"的玄思，令其诗作具有一定的深度与广度。

开高密诗派风气之先的两位高密单氏诗人，因其所具有的专学于诗的专注态度，及其不媚于时俗、安贫乐道的人格志趣，使"高密二李"深为折服，并游于其门下，从其学诗。"二李"所代表的高密孤峭诗风，最近的来源正是单宗元与单楷两位前辈。而与两位单氏诗人并称为"高密三单"的单烺，作为"高密二李"同辈诗人，与"二李"虽无师从之情，但实多互勉之意。单烺在与之交往的过程中，自觉对高密诗学进行了有选择地吸收，但仍葆有本色。"后四灵"及王新亭，作为"高密二李"后辈，或是自觉承担起绍述高密派诗学的使命，有意识地突出对高密诗风特点的强调；或是在继承中上下求索，力求突破与创变。

总体而言，高密诗派处于清朝盛极而衰的历史时期，这个时期隐约透露出来的衰飒，为他们敏锐的灵魂所预先感知，并产生直接、持久的影响，这种影响涉及生活、思想、情绪、心态等多方面，因此高密诗派成员在进行诗歌创作时，无法与所处时代切割，也无法将这样一个与自己息息相关的"潜在"从诗歌中抹掉。纵览高密诗派的诗歌创作，除生活优裕的李秉礼，每个人的诗歌里都有一种强烈的现实意识，与清代初期崇尚的淡化现实，崇尚清远的诗学主张大异其趣。这种现实意识既包含对家国天下之未来的担忧，也包含对个人生命价值实现的担忧。这种对现实的担忧构成李宪乔诗歌的时代特征，以及李宪暠诗歌的基本主题，也触动李怀民对社会人生的思索，从而在诗歌中表现出难以言说的愁情，以及促成刘大观身为知州、心向寒士的悖反现象的出现。在高密诗派的诗歌创作中，尽管也存在以听泉、饮酒、赏春、品画等闲适之趣，但是始终无法掩盖那一层浓厚的对现实的担忧意识。时代的真实感在他们的诗中是如此的鲜活、逼真，对于这样一个观照社会历史、思索命运人生的诗派，又怎能以固有的评价：一个"窘"字来形容？

诚然，从诗学主张来看，高密诗派确实没有什么创新之处，他们崇真求实、重视气骨、崇古避俗等诗学主张都没有超越前代诗人，诗作中流露出的对忠孝的强调也俱属传统诗学的范畴，对韩孟诗派的推崇与取法也并非首创。但应当注意，其与诸如南宋末四灵、明末竟陵派以及清末陈衍代表的同光体之取法韩孟诗派的末世文学不同，高密派对于韩孟诗派的选择，不仅出于心态上的相近，更出于欲救清中期诗坛肤廓之诗风的意愿，几乎将韩孟诗学视作一种改革诗坛之弊的理论武器，希望借其之清冷瘦硬使清诗由清远重新回归到沉实的轨道上来。正鉴于此，其在师法对象上也呈现出与其他宗韩孟者相异之处，即将杜韩、张贾与陶韦甚至白苏结合在一起进行取法，这是一种看似奇怪的组合，杜甫的忧惧、韩愈的奇险、张籍的清真、贾岛的幽僻、白居易的浅易、苏轼的清旷与陶韦的闲适并行不悖地融合在一个诗派的诗歌创作中。表明高密诗派试图通过学习各种诗风进行创新，以救诗坛弊端的愿望，并以此折射出处于历史转折点前夕的诗人们隐藏在平静心态之下的既隐约又微妙的忐忑心情。

　　从创作实践来看，高密派多数诗人诗歌虽然各具特色，但也只能算自成"一个"，未能自成一家。这并不影响高密诗派存在的价值，他们试图翻古为新而未能成功的创作实践彰显出一种无力感，而这种无力感恰恰是封建社会末期的一种潜在表征。因此，高密诗派的存在既悄然推动了清代诗歌由清远走向沉实之风的转变，同时也为后人了解诗歌与时代之间的关系，诗运与时运的关系提供了一种参照。

参 考 文 献

诗 文 集

［1］李怀民：《石桐先生诗钞》十六卷，清光绪十二年李楹西安郡斋刻本，山东省图书馆藏。

［2］李宪暠：《定性斋集》一卷，山东省图书馆藏清光绪十二年李楹西安郡斋刻本。

［3］李宪暠：《莲塘遗集》一卷，山东省图书馆藏清光绪十二年李楹西安郡斋刻本。

［4］李怀民、李宪乔著，刘大观辑：《二客吟》二卷，中共山东省委党校图书馆藏清乾隆嘉庆年间刘大观苏州刻本。

［5］李宪乔：《少鹤先生诗钞》十三卷，山东省图书馆藏清光绪十二年李楹西安郡斋刻本。

［6］李宪乔：《少鹤先生诗草墨迹》二卷，山东省博物馆藏稿本。

［7］李怀民、李宪乔、李宪暠著，邹长春、李丹平、赵宝靖析注：《三李诗抄校注》，线装书局 2013 年。

［8］李秉礼：《韦庐诗内集》，清道光十年知稼堂刻本。

［9］刘大观：《玉磬山房诗集》十三卷，清嘉道年间清华大学图书馆藏本。

［10］刘大观：《玉磬山房文集》四卷，清嘉道年间清华大学图书馆藏本。

［11］李诒经：《卓庵诗草》，清嘉庆刻本。

［12］王宁焯：《定庵诗集》，清刻本。

［13］王宁烨：《复弹集》，清刻本。

［14］单子固：《子固遗诗》，清刻本。

［15］单廉夫、单子固等：《单氏诗文汇存全集》，清刻本。

［16］单宗元：《愚溪集》，清刻本。

［17］单楷：《太平堂诗集》，清刻本。

［18］单烺：《大昆仑山人集》，清刻本。

［19］李诒经、王宁焯、王宁烶、单子固：《后四灵全集》，清刻本。

［20］王新亭：《闲云南中集》，清刻本。

［21］秦瀛：《小岘山人诗文集》，清嘉庆城西草堂藏版。

［22］张问陶：《船山诗草》，中华书局，1985 年版。

［23］袁枚：《小仓山房诗文集》，上海古籍出版社，1988 年版。

［24］杜甫：《杜诗详注》，中华书局，1977 年版。

［25］陶渊明：《陶渊明集》，中华书局，1979 年版。

［26］贾岛著，齐文榜校注：《贾岛集校注》，人民文学出版社，2007 年版。

［27］贾岛著，李健崑校注：《贾岛诗集校注》，人民文学出版社，2001 年版。

［28］韩愈著，钱仲联集释：《韩昌黎诗系年集释》，上海古籍出版社，1984 年版。

［29］张籍著，徐礼节、余恕诚校注：《张籍集系年校注》，中华书局，2011 年版。

［30］姚合著：《姚合诗集校注》，上海古籍出版社，2012 年版。

［31］孟郊著，华忱之、喻学才校注：《孟郊诗集校注》，人民文学出版社，1995 年版。

［32］苏轼：《苏轼诗集》五十卷，中华书局，1982 年版。

［33］苏辙著，陈宏天等校点：《苏辙集》四册，中华书局，1990 年版。

［34］白居易：《白居易全集》，上海古籍出版社，1999 年版。

［35］李白：《李太白全集》，中华书局，1977 年版。

［36］王维：《王维集校注》，中华书局，1997 年版。

［37］孟浩然著，李景白校注：《孟浩然诗集校注》，巴蜀书社，1988 年版。

［38］朱熹注：《诗集传》，中华书局，2011 年版。

［39］程俊英、蒋见元著：《诗经注析》，中华书局，2014 年版。

［40］余冠英选注：《诗经选》，中华书局，2012 年版。

［41］洪兴祖撰：《楚辞补注》，中华书局，2014 年版。

［42］杨伯峻译注：《孟子译注》，中华书局，2005 年版。

［43］王士禛：《王士禛全集》，齐鲁书社，2007 年版。

［44］朱彝尊：《曝书亭集》，商务印书馆，1935 年版。

［45］沈德潜等：《清诗别裁集》，上海古籍出版社，1982 年版。

［46］徐世昌：《晚晴簃诗汇》，凤凰出版社，2005 年版。

［47］弘历：《唐宋诗醇》，清刻本。

［48］厉鹗：《樊榭山房诗集》，上海古籍出版社，1992 年版。

［49］黄景仁：《两当轩集》，上海古籍出版社，1983 年版。

［50］卢见曾：《国朝山左诗钞》，乾隆间雅雨堂刊本。

［51］邓之诚：《清诗纪事初编》，上海古籍出版社，1965 年版。

［52］袁行云：《清人诗集叙录》，文化艺术出版社，1998 年版。

［53］李灵年，杨忠主编：《清人别集总目》，安徽教育出版社，2000
年版。

［54］柯愈春：《清人诗文集总目提要》，北京古籍出版社，2002 年版。

诗　　论

［1］李怀民：《紫荆书屋诗话》，引自韩寓群主编：《山东文献集
成》，山东大学出版社，2007 年版。

［2］李怀民：《重订中晚唐诗主客图说》，清咸丰四年刻本。

［3］李宪乔：《凝寒阁诗话》，引自韩寓群主编：《山东文献集成》，
山东大学出版社，2007 年版。

［4］李宪乔：《偶论四名家诗》，清乾隆抄本。

［5］李宪乔：《高密李氏译选孟诗》，清同治刻本。

［6］李宪乔：《拗法谱》，清光绪刻本。

［7］李宪乔：《韩诗臆说》，商务印书馆，1934 年版。

［8］李怀民、李宪乔：《二客吟》，清同治六年刻本。

［9］李宪暠：《定性斋诗话》，引自韩寓群主编：《山东文献集成》，
山东大学出版社，2007 年版。

［10］李怀民、李宪乔、李宪暠：《晋唐六家五言诗选》，清抄本。

［11］李怀民、李宪乔、李宪暠：《高密三李诗话底稿》，山东省博
物馆清抄本。

［12］袁枚：《随园诗话》两卷，人民文学出版社，1982 年版。

［13］袁枚（著），雷芳注：《随园诗话》，崇文书局，2012 年版。

［14］王士禛：《师友诗传录》，引自丁福保：《清诗话》，上海古籍出版社，1978 年版。

［15］王士禛：《师友诗传续录》，引自丁福保：《清诗话》，上海古籍出版社，1978 年版。

［16］王士禛：《渔洋诗话》，引自丁福保：《清诗话》，上海古籍出版社，1978 年版。

［17］王士禛著，文益人校点：《池北偶谈》，齐鲁书社，2007 年版。

［18］田同之：《西圃诗说》，引自郭绍虞：《清诗话续编》，上海古籍出版社，1983 年版。

［19］张谦宜：《絸斋诗谈》，引自郭绍虞：《清诗话续编》，上海古籍出版社，1983 年版。

［20］翁方纲：《石洲诗话》，引自郭绍虞：《清诗话续编》，上海古籍出版社，1983 年版。

［21］刘勰著，陆侃如、牟世金译注：《文心雕龙译注》，齐鲁书社，1995 年版。

［22］胡应麟：《诗薮》，上海古籍出版社，1958 年版。

［23］严羽著，郭绍虞校释：《沧浪诗话校释》，人民文学出版社，1961 年版。

［24］钱仲联主编：《历代别集序跋综录》，江苏教育出版社，2005 年版。

［25］吴文治主编：《宋诗话全编》，江苏古籍出版社，1998 年版。

［26］张寅彭、强迪艺编：《梧门诗话合校》，凤凰出版社，2005 年版。

［27］杨钟义：《雪桥诗话》，刘氏求恕斋刻本。

［28］门立功：《历代诗话撷英》，中州古籍出版社，1992 年版。

［29］王英志：《清人诗论研究》，江苏古籍出版社，1986 年版。

［30］霍松林：《中国诗论史》，黄山书社，2007 年版。

杂　著

［1］李怀民撰：《李石桐先生赴岑溪日记》不分卷，清乾隆至嘉庆年间稿本。

[2] 李宪乔:《李少鹤日记》不分卷,清乾隆至嘉庆年间稿本。

[3] 凤凰出版社(编撰):《民国高密县志》,凤凰出版社,2004 年版。

[4] 杨士骧等修,孙葆田等纂:《山东通志》,广西人民出版社,1998 年版。

[5] 王種翰点校:《清史列传》,中华书局,1987 年版。

[6] 张维屏:《国朝诗人征略》,中山大学出版社,2004 年版。

[7] 赵尔巽:《清史稿》,中华书局,1977 年版。

[8] 蔡冠洛:《清代七百名人传》,明文书局,1985 年版。

[9] 钱穆:《中国历代政治得失》,九州出版社,2012 年版。

[10] 程千帆等:《三百年来诗坛人物评点小传汇录》,中州古籍出版社,1986 年版。

[11] 万国鼎编,万斯年、陈梦家补订:《中国历史纪年表》,中华书局,1978 年版。

[12]《高密李氏世科录》(作者不详),清乾隆刻本。

研 究 著 作

[1] 钱穆:《中国近三百年学术史》,商务印书馆,2015 年版。

[2] 汪辟疆:《汪辟疆说近代诗》,上海古籍出版社,2001 年版。

[3] 陈寅恪:《金明馆丛稿初编》,生活·读书·新知三联出版社,2001 年版。

[4] 钱钟书:《谈艺录》,中华书局,1985 年版。

[5] 钱仲联:《钱仲联讲论清诗》,苏州大学出版社,2004 年版。

[6] 钱仲联:《清诗纪事》,江苏古籍出版社,1989 年版。

[7] 钱仲联主编:《中国文学家大辞典》清代卷,中华书局,1996 年版。

[8] 孟森:《清史讲义》,中华书局,2010 年版。

[9] 王运熙、顾易生主编:《中国文学批评史新编》,复旦大学出版社,2001 年版。

[10] 刘世南:《清诗流派史》,人民文学出版社,2004 年版。

[11] 严迪昌:《清诗史》,浙江古籍出版社,2002 年版。

[12] 蒋寅:《清代诗学史》(第一卷),中国社会科学出版社,2012 年版。

［13］蒋寅：《大历诗风》，凤凰出版社，2009年版。

［14］蒋寅：《大历诗人研究》，北京大学出版社，2007年版。

［15］蒋寅：《王渔洋与康熙诗坛》，中国社会科学出版社，2001年版。

［16］张健：《清代诗学研究》，北京大学出版社，1999年版。

［17］张晖：《中国"诗史"传统》，生活·读书·新知三联书店，2016年版。

［18］张晖：《帝国的流亡——南明诗歌与战乱》，中国社会科学出版社，2014年版。

［19］陈广宏：《竟陵派研究》，复旦大学出版社，2006年版。

［20］张宏生：《江湖诗派研究》，中华书局，1995年版。

［21］莫砺锋：《江西诗派研究》，齐鲁书社，1986年版。

［22］吴文治编：《韩愈资料汇编》，中华书局，1983年版。

［23］吕思勉：《中国文化史》，海潮出版社，2008年版。

［24］张震英：《寒士的低吟——贾岛诗歌艺术新探》，中国社会科学出版社，2006年版。

［25］郭延礼：《中国近代文学发展史》，高等教育出版社，2001年版。

［26］任访秋：《中国近代文学史》，河南大学出版社，1988年版。

［27］闻一多：《古诗神韵》，中国青年出版社，2008年版。

［28］闻一多撰，傅璇琮导读：《唐诗杂论》，上海古籍出版社，1998年版。

［29］郑临川述评：《闻一多论古典文学》，重庆出版社，1984年版。

［30］叶嘉莹：《叶嘉莹说中晚唐诗》，中华书局，2015年版。

［31］叶嘉莹：《叶嘉莹说陶渊明饮酒及拟古诗》，中华书局，2007年版。

［32］叶嘉莹：《杜甫秋兴八首集说》，北京大学出版社，2008年版。

［33］叶嘉莹：《迦陵论诗丛稿》，北京大学出版社，2008年版。

［34］袁行霈主编：《中国文学史》，高等教育出版社，1999年版。

［35］袁行霈等：《中国诗学通论》，安徽教育出版社，1994年版。

［36］周振甫：《诗词例话》，中国青年出版社，2006年版。

［37］朱光潜：《诗论》，广西师范大学出版社，2004年版。

［38］朱光潜：《谈文学》，广西师范大学出版社，2004 年版。

［39］朱则杰：《清诗史》，江苏古籍出版社，2000 年版。

［40］肖占鹏：《韩孟诗派研究》，南开大学出版社，1999 年版。

［41］石玲、王小舒、刘靖渊著：《清诗与传统——以山左与江南个案为例》，齐鲁书社，2008 年版。

［42］李伯齐主编：《山东分体文学史》（诗歌卷），齐鲁书社，2005 年版。

［43］李伯齐：《山东文学史论》，齐鲁书社，2003 年版。

［44］何炳棣著，徐泓译注：《明清社会史论》，联经出版事业有限公司，2014 年版。

［45］李丹平主编：《高密诗派研究》，山东画报出版社，2001 年版。

论　文

［1］蒋寅：《沈德潜诗学的渊源、发展及命名》，载于《苏州大学学报》2016 年第 3 期。

［2］蒋寅：《袁枚诗学的历史意义及对清代诗学的影响》，载于《古典文学知识》2017 年第 3 期。

［3］蒋寅：《贾岛与中晚唐诗歌的意象化进程》，载于《文学遗产》2008 年第 5 期。

［4］蒋寅：《高密诗学的传播途径与影响》，载于《铜仁学院学报》2015 年第 2 期。

［5］石玲：《清代初中期山左诗学思想述略》，载于《文学遗产》2007 年第 3 期。

［6］宗瑞冰：《评点视野下的张籍五律诗歌艺术——以李怀民评点为例》，载于《苏州大学学报》2009 年第 2 期。

［7］赵晓岚：《孟郊与贾岛：寒士诗人两种迥然不同的范式——试论闻一多的中唐诗坛研究及其学术意义》，载于《华东师范大学学报》2000 年第 5 期。

［8］沈文凡：《大历诗坛上的一个特殊存在——试论韦应物诗歌古近诸体的艺术风貌》，载于《吉林大学社会科学学报》2002 年第 2 期。

［9］储仲君：《韦应物诗分期的探讨》，载于《文学遗产》1984 年第 4 期。

216

［10］童强：《论韦应物山水诗的写实倾向》，载于《文学遗产》1996 年第 1 期。

［11］张金桐、刘雪梅：《论"晚唐体"与张籍诗的共通性》，载于《宁夏社会科学》2004 年第 4 期。

［12］王腊梅：《从李怀民看"中晚唐诗以张籍、贾岛两派为主"说的始末》，载于《图书馆杂志》2009 年第 2 期。